Knaur®

Ebenfalls als Knaur-Taschenbücher sind erschienen:

*»Der Wald in Mythen, Märchen und Erzählungen«* (Band 1571)
*»Das Moor in Mythen, Märchen und Erzählungen«* (Band 1573)

Originalausgabe 1987

Umschlaggestaltung Adolf Bachmann
Umschlagabbildung Gemäldeausschnitt »Lüneburger Heide« von Johann Wilhelm C. Schirm (Foto: AKG, Berlin)
Gesamtherstellung: Ebner Ulm
Printed in Germany 5 4 3 2 1
ISBN 3-426-01572-2

# Timur Schlender (Hrsg.):

# Die Heide in Mythen, Märchen und Erzählungen

Mit zahlreichen Abbildungen

Knaur®

*Das Land, in dem ein Mensch seine Jugendzeit verlebte, wird ihm immer als das allerschönste Stück der Erde dünken. Mag es eine arme, meerumspülte Hallig, ein dürrer Heidestrich, ein kaltes Bergland, eine rauhe Küste sein, es ist der Fleck, aus dem er erwuchs, mit dem seine ersten und zähesten Erinnerungen verknüpft sind; es ist seine Heimat, nach der es ihn immer wieder hinzieht, mag auch das Land, in dem er jetzt lebt, weit schöner, gesunder und fruchtbarer sein.*

*Darum ist die Liebe zur Heimat kein besonderes Merkmal eines bestimmten Volkes; jede schollenwüchsige, bodenfeste Bevölkerung hat ihre Art Heimatliebe in die Brust mitbekommen, der Älpler so gut wie der Heidebewohner, der Mann der kahlen Wasserkante nicht minder als der Sohn des waldreichen Berges, der Sprosse der bunten Hügellandschaft und das Kind der flachen Marsch. Des einen Heimatliebe ist auch ebenso berechtigt, wie die des anderen, denn irgendwelche Vorzüge dieser oder jener Landschaft kommen bei diesem Gefühle nicht in Betracht.*

*Vor Jahren galt es für sentimental und überspannt, die Heide schön zu finden. Dann fand die blühende Heide immer mehr Bewunderer. In den letzten Jahren artete die Heideschwärmerei gar fast zur Krankheit aus, und alle mit der Bahn leicht erreichbaren Heidegegenden waren zur Heideblüte mit lautem Volke so überschwemmt, daß der wahre Freund der Heide sich um die Zeit nicht mehr in sie hineinwagte. Und nachdem man erst die blühende Herbstheide hatte schätzen lernen, fand man auch an dem weißen Wollgrasgeflatter und duftenden Birkengrün der mailichen Heide, an der goldenen Farbenpracht der herbstlichen und an der ersten Schönheit der winterlichen Heide Gefallen, und auch zur Sommerszeit findet sie als Erholungsstatt mehr und mehr Beifall.*

HERMANN LÖNS

Wir danken allen Rechtsinhaber/innen für die freundliche Überlassung der Rechte. Leider war es nicht in allen Fällen möglich, diese festzustellen oder zu erreichen. Das Literaturkontor Alte Schmiede verpflichtet sich, rechtmäßige Ansprüche nach den üblichen Honorarsätzen zu vergüten.

# Inhaltsverzeichnis

HERMANN LÖNS: Das Land . . . . . . . . . . . . . . . . . . 5

Teil 1: IM FRÜHLING

ALFRED KERR: Dann aber dehnt sich . . . . . . . . . . . . . . . . 13
MARTIN GREIF: Frühling der Heide . . . . . . . . . . . . . . . . 15
JOHANN GOTTFRIED HERDER: Es sah ein Knab' . . . . . . . . . . . 17
JOHANN WOLFGANG VON GOETHE: Heidenröslein . . . . . . . . . 18
WALTHER VON DER VOGELWEIDE: Unter der Linden an der Heide . 20
HERMANN ALLMERS: Heidenacht . . . . . . . . . . . . . . . . 22
ADELAIDE VON GOTTBERG: Die Heide. . . . . . . . . . . . . . . 23
WILHELM BUSCH: Die Birke . . . . . . . . . . . . . . . . . . 25
AUGUST HOFFMANN VON FALLERSLEBEN: Scheidelied . . . . . . . . 26
AUGUST FREUDENTHAL: Das Heidekirchlein . . . . . . . . . . . . 27
THOMAS HARDY: Die Rückkehr . . . . . . . . . . . . . . . . . 30
HANS CHRISTIAN ANDERSEN: Trauernd und groß liegt . . . . . . . 32
STEEN STEENSEN BLICHER: Das Vaterland . . . . . . . . . . . . 34
NIKOLAUS LENAU: An die Wolke . . . . . . . . . . . . . . . . 35
FELIX DAHN: Die Rote Erde . . . . . . . . . . . . . . . . . . 36
FRIEDRICH DE LA MOTTE-FOUQUÉ: Sintram und seine Gefährten . . 39
ANASTASIUS GRÜN: Ein Ritt über die Heide . . . . . . . . . . . 43
HANS JAKOB CHRISTOFFEL VON GRIMMELSHAUSEN:
Der teutsche Bauer . . . . . . . . . . . . . . . . . . . . . 46
WILLIBALD ALEXIS: Der Schneiderritter . . . . . . . . . . . . . 47
FRANZ FELIX ADALBERT KUHN: Der zerbrochene Brotschieber . . . 52
FRANZISKA ZILLIKEN: Drei Wacholdersträußchen . . . . . . . . . 54
AUGUST FREUDENTHAL: Das Böhmethal . . . . . . . . . . . . . . 63
HERMANN LÖNS: Das Osterfeuer . . . . . . . . . . . . . . . . 66
C. G. KÜTTNER: Reise durch Deutschland . . . . . . . . . . . . 68
JULIUS WOLFF: Weg durch die Heide . . . . . . . . . . . . . . 69
FRIEDRICH RUPERTI: Das Heideland . . . . . . . . . . . . . . . 73

Teil 2: IM SOMMER

ERNST BLOCH: Dies Ineinander . . . . . . . . . . . . . . . . . 75
THEODOR STORM: Abseits. . . . . . . . . . . . . . . . . . . . 77
JOHN CONSTABLE: Stonehenge . . . . . . . . . . . . . . . . . 78
ADALBERT STIFTER: Die Dürre in der Haide. . . . . . . . . . . . 79
EUGENIE MARLITT: Das Heideprinzeßchen . . . . . . . . . . . . 82

EDUARD MÖRIKE: Die Tochter der Heide . . . . . . . . . . . . . . 103
EDUARD DEVRIENT: Der Schatzgräber. . . . . . . . . . . . . . . . . 105
WOLFGANG SCHEFFLER: Ekke Nekkepen und der Zauber der Kampener Heide . . . . . . . . . . . . . . . . . . . . . . . . 106
IGNAZ HUB: Fahrt durch die Heide . . . . . . . . . . . . . . . . . 111
HERMANN LÖNS: Ein leises Lied . . . . . . . . . . . . . . . . . . 114
HERMANN LÖNS: Auf der Heide allein . . . . . . . . . . . . . . . 115
ANNETTE VON DROSTE-HÜLSHOFF: Der Hünenstein . . . . . . . . 116
THEODOR STORM: Ein grünes Blatt . . . . . . . . . . . . . . . . . 119
ANNETTE VON DROSTE-HÜLSHOFF: Die Lerche . . . . . . . . . . . 133
HERMANN LÖNS: Das Naturdenkmal . . . . . . . . . . . . . . . . 136
EMMY VON DINCKLAGE-CAMPE: Anntrin . . . . . . . . . . . . . . 142
HERMANN LÖNS: Der Schäferkönig . . . . . . . . . . . . . . . . . 148
THEODOR COLSHORN: Die Riesensteine . . . . . . . . . . . . . . 152
JOHANN HINRICH FEHRS: De Heiloh . . . . . . . . . . . . . . . . 155
FRIEDRICH WASMANN: Der junge Künstler auf Heidefahrt . . . . . 157
DIETMAR VON AIST: Der Falke. . . . . . . . . . . . . . . . . . . . 159
AUGUST GRAF VON PLATEN: Der romantische Ödipus. . . . . . . . 161
THEODOR FONTANE: Auf dem Weg zu den Müggelsbergen . . . . . 172
DETLEV VON LILIENCRON: Der Heidebrand . . . . . . . . . . . . . 174
NIKOLAUS LENAU: Die Heideschenke . . . . . . . . . . . . . . . . 179
NIKOLAUS LENAU: Drei Zigeuner . . . . . . . . . . . . . . . . . . 184
KARL BECK: Das rote Lied . . . . . . . . . . . . . . . . . . . . . 185
ANNETTE VON DROSTE-HÜLSHOFF: Vorgeschichte . . . . . . . . . 188
DEMETRIUS SCHRUTZ: Die Heideschenke . . . . . . . . . . . . . . 193
HANS CHRISTIAN ANDERSEN: Reiseschatten . . . . . . . . . . . . 194
MOMO SCHLENDER: Der tapfere Turpin erzählt aus seinem Leben . 195

## Teil 3: IM HERBST

ALFRED LICHTWARK: Trügt mich mein Gedächtnis nicht . . . . . . 197
HERMANN ALLMERS: Spätherbst. . . . . . . . . . . . . . . . . . . 199
DR. LUDWIG BRÄUTIGAM: Ein Herbstausflug nach Zeven und Heeslingen . . . . . . . . . . . . . . . . . . . . . . . . 200
ROBERT BURNS: O säh' ich auf der Heide dort. . . . . . . . . . . 210
WILHELM BUSCH: Meiers Hinnerk . . . . . . . . . . . . . . . . . 211
ANONYM: Im Dorf der Schmied . . . . . . . . . . . . . . . . . . 219
AUGUST FREUDENTHAL: Weinbau in der Lüneburger Heide . . . . 236
WILHELM SCHRÖDER: Dat Wettloopen . . . . . . . . . . . . . . . 242
HERMANN LÖNS: Deutsches Erdöl . . . . . . . . . . . . . . . . . 247
MARIO WIRZ: Heide in der Heide . . . . . . . . . . . . . . . . . 250
ANNETTE VON DROSTE-HÜLSHOFF: Der Heidemann . . . . . . . . 253

HERMANN HARRYS: Werwölfe in der Heide . . . . . . . . . . . . . 255
HERMANN LÖNS: Das Könekenmeer . . . . . . . . . . . . . . . . 256
JENS PETER JACOBSEN: Ein Schuß im Nebel . . . . . . . . . . . . 264
JULIUS WOLFF: Abschied in der Heide . . . . . . . . . . . . . . . 267
SIR WALTER SCOTT: Eine Hirschjagd und ihre Folgen . . . . . . . . 270
WILLIBALD ALEXIS: Schnee auf der Heide? . . . . . . . . . . . . . 276
HERMANN LÖNS: Goldene Heide . . . . . . . . . . . . . . . . . . 279
AUGUST FREUDENTHAL: Die Heide blüht . . . . . . . . . . . . . . 284
WOLFGANG MÜLLER: Die Lüfte halten matte, träge Rast . . . . . . 285
WOLFGANG MÜLLER: Rasch eilt vorbei . . . . . . . . . . . . . . . 286
OSTPREUSSISCHES VOLKSLIED: Es dunkelt schon in der Heide . . . 287
FRITZ REUTER: Reise nach Braunschweig . . . . . . . . . . . . . 288
AUGUST FREUDENTHAL: Zur Blütezeit . . . . . . . . . . . . . . . 290
EMILY BRONTË: Die Sturmhöhe . . . . . . . . . . . . . . . . . . 291
FRIEDRICH ENGELS: Über die Heide . . . . . . . . . . . . . . . . 292
PAUL HEYSE: Heimkehr . . . . . . . . . . . . . . . . . . . . . . 294
LUDWIG STRACKERJAN: Das Münstersche Gericht . . . . . . . . . . 295
LUDWIG STRACKERJAN: Kaiser in der Heide . . . . . . . . . . . . . 296
ANNE LOUISE GERMAINE DE STAËL: Ein wilder Volksstamm . . . . 298
JOHANN WOLFGANG VON GOETHE: Fahrt nach Kassel . . . . . . . . 299
THEODOR FONTANE: Die Hexenheide . . . . . . . . . . . . . . . . 301
WILLIAM SHAKESPEARE: Macbeth . . . . . . . . . . . . . . . . . . 303
KARL MÜLLENHOFF: Der Wilde Jäger auf der Putloser Heide . . . . 314
LUISE WESTKIRCH: Trinka . . . . . . . . . . . . . . . . . . . . . 315
M. A. MANGOURIT: Der Hannöversche Staat . . . . . . . . . . . . 318
FRIEDRICH LUDWIG JAHN: Denknisse eines Deutschen . . . . . . . 319
A. MEIER: Unsere Heide . . . . . . . . . . . . . . . . . . . . . . 321

## Teil 4: IM WINTER

ALEXANDER VON HUMBOLDT: Im kalten Norden . . . . . . . . . . 325
DETLEV VON LILIENCRON: Heide im Winter . . . . . . . . . . . . . 327
THEODOR FONTANE: Der 6. November 1632 . . . . . . . . . . . . 328
HERMANN LÖNS: Das Licht auf der Haide . . . . . . . . . . . . . . 330
CARL SEBUS: Winterbild auf der Heide . . . . . . . . . . . . . . 335
BOGUMIL GOLTZ: Weihnachtsfahrt durch die ostpreußische Heide 336
ABRAHAM VICTOR RYDBERG: Björns wundersame Weihnachten . . 340
HERMANN LÖNS: Puck Kraihenfoot . . . . . . . . . . . . . . . . . 350
HERMANN LÖNS: Das Blachfeld . . . . . . . . . . . . . . . . . . 356
KLAUS GROTH: Die Geschwister . . . . . . . . . . . . . . . . . . 365
MARTIN GREIF: Das Hünengrab . . . . . . . . . . . . . . . . . . 367
JOHANN GEORG KOHL: Die Gräber des Giersfeldes . . . . . . . . . 368

HERMANN HARTMANN: Die Hünengräber auf dem Giersfelde . . . 373
FRIEDRICH HEBBEL: Der Heideknabe . . . . . . . . . . . . . . . . 374
WIDAR ZIEHNERT: Die Vierbrüdersäule . . . . . . . . . . . . . . . . 377
EMANUEL GEIBEL: Über der dunklen Heide . . . . . . . . . . . . . . 379
LUDWIG STRACKERJAN: Die Visbeker Braut . . . . . . . . . . . . . 380
DEMETRIUS SCHRUTZ: Die Visbecker Braut . . . . . . . . . . . . . 381
ADALBERT KUHN/WILHELM SCHWARTZ: Das Hellhaus in Ostenholz . . . . . . . . . . . . . . . . . . . . . . . . . . 383
JOHANN WOLFGANG VON GOETHE: Sonnenuntergang auf dem Brocken . . . . . . . . . . . . . . . . . . . . . . . . 385
ANNETTE VON DROSTE-HÜLSHOFF: Das Haus in der Heide . . . . . 386
Verzeichnis der Dichter und Sänger . . . . . . . . . . . . . . . 389
Verzeichnis der Maler und Zeichner . . . . . . . . . . . . . . . 393

# Im Frühling

*„Dann aber dehnt sich das Blühend-Braunviolette, oben die Blüten leuchten, unten streckenweis holziges Braun, alles ist so fest und dicht, daß es auf dem Eilandsboden wirklich wie ein Pelz aufsitzt. Heide, Heide, Heide – umsäumt vom Dünengebirge, durchtränkt von Salz; mit schweren Widdern; überlaubt von einem oft blauhellen Himmel."*

ALFRED KERR

*Frühling (Radierung)*

## Frühling der Heide

Auch die Heide blühet
Jahres einmal,
Und es ist kein Leben so trostlos,
Daß ihm die Freude nicht nahet
Einmal.

Sommer ist Frühling der Heide,
Blumig liegt sie, die starr erst,
Bienendurchsummt
In genesener Frische,
Keine Strecke ist ihr öde mehr,
Alle grünen.

Aufgebrochen ist die Blüte,
Die sie eigen sich erziehet,
Und mit ihrer rosenroten Glocken
Lieblicher Anmut,
Auf dem zierlichen Stengel genährt,
Schmücken sich Bräute selbst,
Lieblicher noch als jene.

Auch was sonst sie an Zierden trägt,
Ob auch spärlich,
Zeigt sein kräftig Dasein
In der fröhlich derben
Lebhaft leuchtenden Farbe.
Scharlach wechselt zumeist ihr
Mit tief gelbem Schmelze.

Dichthin stehen die Sträucher so,
Alle lieben sich
Und verschlingen innig
Ihre tausend Wurzeln.

Auch die Heide blühet
Jahres einmal,
Und es ist kein Leben so trostlos,
Daß ihm die Freude nicht nahet
Einmal.

MARTIN GREIF

*Ludwig Richter: Heidenröslein*

## Es sah ein Knab' ein Röslein stehn

Es sah ein Knab ein Röslein stehn,
Röslein auf der Heiden.
Sah, es war so frisch und schön,
Und blieb stehn, es anzusehn,
Und stand in süßen Freuden.
Röslein, Röslein, Röslein rot,
Röslein auf der Heiden.

Der Knabe sprach: „Ich breche dich,
Röslein auf der Heiden!"
Röslein sprach: „Ich steche dich,
Daß du ewig denkst an mich,
Daß ichs nicht will leiden."

Doch der wilde Knabe brach
Das Röslein auf der Heiden;
Röslein wehrte sich und stach,
Aber es vergaß danach
Beim Genuß das Leiden.

JOHANN GOTTFRIED HERDER

*Ludwig Richter: Heideröslein*

## Heidenröslein

Sah ein Knab ein Röslein stehn,
Röslein auf der Heiden.
War so jung und morgenschön;
lief er schnell, es nah zu sehn;
sah's mit vielen Freuden.
Röslein, Röslein, Röslein rot,
Röslein auf der Heiden.

Knabe sprach: „Ich breche dich,
Röslein auf der Heiden!“
Röslein sprach: „Ich steche dich,
daß du ewig denkst an mich,
und ich will’s nicht leiden!“
Röslein, Röslein, Röslein rot,
Röslein auf der Heiden.

Und der wilde Knabe brach
’s Röslein auf der Heiden;
Röslein wehrte sich und stach,
half ihm doch kein Weh und Ach,
mußt’ es eben leiden.
Röslein, Röslein, Röslein rot,
Röslein auf der Heiden.

JOHANN WOLFGANG VON GOETHE

# Unter der Linden an der Heide

Unter der Linden
An der Heide,
Da unser zweier Bette was,
Könnt ihr finden
Gebrochen beide:
Bunte Blumen und grünes Gras.
Und im Wald, im tiefen Thal,
Tandaradei!
Sang so hold Frau Nachtigal.

*Kriemhild Flake: ... und manchmal auch ein Schaf (1972)*

Kam ich gegangen
In die Aue,
Meinen Liebsten fand ich da.
Ward empfangen,
Heilige Fraue!
Wunderseliges mir geschah.
Küßt' er mich wohl tausendstund,
Tandaradei!
Seht, wie rot noch jetzt mein Mund!

Hatt' er gemachet
Zu süßem Traume
Moossitz weich auf Blumengrund.
Wandrer lachet,
Der dort am Baume
Solch' ein lauschig Plätzchen fand.
An den zerdrückten Blumen mag,
Tandaradei!
Schauen er, wo das Haupt mir lag.

Wüßte das Einer –
Gott, mich bewahre!
Seliger Stunde schämt' ich mich.
Keiner, Keiner
Je es erfahre,
Außer er allein und ich,
Und ein süßes Vögelein,
Tandaradei!
Das wird treu verschwiegen sein!

WALTHER VON DER VOGELWEIDE

## Heidenacht

Wenn trüb das verlöschende letzte Rot
herschimmert über die Heide,
wenn sie liegt so still, so schwarz und tot,
soweit du nur schauest, die Heide,
wenn der Mond steigt auf und mit bleichem Schein
erhellt den granitnen Hünenstein,
und der Nachtwind seufzet und flüstert darein
auf der Heide, der stillen Heide –

Das ist die Zeit, dann mußt du gehn
ganz einsam über die Heide,
mußt achten still auf des Nachtwinds Wehn
und des Mondes Licht auf der Heide:
was nie du vernahmst durch Menschenmund,
uraltes Geheimnis, es wird dir kund,
es durchschauert dich tief in der Seele Grund
auf der Heide, der stillen Heide.

HERMANN ALLMERS

# Die Heide

O weite Heide, wie bist du schön,
Wenn Frühlingslüfte über dich gehn,
Wenn schüchtern das Grün aus der Knospe lugt
Und die Lerche ihr erstes Liedchen versucht,
Mit zartfrischen Nadeln die Föhren stehn,
Und luftige Schleier die Birken umwehn!

O weite Heide, wie bist du schön,
Wenn Sommergluten über dich gehn,
Der Sonne brennender Kuß dich umfängt
Und alles dem Blühen entgegendrängt,
Unzählige Glöckchen bedecken den Sand,
Wildröslein duftet am Waldesrand!

O weite Heide, wie bist du schön,
Wenn Herbststürme über dich gehn,
In Braun sich wandelt dein Teppich bunt,
Und Nebel wogen im Wiesengrund,
Wenn über die Fluren und durch den Wald
Der Weidmann streift und das Jagdhorn schallt!

O weite Heide, wie bist du schön,
Wenn Winterschauer über dich gehn!
Wie friedlich ruhst du tief eingeschneit
Im weißen glitzernden Totenkleid,
So traumversunken dahingestreckt,
Bis Lenz zu neuem Leben dich weckt!

ADELAIDE VON GOTTBERG

E.FRICKE

## Die Birke

Es wächst wohl auf der Heide
Und in des Waldes Raum
Ein Baum zu Nutz und Freude,
Genannt der Birkenbaum.

Die Schuh, daraus geschnitzet,
Sind freundlich von Gestalt.
Wohl dem, der sie besitzet,
Ihm wird der Fuß nicht kalt.

Es ist die weiße Rinde
Zu Tabaksdosen gut,
Als teures Angebinde
Für den, der schnupfen tut.

Man zapfet aus der Birke
Sehr angenehmen Wein,
Man reibt sich, daß es wirke,
Die Glatze damit ein.

Dem Birkenreiserbesen
Gebühret Preis und Ehr;
Das stärkste Kehrichtwesen
Das treibt er vor sich her.

Von Birken eine Rute,
Gebraucht am rechten Ort,
Befördert oft das Gute
Mehr als das beste Wort.

Und kommt das Fest der Pfingsten,
Dann schmückt mir fein das Haus,
Ihr, meine lieben Jüngsten,
Mit Birkenzweigen aus.

WILHELM BUSCH

# Scheidelied

Ade, ade! ich muß von dir,
Mein süßes Lieb, ich scheide;
Ich ziehe so fern, so fern von hier,
Wohl also fern über die Heide.

Wohl über die Heide, wohl über den Sand
Mit traurigem Herzen und Sinnen;
Wohl kann ich gewinnen das Vaterland,
Doch nie treue Liebe gewinnen.

„Und siehst du's nicht grünen überall,
Nicht grünen von nah und von weiten?
Auch wird dich noch morgen die Nachtigall
Mit anderen Vöglein begleiten.

„Sie singet dir über Heid' und Sand,
Du sollst ihr Singen wohl hören;
Sie singet dir bis in dein Vaterland,
Was dir treue Liebe that schwören."

Nun hör' ich kleiner Vöglein Sang,
Nun wandl' ich über die Heiden; –
Nun thut mir auch all mein Leben lang
So weh und so weh das Scheiden.

AUGUST HOFFMANN VON FALLERSLEBEN

# Das Heidekirchlein

Bei dem Heidenhofe, in der Nähe von Soltau, an den sich auch die Sage vom Stöhrkreuz knüpft, soll vor vielen hundert Jahren eine kleine Kapelle gestanden haben, von einem Billunger in alter Zeit zum Andenken an die glückliche Errettung seiner Frau aus Lebensgefahr errichtet. Bestätigt wird diese Überlieferung durch die Thatsache, daß dort vor längeren Jahren die Arbeiter bei Anlage der Landstraße auf uraltes Gemäuer stießen, das anscheinend die Fundamente einer alten Kapelle gebildet hatte. Jetzt sind diese letzten Überreste unter dem Straßenkörper der Landstraße von Soltau nach Bispingen begraben. Aus dem Munde eines alten Mütterchens vernahm ich auf einer Heidefahrt die Sage von der Erbauung der Heidekirche und will es versuchen, dieselbe in ihrer reizvollen Ursprünglichkeit hier wiederzugeben.

„Ja, en Kerken hett dar bi'n Heienhoff stahn, dar hew ick woll ins vor lange Jahren mal von vertellen hört. Dat is awer all lange,

lange her, to'ne Tid, as de Heienhoff dar noch garnich stünn und allens man brake Heide weer. Dar wahn in Dittmern 'n riken, riken Buurn, de harrn Wäswark, noch grötter as Meyer up'n Stibshoorn*, un'n junge, dralle Froo harr he sick nahmen, so moje un schön, datt'r en schönere in'n ganzen Lümbörg'schen nich to finnen wör. Nu wör dat upp'n Sönndagmorn in'r Sommerstied, so üm Jakobsdag rüm, da weer de Buur mit Peerd un Wagen na Soltau tiert, na'r Kerken. Sin lüttje Froo wör dittmal in'n Huse bläben, un as se un allens to'n Middag rüst harr un dachte, dat ehr Mann woll kamen könn, dar mak se sick up'n Weg, üm em en Flaag intomöte to gahn. Se güng un güng un keem up de Heide. De leeg so still un klar, wie se ehr noch nich ins vörkamen wör. Dat wör, as wenn de roden Heidblomen ok Sönndag fiern. De Leerken weern ok still, de harrn ehr Morgenleed all sungen. De Immen fiern likerwise, kort, dar weer keen Lud up'r Heide, un de junge Froo meende, se könn de Engels dar baben singen hören. Aber heet weer dat ok, keen Togwind weer in den Braam und in de Machannelbüsch to spör'n.
De lüttje Froo kiek un kiek in de Heide unt na Soltan nöwer, awer keen Mann, keen Pärd un Wagen wör to sehn. Se plück sick to'n Tidverdrief Heidebloomen un leep in ehre Dralligkeit von eenen Busch na'n annern. So wör se bald in de Gegend kamen, wo nu de Heienhoff liggt, un da öwermannde se de Mödigheit. Dar stünn en groten Machannel, un in den Machannel dar klatter en Brummelbeerbusch mit sin hackige Twiegen henup. Dat geew doch en bäten Schutz vör de heeten Sünnenstrahlen, dar woll se sick en Ogenblick, en lüttjen Ogenblick dalsetten un verhaalen. Man ut den lüttjen Ogenblick wörr en groten, un ümmer noch seet se dar, dach' an den schönen Sönndag – an ehren Mann, de nu bald kamen möß – an ehr lüttjet hübschet Kind to Hus in'r Weegen – un denn sleep se in. Wo lange se slapen harr, dat wüß se nich, man ehr wör dat so, als harr ehr lise, lise Eener üm den Arm faat't un drückde ehr. Se däh de Oogen upp un kreeg en Schreck, dat se schier verlaamde. Üm ehren Arm leeg wie son vergollt Armband en Adder*, de mit de spitzigen Tungen spälde un den blanken Kopp up ehren Arm hen un her glieden leet, as söch se de beste Stäe, üm to stäken. De

* Stübeckshorn

lüttje Froo kreeg en Dodesschreck, un in ehre Angst versprök se in ehren Harten, dat se en christlich Wark dohn woll, wenn use Herrgott ehr düttmal noch an'n Lewen leet. Denn füll se in Ahnmacht un bleew stief as'n Steenbild sitten. Un dat wör ehr Glück – dat giftige Deert güng weg, so as't kamen wör.
As se upwaakte, da harr ehr wedder Een üm den Arm un üm den Hals faat't, dat wör ehr Mann, de eben mit sinen Wagen von Soltau trüggkamen weer un ehr to sinen Schreck wie dood an'n Weg funnen harr. Wo wör de Froo glücklich, un erst ehr Mann, de se lew harr as sinen Oogappel. Wat sin Froo in ehre Dodesangst verspraken harr, dat hewwt de Beiden holen. De rike Buur boode de lüttje Kerken to'n Heienhoff, un de Kerken hett dar lange stahn, bät se ok toläßt bofällig worrn un afbraken is. Dat is awer ok woll all lange, lange Tied her, awer so väl is gewiß, datt dat sieht düsse Tied in de ganze Heidmark keen Addern mehr giwt."

AUGUST FREUDENTHAL

* Nach dem allgemein verbreiteten Glauben der Landleute beißt die Kreuzotter nicht, sondern sticht mit ihrer zweispitzigen Zunge.

## Rückkehr des Einheimischen

*(Eustacia Vye lebt unfreiwillig auf der Heide „Egdon Heath", Clym Yeobright kehrt freiwillig dorthin zurück. Später heiraten Clym und Eustacia – gegen den Willen seiner Mutter. Die Ehe scheitert tragisch, obwohl alle Beteiligten aufrichtige Anstrengungen zur Versöhnung gemacht hatten. Schuld ist: die Heide.)*

Besaß Yeobright ein ausgeglichenes Gemüt? Nein. Ein ausgeglichenes Gemüt [...] wird seinen Besitzer nie soweit bringen, daß er als Verrückter eingesperrt, als Ketzer gefoltert oder als Gotteslästerer gekreuzigt wird. Zum anderen wird es ihn auch nie soweit bringen, daß er als Prophet bejubelt, als Priester verehrt oder zum König emporgehoben wird. [...] Niemals würde es also Yeobright gestattet haben, etwas so Lächerliches zu tun wie seinen Beruf hinzuschmeißen, um sich zum Wohltäter seiner Mitmenschen aufzuschwingen.

Er stapfte heimwärts, ohne auf Fußwege zu achten. Wenn überhaupt jemand die Heide kannte, dann war es Clym. Er war durchdrungen mit ihren Bildern, ihren Stoffen und ihren Düften. Er war sozusagen ihr Produkt. Der erste Blick seiner Augen, auf sie war er gefallen; mit ihrer Erscheinung waren alle Bilder seiner allerersten Erinnerung durchwirkt; sie hatte seine ganze Lebenseinstellung gefärbt; die Messer und Speerspitzen aus Feuerstein, die er dort fand, waren seine ersten Spielzeuge gewesen, und er hatte sich gewundert, daß Steine zu so merkwürdigen Formen ‚wachsen' könnten; seine Blumen, das waren das violette Heidekraut und der gelbe Stechginster; sein Tierreich die Schlangen und wilden Ponys; seine Gesellschaft die menschlichen Heidebewohner.

Nähme man all die verschiedenen Haßgefühle zusammen, die Eustacia Vye für die Heide empfand, und übersetzte sie in Gefühle von Liebe, man erhielte Clyms Herz.

Vielen kam dieses Egdon vor wie ein Ort, der vor Generationen seinem eigenen Zeitalter entschlüpft war, um als roher, ungeschlachter Eindringling in diesem wieder aufzutauchen. Es war etwas Überholtes, und kaum jemand machte sich die Mühe, es genauer zu studieren. Wie hätte dies auch anders sein können in einer Zeit der quadratischen Felder, der geflochtenen Hecken und der Wiesen, die nach einem so rechteckig angelegten System bewässert wurden, daß sie bei schönem Wetter wie silberne Drahtgitter aussahen. Der Bauer, der sich an künstlichen Graszüchtungen erfreuen konnte, sorgenvoll das wachsende Korn betrachtete und traurig über die von der Fliege zerstörte Rübenernte seufzte, würdigte das ferne, hochgelegene Heideland allenfalls eines Stirnrunzelns im Vorüberfahren. Doch was Yeobright betraf, so konnte dieser sich einer gewissen barbarischen Genugtuung nicht enthalten, als er auf seinem Weg von den Höhen hinabblickte und beobachtete, wie einiges von dem Ackerland, das man der Wildnis abzugewinnen versucht hatte, sich nach ein oder zwei Jahren des Widerstandes schon wieder hatte zurückziehen müssen und wie die Farne und die Ginsterbüschel bereits dickköpfig ihre Rechte zurückforderten.

Er stieg hinab ins Tal und erreichte bald sein Zuhause in Blooms-End. Seine Mutter zupfte welke Blätter von den Pflanzen im Fenster. Sie blickte zu ihm hinauf, als ob sie nicht verstehen könnte, was sein langer Aufenthalt bei ihr bedeutete; [...] mit den Lippen hatte sie noch keine Frage gestellt, selbst als die Ankunft seiner Portmanteaus darauf schließen ließ, daß er so bald nicht wieder gehen würde. Ihr Schweigen aber flehte lauter als Worte nach einer Erklärung.

„Ich geh' nicht wieder zurück nach Paris, Mutter", sagte er. „Wenigstens nicht in meiner alten Funktion. Ich hab' mein Geschäft aufgegeben."

Mrs. Yeobright wendete sich in schmerzhafter Überraschung um. „Ich dachte mir schon, daß was nicht stimmt, wegen der Kisten. Warum hast du mir bloß nicht früher was gesagt?"

„Das hätte ich wohl tun sollen. Aber ich war im Zweifel, ob dir mein Plan gefallen würde. [...]"

THOMAS HARDY

(ÜBERSETZT VON HEIN VERSTEEGEN)

## Trauernd und groß liegt –

Trauernd und groß liegt vor uns
Die schwarzbraune Haide;
Einsam und hellgrün ragt ein Wachholderstrauch
Zwischen dem Haid'kraut.
Ringsum strecken sich Hügel,
Einem Gebirgskamm gleich, mitten durch's Land.
Aber an jeder Böschung,
Selbst in den Spuren der Räder,
Dringt Haid'kraut rothgelb hervor.
Es ist, als ob ein ausgestorbener Erdball
Unter uns läg', ein trauerndes Grab.
Doch der Vollmond strahlet so hell am tiefblauen Himmel,
Wo Wolken, phantastisch geformet,
Wie schwimmende Berge gleiten.
Alles ist stille;
Man hört nur das Knarren des Rades
Im tiefen Sande des Weges.
Mäntelumhüllt sitzen schweigend wir da,
Denn der Wind bläs't scharf her aus Westen
Ueber die nackte, schwarzbraune Haide.
Hier liegt eine Hütte,
Einsam, in trauriger Gegend.
Einsturz drohend und niedrig,
Gleich einem Wrack auf windstillem Meer,
Steht sie da vor uns.
Sieh, im leisen, nächtlichen Kleide
Kommt die Wirthin heraus,
Mit verwitterten, häßlichen Zügen.
Nachlässig hängt das zerriss'ne Gewand
Um die spitzigen, knöchernen Lenden.
Mit trock'nem Haid'kraut zündet sie Feuer;
Sie bläset es an, und kohlschwarz
Wirbelt der Rauch in die Höhe,
Und die Flammen werfen röthlichen Schein
Auf das hag're gefurchte Antlitz.
Draußen lagern wir uns,

Brauen den Punsch und sitzen wie Götter
Auf der bräunlichen, schlummernden Erd', die in Lüften
Segelt dahin mit dem Monde.
Schmunzelnd nimmt auch die Alte ihr Glas,
Nippt oft daran und erzählet
Von den Spaniern, die hier
Einst gewesen im Kriege;
Wie die fremden Gäste, die Niemand verstand, ihr Lager
Aufschlugen hier, inmitten der Haiden;
Wie sie oft weinten, recht wie die Kinder,
Rufend der Heimath Land;
Dann wieder tanzten und hüpften in hellen Nächten,
Singend die fremden, heimischen Lieder,
Fern von der Heimath, alleine
Auf der nackten, schwarzbraunen Haide. –
Das Mahl ist zu Ende;
Auf dem Wagen sitzen wir wieder
Und winken der Alten Lebewohl,
Die uns gespenstisch anstarrt und nicket.
Doch hinter der Thüre
Lauschet ein junges Mädchen mit Neugier.
Staunend blickt sie uns an, gähnend und streckend
Die trägen, herrlichen Glieder.
Das Kleid, das sie lose um sich geworfen,
Fällt von der üppigen Schulter,
Und zeigt auf der Haide uns Marmor.

HANS CHRISTIAN ANDERSEN

## Das Vaterland

O Vaterland, wie klingt dein Name lieb!
Entführte dir den Sohn ein ernst Verhängnis,
Dann zieht ihn heim ein rätselhafter Trieb,
Und jedes andre Land wird ihm Gefängnis.

Bei dir nur prangt der Lenz in Herrlichkeit,
Mit seinem Reiz der Sommer da nur waltet,
Und schön ist selbst des Winters weißes Kleid,
Wenns auf der Kindheit Fluren liegt entfaltet.

Die öde Küste mit dem Sand und Kies,
Die Wiese, wo die stillen Brünnlein gehen,
Die gelbe Wüste ist ein Paradies,
Wenn sie des Kindes erste Lust gesehen.

Heimat ist mir des Ginsters dunkles Land,
Auf Heidegrund schien meiner Kindheit Sonne,
Mein zarter Fuß trat einst den gelben Sand,
An schwarzen Hügeln sproß mir Jugendwonne.

Mich dünkt der braunen Heide karge Flur
Auf dieser Welt die schönste Augenweide.
Ich will die letzte Ruhestätte nur
Bei Gräbern meiner Väter auf der Heide.

STEEN STEENSEN BLICHER
(ÜBERSETZT VON P. J. WILLATZEN)

# An die Wolke

Und kommst auf deinen Wegen
Du an vor ihrem Hause,
So stürze dich als Regen
Herunter mit Gebrause;
Daß sie bei dunkler Nacht
Aus ihrem Traum erwacht.

Schlag' an die Fensterscheibe
Und schlag' an ihre Thüre,
Und sei dem falschen Weibe
Ein Mahner an die Schwüre,
Die sie mir weinend sprach
Und die sie lächelnd brach.

Zieh' nicht so schnell vorüber
An dieser stillen Heide;
Zieh' nicht so scheu vorüber
An meinem tiefen Leide:
Du Wolke in der Höh',
Steh still bei meinem Weh!

Und nimm auf deine Reise
Mit fort zu ihr die Kunde:
Mein Herz, die arme Waise,
Verblutet an der Wunde,
Die mir durch ihren Trug
Die Ungetreue schlug.

Und will sie das nicht hören,
So magst von deinem Sitze
Du, Donner, dich empören,
Dann rüttelt all', ihr Blitze,
Wenn ihr vorüberzieht
An ihrem Augenlid!

NIKOLAUS LENAU

## Die Rote Erde

Herrn Kaiser Karl zu Aachen kam's über die Augen schwer:
„Ich fühl's, nicht wird mich wärmen die Frühlingssonne mehr.
Noch einmal muß ich umschaun, wie's steht in meinem Reich.
O wär' ich bei Avaren und Arabern zugleich,
zugleich am gelben Tiber, zugleich am grünen Rhein:
zu groß ist, ach, das Erbe – der Erbe, weh, zu klein. – – –
Die Nächsten sind die Sachsen, bis dorthin reicht's wohl noch:
sie kämpften dreißig Jahre, und ich bezwang sie doch!"
Er zieht mit Graf und Bischof nochmal durchs Sachsenland:
der Männer sieht man wenig; – tot sind sie, landverbannt.
Auf öder, brauner Erde, vom Eichbaum überragt,
liegt ein Gehöft, den Dachfirst vom Roßkopf überschragt.
Welk übern tiefen Ziehbrunn nickt der Holunder schwer,
und frische Hügelgräber – sehr viele – ringsumher. –
Ein Weib tritt auf die Schwelle; es zerren an ihrem Rock
die Knaben mit dem Trutzblick, die Mädchen im Flachsgelock.
Sie gaffen auf die Fremden, auf die bunte Reiterschar;
es beugt sich aus der Sänfte ein Mann in weißem Haar.
Er streicht den Kopf dem Jüngsten, der greift nach der Spange licht.
„Wer ist's?" forscht scheu die Mutter. „Herr Karl! – Kennst du ihn nicht?"
Laut auf kreischt die Entsetzte und reißt die Kinder fort:
„Herr Karl! Der Tod!" – Sie verschwinden im nahen Buschwald dort. –
Der Kaiser nächtet im Kloster. Leer ist's um den Altar,
kein Laie, – nur die Mönche. – „Was scheint dort so fern, so klar?
Was leuchtet durch das Fenster?" – „O Herr – 's ist nicht geheuer,
die Sachsen sind's im Walde bei Wotans Opferfeuer." –
Am andern Morgen rheinwärts der Kaiser kehrt die Fahrt;
er schweigt. – Er betet manchmal, er streicht den weißen Bart.
Das Roß führt ihm ein Sachse, der alle Steige kennt.
Das Erdreich steht zu Tage, wo der Pfad die Hügel trennt.
Warm dampft es aus den Schollen, – Karl beugt vom Sattel sich:

„Rot ist hier rings die Erde, seit wann? Woher das? – Sprich!“
Da hob der graue Führer zu ihm den Blick empor:
„Grün war der Wiesenanger, die Heide braun zuvor;
zweihunderttausend Sachsen, die starben blut'gen Tod,
davon ist in Westfalen die Erde worden rot.“
Da schüttelt Frost den Kaiser: „So tief – die Erde rot?
Herr Christus, lösch die Farbe; ich tat's auf dein Gebot!“
Starr hat er in die Wolken, – auf den Boden starr gesehn;
der Boden blieb derselbe, – kein Wunder ist geschehn. –
Schwer krank kam er nach Aachen in seinen goldnen Saal;
er raunte mit sich selber, hauptschüttelnd, manchesmal.
Er fragte: „Ist's noch rot dort?“ als er im Sterben lag. –
Rot blieb Westfalens Erde bis auf den heut'gen Tag.

FELIX DAHN

*Wilhelm Hensel: Friedrich de la Motte-Fouqué*

# Sintram und seine Gefährten

Niflungshaide hieß eine öde, feierliche Gegend in Norweg; man sagte, der junge Niflung, Högne's Sohn, seines Stammes Letzter, habe daselbst ein wehmütig siegloses Leben dunkel beendet. Viel der uralten Grabsteine standen rings umher, und auf den einzelnen Eichen, die hier und dort über die Ebene hinrauschten, horsteten hochgewaltige Adler und kämpften bisweilen hart mit einander, daß man ihren schweren Flügelschlag, ihr zorniges Geschrei fernaus, über bewohntere Gegenden fort, vernehmen konnte und die Kinder in den Wiegen bisweilen davor zusammen fuhren und die Alten aufschraken, die am Heerde eingeschlummert waren.

Eben wollte die siebente Nacht, die letzte vor dem Kampfestage, hereinbrechen, da kamen von den Hügeln zu beiden Seiten zwei riesige Züge feierlich herab: von Abend her Eirik der Alte, von Morgen her Biörn Gluth-Auge; denn die Sitte wollte es, daß man früher auf dem Wahlplatze erschien, als zur gegebenen Stunde, um auch so anzudeuten: man scheue nicht, sondern man suche das Gefecht.

Folko ließ alsbald das himmelblaue Sammetgezelt, mit goldenen Franzen verziert, das er für die Bequemlichkeit seiner zarten Hausfrau mit sich führte, auf der gelegensten Stelle der Haide aufschlagen, derweile Sintram in Heroldsweise zu Jarl Eirik dem Alten hinüber ritt, ihm anzusagen, in Ritter Biörns Heerschar reise auch die wunderschöne Gabriele von Montfaucon und werde morgen als Kampfrichterin die Schlacht beschauen. Da neigte sich vor dieser anmuthigen Botschaft Eirik Jarl tief und hieß seine Skalden einen Sang beginnen; der klang folgendergestalt:

„Frische Eiriksfechter,
Fangt euch an mit leuchtenden
Schmucken Waffen zu schmücken zur morgenden Schlacht!
Herrlichste aller Herrinnen
Hält ob euren Feldruhm
Schönes Gericht zu morgen in dröhnender Schlacht.
Wohl über ferne Wogen

Wallte durch Wies' und Feld her
Kunde zu uns vom kühnsten Freiherrn laut.
Der kommt drängend und wehrhaft
Dort in feindlichen Reih'n an
Folko kommt! Ficht rühmlich, du Eiriksvolk!"

Die wunderlichen Klänge schwebten über die Haide heran bis in Gabriele's Gezelt. Sie war es gewohnt, ihres Ritters Ruhm von allen Seiten verherrlicht zu sehen; aber wie sein Preis so glänzend aus Feindesmund gegen den Nachthimmel anschwoll, wäre sie fast vor dem großen Freiherrn ins Knie gesunken. Aber der zierliche Folko hielt sie mit anmuthiger Geberde aufrecht und drückte einen glühenden Kuß auf ihre schwanenweiche Hand, sprechend: „Dir, o liebliche Herrin, gehören meine Thaten und nicht mir!"

Als nun die Nacht überhin gezogen war und es in Osten flammte: wie flammte und wogte und tönte es da auf Niflungshaide! Helden legten ihre klirrenden Rüstungen an, edle Rosse wieherten, der Frühtrunk ging in leuchtenden Gold- und Silberschalen umher, Kriegslieder und Harfenklänge rauschten drein. Ein fröhlicher Marsch aus Waid- und Schlachthörnern stieg von Biörns Seite her empor. Montfaucon, seine Reisigen und Knappen in stahlblauer Rüstung um ihn her, geleitete seine Herrin einen Hügel hinauf, wo sie vor den fliegenden Speeren sicher war und das Kampfesfeld frei übersehen konnte. Die Morgenlichter spielten feiernd um ihre Schönheit, und wie sie dicht an Eirik Jarls Lager vorüber zog, senkten seine Mannen ihre Waffen, die Führer neigten ihre riesigen Helmbüsche tief. Zwei von Montfaucons Edelknaben blieben zu Gabriele's Dienst oben, vor so holdem Auftrage ihre Fechterlust nicht ungern zügelnd. Dann rückten beide Heerscharen grüßend und singend an ihr vorbei, stellten sich kampfgerecht auf ihre Plätze und die Schlacht hub an.

Fröhlich flogen die Nordlandsspeere aus kräftigen Händen, prallten tönend von den entgegen geschwungenen Schilden zurück, begegneten einander auch wohl klirrend im Fluge; bisweilen stürzte in Biörns oder Eiriks Geschwadern ein Kämpfer schweigend in sein Blut.

Da brach Ritter Folko von Montfaucon vor mit seinem normännischen Reitergeschwader. Noch im Vorbeifliegen grüßte er mit der leuchtenden Klinge nach Gabrielen hinauf, dann ging's mit vielstimmig jubelndem Schlachtruf in der Gegner linken Flügel hinein. Eiriks Fußknechte streckten ihm, auf's Knie gestemmt, ihre starrenden Hellebarden eisenfest entgegen; manch ein edles Roß stieg tödtlich verwundet und warf, sich überschlagend, seinen Reiter mit auf den Boden; manch andres riß in seinem Todesfalle den Gegner zugleich unter sich; Folko flog durch, unverwundet er und sein Schlachtgaul, eine Menge erlesener Ritter ihm nach. Schon tos'te Verwirrung durch das feindliche Heer, schon rückten Biörn Gluth-Auge's Rotten siegjubelnd vor, da warf sich eine Reiterschaar unter Eirik Jarl dem großen Freiherrn entgegen, und während dessen Normänner, schnell gesammelt, ihm nachhieben in die neuen Feindesreihen, rollte sich das Fußvolk der Gegner zusammen, immer zusammen, in einen ganz dichten Knäuel; man hörte, daß es auf den wunderlich gellenden Ruf eines Kriegsmannes in der Mitte geschah. Und kaum ward die seltsame Schlachtordnung gebildet, so flog sie auch wieder nach allen Seiten stummrufend auseinander, aber mit zersprengender Kraft, wie Hekla aus unergründetem Schlunde seine Flammen treibt, Biörns Krieger, die den Feind zu umschließen dachten, wankten und fielen und wichen vor der unbegreiflichen Wuth. Vergebens stemmte sich Ritter Biörn dem Strom entgegen, schon war er beinahe mit fortgerissen in die allgemeine Flucht.

Stumm und starr blickte Sintram in das Getümmel. Freund und Feind strich an ihm vorüber, und Jeder bog ihm aus, und Keiner wollte irgend mit ihm zu schaffen haben, so furchtbar, ja gespensterhaft war er in seinem stillen Grimme anzuschauen. Auch er hieb nicht rechts, nicht links, die Streitaxt rastete in seiner Hand. Aber gewaltig flammten seine Augen und schienen die Rotten des Feindes zu durchbohren, als müsse er den heraus finden, welcher diese Kampfeswuth angeschürt habe. Das gelang ihm. Ein kleiner, fremdartig geharnischter Mann, große Goldhörner auf seinem Helme, ein weit vorgestrecktes Visir daran, lehnte sich gegen eine zweischneidige, oben ganz sichelförmige Hellebarde und sah wie hohnlachend hin und her auf die sieghafte Jagd der Eirikskrieger und die Flucht der Gegner. – „Der ist es!" schrie Sintram auf. „Der will uns feldflüchtig machen vor Gabriele's Augen!" – Und pfeilschnell fuhr er mit wildem Geschrei gegen ihn los.

Der Kampf erhob sich ingrimmig, aber währte nur kurze Zeit. Der kühnen Gewandtheit seines Feindes zum Trotz schlug Sintram, seine weit überlegene Größe benutzend, von oben herein über den gehörnten Helm einen schmetternden Schlag, welchem sogleich ein sprudelnder Blutstrom nachfolgte, während der Getroffene stöhnend niedersank und nach einigen entsetzlichen Zuckungen die Glieder erstarrend zum Tode streckte.

Sein Fall schien den Fall des Eiriksheeres zu bedingen. Auch solche, die ihn nicht hatten stürzen sehen, verloren plötzlich Muth und Kampfesfreudigkeit, wichen ungewissen Trittes zurück oder rannten voll wilder Verzweiflung in die Hellebarden ihrer Feinde. Zu gleicher Zeit auch hatte Montfaucon das Roßbanner Eirik Jarls nach wüthender Gegenwehr zersprengt, ihn selbst aus dem Sattel geritten und mit eigner Hand gefangen. Biörn Gluth-Auge stand sieghaft in der Mitte des Feldes. Der Tag war entschieden.

FRIEDRICH DE LA MOTTE-FOUQUÉ

*Kriehuber: Anastasius Grün 1842*

## Ein Ritt über die Haide

Es ritten über die weite Haide
Zwei Ritter, Freunde in Lust und Leide.
Da ragt kein Baum und kein Vogel singt,
Da säuselt kein Laub, kein Bächlein klingt,
Kein Röslein glüht; nur im falben Kleide
Weithin dehnt stumm sich die glatte Haide.

Erst reiten sie still dahin mit Schweigen,
Wie also die Art ist Freunden eigen,
Denn spräch' auch dieser hier aus das Wort,
Längst fühlts und denkts der Andre dort;
Nur weil so todesstumm die Haide,
Fährt mählich Redelust in Beide.

Der Eine spricht: „Wenn ich die Blicke
Weit über dieß Haidefeld ausschicke,
Muß diesen unbegränzten Raum,
Der ohne Wechsel und ohne Saum,
Als Bild der Ewigkeit ich deuten,
Der unsre Seelen entgegenschreiten."

Der Andre meint: „Ich bins zufrieden,
Ists unsern Leibern und Seelen beschieden,
Wie der Staub, von unsern Rossen gestampft,
Wie der Hauch, aus ihren Nasen gedampft,
Ein Weilchen über die Haide zu treiben,
Mag auch die Haide urewig bleiben!"

Der Erste drauf: „So hältst du in Ehren,
Mißrathner Sohn, der Mutter Lehren!
Für dich umsonst vergossen ist
Des Herren Blut, abtrünniger Christ!
So ist dir des Menschen heiliger Glaube
Nur der des Thiers, des Wurms im Staube!"

Der Andre dann: „Brennt dir unterm Schopfe
Des Herren Lichtlein umsonst im Kopfe?
Und hast du's, eh' es geleuchtet, gestutzt?
Hat dirs das Pfäfflein pfiffig geputzt?
Sonst müßtest du als Glück es ehren,
Wenn wir das Würmlein im Sonnenglanz wären!"

„Wohlan, du Gotteslästrer, verderbe!"
„Wohlauf, du Pfaffenknecht, so sterbe!"
Zum Kampf gewendet Pferd gen Pferd!
Zum Hieb geschwungen Schwert gen Schwert!
Ins Herz getroffen und fallend Beide!
Drauf flüchtger Staub über ewiger Haide!

Ich meine, die Schuld an solchem Leide
Trägt nur die öde, stumme Haide;
Wenn sie geritten im Palmenhain,
Sie würden zur Stunde noch Freunde sein;
Wenn sie geritten im Blumenhage,
Sie ritten wohl noch am heutigen Tage.

ANASTASIUS GRÜN

# Der teutsche Bauer

Ich wurde einstmals mit einer Partei von der Götzischen Armee, die damals zu Neustadt auf dem Schwarzwald lag, in die Schwabenheide kommandiert. Da kriegten wir einen Bauer, der uns den Weg am Bodensee weisen mußte. Diesen fragten wir per Spaß, ob er schwedisch oder kaiserisch sei. Er aber gedachte: ‚Sagst du kaiserisch, so geben sich diese für schwedisch aus und räumen dir den Buckel ab. Sagst du aber schwedisch, so widerfährt dirs abermals.‘ Antwortet derowegen, er wisse es nicht. „Schelm“, sagt ein Reiter zu ihm (denn damals waren wenig redliche Leute, weil die Soldaten die Bauern Schelme nannten, daß sie es hörten, und hingegen die Bauern die Soldaten Diebe schalten, wenn sie es nicht hörten), „du wirst ja wissen, wem du zugehörst.“ – „Nein, Ihr Herrn“, antwortet der Bauer, „dies ist ohne Gefahr nicht zu sagen, ich sei denn auf meinem Mist.“ Darauf sagt der Offizier: „Wenn du mir die Wahrheit bekennst und sagst, wie es dir ums Herz ist, so will ich dich wieder gleich deines Wegs laufen lassen. Wo nicht, so mußt du im Bodensee (neben welchem wir eben vorbeiritten) ohne alle Barmherzigkeit ersaufen.“ Der Bauer antwortet: „Ich hab mein Lebtag gehört, ein Ehrlicher vom Adel, wie ich Euch für einen ansehe, halte sein Wort. Darum will ich eben so mehr auf solche Parole die Wahrheit sagen (wann ich deren nur versichert bin) und lebendig davonkomme, als stillschweigen oder gar lügen und im See versaufen.“ „Ein Schelm ist, der sein Wort nicht hält“, antwortet der Offizier. Da sagt der Bauer: „Es bleibt dabei. Was aber meine Affektion anbelangt, so wollte ich wünschen, die kaiserlichen Soldaten wären eine Milchsuppe so groß als dieser See, und die schwedischen wären die Brocken drein. Alsdann möchte der Teufel sie miteinander auffressen.“ Das gab bei uns ein Gelächter und dem Bauern wieder die Freiheit.

HANS JAKOB CHRISTOFFEL VON GRIMMELSHAUSEN

„Lacht nicht zu früh! Die Hexerei kommt noch. Joachim war noch nie so gnädig, als den Tag zu mir. Ich spreche sonst gern und viel mit ihm. Einen Hecht an der Angel muß man nicht loslassen, auch Fürsten, soviel es angeht, nie selbst denken lassen. Wer's los hat, muß ihnen die Gedanken, die sie denken sollen, in die Hand geben. Ich kann mich rühmen, daß ich's verstehe, sie so handrecht ihm zu drechseln, daß er damit spielt, als wären es seine eigenen lieben Einfälle. Nur heute ging's nicht. Er sprach gelehrt, wie seine Lust ist. Weiß der Geier, was meine Zunge lähmte; ich hörte schon wieder auf, wenn ich anfing. Mein Auge war wie mit einem Nebelflor umstrickt. Bisweilen kam es mir vor, als ritte neben mir der Scharfrichter."

„Der Kurfürst!"

„Er hat manches Mal ein so strenges Gesicht, daß man daran gemahnt wird."

„So erklärt mein Herr von Lindenberg selbst, was seine bösen Gesichter bedeuten", sagte der Dechant. „Es war ein neblichter Morgen, und die Stimmungen, welche er von einer schlechten Nacht mitbrachte, wurden in seiner Einbildungskraft zu Gespenstern."

„Es bedeutet nichts, es ist alles dummes Zeug", fiel der Gast rasch ein. „Wir werden gestört durch die Dünste aus unserm dicken Blut. Aber als ich von der Jagd abkam und in die Richte zu jagen glaubte, stutzte am Waldeck mein Tier und steifte die Ohren. Mir surrte und schwirrte es auch ums Ohr, wie in der Nacht. Ich hätte nicht vorwärts mögen, aber Sporen klirrten, wie mich an meine Pflicht zu mahnen. Mein Rappe bäumte sich unter dem Druck, und als ich um den Eck war, stand ich auf einer wüsten, verbrannten Heide, in der Mitte ein Galgen, und dran hing einer."

Er schwieg einen Augenblick.

„Ihr werdet wieder sagen, ich hätte Gespenster gesehen. Ich glaubte es auch, da ich meinem Tier den Willen und die Zügel schießen ließ. Und noch mehr, das Gespenst verfolgte mich. Ich sah es vor mir mit geschlossenen und offenen Augen: ich war doch schon eine Viertel Meile fort, und hinter jeder Kiefer baumelte es; Sporen an den Stiefeln, einen Federhut auf dem Kopf; ich sah jede Bewegung, die blassen, gekniffenen Finger, die blauen Lippen, das rote, aufgeschwollene Gesicht.“

Der Junker Peter Melchior kreuzte sich. Alle waren still.

„Ich hielt an, ich schlug mich auf die Brust, ich rieb mir die Stirn. Nun betete ich ein Ave Maria und den Rosenkranz ab. Dann kehrte ich um, und ich kann euch morgen den Weg wieder zeigen, den ich zurücktat, indem ich der Spur meines Pferdes folgte. Jede Fichte, jede Birke, selbst die Hollundersträucher merkte ich mir. Da kam das Waldeck, da die verbrannte Heide, der branstige Geruch, Raben und Krähen am Himmel, der Galgen, der Mann daran, Sporen an den Stiefeln, eine Federkappe auf dem Kopf – und ich war es, mein Gesicht.“

Lauter blasse Gesichter schauten sprachlos auf den Redner.

„Da verging's mir“, fuhr er nach einigem Schweigen fort. „Es war mir blau und rot um die Augen, alles drehte sich um, und ich lenkte nicht mehr mein Pferd. Ich weiß nur, daß es durch dick und dünn flog. Die dürren Äste knackten, es rauschte in den Wolken, Ketten klirrten, Sporen klirrten, die Eulen krächzten. Dazwischen Waldhörner, Hussaruf, ich weiß nicht was. Ich weiß auch nicht, ob ich durch die Jägerhaufen flog, ob ich noch einmal an dem Galgen vorüberkam, mir war's so. Zur Besinnung kam ich erst, als es schon dunkelte, und mein Rappen, keuchend, atemlos in einem blauen, dunstigen Moor nach einer Wegspur suchte. Wie viele Stunden ich da noch in der Irre ritt, weiß ich nicht. Mir war kalt, mir war heiß zumut, wenn ich an das zurückdachte, bis ich endlich Licht sah. Wär's ein Irrwisch gewesen, eine Teufelsküche, mich hätt's nicht gewundert; nun war's meines Freundes Götze Hohen-Ziatz. Ich bin hier, und was denkt ihr davon?“

„Ihr hattet vielleicht vergessen, den Abendsegen zu beten?“ bemerkte der Dechant.

„Pah! da müßt' ich oft Galgenmännlein sehen.“

Peter Melchior hatte während der letzten Erzählung, die Hände unterm Tisch faltend, eine ganze Reihe von Gebeten zwischen den Zähnen gemurmelt.

„'s ist was nicht richtig in der Luft“, sagte er leise, „ich hab's von Anfang an gesagt. Die hagern Frauen an der Bleiche, der Krämer und sein verhextes Zeug, der Sturm, es geht was vor. Niemand weiß, wo's hinausläuft. Zwischen Gallus und Allerheiligen tut's nimmer gut, etwas vornehmen, aber Frau Brigitte hat keine Gottesfurcht, keinen rechten Glauben. Was mußte sie gerade jetzt die große Wäsche halten. Die hat's aufgerührt."

Der Ritter hatte wieder sein vornehm stolzes Gesicht. Er saß im Stuhl zurückgelehnt, ein verächtliches Lächeln schwebte über seine Lippen:

„Auf eine Wäsche läuft's hinaus! Es tut mir leid, so ich Wäsche gestört hätte."

Peter Melchior erzählte. Der Ritter hörte bei einigen Punkten aufmerksam zu, bis der Junker plötzlich mit den Fingern schnellt: „Nun hab' ich's, das Galgenmännlein! Klaus Hedderich erzählte ja davon. Nicht der Ritter war's, der Schneider Wiedeband. Richtig, der hängt noch am Galgen bei Beelitz in der Heide."

Der Herr von Lindenberg lehnte sich über den Tisch. Es war, als ob ihm mit dem frohen Gesicht des Junkers ein bleierner Bann auf der Brust sprang. Aber der Zweifel meldete sich wieder.

„Ein Schneider in Sporen!"

„Oh, das ist eine lustige Geschichte. Hattet Ihr nicht davon gehört? Die von Beelitz zankten schon seit einem Jahre mit dem Schneider. Er war ein Gewandschneider, ein kleiner Mann nur, aber er hatte es dick sitzen im Kopf. Sagte es laut bei allen Zechen: ‚Kleider machen Leute, also da der Schneider die Kleider macht, macht der Schneider auch die Stände.' Schneiderte sich selbst Kappen und Mäntel und Hosen, wie Ratleute und Junker; so oft ihn auch der Rat darum strafte, er stolzierte darin um, und sie brauchten ihn, denn keiner verstand besser mit der Schere umzugehen. Sonst hätten sie ihn längst ins Elend geschickt, aber er sagte, seine Amme hätt's ihm an der Wiege prophezeit, daß er als Ritter sterben würde. Nun hatte er den Ratsherren ihre Mäntel zugeschnitten; aber ehe ein halb Jahr um war, wurde das Tuch müde und riß. Die von Beelitz machten ein furchtbar Geschrei, aber er schrie wieder. Die sagten, er hätte das Zeug mit dem Bügel verbrannt, er sagte, sie hätten ihm verbranntes Tuch geliefert. Getagefahrtet ward von einem Schöppenstuhl zum anderen, bis die Köpfe lichterloh brannten. Die Zeugen schlugen sich schon, die von Treuenbrietzen, von Jüterbogk, selbst die von Wittenberg mischten sich drein.

Endlich waren sie einig, die Justiz könnte das nicht abtun, und Wiedeband sagte den Beelitzern ab. Das kam vielen damals kurios vor, daß ein Schneiderlein einer Stadt dürfte einen Fehdebrief schicken. In Leipzig und Wittenberg haben sie darüber vor der Fakultät gestritten, ob es ging. Aber es ging. Das Schneiderlein hatte seinen Anhang, und mit seinen Gesellen von der Schere tat er ihnen manchen Schnitt, wo sie sich's gar nicht versahen. In Jüterbogk hatte er ein festes Haus und saß wie ein Ritter und, was wirklich eine Schande ist, die sächsischen Herren drüben, weil sie den Beelitzschen übel wollten, aus purer Scheelsucht, hielten ihn, als wär' er zu ihnen. Er durft' in Sporen und Federhut aus und ein reiten auf ihren Schlössern und liehen ihm manches Stück Roß und Zeug zu Schaden der von Beelitz. Hätte er sich nur begnügt, ihnen aufzulauern und ihre Leute zu werfen, so hätte er's manches Jahr treiben können, aber der Kamm schwoll ihm, und eines Morgens rückte er mit einem hellen Haufen vor ihr Tor. Da rief er 'nein, der Schneiderritter: als sie ihm hätten gebrannt Tuch geliefert und dadurch gebranntes Herzeleid gemacht, so wolle er ihnen auch 'nen Brand zu riechen geben, daran Kind und Kindeskind denken sollten. Und gesagt, getan, vor ihren Augen steckt er ihnen die Heide an, und ehe sie nur aus dem Schlaf in Hemde und Haube kriechen konnten, brannten zehn Morgen weg. Es wär' noch mehr Unglück geschehen, wäre kein Regen gekommen. Nun aber wurden die von Beelitz fuchswild und lauerten ihm auf, wo sie konnten. Sie bestachen eine fahrende Frau, zu der er hielt in Jüterbogk in der Vorstadt, die ließ nachts die Knechte der Beelitzer ins Haus, und am Morgen, als er aufsprang, griffen ihn die Knechte, steckten ihn in ein Bettuch und warfen ihn auf 'nen Heuwagen. Ehe seine Freunde es merkten, waren sie mit gestreckten Zügeln über die Grenze, und ihr mögt Euch denken, was das für Lust gab, als sie ihn im Sack durchs Tor fuhren. Ein Loch hatten sie 'neingeschnitten, da steckte er den Kopf 'raus, und hatte noch die Frechheit, die Zunge rauszustecken. Solchen Spaß haben sie in Beelitz ihr lebelang nicht gehabt. Sie wollten ihn schnell judizieren; aber da gab es neuen Spektakel. Hatte die Frechheit, er wollte sich nicht hängen lassen als ein Dieb und Mordbrenner, da er in offener Fehde mit ihnen gewesen, und von den sächsischen Herren kamen ihm einige zu Hilfe. Die

zeigten eine Urkunde vor, daß sie ihm ein verfallen Burgrecht geschenkt oder verkauft; also wäre er ein freier Mann von drüben und hätte recht gehabt, ihnen Fehde zu machen. Die Beelitzer, wie man sich denken kann, bestritten's, er sei ein Stadtkind gewesen und geblieben, also in ihrem Bann. Das gab ein neues Geschrei und Geschreibe. Endlich kam man überein, er sollte judiziert werden als ein Stadtkind, aber gehenkt als ein Ritter, und da gab er sich drein. So hat das Schneiderlein bis zuletzt seinen Willen gehabt und hat's durchgesetzt, der Kerl, wer sollt's glauben, daß sie ihn henken mußten mit Sporen und Federhut. Ja, wär's nach ihm gegangen, er hätte noch den Degen an der Seite behalten. Das war denn doch zu viel, auch die sächsischen Herren wollten's nicht. Nun baumelt er so in der Heide, die er angesteckt. Hat's aber wohl nimmer gedacht, daß ihm noch im Tode die Ehre würde, daß unser Herr von Lindenberg den Schneider Wiedeband für sich ansähe."
Alle lachten von Herzen über die lustige Geschichte; der edle Gast, der sich ihrer wohl entsann, war sichtlich aufgeheitert.

WILLIBALD ALEXIS

## Der zerbrochene Brotschieber

Zur Zeit, als die um Lehnin liegenden Dörfer noch Hofdienste auf dem dortigen Amt tun mußten, fuhren einmal ein paar Hofdiener Getreide nach Berlin, und als sie in die Heide kamen, wo es wegen des tiefen Sandes nur etwas langsam ging, blieb der Knecht, der den hintersten Wagen fuhr, etwas hinter den übrigen zurück. Wie er nun so neben dem Wagen dahergeht, hört er auf einmal ein großes Getöse und eine Stimme über sich in der Luft rufen: „Meine Schütze (Brotschieber) ist entzwei, meine Schütze ist entzwei!" Obgleich er nun wohl wußte, daß das die wilde Jagd sei, die über ihm dahinfuhr, war er doch übermütig genug und rief: „Na so komm, ich will sie dir machen!" Kaum hatte er das auch nur gesagt, so saß einer hinten auf seinem Wagen und hielt eine zerbrochene Schütze in der Hand. Nun wurde ihm doch etwas bange, und er wußte im Augenblick gar nicht, wie er den lästigen Gefährten loswerden sollte, doch besann er sich noch zur rechten Zeit und sagte: „I da nehmen wir einen Spahn von der Wagenrunge, damit wollen wir sie schon wieder zusammenkriegen!" Nahm auch gleich sein Messer hervor, schnitt einen tüchtigen Pflock von der Runge ab und trieb den durch zwei Löcher, welche er mit dem Messer in die zerbrochenen Enden gebohrt hatte, und so machte er die Schütze wieder brauchbar. Da sagte jener: „Das hat dich Gott tun heißen, aber nun sollst du auch deine Bezahlung haben!" Sprach's und legte ihm ein kleines Brötchen hinten auf den Wagen, worauf er verschwand. Darauf fuhr der Bauer seinen Gefährten nach, holte sie auch bald wieder ein, sagte ihnen aber nichts von dem, was ihm begegnet war, und steckte das geschenkte Brot in seinen Kober. In Berlin kehrten sie nun, so oft sie dahin kamen, stets in demselben Gasthof ein, wo sie dann, was sie von den ihnen mitgegebenen Lebensmitteln übrigbehielten, gewöhnlich an eine alte Frau, die dahin kam, zu verkaufen pflegten. An diese verkaufte nun der Knecht auch sein geschenktes Brot und kehrte dann nach Hause zurück. Wie er das nächste Mal wieder dahin kam, war auch die alte Frau schon da, die bat ihn, ob er ihr nicht wieder ein solches Brötchen verkaufen wolle, denn das habe ihr doch gar zu schön geschmeckt. Da wurden auch die übrigen Bauern neugierig, und er erzählte ihnen seinen Vorfall; man drang weiter in die Alte und erfuhr von ihr, daß bei jedem Stückchen, welches sie von dem Brot abgeschnitten habe, ein Goldstück herausgefallen sei. Nun hätte er sein Brot gern wiederhaben mögen, aber es war verzehrt und er hat auch nie wieder eins bekommen.

FRANZ FELIX ADALBERT KUHN

# Drei Wacholdersträußchen

Groß, weit und flach ist die Heide, die schöne, wo einst in Ruhe und Zufriedenheit ein Hirt namens Martin seine kleine Herde Heidschnucken gemeinsam mit seinen zwei Hütehunden von Weide zu Weide trieb. So verbrachte Martin, ganz in der Nähe der Herde, genüßlich an seiner Tabakspfeife ziehend, auf irgendeinem Kiefernstämmchen geradewegs inmitten der Sonne sitzend, seine Tage, während die Hunde Hanno und Guido geflissentlich ihres Amtes walteten. Wenig geschah in Martins Leben, selten sah er eine Menschenseele, und das war ihm eigentlich ganz recht so.

So zogen die Jahre ins Land, als eines Tages eine kleine Heidschnucke fortlief, so daß Martin seine Sachen packte und mit Hanno loszog, die Entlaufene zu finden und zurückzubringen. Den ganzen Tag durchstreifte er die endlose Heidelandschaft, immer Hannos unfehlbarer Nase folgend, als er ganz in der Nähe aus einem kleinen Kiefernwäldchen ein metallenes, spitzes Lachen zu vernehmen glaubte, was ihn in dieser menschenleeren Gegend sehr verwunderte. Also schlichen sie beide so leise sie konnten an das Kiefernwäldchen heran, bis sie durch die Kiefernäste hindurch auf eine kleine Lichtung spähen konnten. Was sahen sie? Inmitten eines kleinen Teiches zu Füßen einer Quelle – Martin mochte seinen Augen nicht trauen – badeten drei weibliche Wesen, wie Nymphen so schön und rätselhaft. Sie lachten hell wie klingende Glocken, während sie sich gegenseitig mit Händen voll frischen Quellwassers bespritzten. Martin war so in den Anblick versunken, als plötzlich ein verräterisches Knacken im Kieferngehölz die vermeintlichen Nymphen voll Schrecken aus dem Wasser und hinein in die Kleider trieb.

So hatten sich die drei Nixen in drei handfeste Mädels verwandelt, die, nachdem sie sich ihre Schürzen umgebunden hatten, zögernd und vorsichtig auf die Geräuschquelle zustrebten, als Martin auch schon, vor Aufregung über einen quer am Boden liegenden Zweig stolpernd, fast vor den Knien der drei Schönen gelandet wäre, was bei letzteren eine erneute übermütige Lachsalve hervorlockte. Als der Hirte dann schließlich ganz verlegen vor ihnen stand, hatte jede von ihnen schnell ihre Haare geglättet und je ein am Ufer liegendes Wacholdersträußchen ergriffen. So standen die Drei plötzlich ganz feierlich mit ihren rosigen Wangen vor ihm, als eine von ihnen langsam und gemessen zu sprechen begann. So erfuhr der Hirte voll Staunen und mit zunehmender Ehrfurcht, daß es sich bei den drei Damen in Wirklichkeit um drei Heidefeen mit den Namen Anneliese, Vera und Helene handelte. Daß Martin sie beobachtet hatte, was niemals hätte geschehen dürfen, dürfte er bei seinem Leben keiner Menschenseele berichten, wofür sie sich erkenntlich zu zeigen durchaus Willens wären. Die letzten Worte sagten sie, indem sie Martin ihre Wacholdersträußchen mit den prallen, roten Beeren direkt vor die Brust hielten. „Wähle die Schönste", sprach die Eine, und Martin besah sich die Sträußchen mit den hübschen, roten Beeren, konnte jedoch beim besten Willen keinen Unterschied in der Schönheit der Sträußchen feststellen, so daß schon die Andere voller Ungeduld rief: „Nicht zwischen den Sträußchen sollst du wählen, sondern zwischen uns."

Bei diesen Worten begann Martins Herz zu pochen, und die Hitze stieg ihm in den Kopf, letzteren prachtvoll rötend, als schon die Dritte sprach: „Du weißt jetzt; wir sind Feen, und jede von uns könnte dir etwas Wunderbares schenken." Martin lächelte verlegen. „Die Rechte neben mir ist Helene. Helene schenkt dir Weisheit, wenn du jetzt nach ihrem Sträußchen greifst."

Martin wollte schon gerade nach Helenes Sträußchen greifen, als die Fee weitersprach: „Warte! Rechts von mir steht Anneliese, sie schenkt dir die Liebe, doch lasse bei deiner Wahl Vorsicht walten: schon einmal wurde, in grauer Vorzeit, Annelieses Geschenk gewählt, was einen schlimmen Krieg zur Folge hatte."

Voll Freude hatte Martin schon nach dem zweiten Sträußchen greifen wollen, als er nach den letzten Worten furchtsam innehielt. „Und wer bist du?" fragte er die Sprecherin.

„Ich bin Vera und schenke die Macht. Wählst du mein Sträußchen, so wirst du mächtig", lispelte sie, Martin vielversprechend anblinzelnd, wobei Letzterer auch gleich ohne viel zu überlegen nach dem Sträußchen Veras griff, was Anneliese und Helene so recht erboste. So schalten sie nun den armen Martin, riefen ihm zu, die lachende Vera in ihrer Mitte, er werde gerade diese Wahl noch bereuen, werde reumütig zu ihnen, den Schöneren mit den

besseren Gaben zurückkehren und ihre Sträußchen auf den Knien erbitten, worauf sie von einer Sekunde zur anderen im gegenüberliegenden Kieferndickicht verschwanden.
Erschöpft ließ sich Martin neben Hanno, der seinen Herrn nur verzweiflungsvoll mit seinen treuen, braunen Augen ansah, auf einen zunächst stehenden Baumstumpf fallen. Nachdem die drei holden Jungfrauen so unvermittelt verschwunden und in keinem Gebüsch oder auf der Weite der Heideebenen zu entdecken waren, machte sich der Hirte mit dem Hund auf den späten und eiligen Heimweg zu seiner Herde, und wäre nicht das kleine, kratzige Wacholdersträußchen in seiner Hand gewesen, so hätte er das Geschehene lediglich für eine seiner Tagträumereien gehalten. Spät kehrte er an diesem Sommerabend heim. Die gesamte Herde hatte sich, schon gut bewacht von Guido, inmitten der Weide niedergelassen. In dem Moment, als Martin die eigentliche Mission seiner Reise, nämlich das schwarze, entlaufene Schäfchen aufzuspüren, gewahr wurde, erblickte er das Gesuchte plötzlich eng an das Mutterschaf geschmiegt und sanft im Schlummer liegend. So richtete sich Martin schließlich nach diesem sonderbaren Tag kopfschüttelnd das späte Nachtlager.
Als er am nächsten Morgen, das Wacholdersträußchen noch in der Brusttasche der Jacke neben sich, mit schweren Gliedern erwachte, stand die Sonne schon hoch am Himmel, so daß er sich voll Eile ankleidete und auch schon in der Ferne den Knecht des Großbauern, seines Herrn und des Besitzers der Herde, auf sich zukommen sah. Dieser rief nur, ganz verwundert ob der Schläfrigkeit des Schäfers, ein kurzes „Guten Morgen, wünsche wohl geruht zu haben“ und teilte Martin mit, er solle so schnell wie möglich zum Großbauern gehen, denn dieser habe eine wichtige Neuigkeit für ihn. Also band Martin in aller Hast seine Stiefel zu und machte sich auf den Weg zum Großbauern.
Voll banger Vorahnungen betrat er eben den Innenhof des großen Gutes, als ihn der Bauer auch schon hereinrief. Wie wunderte sich Martin, seit Jahren zum erstenmal in die gute Stube geführt zu werden und dort einen Sitzplatz und sogar einen Schnaps angeboten zu bekommen, während der Großbauer sogleich sein Anliegen vorbrachte: der Hirtenaufseher und Schäfer seiner größten Herde sei seit gestern unbegreiflicher-

weise unauffindbar, und da habe man sich als würdigen Vertreter für den erfahrenen Martin entschieden. Dieser war ganz überrascht, konnte jedoch eine gewisse Freude über diesen Auftrag nicht verbergen. Die große Herde solle er übernehmen, zusammen mit drei Hirtenjungen, die ihm mit Rat und Tat zur Seite standen? Wann er beginnen solle? „Natürlich sofort", antwortete der Großbauer, fast schon ungeduldig ob der Langsamkeit Martins. Also ging es los, Martin hatte kaum die Zeit, seine alte, von Wind und Wetter gezeichnete Jacke zu ergreifen, als der Großbauer ihn leicht abfällig fragte, ob er seit neuestem Wacholdersträußchen pflücke? „Ach nein", murmelte Martin, und der Großbauer lächelte zweideutig. Martin zog den Strauß aus der Brusttasche, drehte ihn einige Male verlegen in den Händen, um ihn dann beiläufig auf die Bank im Flur des Großbauern zu legen.

Mit seinen sonst so ruhigen Schritten folgte er nun hektisch dem Bauern auf seinem Weg zur großen Herde, wobei immer wieder einige recht laut gegen den Wind gesprochene Satzfetzen an sein Ohr drangen. Völlig außer Atem gelangten die beiden schließlich zu der großen Weide, auf der für Martins Begriffe unzählig viele Heidschnucken, von einem Dutzend Hunde bewacht, grasten. „Hier sind die anderen Hirten, die dir bei der Arbeit helfen werden", sprach der Bauer und stellte ihm den mißmutig dreinblickenden Friedrich, den völlig gelangweilt heranschlurfenden Hermann und den lustig pfeifenden Otto vor, welche Martin mißtrauisch beäugten. Letzterer wollte gerade einige freundliche und wohlgesetzte Begrüßungsworte äußern, als die Stille auch schon von einem heftigen Hundegekläff zerrissen wurde. Ein letztes Mal klopfte der vielbeschäftigte Großbauer Martin, der gar nicht so recht wußte, wo er sich im Augenblick hinwenden sollte, auf die Schulter mit den Worten: „Das ist jetzt Ihr Job, machen Sie's gut, Mann!", machte auf dem Absatz kehrt und stiefelte den Sandweg zurück zu seinem Hof.

Martin wollte sich schon dem Tumult am anderen Ende der Koppel zuwenden, als Friedrich auch schon unwillig fragte: „Warum haben sie dich eigentlich geschickt?" Otto hingegen hüpfte schon los, rufend ‚er werde den Tumult schon regeln und die Hunde ruhigstellen', während Hermann noch immer gelangweilt an einer Kiefer lehnte und herzhaft gähnte. Da stand

Martin nun und wußte nicht, was tun. Sonst wußte er immer Rat und Hilfe, aber hier? Als sich das Hundegekläff schließlich noch ohrenbetäubender gestaltete, nachdem Otto am anderen Ende der Koppel angelangt war, begab sich auch Martin dorthinüber und sehnte sich das erste Mal an diesem Tag nach der Ruhe der Heide bei seiner kleinen Herde.

So vergingen die Tage; ruhig und angenehm wie Martin sie seit Jahren gewohnt war, waren sie wahrlich nicht. Sie gingen dahin mit Feindseligkeiten Friedrichs, der Untätigkeit Hermanns und dem tändelnden Übereifer Ottos, der überall mehr Schaden anrichtete, als ohne ihn ohnehin schon geschehen war. Auch die Hunde bissen sich, und die Heidschnucken konnte man kaum voneinander unterscheiden, so viele waren es.

Nachdem eine Woche verstrichen war und Martin so recht unglücklich auf einem großen Heidestein saß und Hanno ihn mit traurigen Augen anblickte, stellte Hermann ganz beiläufig fest, daß eine kleine Heidschnucke verschwunden sei, er wisse zwar nicht welche, aber gestern abend sei eine durch den Zaun geschlüpft. Friedrich war zu einer Suche nicht zu bewegen, die restliche Herde sei wichtiger als einem einzigen Tier nachzulaufen, und Otto war den Morgen nicht auffindbar, so ging Martin also selbst, wie gewohnt Hanno an seiner Seite, der Fährte des entlaufenen Tieres nach, geradewegs in die weite Heidelandschaft hinein.

Den ganzen Tag liefen sie durch die weiten Ebenen und genossen die Ruhe und Einsamkeit, als Hanno plötzlich nach vorn preschte, so daß Martin das gesuchte Tier schon ganz in der Nähe vermutete, doch statt dessen ein ihm irgendwie bekannt anmutendes Kiefernwäldchen vor sich auftauchen sah. Voll dunkler Ahnungen langte er an dem ihm wohlbekannten Kieferngestrüpp an und vernahm auch schon ein glockenhelles, übermütiges Kichern. Als er die Lichtung betreten hatte, erblickte er die drei Heidefeen, wie sie sich gerade Heideblütenkränzchen auf den Kopf probierten. Er sprach auch sogleich Vera an, fragte, was sie sich wohl bei ihrem Geschenk an ihn gedacht habe, und legte ihr dar, daß diese so großzügige Gabe statt Freude nur Ärger und Verdruß in sein Leben gebracht habe. Vera wirkte leicht betroffen, doch Anneliese und Helene triumphierten und ergriffen sogleich die Gelegenheit, sich Martin einschmeichelnd und verführerisch in ihren breiten Röcken, frisch gestärkten Schürzen und mit Wacholdersträußchen zu nähern. „Haben wir dir nicht gesagt, daß du falsch wähltest? Vera ist nicht die Schönste und ihre Gabe nicht die beste", säuselten sie, „wähle diesmal besser!" „Ich biete die Weisheit", sprach Helene. „Und ich die Liebe", flüsterte Anneliese, Martin ihren Strauß vor die Brust haltend. Ein wenig Liebe, so ging es Martin durch den Kopf, die könnte er wohl brauchen, nach all den Unbillen und dem Unfrieden der letzten Woche, und er hatte schon das Wacholdersträußchen der glücklichen Anneliese in der Hand, als alle drei wie durch einen Spuk verschwunden waren. ‚Nun ja', dachte Martin ratlos und verließ das dubiose Kiefernwäldchen. Auf dem Rückweg begegnete ihm der Großbauer, der ihn, hektisch wie immer, kurz davon in Kenntnis setzte, daß der Großhirte überraschend wieder zurückgekehrt sei, Martin nun also wieder auf seine gewohnte Weide zur kleinen Herde könne. Dem Schäfer fiel ein Stein vom Herzen, denn endlich konnte alles wieder so sein wie bisher.

Die friedliche Nacht hatte sich über die kleine Weide gesenkt. Das Wacholdersträußchen lag achtlos hingeworfen neben dem Nachtlager. Glücklich und erholt erwachte der erneut Beschenkte am Morgen und begann sein Tagwerk in der althergebrachten Weise, als er plötzlich hinter sich ein Knacken im Gehölz vernahm, sich voll Schreck umwandte und kaum seinen Augen traute, denn er erblickte hinter sich eine wunderschöne Jungfrau, die ihn hold anlächelte. Zwei blaue Äuglein blinzelten Martin neckisch zu: „Ich soll dir vom Bauern bestellen, daß die Heidschnucken übermorgen geschoren werden", schnurrte sie, so daß Martin einen hochroten Kopf bekam und gerade noch ein ganz verwirrtes ‚Hab' schon verstanden' stammeln konnte, als sie sich auch schon auf den hübschen Hacken umdrehte und ihre vollschlanken Hüften zurück zum Gutshof schwang. Martin blickte ihr lange nach, und erst ein verzweifeltes Blöken hinter sich riß ihn aus seinen süßesten Träumereien. Ein großer Bock hatte sich mit seiner Wolle in einem großen Busch verfangen, so daß Martin den Rest des Tages wohl mit Messer und Schere beschäftigt war. Gelang es auch, das Tier aus seinem widrigen Gefängnis zu befreien, so gelang es doch keineswegs, die Gedanken von der süßen Gestalt der Magd abzulenken, und

während der Nacht drehte und wendete er sich sehnsuchtsvoll und schlaflos bis zum Morgengrauen auf seinem Lager.
Am nächsten Morgen fühlte er sich wie gerädert, und selbst das freundlichste Schwanzwedeln Hannos und die aufmunterndsten Nasenstüber Guidos konnten ihn nicht aufheitern, während die Heidschnucken träge in der Mittagsheidehitze schmorten. Doch weitaus schlimmere Qualen verursachten Martin die Gedanken, welche unaufhörlich um die Gestalt des holden weiblichen Wesens, das er gestern erblickt hatte, kreisten, gepaart mit einer ihm unbekannten und schier unerträglichen Sehnsucht. Nach sechs Tagen des unaufmerksamen Hütens seiner Herde und ebensoviel fast schlaflos verbrachten Nächten, in welchen ihm die Magd bald als begehrenswerteste aller Verführerinnen, bald als edles Wesen einer überirdischen Welt erschien, faßte sich Martin ein Herz und entschloß sich, zum Gutshof zu wandern und um die Hand der Schönen anzuhalten, wobei das Wacholdersträußchen als kleine Brautgabe dienen sollte.
Er war schon dem Hof sehr nahe, als er aus dem Gebüsch zu seiner Rechten ein heiseres Kichern vernahm. In dem Glauben, eine der Heidefeen, z. B. die Anneliese, dort zu finden und sich sogleich ihren Rat für sein Vorhaben erbitten zu können, trat er auf das Gesträuch zu und bog die Zweige auseinander. Doch was mußte er sehen! Wer lag da mit einem blutjungen Burschen auf dem weichen Moos? Die angebetete, die hochverehrte Königin aller bisher gekannten Weiblichkeit, so daß der Anblick Martin, als habe er einen besonders herben Schlag vor den Kopf erhalten, zurückprallen und ihm vor lauter Schreck das Wacholdersträußchen aus der Hand fallen ließ. Während er den Weg zurückhastete, verfolgte ihn noch das Schelten und Schimpfen der Ahnungslosen. So kehrte Martin erbost und verärgert zur Herde zurück, rief Hanno zu sich und machte sich geradewegs auf die Suche nach dem verhängnisvollen Kiefernwäldchen, wo die Feen hausten, denn soviel hatte er begriffen: Auch die huldvolle Gabe Annelieses hatte ihn nichts als Nerven und Stunden seines sonst so ruhevollen Lebens gekostet. Verbissen und wütend, mit weitausladenden Schritten suchte Martin lange vergebens die verborgene Heidekultstätte, bis Hanno offenbar die Fährte witterte, welcher auch Martin eilig nachfolgte. Gerade hielt er inne, vom Laufen erschöpft und außer Atem, als das vermaledei-

te Wäldchen sich, ganz reizend vom Abendsonnenlicht bestrahlt, friedvoll und in aller Unschuld seinen Augen darbot. Nachdem Martin die Lichtung betreten hatte und die nichtsnutzigen Heidefeen, wieder einmal in tändelndem Spiel und nutzlosem Zeitvertreib versunken, erwartete, sah er im Dämmerlicht zunächst nichts als die den Mond widerspiegelnde, stille Fläche des kleinen Teiches unterhalb der leise murmelnden Quelle. Doch als er herabblickte, bemerkte er, direkt zu seinen Füßen, ein paar Löckchen mit dem dazugehörigen Köpfchen, sanft an die Schulter der Nachbarin geschmiegt. Also, sie schliefen, die Missetäterinnen, alle drei schliefen sie, als sei nichts geschehen, und bei näherem Betrachten der drei so reizend aneinandergekuschelt Schlafenden, verflog Martins Ärger. Schon war die friedvolle Stimmung der Lichtung in sein Inneres gedrungen, als er Helene, die sozusagen zu seinen Füßen Schlummernde, leicht antippte, um sie nicht gar zu schreckvoll aus dem Schlaf zu reißen. Zunächst streckte sie sich und rieb sich die verschlafenen Augen, bis sie schließlich Martin erkannte und sein Anliegen – wenn auch auf ihre Art – begriffen hatte. Sie lächelte unbestimmt, griff zur Seite und reichte ihm, in seligem Halbschlaf befangen, ihr Wacholdersträußchen.
Diese halb unbewußte und so liebreizende Geste ließ nun endgültig alle Beschwerdevorhaben und den Vorsatz, niemals wieder ein Wacholdersträußchen aus der zarten Hand einer Dame anzunehmen, vergessen, und wieder einmal verließ Martin die Lichtung, nachdem er ganz leise, ohne die drei Heidefeen in ihrem Schlaf zu stören, dieses dritte Sträußchen ergriffen hatte und nun etwas ratlos zwischen den Fingern drehte. Doch was ihm Helene damit versprochen hatte, das hatte er vergessen, und auf der Lichtung fand er keine Vera, Anneliese und Helene mehr. Also begab er sich im Dunkel der Nacht heim zu seiner Herde. Viele Tage und Nächte erwartete er nun voll Bangen die Auswirkungen des dritten Heidesträußchens, doch nichts dergleichen geschah, wider Erwarten verlief sein Leben so ruhig und friedvoll wie in früheren Zeiten, bevor ihn Vera und Anneliese mit ihren göttlichen Gaben geplagt hatten, und wenn er nicht gestorben ist, so hat er sein drittes Wacholdersträußchen sicher heute noch.

FRANZISKA ZILLIKEN

## Das Böhmethal

Ich weiß auf brauner Heide ein Flüßchen, klar und hell,
Mir einst im Jugendkleide der liebste Spielgesell.
Mehr als die Riesenströme in Deutschland allzumal
Gilt mir die kleine Böhme im grünen Wiesenthal.

Sie schlängelt sich mit Zaudern vorbei an waldigen Höhn
Und möchte mit dir plaudern von dem, was sie gesehn!
Und wagst du nur die Frage, giebt sie dir plaudernd kund
Der Vorzeit Sang und Sage, erblüht auf Heidegrund:

Von deutscher Urzeit Mannen, die hier mit Beil und Speer
Durch Föhrenwald und Tannen gejagt den Ur und Bär;
Die Gräber ihrer Helden, aus Felsen aufgetürmt,
Noch heut der Nachwelt melden, wie sie einhergestürmt!

Vom Longobardenzuge, der sich vom Loingo
Erstreckt im Siegesfluge bis an den fernen Po;
Von unsrer Väter Ringen in mancher heißen Schlacht,
Bis sie vermocht zu zwingen des Frankenkaisers Macht!

Von Billungs Arm, dem starken, des Helden kühn und wert,
Der unsers Landes Marken geschirmt mit seinem Schwert;
Das Wendland hat erfahren des Sachsenherzogs Zorn:
Die Slaven trieb zu Paaren der Held von Stübeckshorn! –

Doch nicht allein von Schlachten, von Völkerkämpfen heiß,
Von kühner Helden Trachten die kleine Böhme weiß;
Nein, auch von andern Thaten berichtet uns ihr Mund,
Von schlichter Arbeit Saaten, gereift auf Heidegrund.

Wohl tausend Jahre schwanden, seit an des Ufers Rand
Dort eine Burg erstanden, „Haus Soltow“ zubenannt.
Umspült von ihrer Welle und von der „salzigen Au“,
An salzgewürzter Quelle hob sich des Hauses Bau.

Und nah den sichren Mauern auf brauner Heide dort
Entstand, von Ackerbauern bewohnt, ein kleiner Ort.
Bald war auf naher Höhe auch schon ein Kirchlein da,
Das auf das Wohl und Wehe des Dörfchens niedersah.

Jahrhunderte entschwanden – es sank die Burg am Fluß;
Doch Haus an Haus erstanden war an des Hügels Fluß.
So ist herangewachsen aus jener Veste Bau
Soltau in Niedersachsen, im alten Lohengau.

Es ist ein trautes Städtchen mit Bürgern schlicht und treu,
Mit blonden Fraun und Mädchen, so züchtig, fromm und scheu.
Auf seiner Väter Erbe pflegt Gottesfurcht und Recht,
Übt Handel und Gewerbe ein bürgerlich Geschlecht. –

Mein Soltau auf der Heide, du Städtchen lieb und wert
Hast mir in Lust und Leide Gastfreiheit oft gewährt;
In deiner Bürger Mitte herrscht, wie vor alter Zeit,
Noch echte Sachsensitte, Treu und Wahrhaftigkeit!

AUGUST FREUDENTHAL

## Das Osterfeuer

Über die Haide ging ich, die Haide so weit und so breit,
Mürrische Worte raunte ins Ohr mir die Einsamkeit.

Raunte von toten Zeiten, da hier noch der Urstier zog,
Über dem Bruche der Adler himmelhoch kreisend flog;
Da der Grauhund, der grimme, Mordrunen ließ im Sand,
Da noch das Elch, das starke, fiel von des Jägers Hand.
Da noch nicht welsche Weise Gut in Böse verkehrt,
Wode und Frigga, die Hehren, standen hochgeehrt;
Da noch Mannesmut galt und nicht allein das Geld,
Da mit dem blanken Schwert wahrte sein Recht der Held;
Nicht mit feigem Worte, und nicht mit billigem Eid;
Also lehrte mich heimlich die Toteneinsamkeit.

Unsere Götter die hießen einstmals Liebe und Kraft,
Kraft, die Leben erzeugt, Liebe, die Wonnen schafft.

Unser Gesetz war kurz, unser Gesetz war das:
Liebe um Liebe, aber auch Haß um Haß.

Treuhand jedwedem Mann, der sich erwies als Freund,
Bluthand dagegen dem Wicht, so sich da nahte als Feind.

Andere Zeiten zogen über das Haideland,
Vor der tückischen Axt Wodes Lobewald schwand;
Frigga die freundliche Fraue wurde zur Hexe verkehrt,
Jeglicher heilige Ort zur Greuelstätte entehrt;
Wodes edles Geflügel hieß Galgenvogel nun,
Friggas schelmisches Eulchen schimpften sie Leichenhuhn;
Und die Dreizehn, die hohe Geheimniszahl,
Unglücks- und Angstnummer wurd sie mit einem Mal.

Zwischen Eichen erhob sich ein einsames Strohdachhaus,
Mährenhäupter reckte der moosige Giebel heraus;
Unter ihm aber nach freundlicher Altsitte noch
Eingeschnitten als Herz starrte das Ulenloch.

An dem Missetürbalken, dem grauen, nach alter Weis'
Eingehauen und bunt prangte der heilige Kreis,
Und die Sonnenrune, die gute, daneben auch,
Nach der Urvorväter ernsthaft beharrlichem Brauch.
Rechts und links von der schwarzblanken Feuerwand
Wodes Schlachtroß mutig sich bäumend stand;
Gleich als wollte es lauthals mir wiehern zu:
Noch trage Wode ich, Freund, noch trauest Frigga du.

Weiter ging ich über das dämmernde Land,
Hinter dem rund und rot das gute Gestirn verschwand;
Ihm gegenüber weit hinter dem bräunlichen Bruch
Eine glührote Flamme zum sternleeren Himmel schlug;
Vor dem nachtschwarzen Wald weiß stieg der Rauch empor,
Bis er im Abendgewölke sich langsam verlor.

Und ich stand und stand und sah nach dem Feuerschein,
Hörte der Mädchen Gejuche, der Jungkerle gellendes Schrei'n,

Und ich lachte und dachte: der Urväter fröhliche Art
Hat sich trotz alldem mein Volk immer noch treulich bewahrt.
Immerdar lobt es noch nach der Vorväter schönem Brauch
Seinen Gott mit Glühglut und weißem Wirbelrauch.
Immer noch blieb es, wie es vor Urzeiten war,
Blau von Auge und Sinn, hell von Herzen und Haar.
Immer noch hielt es sich am Leibe und Geiste stark,
Immer noch blieben gesund ihm Bein und Blut und Mark.

Über die Haide ging ich, die Haide so weit und breit,
Fröhliche Worte raunte ins Ohr mir die Einsamkeit.

HERMANN LÖNS

# Reise durch Deutschland (1801)

„Da ich die Hannöverischen Lande in so vielen Richtungen durchwandert habe, so war ich gewiß nicht vorbereitet, eine schöne Natur, Fruchtbarkeit, starke Bevölkerung und hohen Anbau zu erwarten; aber ich dachte nicht, daß es sogar elend wäre. Mich dünkt, es ist, nebst dem Lauenburgischen, der schlechteste Strich von einem solchen Umfange, der mir je vorgekommen ist. Der Grundboden dieses ganzen Landes ist eine ungeheure Sandwüste, die von Natur entweder ganz nackt ist, oder Heidekraut oder dünn verstreute, stechende Grashalmen hervorbringt. Ein solches Land scheint beym ersten Anblicke alles Anbaues unfähig; gleichwohl wird es von Menschen – freylich sehr dünn, aber doch – bewohnt, und diese wollen leben. Man säet also auch hier mehrere Arten von Getreide, das denn kümmerlich wächst. Daher kommt das armselige Ansehen der wenigen Dörfer und Menschen, die man in dieser Sandwüste findet. Die Häuser sind elend, mehrenteils ohne Schornstein, und zeigen auf mancherley Art die Armuth ihrer Bewohner."

C. G. KÜTTNER

# Weg durch die Heide

Als man zählte und schrieb nach Gottes Geburt vierzehnhundert und danach im vierundfünfzigsten Jahr am Mittwochen nach Quasimodogeniti, da wanderten zwei junge Handwerksburschen munter fürbaß durch die Lüneburger Heide.
Der eine war von gedrungener Gestalt mit dunklem Krauskopf und braunen Augen, die einen scharfen, fast stechenden Blick hatten. Der andere war hochaufgewachsen mit kräftigem Gliederbau, hatte blondes Haar und unter einer freien Stirne helle, freundliche Augen. Jeder trug seine fahrende Habe mit sich; der Größere ein schwer bepacktes Felleisen auf dem Rücken und darunter an der Hüfte noch einen prall gefüllten Beutel aus bräunlichem Ziegenfell, der Kleinere nur einen Ranzen über der Schulter, der ihn nicht sonderlich zu drücken schien. Jedem stak ein langes Dolchmesser im Gürtel, aber dem Blonden hing auch ein Schwert an der Seite, fast zu kostbar für einen Handwerksburschen, und seinen niedrigen Filz zierte ein grüner Wacholderzweig, den er sich gestern schon als ersten Gruß der Heimat gepflückt hatte, wo sie auf dem Wege von Celle nach Ülzen die große Heide betraten. Sein Gesell hatte, auf den Wanderstab gestützt, ihm dabei lächelnd zugeschaut und dann gesagt: „Jeder nach seiner Gunst und Gaben! Schusterpech ist schwarz, für mich hat ein Rabe hier einen Kopfputz hingelegt.“ Damit hatte er sich die Feder an den Hut gesteckt und weiter gesprochen: „Hoffentlich hat es nichts Übles zu bedeuten, Bruder Böttcher, wenn ich mit diesem Zeichen aus der Schwinge des Galgenvogels in deine Vaterstadt einziehe.“ „Gott verhüt’ es!“ hatte der Böttcher geantwortet, und dann waren sie weiter gewandert.
Sie hatten sich frühmorgens in Celle getroffen, als sie beide zu gleicher Zeit aus demselben Tore hinausschritten, und sich gegenseitig nach ihrem Wohin und Woher gefragt. Der Schuster wollte nach dem hochberühmten mächtigen Lübeck, den Böttcher aber zog es nach vierjähriger Wanderschaft in die Heimat zurück nach Lüneburg. Sie hatten also denselben Weg, kamen beide aus dem Rheinland und waren froh, sich aneinander anschließen und Freuden und Fährnisse der Wanderung teilen zu können.

In Ülzen waren sie nach starkem Marsche gestern spät abends angelangt, jeder hatte für sich allein in der Herberge seines Handwerks übernachtet und heute morgen pünktlich mit dem verabredeten Glockenschlage sich am Tore wieder eingefunden, um die große Fahrstraße nach Norden selbander weiter zu ziehen. Unterwegs hatte der Blonde viel Gutes und Schönes von Lüneburg erzählt und seinem Begleiter wacker zugeredet, vorerst einmal hier sein Glück zu versuchen; er könne ja nach vierzehn Tagen wieder weiter gehen, wenn es ihm nicht gefiele, aber es würde ihm schon gefallen, denn in Lüneburg gingen die Leute auch nicht barfuß; es käme durch die gesegnete Sülznahrung und den großen Frachtverkehr viel Geld in die Stadt, da wären dreißig Bürgerfamilien, die Grafengut besäßen, und es ließe sich da so gut und lustig leben wie in jeder andern reichen Hansestadt, selbst Lübeck nicht ausgenommen. Der Schusterknecht hatte den Ruhmredigen groß angesehen und bloß gefragt: „Aber so lustig wie am Rheine doch wohl nicht, Bruder Lüneburger?“ Darauf ließ sich wenig entgegnen; aber der Schuster war schon entschlossen und sagte: „Will's versuchen, Gilbrecht Henneberg! will das Handwerk grüßen und sehen, ob ein wohlgewanderter Korduaner in Lüneburg ehrliche Arbeit und gutes Auskommen findet.“

„Warum solltest du denn unter ehrlichen Leuten nicht ehrliche Arbeit finden, Timotheus Schneck?“ fragte der Böttcher.

„Nenne mich Timmo“, sagte der Schuster, „das hör' ich lieber.“

„Ist mir auch recht“, sagte Gilbrecht, und sie nahmen den Weg zwischen die Füße.

Es war ein lauer Apriltag. Zerrissene Wolken jagten, vom Südwind getrieben, am Himmel dahin, sandten bald hier auf die beiden Gesellen, bald fern am Horizont in breitem Streifen einen Regenschauer hernieder und gönnten zuweilen auch der Sonne wieder einen flüchtigen Blick auf das feuchte Land. Meist aber blieb das Wetter trübe, und so weit die Augen der Wanderer reichten, dehnte sich endlos die rotbraune Heide. Erst hatte der Weg durch Waldungen von Kiefern, Birken und Eichen geführt, an deren Stelle bald offene Heidestrecken in freundlichem Wechsel mit Wiesengründen und bewaldeten Hügeln getreten waren; dann hatten sich in der leicht und lang gewellten Ebene zerstreut wie Inseln im Meere nur kleine Trupps noch laubloser, von bläulichem Duft umschleierter Wipfel gezeigt; nun aber lag die Heide weithin baumlos vor den Schreitenden da, ernst, schwermütig, farbensatt in einem tiefen Violett und Braunrot, das zu dem dunklen Grau des Himmels so großartig ruhevoll stimmte. Das dürre Heidekraut, von Moos und Flechten durchwachsen, bedeckte alles umher, und dazwischen nestelten sich niedrige Wacholdersträuche, mit ihren stachligen Nadeln das einzige Grün jetzt in der einförmigen Landschaft.

Der junge Wandergesell, der die Heide seine Heimat nannte, schaute mit Entzücken um sich, und das Herz schlug ihm in Freuden. Denn was er hier sah, war ihm von Kindesbeinen an vertraut und lieb.

Er kannte die Heide, wenn sie über und über in roter Blüte stand, von Bienen durchsummt, von Lerchen durchschmettert, er kannte sie in nebelgrauen Novembertagen, wenn sie wie ein großes Brachfeld düster und dunstig in trauriger Öde lag, oder wenn der Regen sie peitschte, der Sturm sie durchbrauste, und kannte sie auch in ihrem blendend weißen Schneegewande, wenn durch die klare Winterluft meilenweit der letzte Baum am Rande sich scharf und deutlich zeichnete. Dieses Flachland, in dem nichts zu sehen war als Himmel und Heide, in silbergrauer, unermeßlicher Ferne eins in das andere überschwimmend, und von dessen eigentümlichen Reizen und stillem Zauber der kaltblütige Genosse neben ihm nichts zu empfinden schien, hatte sich dem hier Geborenen mit der stillen Größe des Bildes tief in die Seele geprägt, so daß er es nie und nirgend vergessen konnte. Selbst als er in der breiten Flut des Rheinstromes den Widerschein der herrlichen Ufer erblickte, mußte er an die kleinen Wassertümpel in dem schwarzen Moorboden der Lüneburger Heide denken, kaum groß genug, daß sich ein Stückchen Wolke oder ein paar goldene Sterne darin spiegeln konnten. Und nun sah er sie wieder, die braune Heide, und sein Fuß schritt über den holprigen Grund, über die zahllosen kleinen Hügelchen mit den struppigen Krautbüscheln zu den lieben Seinen zurück, die ihn nicht erwarteten, und die endlich wieder in die Arme zu schließen jetzt sein sehnlichster Wunsch war. Kein Wunder, daß er tüchtig ausgriff und mit Wonne den würzigen Erdgeruch einsog, der nach den Frühlingsregenschauern von seiner Heimat Boden aufstieg.

Und aus dem Boden stieg auch noch anderes auf. Tausend Erinnerungen wurzelten ihm hier zwischen dem Heidekraut, dicht gesät von seiner Kindheit frohen Tagen, wie er mit seinesgleichen die Gegend durchschweift, die Fuhrleute geleitet, die Imker besucht hatte, die mit ihren Bienenkörben die Heide durchzogen und ihre fleißigen Schwärme bald hier, bald dort auf der Blütenfülle weiden ließen. Und dann, wie ein Traumbild in der Luft, baute sich die alte, viertürmige Stadt vor seinen Sinnen auf und in ihr das hochgiebelige Vaterhaus mit jedem Raum von unten bis oben, in dem er sich selber als Kind mit Kindern gehen und stehen und springen sah oder zusammengehockt und gehuchtelt unter der Treppe im dämmrigen Winkel, Heimlichkeiten brütend, flüsternd und kichernd, – ein goldschimmernd Märchengespinst.

Und da – weit vor ihm, da regte sich etwas Lebendiges; schnell war er heran, nun sah er es deutlich; geliebte Gestalten kamen ihm entgegengeschritten. Er kannte sie wohl, den hohen, ernsten Vater und die Mutter, die liebe Mutter, die Brüder und das blonde Schwesterlein, – o er hätte mit offenen Armen auf sie lostürzen, hätte aufjauchzen mögen, wenn er allein gewesen wäre, allein auf der endlosen Heide.

Es waren die Geister der Heimat, die den Wanderer umfingen, die Wunderkraft der Heimkehr aus der Fremde, die ihn so mächtig ergriff, daß ihm das Herz davon voll war hier auf der Heide. –

JULIUS WOLFF

*Théodore Rousseau: Heidelandschaft mit Ginster (1860)*

## Das Heideland

Ringsum ein dürres, ödes Heideland!
Kein Quell entspringt dem unfruchtbaren Sand,
Kein Saatgefild, kein Wiesengrün erglänzt,
So weit den Blick der Horizont begrenzt,
Nur stachlichtes Gestrüpp, am Boden nagend
Und frohe Sangesvögel bald verjagend.

Und doch ruht über dieser toten Au
Des Himmels Wölbung spiegelrein und blau,
Die Sonn' in ihrem lieblich milden Schein
Will selbst dem Trüben lichte Farben leihn,
Und Wolken ziehn wie schöne Schwäne leise
In Lüften ihre glanzerhellten Gleise.

FRIEDRICH RUPERTI

# Im Sommer

*„...dies Ineinander von verbranntem Gras, tiefdunklem Heidekraut, violetter Blüte, versteckten Blumen, deren Licht im Gewebe verschwindet. Eine stille und karge Wildnis, bezogen vom fußhohen Teppich aus rauhem Grünbraun, worin erst aus der Nähe die feine und zahlreiche Buntheit seiner Elemente aufgeht. Und wie die Heide keine rechten Wege hat und die Pfade leicht überwächst, so schlägt sie auch in ihren spärlichen Dörfern durch, macht sie unverbunden untereinander und aus der Welt.“*

ERNST BLOCH

## Abseits

Es ist so still; die Heide liegt
im warmen Mittagssonnenstrahle,
ein rosenroter Schimmer fliegt
um ihre alten Gräbermale;
die Kräuter blühn; der Heideduft
steigt in die blaue Sommerluft.

Laufkäfer hasten durchs Gesträuch
in ihren goldnen Panzerröckchen,
die Bienen hängen Zweig um Zweig
sich an der Edelheide Glöckchen;
die Vögel schwirren aus dem Kraut –
die Luft ist voller Lerchenlaut.

Ein halbverfallen niedrig Haus
steht einsam hier und sonnbeschienen;
der Kätner lehnt zur Tür hinaus,
behaglich blinzelnd nach den Bienen;
sein Junge auf dem Stein davor
schnitzt Pfeifen sich aus Kälberrohr.

Kaum zittert durch die Mittagsruh'
ein Schlag der Dorfuhr, der entfernten;
dem Alten fällt die Wimper zu,
er träumt von seinen Honigernten. –
Kein Klang der aufgeregten Zeit
drang noch in diese Einsamkeit.

THEODOR STORM

*John Constable (1776–1837): Stonehenge 1820*

„Das rätselhafte Denkmal von Stonehenge steht auf einer kahlen, grenzenlosen Heide; mit der Vergangenheit so wenig verbunden wie mit der Gegenwart, versetzt es uns zurück in das Dunkel eines völlig unbekannten Zeitalters jenseits aller geschichtlichen Kunde."

JOHN CONSTABLE

## Die Dürre in der Haide

Pfingsten kam näher und näher. Der glänzende Himmel war wochenlang ein glänzender geblieben, und wohl hundert Augen schauten nun zu ihm ängstlich auf. Eines Nachmittags stand über der verwelkenden Haide eine jener prächtigen Erscheinungen, die wohl öfters in Morgenländischen Wüsten gesehen werden, nämlich das Wasserziehen der Sonne. Aus der ungeheuern Himmelsglocke, die über der Haide lag, wimmelnd von glänzenden Wolken, schossen an verschiedenen Stellen majestätische Ströme des Lichts, und auseinanderfahrende Straßen am Himmelszelte bildend, schnitten sie von der gedehnten Haide blendend goldene Bilder heraus, während das ferne Moor in einem schwachen, milchichten Höhenrauche verschwamm. So war es dieser Tage oft gewesen, und der heutige schloß sich wie seine Vorgänger; nämlich abends war der Himmel gefegt und zeigte eine blanke, hochgelb schimmernde Kuppel.

Man klagte im Dorf, daß die Halme des Kornes so dünn standen, so zart, die wolligen Aehren pfeilrecht emporstreckend, wie ohnmächtige Lanzen. Am andern Tage war es schön, und immer schönere Tage kamen und schönere. Alles und jedes Gefühl verstummte endlich vor der furchtbaren Angst, die täglich in den Herzen der Menschen stieg. Nun waren auch gar keine Wolken mehr am Himmel, sondern ewig blau und ewig mild lächelte er nieder auf die verzweifelnden Menschen. Auch eine andere Erscheinung sah man jetzt oft auf der Haide, die sich wohl früher auch mochte ereignet haben, jedoch von Niemand beachtet; aber jetzt, wo viele tausend und tausend Blicke täglich nach dem Himmel gingen, wurde sie als unglückweissagender Spuk betrachtet; nämlich ein Waldes- und Höhenzug, jenseits der Haide gelegen und von ihr aus durchaus nicht sichtbar, stand nun öfters sehr deutlich am Himmel, daß ihn nicht nur Alles sah, sondern daß man sich die einzelnen Rücken und Gipfel zu nennen und zu zeigen vermochte – und wenn es im Dorfe hieß, es sei wieder zu sehen, so ging Alles hinaus und sah es an, und es blieb manchmal stundenlang stehen, bis es schwankte, sich in Längen- und Breitenstreifen zog, sich zerstückte und plötzlich verschwand. Die Haidelerche war verstummt; aber dafür tönte den ganzen

Tag und auch in den warmen, thaulosen Nächten das ewige, einsame Zirpen und Wetzen der Heuschrecken über die Haide und der Angstschrei des Kibitz. Das flinke Wässerlein ging nur noch wie ein dünner Seidenfaden über die graue Fläche, und das Korn und die Gerste ragten fahlgrün und wesenlos in die Luft und erzählten bei jedem Hauche derselben mit leichtfertigem Rauschen ihre innere Leere. Die Baumfrüchte lagen klein und mißreif auf der Erde, die Blätter waren staubig, und von Blümlein war Nichts mehr auf dem Rasen, der sich selber wie rauschendes Papier zwischen den Feldern hinzog. Es war die äußerste Zeit. Man flehte mit Inbrunst zu dem verschlossenen Gewölbe des Himmels. Wohl stand wieder mancher Wolkenberg tagelang am südlichen Himmel, und nie noch wurde ein so stoffloses Ding wie eine Wolke von so vielen Augen angeschaut, so sehnsüchtig angeschaut, als hier. Aber wenn es Abend wurde, erglühte der Wolkenberg in schönem Purpur, zerging, löste sich in lauter wunderschöne, zerstreute Rosen am Firmamente auf und verschwand – und die Millionen freundlicher Sterne besetzten den Himmel.

So war der Freitag vor Pfingsten gekommen. Die weiche blaue Luft war wie ein blanker Felsen geworden; das Bächlein war nun auch versiegt, das Gras bis auf eine Decke von schalgrauem Filze verschwunden, nicht Futter gebend für ein einziges Kaninchen; nur der unverwüstliche und unverderbliche Haidesohn, der mißhandelte und verachtete Strauch, der Wacholder, stand mit eiserner Ausdauer da, der einzige lebhafte Feldbusch, das grüne Banner der Hoffnung; denn er bot freiwillig gerade heuer eine solche Fülle der größten blauen Beeren, so überschwenglich, wie sich keines Haidebewohners Gedächtniß entsinnen konnte. – Wohl standen wieder Wolken am Himmel, die in langen, milchweißen Streifen tausendfasrig und verwachsen die Bläue durchstreiften, sonst immer Vorboten des Regens; aber man traute ihnen nicht, weil sie schon drei Tage da waren und immer wieder verschwanden, als würden sie eingesogen von der unersättlichen Bläue. Mancher Hausvater ging händeringend zwischen den Feldern, und als es Abend geworden und selbst gezückte Gewitter um den Rand des Horizontes standen und sich gegenseitig Blitze zusandten, sah ein von der Stadt heimfahrender Bauer selbst die halbgestorbene Großmutter mitten im

Felde knieen und mit emporgehobenen Händen beten, als sei sie durch die allgemeine Noth zu Bewußtsein und Kraft gelangt und als sei sie die Person im Dorfe, deren Wort vor allen Geltung haben müsse im Jenseits. Die Wolken wurden dichter, aber blitzten nur und regneten nicht.

Samstagmorgen war angebrochen, und der ganze Himmel hing voll Wolken; aber noch war kein Tropfen gefallen. Gestern gab Jeder die Hoffnung auf Ernte auf, und heute glaubte Jeder, mit einigen Tropfen wäre ihr geholfen. Die Weiber und Mägde standen auf dem Dorfplatze und hatten Fässer und Geschirr mitgebracht, um, wenn es regne und der Dorfbach sich fülle, doch auch heuer wie sonst ihre Festtagsreinigungen vornehmen zu können und feierliche Pfingsten zu halten. Aber es wurde Nachmittag, und noch kein Tropfen war gefallen; die Wolken wurden zwar nicht dünner – aber es kam auch der Abend und kein Tropfen war gefallen.

Des andern Morgens, als sich die Augen aller Menschen öffneten, war der ganze Haidehimmel grau, und ein dichter, sanfter Landregen träufelte nieder. Alles, Alles war nun gelöst; die freudigen Festgruppen der Kirchgänger rüsteten sich und ließen gern das köstliche Naß durch ihre Kleider sinken, um nur zum Tempel Gottes zu gehen und zu danken.

ADALBERT STIFTER

## Das Heideprinzeßchen

Er ist ein einsamer Wanderbursch, der kleine Fluß, er läuft durch die stille Heide. Seine schwach klingenden Wellen kennen nicht das tolle Jauchzen thaleinwärts stürzender Wasser; sie trollen sich gemächlich über widerstandslose, flach gewaschene Kiesel, zwischen seichten, mit Weiden und Erlen bestandenen Borden. Das Gebüsch aber verschränkt seine Zweige so undurchdringlich, als dürfe nicht einmal der Himmel droben wissen, daß die kleine Ader voll rieselnden Lebens in der verrufenen Heide klopfe. Und das ist so recht im Sinn vieler böser Zungen, die draußen in der Welt diese weiten Flächen germanischen Tieflandes verlästern.

Lieber, sieh dir einmal das vielgeschmähte Proletarierweib, die Heide, im Hochsommer an! Freilich, sie hebt die Stirne nicht bis über die Wolken, das Diadem des Alpenglühens oder einen Kranz von Rhododendren suchst du vergebens; – sie trägt nicht einmal die Steinkrone des Niedergebirges; auch schmiegt sich nicht der breite funkelnde Stahlgürtel eines gewaltigen Wasserstromes unter ihren Busen; aber die Erika blüht; ihre lila- und rotgemischten Glockenkelche werfen über die sanften Biegungen des Riesenleibes einen farbenprächtigen, mit Myriaden gelbbestäubter Bienen durchstickten Königsmantel – und der hat einen köstlichen Saum.

Weit drüben schwillt die humusarme, sandige Fläche, die allerdings nur für das genügsame Heidekraut einen Nahrungsquell hat, zur mäßigen Anhöhe empor; in dem Boden steckt Kraft und Mark; der lange dunkle Streifen, mit welchem er die rotflimmernde Ebene plötzlich abschneidet, ist Wald, tiefer majestätischer Laubwald, wie er seinesgleichen sucht. Stundenlang schreitest du durch die dämmernden Säulenreihen, die der verachtete Heideboden gen Himmel treibt. In dem Geäst, hoch über deinem Haupte, nisten Finken und Drosseln, und aus dem Dickicht äugt das fliehende Wild scheu nach dir herüber. Und wenn endlich der Hochwald in niedriges Kieferngestrüpp ausläuft und dein Fuß zögert, auf die Waldbeeren zu treten, die hier, wie vom Himmel niedergeschüttet, in Scharlach und bläulicher Schwärze den Abhang färben, während von der Bodensenkung draußen liebliches Wiesengrün und das blasse Gold reifender Getreidefelder heraufschimmern – wenn aus dem mitten drin liegenden Dorf, das seine urgemütlichen Wohnhäuser um den ziegelbedeckten Kirchturm schart, menschliches Leben und Treiben und das Gebrüll stattlichen Hornviehs herüberschallt, dann denkst du wohl lächelnd der trostlosen, gottverlassenen Sandwüste, wie sie „in den Büchern steht".

Das Flüßchen freilich, mit welchem diese Niederschrift beginnt, durchmißt eine der dürftigsten, menschenleersten Strecken. Es läuft lange parallel mit der Waldlinie am Horizonte, und erst nach reiflichem Überlegen macht es eine selbständige Schwenkung nach ihr hinüber. Bei aller Sanftmut nagt und wühlt es doch am weichen Uferboden, und einmal sogar gelingt es ihm, ein Miniaturbecken zu bilden, in welchem die langsam rinnenden Wasser scheinbar rasten. Hier weiß man nicht, wo die Luft aufhört und das Wasser beginnt, so klar abgezeichnet liegen die weißen Kiesel drunten, und so wenig bewegt schwimmt das Nixenhaar darüber hin. Das kleine Rund treibt die Erlenbüsche auseinander, eine lichtbedürftige Birke hat sich um einen Schritt hinausgeflüchtet und steht da wie ein holdes Sagenkind, dem die Sommerlüfte unaufhörlich blinkende Silberstücke aus den Lokken schütteln.

Es war in den letzten Tagen des Juni.

In dem kühlen Wasser des kleinen Beckens standen ein Paar brauner Mädchenfüße. Zwei ebenso sonnverbrannte Hände zogen das schwarz grobwollene Röckchen fest und vorsichtig um die Kniee, während sich der Oberkörper neugierig vornüber bog. Schmale, mit weißen Linnen bedeckte Schultern und ein junges, braun angehauchtes Gesicht – in der That, es war wenig und winzig genug, was der Fluß zurückwarf; immerhin – den zwei Augen im Wasser war es sehr gleichgültig, ob das Gesicht, in welchem sie saßen, griechische Regelmäßigkeit oder den Hunnentypus zeigte. Hier auf dem einsamsten Fleck der Heide gab es keinen Maßstab für weibliche Schönheit, keine Anregung zum Vergleich; nur daß alles, was im unverfälschten Tageslicht „natürlich" und altgewohnt erschien, aus dem Wasserspiegel so fremd heraussah, das machte ihn verlockend.

Draußen im Sonnenschein, im sausenden Heidewind flatterte das ziemlich kurz verschnittene Lockenhaar lustig um Stirn und

*„Nu, was macht denn mein Prinzeßchen da?“*

Nacken – hier unten wurde es zu schwer niederhängenden Rabenflügeln, unter denen hervor die kleinen, roten Glasperlen der Halskette wie dunkelglühendes Blut tropften, und das grobe derbe Leinenhemd gar leuchtete geschmeidig und seidenweich, als schwimme eine einzige große, schneeweiße Glockenblume drunten im Wasser – es verwandelte sich eben alles wie in der allerschönsten, alten Zaubergeschichte.

Meist füllte ein Stück dunkler Himmelsbläue die Bresche der Büsche, das gab der Wasserfläche eine harte Stahlfarbe und dem Mädchenbilde einen eintönigen Hintergrund. In diesem Augenblick jedoch liefen plötzlich glühende Dunstgebilde über den Spiegel – es war unglaublich, aber trotz allem dem quollen sie unmittelbar aus den Haarspitzen des Lockenkopfes. Das kämpfte durcheinander und glühte immer höher auf, als solle allmählich die ganze Welt von Purpur triefen. Nur das heimliche Düster um die Wurzeln des Buschwerks vertiefte sich zur finsteren Höhle, aus der einzelne Zweige wie schwarze Stalaktitenzacken in das schwimmende Feuer hineinragten – eine neue, blitzschnelle Wendung der alten Zaubergeschichte. Aber sie erzeugte einen heillosen Schrecken. Nahm doch selbst der Schatten, den das vorgeneigte Mädchen warf, Brunnentiefe an, aus der herauf zwei übergroße, entsetzte Augen glitzerten.

Die braunen Füße gehörten zu keiner Heldenseele; mit einem wilden Satze sprang sie an das Ufer – welch eine lächerliche Flucht! Draußen über der Heide entzündete sich der Abendhimmel in roten Flammen, eine feurige, sanft zerfließende Wolke zog über die Bresche hin, das war der gespenstige Nimbus – und die Augen? Hatte wohl die Welt solch einen Hasenfuß wie mich gesehen? Solch ein kindisches Ding, das vor seinen eigenen Augen davonlief?

Zunächst schämte ich mich vor mir selber und dann vor meinen zwei besten Freunden, die Zeugen gewesen waren.

Meine gute Mieke zwar hatte sich weiter nicht stören lassen – sie war der weniger intelligente Teil. Die schönste schwarzbunte Kuh, die je über die Heideflächen gelaufen, stand sie breitspurig unter der Birke und riß und zupfte schwelgend an dem Grase, das der feuchte Uferboden in einem dünnen Streifen emportrieb. Sie hob den langen, schmalen Kopf, kaute mit unverkennbarem Appetit weiter an den fetten Halmen, die ihr zu beiden Seiten des

Maules niederhingen, und sah nur einen Moment dummverwundert nach mir hin.

Spitz dagegen, der sich faul und schläfrig unter das kühle Gebüsch geduckt hatte, nahm die Sache tragischer. Er fuhr wie besessen in die Höhe und bellte in das zurückklatschende Wasser hinein, als sei mir der böse Feind auf den Fersen.

Er war nicht zu beschwichtigen; die Stimme sprang ihm über vor Alteration und Kampfeswut – und das war urkomisch. Lachend sprang ich in das Wasser zurück und sekundierte ihm, indem ich mit beiden Füßen den lügnerischen Spiegel in hochaufspritzende Atome zerstampfte.

Es war aber auch noch ein dritter Zeuge hinzugetreten, den weder ich noch Spitz bemerkt hatten.

„Nu, was macht denn mein Prinzeßchen da!“ fragte er in jenen knurrenden, halbzerrissenen Tönen, wie sie aus einem Munde kommen, dem die unzertrennliche Tabakspfeife wie festgemauert zwischen den Zähnen sitzt.

„Ach, du bist's, Heinz?“ – Vor dem schämte ich mich nicht, er lief selber wie ein Hase vor allem, was nicht ganz geheuer. Freilich, das glaubte keiner, der dies alte, gewaltige Menschenkind sah.

Da stand er, Heinz, der Imker*, auf Sohlen, so massiv und wuchtig, daß sie den Erdboden schüttern machten. Sein Scheitel rührt an Aeste, die für mich himmelhoch hingen, und der breite Rücken verschloß den Ausblick nach der Heide so vollkommen, als habe sich plötzlich eine Granitwand zwischen die Außenwelt und meine kleine Person geschoben.

Dieser Riese gab Fersengeld vor dem ersten besten weißen Laken im dämmernden Zwielicht – und das machte mir Vergnügen. Ich erzählte ihm so lange haarsträubende Sagen und Spukgeschichten, bis mich selber eine Gänsehaut überlief, und ich allen Mut verlor, auch nur in den nächsten dunklen Winkel zu sehen – wir fürchteten uns prächtig um die Wette.

„Ich zertrete ein Paar Augen, Heinz“, sagte ich und stampfte noch einmal fest auf, so daß die sprühenden Wassertropfen an seinem mißfarbenen Drellrock hängen blieben. „Du, da drin ist's nicht richtig –“

„Ei beileibe – am hellen Tage?“

„Ach, was fragt denn die Wasserfrau nach dem hellen Tage,

wenn sie böse ist!" – Mit einer wahren Wonne sah ich, wie er halb ungläubig, halb mißtrauisch nach dem rotgefärbten Wasser schielte. – „Wie, du glaubst es nicht, Heinz? ... Ei, da wollt' ich doch, sie hätte dich so angesehen, so schlimm –"

Jetzt war er überwunden. Er zog die Tabakspfeife aus dem Munde, spuckte heftig aus und richtete in einem lächerlichen Gemisch von Triumph und Besorgnis die zerkaute Pfeifenspitze gegen mich.

„Was hab' ich immer gesagt, he?" rief er. „Ich thu's aber auch nicht wieder – nein, ich thu' es ganz gewiß nicht wieder! ... Meinetwegen können die Dinger haufenweise da drin liegen, ich rühre sie nicht wieder an – beileibe nicht!" –

Da hatte ich ja etwas Schönes angerichtet mit meiner Neckerei. Der kleine Fluß, der Wanderbursch, der so einsam durch die Heide lief, war reicher, als so mancher stolze Strom, der an Palästen und Menschengewühl vorüberrauschte – er hatte Perlen in der Tasche; allerdings in nur geringer Anzahl und bei weitem nicht brillant genug, um ein Königsdiadem oder auch nur einen eleganten Ring zu schmücken. Aber was verstand ich davon! Ich liebte die kleinen mattglänzenden Dinger, die so rund und beweglich über meine Handfläche liefen. Stundenlang watete ich durch das Wasser und suchte nach Muscheln; ich brachte sie Heinz, der sich auf das Oeffnen der Schalen verstand – wie er das machte, war sein Geheimnis. Nun aber kündigte er mir kurz und

bündig den Dienst, weil er sich steif und fest einbildete, die Wasserfrau werde uns als Spitzbuben den Prozeß machen.
„He, Heinz, es war ja nur ein dummer Spaß!" sagte ich kleinlaut. „Lasse dir doch nichts weis machen!" – Ich bog mich über das Wasser, das bereits anfing, sich wieder zu glätten. „Da sieh selber – was guckt da herauf? ... Nichts, weiter gar nichts, als meine zwei eigenen schauderhaften Augen ... Warum sie nur so unmenschlich weit offen sind, Heinz! Bei Fräulein Streit war es nicht so schlimm und bei Ilse auch nicht."
„Nein, bei Ilse auch nicht", gab Heinz zu. „Aber Ilse hat scharfe Augen, Prinzeßchen, scharfe!"
Er hatte mir anfänglich mit seiner furchtbaren Faust gedroht, allerdings unter einem gutmütigen Schmunzeln – Heinz konnte nicht böse werden – bei seiner letzten unleugbar weisen und schlagenden Bemerkung aber kniff er wichtig die Lippen zusammen, zog die borstigen Augenbrauen bis unter den Hut und fuhr sich in die Haarbüschel, die strohgelb und dürr von den Schläfen starrten – sie knisterten förmlich in der heißen Abendsonne.
Darauf blies er eine mächtige Rauchwolke vor sich hin, zum Entsetzen der spielenden Mückenschwärme, die sich eiligst aus dem Staube machten; auch daheim die Ilse „mit den scharfen Augen" behauptete stets empört, das sei ein Kraut zum Umbringen – nur ich hielt stand, und wenn ich hundert Jahre erreichen sollte, der übelberufene Duft wird mich zu allen Zeiten sofort in die warme dunkle Ofenecke versetzen, mit dem ganzen Wonnegefühl des heimischen Geborgenseins neben Heinz auf der Holzbank kauernd, während draußen der heulende Schneesturm über die weite Heidefläche braust und ganze Batterien Eissplitter gegen die Fensterläden tosen.
Ich sprang zu ihm an das Ufer, und da kam auch gerade Mieke heran und rupfte zutraulich an einigen Quecken, die halbzertreten unter Heinzens Schuhen hervorguckten.
„Je, – wie sieht denn die aus?" lachte er auf.
„O, ich bitte mir's aus, da wird nicht gelacht!" schalt ich. Mieke hatte sich prächtig herausstaffiert. Zwischen den Ringelrosen und Birkenlaub – ich fand, sie trüge diesen Schmuck so majestätisch und ungezwungen, als sei er mit ihr auf die Welt gekommen – eine Kette aus den dicken Stengelröhren der Hundeblume umschloß ihren Hals, und selbst an der Schwanzspitze baumelte

ein Heidesträußchen; es kollerte lustig über den tonnenförmigen Leib herab, sobald Mieke den Wedel hob und nach den Stechmücken auf ihrem Rücken schlug. „Sie sieht sehr feierlich aus – aber das verstehst du nicht“, sagte ich. „Nun paß auf und rate, Heinz: Mieke hat sich geputzt, und auf dem Dierkhofe ist heute Kuchen gebacken worden – also was ist los?“
Aber da hatte ich an seine allerschwächste Seite appelliert; raten war nicht Freund Heinzens Sache. In solchen Momenten stand er hilfsbedürftig und bänglich vor mir, wie ein zweijähriges Kind – auch in diese Situation brachte ich ihn um alles gern.
„Schlaukopf, du willst mir nur nicht gratulieren!“ lachte ich. „Aber das wird dir nicht geschenkt! ... Lieber, allerbester Heinz, heute ist mein Geburtstag!“
Da flog es wie Freude und Rührung über das gute, dicke Gesicht; er hielt mir die ungeschlachte Hand hin, in die ich herzlich einschlug.
„Und wie alt ist denn meine Prinzessin geworden?“ fragte er mit konsequenter Umgehung jedweder Glückwunschrede.
Ich lachte ihn aus. „Weißt du das wieder nicht?... Merk auf: Was folgt auf sechzehn?“
„Siebzehn – was? Siebzehn Jahre?... Ist nicht wahr – solch ein kleines Kind? – Ist ja nicht wahr!“ – Er hob protestierend beide Hände.
Dieser tiefe Unglaube empörte mich. Allein mein alter Freund, der es sich bis zu seinem zwanzigsten Jahre hatte angelegen sein lassen, mit der himmelstürmenden Tanne um die Wette zu wachsen, er war nicht so ganz im Unrecht ... Seit bereits drei Jahren reichte mein Ohr genau so hoch, daß es Heinzens starkes Herz pulsieren hören konnte – nicht um eine Linie höher war es in dieser langen Zeit gerückt. Ich war und blieb ein kleines Wesen, das sich gezwungen sah, auf Kinderfüßen durch das Leben zu huschen; und das nahm mir, nach Heinzens Begriffen von einem normalen Menschenkind, offenbar auch die Berechtigung, mit jedem Jahre älter zu werden.
Trotz allem dem zankte ich ihn tüchtig aus; aber diesmal half er sich als Politikus – er wechselte das Thema. Statt aller Antwort zeigte er mit dem Daumen über die Schulter zurück und sagte schmunzelnd: „Da drüben gibt's einen Extra-Geburtstagsspaß, Prinzeßchen – sie graben den alten König aus!“

Mit einem Sprunge stand ich außerhalb des Gebüsches.
Ich mußte beide Hände schützend über die Augen halten, so überwältigend flimmerten und brannten die roten Abendgluten. Drüben hinter der fernen Waldlinie schossen sie spießartig durch dünne Dunst- und Wolkenschichten – dort umritten die alten Recken der Vorzeit die weite Heide und rührten mit den funkelnden Speeren an den Himmel.
Noch blühte die Erika nicht – glatt, wie über einen Tisch breitete sich die grünlichbraune Pflanzendecke hin; nur fünfmal hob und senkte sie sich in jäher Anschwellung über fünf Hünenbetten, über ein großes und vier kleinere. Sie deckten Riesenleiber, wie der Volksmund sagte, ein verschollenes Geschlecht, unter dessen Schritt einst die Erde seufzte, und das mit mächtiger Faust Felsblöcke wie Kiesel umwarf. Auf dem Rücken des großen Hügels hatte sich Wacholdergebüsch eingenistet, und an den

Flanken herab stand gelbblühender Ginster. Ob ein Vogel das Samenkorn hierhergetragen, oder ob Menschenhand die einsame alte Föhre gepflanzt hatte, genug, sie stand da, seitwärts auf dem Grat des Hügels, dünn benadelt und windzerzaust, und im Wachstum unterdrückt durch die Schneelasten des Winters; aber doch stolz als einziger, unbeschützter Baum inmitten der weiten Ebene, der mit jedem Sturm um sein Leben ringen mußte.
„Da liegt der alte König begraben; denn der Baum steht da, und es blühen gelbe Blumen – das haben die anderen nicht", sagte ich als Kind zu Heinz, wenn wir auf dem Hügel saßen. Und ich wußte, da, wo der Baum stand, lag das gewaltige Königshaupt mit dem Goldreifen über der Stirne, und der lange, lange Weißbart fiel auf die Purpurdecke, die sie über seine Glieder gebreitet hatten. Die tiefste Einsamkeit webte um das schlafende Geheimnis, aber die Vögel, die vom Walde herüberkamen und auf dem Wipfel der Föhre rasteten, die um Ginster und Heide taumelnden, blauglänzenden Schmetterlinge und die summenden Bienen, sie alle waren meine Mitwisser. Und still atmend, die Hände unter dem Kopf verschränkt, lag ich im Gebüsch und sah die Ameisen in die Erdlöcher schlüpfen und wieder hervorkommen – sie wußten noch mehr als wir anderen, sie hatten alles drin gesehen und waren wohl gar über die Purpurdecke gelaufen. Ich beneidete sie und fühlte heftige Sehnsucht nach den verborgenen Wundern.
Bis zu dieser Stunde war der große Hügel mein Garten, mein Wald, mein unbestrittenes Eigentum gewesen. Der Dierkhof, meine Heimat, lag mutterseelenallein in der Heide; ein selten betretener Weg, der sie mit der Außenwelt verband, lief vom Walde her und ließ die Hünengräber weit abseits liegen – nie, solange ich denken konnte, war ein fremder Menschenfuß in ihr Bereich getreten ... Nun stand auf einmal dort ein Trupp unbekannter Leute; sie rissen große Erdbrocken aus dem Leibe des Hügels. Ich sah die hochgeschwungene Hacke – wie ein feiner, schwarzer Strich hob sie sich vom flammenden Himmel ab, und so oft sie niedersank, war es mir, als schneide sie in das lebendige Fleisch eines geliebten Körpers.
Ohne Besinnen lief ich querfeldein, erfüllt von unsäglichem Mitleiden, aber auch getrieben von dem brennenden Verlangen, zu sehen, was dort an das Tageslicht treten würde. Spitz lief kläffend neben mir her, und als ich atemlos an Ort und Stelle

Halt machte, da trabte auch Heinz in seinem Siebenmeilenschritt heran.

Jetzt erst überkam mich das Gefühl der Scheu, jener kindische Schrecken, den mir ein fremdes Gesicht stets einflößte. Ich wich zurück und griff beklommen nach Heinzens Rockzipfel – das gab mir wenigstens einigermaßen das Bewußtsein von Halt und Schutz.

Am Hügel standen drei Herren in schweigender Erwartung, während mehrere Arbeiter gruben und schaufelten. Auf den greulichen Lärm hin, den Spitz machte, wandten sich die Fremden einen Augenblick nach uns um, und einer, anscheinend der jüngste unter ihnen, hob den Stock gegen das Tier, als es Miene machte, ihm näher zu kommen. Dann ließ er seine Augen kalt musternd über Heinz und mich hingleiten und kehrte uns wieder den Rücken.

Es war unter der Föhre eingeschlagen worden. Das herausgerissene Ginstergebüsch lag weithin zerstreut; da, wo es gestanden, klaffte eine weite Oeffnung, und oben aus dem Bruch, aus dem elenden Gemisch von Lehm und gelblichem Sande, hingen dicke Wurzeln, Ausläufer der Föhre herab – sie zeigten das weiße Fleisch, die Hacke hatte sie unbarmherzig zerschnitten.

„Da wären wir auf dem Stein", sagte einer der Herren, als die Werkzeuge klirrend aufschlugen.

Man räumte die letzten Erdschollen hinweg, und es wurde ein mächtiger, roher Felsblock sichtbar.

Die Herren traten seitwärts, indes die Arbeiter sich anschickten, den Stein wegzuwälzen. Heinz aber rückte gespannt näher; die Männer machten ihm die Sache offenbar nicht praktisch und handlich genug. Das rechte Bein weit vorgestreckt, hob und senkte er in stillschweigender Mitwirkung die geballten Fäuste, und die Tabakspfeife feierte mittlerweile auch nicht – ich sah plötzlich die Köpfe der Fremden nur noch durch einen bläulichen Nebel. Das aber machte einen Effekt, einen Effekt, den Ilse hätte sehen müssen.

Der junge Herr, hinter welchem mein guter Freund stand, fuhr herum, als habe er unversehens einen Schlag erhalten. Er maß den unglücklichen Raucher mit einem langen, vernichtenden Blicke und fuhr voll Abscheu mit seinem seidenen Taschentuch durch die Luft, um die Rauchwolken zu zerstreuen.

Heinz nahm wortlos das *Corpus delicti* aus dem Munde und ließ es schlaff an der Seite niedersinken – er war über die Maßen verblüfft. Einen solchen Eindruck hatte sein Tabak doch noch nicht gemacht. Mich aber hatte das Benehmen des Fremden tief erschreckt und eingeschüchtert; ich schämte mich und hob eben den Fuß, um das Weite zu suchen, als der Stein aus dem Gefüge wich und unter dumpfem Gepolter einige Schritte vorwärts gerollt wurde.
Das fesselte mich sofort wieder an den Boden.
Im ersten Augenblick konnte ich nichts sehen, denn die Herren umdrängten die Oeffnung; aber ich wollte auch plötzlich gar nicht mehr. Das Blut stieg mir beängstigend nach den Schläfen, und unwillkürlich wandte ich die Augen weg, denn ich meinte, jetzt müsse etwas Ueberwältigendes kommen.
„Potztausend – das wär's?" rief Heinz mit dem Ausdruck überwältigender Ueberraschung.
Ich sah hinüber – und da war es mir für einen Moment, als seien alle Farben und Lichter der Heide erloschen, als falteten alle blauglänzenden Schmetterlinge die Flügel und sänken zusammen – und die funkelnden Speere am Horizont, wo waren sie hin? Dort ging nur noch die Sonne unter ... Im Hügel lag nicht der greise König mit dem lang herabfließenden Silberbart, die Riesenglieder unter die Purpurdecke gebettet – eine dunkle, leere Höhle gähnte mich an.
Die Fremden schienen dies Ergebnis ganz in der Ordnung zu finden. Einer, der eine Brille trug und auf dem Rücken eine lange Blechbüchse hängen hatte, kroch in die Oeffnung, und der junge Herr folgte ihm, während der dritte, ein großer, schlanker Mann, die innere Fläche des fortgewälzten Granitblockes untersuchte. Sein Gesicht konnte ich nicht sehen, er wandte mir den Rücken; aber ich hielt ihn für alt; denn er hatte langsame Bewegungen und der schmale Streifen kurz verschnittenen Haares, der unter dem braunen Hut hervorsah, war entschieden grau.
„Der Stein ist bearbeitet", sagte er, indem seine Hand leicht über die Fläche glitt.
„Die anderen Träger auch!" rief eine Stimme aus dem Hügel. „Und welch einen riesigen Deckstein haben wir über uns! Ein wahres Prachtstück von einem erratischen Block!"

Der junge Herr erschien wieder in der Oeffnung. Er mußte sich tief bücken, und dabei entfiel ihm der Hut. Bis dahin hatte ich wenige Männer gesehen – außer Heinz, dem alten Pfarrer des nächsten, ziemlich zwei Stunden entfernten Dorfes und einigen dort ansässigen grobknochigen und wortkargen Hofbesitzern war mir nur hier und da ein schmutziger Besenbinderjunge über den Weg gelaufen. Ich hatte mithin keine Gelegenheit gehabt, mich mit dem Begriff von Männerschönheit zu beschäftigen. Aber auf dem Dierkhofe hing ein Bild Karls des Großen; an das mußte ich denken, als die unbedeckte Stirne dort aus der schwarzen Höhle auftauchte; wie ein breiter, weißer, fleckenloser Schild glänzte sie unter den aufbäumenden kastanienfarbenen Haarmassen, die mit einem energischen Emporwerfen des Kopfes zurückgeschüttelt wurden.
Der junge Mann hielt ein großes Thongefäß von gelblichgrauer Farbe in den Händen.
„Vorsicht, Herr Claudius!" mahnte der Herr mit der Brille, der ihm folgte und selbst verschiedene fremdartige Gerätschaften in der Linken trug. „Im ersten Augenblick sind diese Urnen sehr zerbrechlich; sie erhärten aber schnell an der Luft –"
Dazu kam es nicht. In demselben Moment, wo die Urne auf den Granitblock gestellt wurde, zerbarst sie; eine Wolke von Asche stiebte auf und halb verkohlte menschliche Gebeine flogen und rollten nach allen Seiten hin.
Der Brillenträger stieß einen Laut des Bedauerns aus. Er ergriff mit der zart zugespitzten Rechten behutsam eine der Scherben, schob die Brille auf die Stirne und besah die Thonmasse an dem frischen Bruch.
„Ah bah, der Schaden ist nicht groß, Herr Professor!" sagte der junge Mann. „Da drin stehen noch mindestens sechs Stück, und die Dinger gleichen sich wie ein Ei dem anderen."
Der Professor verzog das Gesicht, als habe er Essig geschluckt.
„Ei, ei, das klingt ja recht – laienhaft!" meinte er scharf.
Der andere lachte auf, und das war ein wunderschönes Lachen. Es klang hell und übermütig und doch so wohlthuend beherrscht. Er schien es übrigens sofort zu bereuen, sein Gesicht wurde sehr ernst.
„Ich bin ja auch nur ein Laie, wenn auch ein passionierter", entschuldigte er sich. „Deshalb müssen Sie schon Gnade für

Recht ergehen lassen, wenn der Neuling hier und da die strengen Zügel der Wissenschaft verliert und ein wenig querfeldein galoppiert ... Mir lag hauptsächlich daran, mich über den inneren Bau dieser Grabdenkmäler zu informieren, und – ah, wie prächtig!“ unterbrach er sich und nahm eins der seltsamen Geräte, die der Professor mittlerweile auf dem Steine ausgebreitet hatte.

Der gelehrte Herr hörte augenscheinlich die Entschuldigung des jungen Mannes gar nicht. In tiefes, man hätte sagen können peinliches Nachdenken versunken, hielt er einen kleinen Gegenstand prüfend bald gegen das Licht, bald dicht unter die Augen.

„Hm, hm, eine Art Filigranarbeit von Silber! Hm, hm“, murmelte er vor sich hin.

„Silber in einem vorgeschichtlichen germanischen Grabhügel, Herr Professor?“ fragte der junge Mann nicht ohne spöttische Betonung. „Sehen Sie hier dies köstliche Bronzestück!“ Es war ein Dolch oder ein Messer, was er ergriffen hatte. Er hob und senkte wie zum raschen Stoß die Waffe, dann wog er sie lächelnd auf den Fingerspitzen. „Einer Germanenfaust hätte dies zierliche Ding da sicher nicht genügt – sie hätte es im ersten Augenblick zerdrückt“, sagte er. „Und ebensowenig hat sie den zarten Silberschmuck geschaffen, den Sie da in der Hand halten, Herr Professor... Schließlich behält Doktor von Sassen doch recht, wenn er diese sogenannten Hünengräber als Begräbnisstätten phönizischer Anführer bezeichnet.“

„Doktor von Sassen!“ Wie mich's durchfuhr bei diesem Namen! Hatte der Sprecher dort nicht mit dem Finger auf mich gezeigt! Und richteten sich nicht sofort aller Augen auf meine arme, kleine erschrockene Person? ... Alle diese Augen! Ich hätte mich in die Erde verkriechen mögen! ... Ach, welcher Kindskopf war und blieb ich doch! Man kümmerte sich so wenig um mich, wie vorher auch – ich wollte aufatmen; aber o weh, an ihn hatte ich nicht gedacht! Dort stand er, Monsieur Heinz, der Pfiffikus, nickte mir mit überaus schlauer Miene zu und schrie hinter der hohlen Hand: „He, Prinzeßchen, die Leute sprechen von –“

„Still, Heinz!“ fuhr ich ihn an – zum erstenmal in meinem Leben, und zum erstenmal auch trat ich heftig mit dem Fuße auf. Er sah mich einen Moment wie versteinert an, dann wandte er

scheu die Augen nach der anderen Seite. Die Arbeiter aber waren aufmerksam geworden; sie schienen jetzt erst zu finden, daß der Gegenstand da hinter ihnen nicht ein Dornbusch oder dergleichen, sondern ein kleines furchtsames Mädchen war. Sie starrten mich mit einer Art von lächelnder Neugier unverwandt an: ich wäre am liebsten auf und davon gelaufen; allein es hielt mich etwas unwiderstehlich fest, und ich war damals der unumstößlichen Ueberzeugung, es sei einzig und allein der Wunsch, noch etwas über den Träger jenes Namens zu hören.
Zudem beruhigte es mich, daß die fremden Herren Heinzens Bemerkung nicht gehört hatten. Mit den „phönizischen Anführern“ waren zwei zündende Funken in die Seele des Professors gefallen. Offenbar ein Gegner dieser Hypothese, verfocht er seinen Standpunkt in leidenschaftlich heftiger Rede, welcher der junge Mann mit pflichtschuldiger Aufmerksamkeit folgte.
Der Herr im braunen Hut dagegen beteiligte sich weniger an den gelehrten Auseinandersetzungen. Ruhigen Schrittes wandelte er auf und ab. Er sah lange in das aufgebrochene Hünengrab; später bestieg er den Hügel und übersah die weite Ebene.
Inzwischen war die lodernde Abendröte erblaßt und sank am Horizont in tiefvioletten Tinten zusammen; nur an dem langen dünnen Wolkenstreifen, der sich wie ein dräuender Arm über die entweihte Totenstätte reckte, lief noch ein rötlicher Hauch hin. Der falsche Flitter eines vergänglichen Schauspiels verflog, und droben breitete sich wieder der ernste Himmel in verdunkeltem Blau. Nun trat auch die bleiche Mondsichel, dieser scheinbare Nebelfleck, den das allgemeine Glutmeer völlig verschlungen hatte, wieder hervor und fing an, sich schwach golden zu färben.
Der Herr auf dem Hügel zog seine Uhr hervor.
„Es ist Zeit zum Aufbruch!“ rief er hinab. „Wir brauchen eine volle Stunde, ehe wir den Wagen erreichen!“
„Ja, Onkel, leider Gottes eine starkgemessene Stunde!“ antwortete der junge Mann. „Ich wollte, wir hätten dies verwünschte Heidegestrüpp bereits hinter uns“, sagte er mit einem Blick auf seine feinbekleideten Füße mißmutig zu dem Professor, der seine Rede unter einem nachdrücklichen „Eh, wir werden ja sehen!“ eiligst geschlossen hatte. „Müssen wir wirklich auf dem heillos schlechten Wege wieder zurück?“

„Ich weiß keinen besseren!“ versetzte achselzuckend der Gelehrte.
Der andere ließ seine Augen finster über die weite Fläche hingleiten.

„Es ist so still, die Heide liegt
Im warmen Mittagssonnenstrahle“ –

recitierte er mit spöttischem Pathos. „Ich begreife nicht, wie man die Heide besingen kann. Mir würde der poetische Gedanke im Gehirn, das schildernde Wort im Munde erstarren ... Ist es Ihnen wirklich Ernst mit Ihrer Vorliebe für diese furchtbare Einöde, Herr Professor? Ich bitte Sie, dann zeigen Sie mir etwas anderes, als Heide und abermals Heide, dieses entsetzliche braune Gespenst! Hören Sie auch nur einen Ton aus einer Vogelkehle? Und wohin verkriecht sich das menschliche Leben und Treiben, das doch durchaus existieren soll? Steckt es unter der Erde? ... Ich kann mir nicht helfen, Ihre Heide ist das ausgestoßene Kind Gottes in brauner Kutte!“
Der Professor sagte kein Wort. Er schob nur den jungen Mann um einige Schritte seitwärts, dahin, wo die Lehne des Hügels rasch abfiel, faßte ihn an den Schultern und ließ ihn über den Hügel hinweg nach Süden sehen.
Dort lag der Dierkhof. Sein festes schweres Dach, mit der Heidegarnitur unter jeder Ziegelreihe, hob sich stattlich inmitten vier mächtiger Eichen. Kräftige Rauchwolken, an brodelnde Töpfe auf dem wohlbesetzten Herd erinnernd, wirbelten durch die Aeste und zerflossen in der weichen Sommerluft, hoch über der schwarzweißen Frau Störchin, die, die nackten Beine im Reisernest, nachdenklich den roten Schnabel über die helle Brust hängen ließ. Es war noch hell genug, daß man das tiefe Grün der sorgfältig gepflegten Rieselwiesen und ein schwaches Glimmen hinter der Garteneinhegung erkennen konnte – es sah aus, als sei dort ein Widerschein des farbensprühenden Abendhimmels liegen geblieben – das waren Ilses Lieblinge, die dickköpfigen, orangegelben Ringelblumen ... Und da trabte eben auch Mieke, jedenfalls sehr satt und sehr gelangweilt, auf eigene Faust heimwärts. Sie blieb einen Augenblick dumm und faul vor dem gastlich offenen, hochgewölbten Hausthor stehen und besann

sich, ob sie hineingehen solle – dies prächtige Tier vervollständigte das Bild ländlicher Wohlhabenheit.
„Sieht das aus, als ob schwachsinnige Troglodyten dort hausten?" fragte lächelnd der Professor. „Und kommen Sie in einem Monat wieder, wenn die Heide blüht, wenn sie purpurn flimmert und schimmert! Dann ist sie märchenhaft! Noch später aber trieft sie von flüssigem Gold, von dem Golde des Honigs – und was wollen Sie? Das ‚ausgestoßene Kind Gottes' schmückt sich wie ein Königstöchterlein – viele der kleinen dunklen Heidebäche, wie Sie dort drüben einen sehen, haben Perlen."
„Ja, Milliarden Wasserperlen, die ins Meer fließen!" lachte der junge Herr.
Der Professor schüttelte ungeduldig den Kopf. Ich hatte ihn auf einmal herzlich lieb, den Mann, trotz seines vertrockneten Gesichts, seiner vielen Fremdwörter und der häßlichen, rasselnden Blechbüchse auf dem Rücken. Er verteidigte ja meine Heide, er hatte mit wenigen Worten den ganzen Zauber und Segen, den sie atmete, zur Geltung gebracht. Der junge Spötter mit dem verächtlich lächelnden Munde aber, der mir mit jedem seiner Worte auf das Herz trat, er mußte beschämt werden. Ich weiß noch heute nicht, woher ich den Mut nahm, aber ich stand plötzlich an seiner Seite und hielt ihm schweigend die Hand hin, in der fünf Perlen lagen.
Mir war, als sei ich auf glühende Kohlen getreten; ich fühlte, wie mir die Lippen zitterten vor Scheu und Angst, und meine Augen hingen fest am Boden. Es wurde dunkel um mich her, man umringte mich; der Herr, der inzwischen vom Hügel niedergestiegen war, die Arbeiter, alle kamen heran, und neben mir sah ich Heinzens riesenhafte Schuhe.
„Na, nun sehen Sie mal, Herr Claudius, das Kind da will Sie überführen! ... Brav, mein Töchterchen!" rief überrascht und vergnügt lachend der Professor.
Der junge Herr sagte kein Wort. Vielleicht war er erstaunt über die Dreistigkeit, mit der sich das Kind der Heide im groben Leinenhemd und kurzen Wollröckchen neben ihn stellte. Langsam, ich meinte, mit Widerwillen griff er herüber – und jetzt erschrak ich erst recht bis ins Herz und schämte mich. Unter diesen elfenbeinweißen schlanken Fingern mit den mattglänzenden Nägeln erschien meine sonnenverbrannte Hand völlig kaf-

fernbraun; sie zuckte unwillig zurück, und um ein Haar hätte ich die Perlen verschüttet.

„Wahrhaftig, sie sind noch nicht durchbohrt!" rief er und ließ zwei der winzigen Kügelchen über seine Handflächen rollen.

„Form und Farbe lassen freilich viel zu wünschen übrig – sie sind sehr grau und unregelmäßig", entschuldigte der Professor. „Es sind eben kleine Barockperlen ohne sonderlichen Wert; aber sie bleiben immerhin eine interessante Erscheinung."

„Ich möchte sie gern behalten", sagte der junge Mann; das klang wie eine höfliche Bitte.

„Nehmen Sie", antwortete ich kurz, ohne aufzusehen; ich meinte, man müsse in jedem Wort mein Hasenherz klopfen hören.

Er las behutsam die übrigen Perlen von meiner Hand auf, und jetzt sah ich, wie der Herr im braunen Hut, der vor mir stand, ein glänzendes Gewebe, in welchem es leise klirrte, aus der Tasche zog.

„Hier, mein Kind", sagte er und legte mir fünf große, runde, hellglänzende Stücke in die Hand.

Zu ihm schlug ich die Augen auf. Ich sah eine breite Hutkrempe, die das halbe Gesicht verdeckte, dann kam eine große blaue Brille, von der ein leichenhafter Schein auf die Wangen fiel.

„Was ist das?" fragte ich, bei aller Befangenheit doch ergötzt durch das Geflimmer und die Form der fremdartigen Dinger.

„Was das ist?" wiederholte der Herr erstaunt. „Wissen Sie denn nicht, was Geld ist, kleines Mädchen? Haben Sie noch keinen Thaler gesehen?"

„Nein, Herr, das weiß sie nicht", antwortete Heinz mit väterlicher Autorität für mich. „Die alte Frau leidet kein Geld im Hause; was sie findet, wirft sie ohne Gnade in den Fluß."

„Wie? ... Und wer ist denn diese seltsame alte Frau?" fragten die drei Herren fast zugleich.

„Nu, dem Prinzeßchen seine Großmutter."

Der junge Mann lachte laut auf. „Diesem Prinzeßchen?" fragte er und zeigte auf mich.

Ich ließ die Silberstücke auf den Boden hinrollen und entfloh ... Böser, böser Heinz! ... Aber warum hatte ich ihm auch die Geschichte von der überaus zarten und feinen Prinzessin auf dem Erbsen-Prüfstein erzählt, und warum hatte ich's gelitten,

daß er mich seitdem „Prinzeßchen“ titulierte, weil er sich einbildete, es gäbe nichts Kleineres und Feineres, als das leichtfüßige Menschenkind, das an seiner Seite die Heide durchstreifte!
Ich lief wie gehetzt heimwärts. Das Spottgelächter des jungen Mannes jagte mich, und ich hatte das dunkle Gefühl, als würde es mir nicht mehr in den Ohren klingen, wenn ich meinen Kopf unter das Dach des Dierkhofes stecken könnte.
Unter dem Hausthor stand Ilse und schaute offenbar nach mir aus; denn Mieke war ja allein heimgekommen. Meine Blicke klammerten sich schon von ferne förmlich an die Gestalt, die in harten, eckigen Umrissen aus dem Dämmerdunkel der hinter ihr sich lang hinstreckenden Tenne hervortrat ... Wie hatte ich den blonden Kopf dort so lieb! Er war genau so strohgelb, wie Heinzens ausgedörrte Schläfenhaare, und die Scheitellinie entlang strebte stets eine eigensinnig krause Wolke aufwärts. Ilse hatte auch dieselbe scharfkantige Nase wie ihr Bruder, und das gesunde frische Blut, das ihr die Backenknochen schön rot lackierte; aber die Augen, die scharfen Augen, die Bruder Heinz so ängstlich respektierte, sie waren anders, und als ich näher herankam, gefielen sie mir nicht.
„Bist du toll geworden, Leonore?“ rief sie mir in ihrer gewohnten knappen Kürze zu – sie war böse, so böse, wie sie bei ihrem außerordentlich festen inneren Gleichgewicht überhaupt werden konnte –, denn sie nannte mich beim Namen, und das geschah nur, wenn sie zürnte. Dann schwieg sie und zeigte nur streng auf den Fleck, wo ich stand. Mein Blick glitt hinab, und da sah ich allerdings etwas, das auch mir äußerst fatal war, nämlich meine nackten Füße.
„Ach, Ilse, Schuhe und Strümpfe liegen noch am Fluß!“ sagte ich niedergeschlagen.
„Unverstand! ... Gleich holen!“
Sie schwenkte um und schritt nach dem Herd zurück, der, zwar nach moderner Art als Sparherd eingerichtet, doch seine altgewohnte Stelle im echt niedersächsischen Hause, nämlich am hintersten Ende der Dresch- oder Viehdiele, siegreich behauptete. Ilse hatte Speck auf dem Feuer, er prasselte und duftete kräftig herüber, und in dem brodelnden Kartoffeltopf stiegen die großen Wasserblasen auf.

Das Abendbrot war nahezu fertig, ich mußte eilen, wenn ich rechtzeitig zurück sein wollte. Allein aus dem Hausthor trat ich nicht um die Welt wieder. Verließ ich das Haus durch eine der rückwärts gelegenen Thüren, dann war ich gedeckt durch den Dierkhof selbst und konnte den Fluß erreichen, ohne daß die drüben am Hügel mich bemerkten.

EUGENIE MARLITT

*B. Weiss: Eduard Mörike (1851)*

## Die Tochter der Heide

Wasch' dich, mein Schwesterchen, wasch' dich!
Zu Robins Hochzeit gehn wir heut:
Er hat die stolze Ruth gefreit.
Wir kommen ungebeten;
Wir schmausen nicht, wir tanzen nicht,
Und nicht mit lachendem Gesicht
Komm' ich, vor ihn zu treten.

Strähl' dich, mein Schwesterchen, strähl' dich!
Wir wollen ihm singen ein Rätsellied,
Wir wollen ihm klingen ein böses Lied;
Die Ohren sollen ihm gellen.
Ich will ihr schenken einen Kranz
Von Nesseln und von Dornen ganz:
Damit fährt sie zur Höllen!

Schmück' dich, mein Schwesterchen, schmück' dich!
Derweil sie alle sind im Schmaus,
Soll rot in Flammen stehn das Haus,
Die Gäste schreien und rennen.
Zwei sollen sitzen unverwandt,
Zwei hat ein Sprüchlein festgebannt;
Zu Kohle müssen sie brennen.

Lustig, mein Schwesterchen, lustig!
Das war ein alter Ammensang.
Den falschen Rob vergaß ich lang.
Er soll mich sehen lachen!
Hab' ich doch einen andren Schatz,
Der mit mir tanzet auf dem Platz,
Sie werden Augen machen!

EDUARD MÖRIKE

## Der Schatzgräber
Heidesage

Des Nachts wohl auf der Heide,
Da brennt ein Flämmchen blau!
Ein geiziger, hartherziger Mann,
Den Schatz zu heben kommt er an,
Des Nachts wohl auf der Heide.

Des Nachts wohl auf der Heide,
Da brennt ein Flämmchen blau!
Und als er gräbt, da grollt's hervor
Wie ferner Donner an sein Ohr,
Des Nachts wohl auf der Heide.

Des Nachts wohl auf der Heide,
Da brennt ein Flämmchen blau!
Da hebt empor aus dem Gestrüpp
Die Knochenhand ein bleich Geripp, –
Des Nachts wohl auf der Heide.

Des Nachts wohl auf der Heide,
Da brennt ein Flämmchen blau!
„Du hörtest nicht der Armen Not,
Drum würge ich dich jetzt zu tot!“ –
Des Nachts wohl auf der Heide.

EDUARD DEVRIENT

## Ekke Nekkepen und der Zauber der Kampener Heide

Vom Grund der Seele löst sich die Erinnerung, steigt in das helle Licht der Gegenwart. Verwandlungen, Verzauberungen sind im Spiel und letzte Geheimnisse des Lebens. „Ich führte an meine Lippen ein Löffelchen Tee, in dem ich ein bißchen ‚Madeleine' hatte aufweichen lassen. Und plötzlich wurde die Erinnerung in mir lebendig." Der Geschmack des muschelartig gewölbten Gebäcks schenkt Marcel Proust die Wiedergewinnung der entschwundenen Zeit. Bei mir bewirkt dies der Geruch der Kampener Heide, vermischt mit frischer, leicht salziger Meeresluft, der aus unergründlicher Tiefe unzählige glücklichste Inseltage in die gegenwärtige Stunde hebt.

Was eigentlich macht den Reiz und den Zauber von Sylt auch in der menschen- und autoüberfluteten Sommersaison aus? Maler und Poeten sind uns eine erschöpfende Antwort schuldig geblieben. Natürlich – da ist das Meer, unübersehbar und nicht zu überhören. Ein mächtiges Brausen erfüllt die Luft. Schöpfungsmusik erklingt, fortissimo. Das Wasser wogt und rauscht, fließt und tanzt im Wind. Wenn der Wellenkamm bricht, versprüht er zu Tausenden weißleuchtende, blitzende, feinste Wasserperlen, die das Meer noch einmal der Sonne entgegenwirft.

Da sind an der Westküste weite Strände, die zu langen Spaziergängen einladen. Die Lister Wanderdünen müssen erwähnt werden und das Rote Kliff bei Kampen mit der sich anschließenden Nordheide. Sylter Naturschönheiten sind das, die auch beim alljährlich wiederkehrenden Badegast stets aufs neue Bewunderung auslösen. D i e Sylter Landschaft aber, mein Refugium ist die Ostseite der Insel, wo es mich in die Kampener Heide zieht am sanften Wattenmeer.

Die bukolische Heidelandschaft ist mein Arkadien, ich nenne sie mein Elysium. Ein Gefühl von Weite und Stille ist am Anfang. Wie groß der Raum wird und sein Schweigen. Man atmet die würzige Luft, tief. Es riecht nach Heidekraut und Sand, und darüber schwebt der Duft von Heckenrosen. Beigemischt ist der Geruch von Wasser bei Flut und von Schlick bei Ebbe. Auch hier am Wattenmeer ist der Rhythmus der Gezeiten durch die

Anziehungskraft des Mondes wirksam. Die Friesen auf Sylt stellten sich einst den Mond als einen gewaltigen Riesen vor, der einatmet, also Wasser an sich zieht (Ebbe), und ausatmet, also das Wasser von sich gibt (Flut). Ach, die Goethischen Gnaden des Ein- und Ausatmens. Auf Sylt, stelle ich fest, atmet man anders: intensiver, bewußter, wie befreit von schwerer Last.
Wenn man durch die Kampener Heide geht, fällt die Landschaft zwar behutsam, aber doch deutlich ab zum Wattenmeer hin. Die nah am Küstensaum stehenden Gebäude sieht man zunächst nicht. Hinzu kommt, daß alle Häuser von Steinwällen umgeben sind und eine Reetdachhaube besitzen. Etwas Eigenes, Besonderes geht von ihnen aus. Früher konnten die Sylter ihren Bedarf an Reet selbst decken, indem sie die Schilfwiesen am Watt mähten. Heute wird es eingeführt. Das Reet färbt sich durch Wind und Wetter in kurzer Zeit zu einem dunklen Grau, so daß die Häuser die Farben von Heide und Meer harmonisch ergänzen.
Wandert man Richtung Süden, ist rasch das letzte Haus passiert. Die Kampener Heidelandschaft nimmt dich in ihre Obhut, entfernt dich wie Theodor Storm von der aufgeregten Zeit. Man muß sich dieser Landschaft überlassen, ihren Zeiten und Wettern, ihren Verwandlungen, ihrer Gegenwart und ihren Vergangenheiten, muß sich ihr hingeben – ganz. Ohne Mühe und Geduld geht es nicht ab. Aber die Abgeschiedenheit fördert das Sich-Entfernen. Auf sehr merkwürdige, nicht aufklärbare Weise fühlt man sich hier bald zu Hause. Mein Traum von der Erde unter den verschiedenen Färbungen des Himmels – in der Kampener Heide wird er immer wieder Wirklichkeit.
Schön ist die immergrüne Heide zu jeder Jahreszeit, aber wenn im Juni die Blütezeit der Arnika auf dem Kalender der Natur steht und die Heideflächen wie ein orange glühendes, vom Wind gekräuseltes Meer aussehen, hat sie einen besonderen Glanz. Die hohe Zeit der Heide jedoch beginnt meist Ende August oder Anfang September, wenn sie selbst in voller Blüte steht: Das Wunder, es hat sich wieder ereignet – die Heide blüht! Sie hat sich in einen rötlich-violetten Teppich verwandelt und leuchtet mit dem zarten, flüchtig hingetuschten Blau des Meeres zum hohen Sommerhimmel hinauf. Der farbkräftige Schimmer der Heideblüte lockt Bienen an, die kostbaren Nektar aus Millionen Kelchen für ihr Volk sammeln. Heimkehrende Sammlerinnen

teilen ihren Stockgenossinnen sofort den genauen Ort des lohnenden Blütenfeldes mit. Als Sprache benutzen sie Tanzfiguren. Allerdings – wenn ringsum die Heide blüht, erübrigt sich jeglicher Ratschlag. Jede Biene kennzeichnet jede von ihr besuchte Blüte mit einem Duftsignal. Auf diese Weise zeigt sie der Nachfolgerin an, daß diese Blüte keinen Nektar mehr hat. Wieder diese unbegreiflichen Wunder der Natur. Auch in der elfenhaften Welt der Honigbienen sind sie noch in großer Zahl anzutreffen, wenn die Heide Königspurpur trägt.

Heißer werden die weißsandigen Wege, die sich durch die Heide schlängeln, in der Mittagssonne, fahler die langen Halme kleiner Grasstücke. Auch im hohen Norden kann der Sommer mediterrane Kraft entfalten, sich aufschwingen zu strahlenden Akkorden von Helle und Wärme, Düften und Farben. Es ist die Zeit der Reife, der Erfüllung, der Süße des Lebens. Dunkler färbt sich das Heidekraut. Verweile an einem Heckenrosenbusch – betrachte die Farben Violett, Weiß, Blau. Nimm den unvergleichlichen Geruch auf von Heide und Erde und Meer, der Vergangenheit und Zukunft zugleich sein wird im Paradies der Erinnerungen.

Seltsame Stimmung zwischen heure bleu und Mitternacht am Wattenmeer. Ein runder Mond ist am Himmel aufgestiegen – so nah, so fern. Ein zartes Geisterlicht, von leichten Nebeln verwischt, verwandelt die Heidelandschaft in eine geheimnisvolle Welt. Es ist die Stunde der Unterirdischen, die in der Heide zwischen Kampen und Braderup beheimatet sind, es ist die Stunde von Ekke Nekkepen, dem Mann aus dem Meer. In alter Zeit, so ist verläßlich überliefert, bewohnte ein Zwergenvolk die ganze Insel. Als die Friesen, diese blonden Recken, nach Sylt kamen, wurden die kleinen Leute verjagt und mußten sich in die Höhlen der Heide zurückziehen. Die Friesen nannten sie deshalb die Unterirdischen oder Onnerers'ken. Man erzählt, daß sie mit roten Mützen und roten Jäckchen bekleidet waren, damit man sie in der Heide nicht so schnell entdecken konnte. Die Zwerge ernährten sich von Beeren, aber auch von Muscheln, die sie im nahen Wattenmeer gefunden hatten, und von Möweneiern. Die Onnerers'ken waren recht fidele Leute. Oft sangen und tanzten sie. Besonders bei Vollmond feierten sie ein fröhliches, turbulentes Heidefest.

Auf die Friesen, die sie in die Heide getrieben hatten, waren die Unterirdischen natürlich nicht gut zu sprechen. Sie taten ihnen viel Böses an; stahlen, wo sie nur konnten, sogar Menschenkinder. Der König des Heidevölkchens hieß Finn und wohnte im Reisehoog in der Kampener Heide. Er hatte ein Mädchen der Sylter Riesen geheiratet, das sich vor seinem Hügel über die schwere Arbeit bei den Friesen beklagt hatte. Am Hochzeitstage war es hoch hergegangen. Alle Untertanen waren eingeladen worden und hatten Geschenke gebracht. Der König hatte auf dem Sesselstein in der Höhle gesessen, ihm zur Seite seine junge, hübsche Frau Isa, mit der er von nun an glücklich und zufrieden lebte.

Eines Tages verwandelte sich der Meermann Ekke Nekkepen in einen Unterirdischen und begehrte ein schönes Zwergenmädchen zur Frau. Aber sie fühlte sich Ekke gegenüber so erhaben, daß sie ihn mit folgendem Vers abwies:

Einer ist mein, een ich mag:
Akel, Dakel, Dummeldei.
Wölfe Hunde oben.
Du alte Quappe Ekke
Bekommst Bundis Katze.

König Finn riet ihm, sich weiter Richtung Braderup zu begeben, da dort viele junge Mädchen zu haben seien. Als Ekke an einem herrlichen Sommermorgen in die Heidelandschaft schaute, kam ein Jüngling des Wegs, um im Wattenmeer zu baden. Es war aber ein Mädchen, das sich Seemannshosen angezogen hatte. Ekke Nekkepen ging ans Ufer. Dörte Bundis, so hieß das Mädchen, bekam einen Schreck und wollte davonlaufen. Doch Ekke hielt sie fest und begehrte sie zur Frau. Ehe er sie freigab, mußte sie ihm geloben, in einem Jahr seine Gemahlin zu werden. Er meinte jedoch: „Wenn du mir vorher sagen kannst, wie ich heiße, bist du frei.“ Durch sein abendliches Singen verriet er sich, und Dörte Bundis gab ihm einen Korb.

Die Oberirdischen waren erbost über Ekke Nekkepens ständige Singerei, daß Dörte Bundis seine Braut sei; sie fühlten sich in ihrer Ruhe gestört. Auch sonst hatte sich eine Menge Ärger angesammelt, so daß es zu einer großen Schlacht kam. Beinahe hätten die Unterirdischen den erbitterten Kampf sogar gewonnen. Die schlauen Zwerge hatten sich nämlich mit spitzen Steinen, die sie in der Heide gefunden hatten, unter die Kleider der Riesen geschlichen, deren Haut geritzt und so den Feind ausbluten lassen. Den Riesenkönig Bröns hat es dabei erwischt. Er wurde in seinem goldenen Schlachtwagen im Brönshoog in der Nähe des Kampener Leuchtturmes bestattet. Daß die Riesen schließlich doch siegten, verdanken sie ihren Frauen. Die griffen im entscheidenden Moment ein und gossen große Töpfe voll kochender Grütze über die entsetzten Zwerge aus. Nur wenige Onnerers'ken konnten entkommen. Ich habe sie als kleine Schatten in der Kampener Heide tanzen sehen und singen hören. Ekke Nekkepen, der ins Meer geflohen war, ist wieder dabei. Sein markanter Bariton ist deutlich herauszuhören. Träumt er immer noch von Dörte Bundis? Sein Gesang klingt so sehnsuchtsvoll und unerfüllt.

Wandelt sich rasch auch die Welt wie Wolkengestalten, alles Unendliche fällt heim zum Uralten, sagt Rainer Maria Rilke in einem Sonett. Ich nehme Abschied von meinem Wunderland im Meer. Ekke Nekkepen schweigt. Ein großer gelber Mond spiegelt sich im Watt, und tausend Sterne leuchten.

WOLFGANG SCHEFFLER

## Fahrt durch die Heide
(Lüneburg, 1839)

Kahl, unsehbar wie ein Meer
Dehnt sich die Heide weit und breit.
Es liegt mir auf dem Herzen schwer
In dieser wüsten Einsamkeit.

Der Schwager nickt. – Ein träg' Gespann.
Im Wagen sitz' ich seel'allein.
Mir fällt ein Lied vom Heidemann
Und manche trübe Mär noch ein.

Der Mondschein webt im Heidgenist,
Der Nebel bläht den gift'gen Leib.
's ist Mitternacht. Zu dieser Frist
Steht wimmernd auf das Klageweib.

Man sagt, in ihre Grabesschlucht
Hernieder flut' des Tages Leid,
Hernieder rausche, gottverflucht,
Willkürlich Recht, gebrochner Eid.

Ha sieh, dort wankt sie riesenlang
In schreckenhafter Ungestalt!
Der Mund, ein offner Schauergang,
Daraus ein Totenecho hallt!

Wie grausig ihre Klage tönt!
Im Winde flappt ihr Leichenhemd!
Die Eule kreischt, die Unke stöhnt,
Und Stimmen seltsam fremd.

Alraune ächzen ... riesengroß,
Aus Hünengräbern ballt's die Faust;
Aus ihrer Hügel dumpfem Schoß
Ein langer Totenfluch erbraust.

Ha sieh! Durch Brake, Busch und Ginst'
Entsetzen haucht ihr Angesicht!
Sie glotzt mich an und greint und grinst
Und folgt mir auf der Fährte dicht.

O zeuch vorüber Hof und Hag!
Im Reiche gleißt so manch ein Schloß,
Wo deine Klage tönen mag
Vom Giebel bis zum Erdgeschoß!

Sie neigt das Haupt, sie eilt fürbaß...
Die Winde schnauben allesamt,
Sie streckt und reckt sich ohne Maß,
Ihr Auge rollt und glüht und flammt;

„Was dräust du mir und reckst die Hand?
Mir bangt nicht vor der engen Truh'!
Ich bin ein Fremdling hierzuland,
Ein Stör'fried nimmer deiner Ruh'."

Sie streicht feldüber. Weh dem Haus,
Darüber sie den Arm gestreckt,
Da wählt der Tod sein Opfer aus,
Und Trauer hält sich drin versteckt!

„O zeuch vorbei am stillen Dach,
Du leidig Weib! Was ficht dich an,
Daß du mit deinem Weh und Ach
Dich willst des Armen Hütte nahn?

Sie saust im Wirbelflug davon.
Die Heide dröhnt von Pferdetrott,
Die Hähne krähn. – „Blas Postillion:
Ein' feste Burg ist unser Gott!"

IGNAZ HUB

Schwager: Postkutscher / flappt: weht / Alraune: Zauberwesen / Brake: Deichbruch / dräust: drohst / zeuch: ziehe / Hag: Hecke, umfriedeter Bezirk / gleißt: glänzt, glitzert / fürbaß: weiter / Ein' feste Burg ist unser Gott: ein von Martin Luther nach dem 46. Psalm verfaßter und vermutlich auch vertonter Choral (um 1528)

*Karl Bauer: Hermann Löns*

## Ein leises Lied

Alle Birken grünen in Moor und Heid,
jeder Brambusch leuchtet wie Gold,
alle Heidlerchen dudeln vor Fröhlichkeit,
jeder Birkhahn kullert und tollt.

Meine Augen, die gehen wohl hin und her
auf dem schwarzen, weißflockigen Moor,
auf dem braunen, grünschäumenden Heidemeer
und schweben zum Himmel empor.

Zum Blauhimmel hin, wo ein Wölkchen zieht
wie ein Wollgrasflöckchen so leicht,
und mein Herz, es singt sein leises Lied,
das auf zum Himmel steigt.

Ein leises Lied, ein stilles Lied,
ein Lied so fein und lind,
wie ein Wölkchen, das über die Bläue zieht,
wie ein Wollgrasflöckchen im Wind.

HERMANN LÖNS

## Auf der Heide allein

Die Sonne ist heiß, der Weg ist lang,
über die Heide geht mein Gang.

Ich will zu dem großen Steine gehn,
wo die Hängebirken am Sandweg stehn.

Wo der Birke Schatten im Sande springt,
wo die Ammer ihre Weise singt.

Das Lied, das sie im Frühling sang,
als mir das Herz vor Freude sprang.

Die Schwalben fliegen über mich hin,
mit den Schwalben wandert mein Sinn.

Meine Geliebte ist weit von mir,
meine Gedanken fliegen zu ihr.

HERMANN LÖNS

# Der Hünenstein

Zur Zeit der Scheide zwischen Nacht und Tag,
Als wie ein siecher Greis die Heide lag
Und ihr Gestöhn des Mooses Teppich regte,
Krankhafte Funken im verwirrten Haar
Elektrisch blitzten und, ein dunkler Mahr,
Sich über sie die Wolkenschichte legte;

Zu dieser Dämmerstunde wars, als ich
Einsam hinaus mit meinen Sorgen schlich
Und wenig dachte, was es draußen treibe.
Nachdenklich schritt ich, und bemerkte nicht
Des Krautes Wallen und des Wurmes Licht;
Ich sah auch nicht, als stieg die Mondesscheibe.

Grad war der Weg, ganz sonder Steg und Bruch;
So träumt ich fort und, wie ein schlechtes Buch,
Ein Pfennigs-Magazin uns auf der Reise
Von Station zu Stationen plagt,
Hab zehnmal Weggeworfnes ich benagt
Und fortgeleiert überdrüßge Weise.

Entwürfe wurden aus Entwürfen reif,
Doch, wie die Schlange packt den eignen Schweif,
Fand ich mich immer auf derselben Stelle;
Da plötzlich fuhr ein plumper Schröter jach
Ans Auge mir, ich schreckte auf und lag
Am Grund, um mich des Heidekrautes Welle.

Seltsames Lager, das ich mir erkor!
Zur Rechten, Linken schwoll Gestein empor,
Gewalt'ge Blöcke, rohe Porphyrbrode;
Mir überm Haupte reckte sich der Bau,
Langhaar'ge Flechten rührten meine Brau,
Und mir zu Füßen schwankt' die Ginsterlode.

Ich wußte gleich, es war ein Hünengrab,
Und fester drückt' ich meine Stirn hinab,
Wollüstig saugend an des Grauens Süße,
Bis es mit eis'gen Krallen mich gepackt,
Bis wie ein Gletscher-Bronn des Blutes Takt
Aufquoll und hämmert' unterm Mantelvließe.

Die Decke über mir, gesunken, schief,
An der so blaß gehärmt das Mondlicht schlief,
Wie eine Witwe an des Gatten Grabe;
Vom Hirtenfeuer Kohlenscheite sahn –
So leichenbrandig durch den Thymian,
Daß ich sie abwärts schnellte mit dem Stabe.

Husch fuhr ein Kiebitz schreiend aus dem Moos;
Ich lachte auf; doch trug wie bügellos
Mich Phantasie weit über Spalt und Barren.
Dem Wind hab ich gelauscht so scharf gespannt,
Als bring er Kunde aus dem Geisterland,
Und immer mußt ich an die Decke starren.

Ha! welche Sehnen wälzten diesen Stein?
Wer senkte diese wüsten Blöcke ein,
Als durch das Heid die Totenklage schallte?
Wer war die Drude, die im Abendstrahl
Mit Run und Spruch umwandelte das Tal,
Indes ihr goldnes Haar im Winde wallte?

Dort ist der Osten; dort, drei Schuh im Grund,
Dort steht die Urne, und in ihrem Rund
Ein wildes Herz, zerstäubt zu Aschenflocken,
Hier lagert sich der Traum vom Opferhain,
Und finster schütteln über diesen Stein
Die grimmen Götter ihre Wolkenlocken.

Wie, sprach ich Zauberformel? Dort am Damm –
Es steigt, es breitet sich wie Wellenkamm,
Ein Riesenleib, gewalt'ger, höher immer;
Nun greift es aus mit langgedehntem Schritt –

Schau, wie es durch der Eiche Wipfel glitt,
Durch seine Glieder zittern Mondenschimmer.

Komm her, komm nieder – um ist deine Zeit!
Ich harre dein, im heil'gen Bad geweiht;
Noch ist der Kirchenduft in meinem Kleide! –
Da fährt es auf, da ballt es sich ergrimmt,
Und langsam, eine dunkle Wolke, schwimmt
Es über meinem Haupt entlang die Heide.

Ein Ruf, ein hüpfend Licht – es schwankt herbei –
Und – „Herr, es regnet" – sagte mein Lakai,
Der ruhig übers Haupt den Schirm mir streckte.
Noch einmal sah ich zum Gestein hinab:
Ach Gott, es war doch nur ein rohes Grab,
Das armen, ausgedorrten Staub bedeckte!

ANNETTE VON DROSTE-HÜLSHOFF

# Ein grünes Blatt

Es war ein altes Buch, eine Art Album; aber lang und schmal wie ein Gebetbuch, mit groben gelben Blättern. Er hatte es während seiner Schülerzeit in einer kleinen Stadt vom Buchbinder anfertigen lassen, und später überall mit sich umhergeschleppt. Verse und Lebensannalen wechselten miteinander, wie sie durch äußere oder innere Veranlassung entstanden waren. In den letzteren pflegte er sich selbst als dritte Person aufzuführen; vielleicht um bei gewissenhafter Schilderung das Ich nicht zu verletzen; vielleicht – so schien es mir – weil er das Bedürfnis hatte, durch seine Phantasie die Lücken des Erlebnisses auszufüllen. Es waren meistens unbedeutende Geschichtchen oder eigentlich gar keine; ein Gang durch die Mondnacht, eine Mittagsstunde in dem Garten seiner Eltern waren oftmals der ganze Inhalt; in den Versen mußte man über manche Härte und über manchen falschen Reim hinweg. Dennoch, weil ich ihn liebte und da er es mir erlaubt hatte, las ich gern in diesen Blättern.
Auch hieher ins Feldlager hatte er das Buch im Ranzen mitgeführt; im nächtlichen Gefechte hatte es ihn begleitet, es hatte den Krieg mitgemacht; die letzten Seiten waren mit Zeichnungen von Schanzen und Fortifikationen angefüllt.
Unsere Kompagnie war auf Vorposten gewesen; jetzt lagen wir wieder in unserer Hütte. Sie war dicht und trocken; der draußen fallende Regen drang nicht herein.

*M. Klinkicht: Theodor Storm*

Er hatte sein Putzzeug hervorgenommen und säuberte den Rost von unseren Büchsen; ich saß auf meinem Ranzen und studierte seine sämtlichen Werke, jenes seltsam geformte Tagebuch, das zugleich unsere ganze Feldbibliothek ausmachte. Und wie ich, so oft ich auch darin geblättert, doch jedesmal etwas gefunden, was ich zuvor übersehen hatte, so wurden jetzt zum erstenmal meine Augen durch ein eingelegtes Buchenblatt gefesselt. Daneben stand geschrieben:

Ein Blatt aus sommerlichen Tagen,
Ich nahm es so beim Wandern mit,
Auf daß es einst mir könne sagen,
Wie laut die Nachtigall geschlagen,
Wie grün der Wald, den ich durchschritt.

„Das Blatt ist braun geworden", sagte ich.
Er schüttelte den Kopf. „Lies nur die andere Seite."
Ich wandte um und las:

Es mochte ein Student sein; vielleicht ein junger Doktor, der auf dem schmalen Fußsteige über die Heide ging. Die Kugelbüchse, welche er am ledernen Riemen über der Schulter trug, schien ihm schwer zu werden; denn jezuweilen im Weiterschreiten nahm er sie in die Hand oder hängte sie von einer Schulter auf die andere. Seine Mütze hatte er abgenommen; die Nachmittagssonne glühte in seinen Haaren. Um ihn her war alles Getier lebendig, was auf der Heide die Junischwüle auszubrüten pflegt; das rannte zu seinen Füßen und arbeitete sich durchs Gestäude, das blendete und schwärmte ihm vor den Augen und begleitete ihn auf Schritt und Tritt. Die Heide blühte, die Luft war durchwürzt von Wohlgerüchen.
Nun stand der Wanderer still und blickte über die Steppe, wie sie sich endlos nach allen Richtungen hinauszog; starr, einförmig, mit rotem Schimmer ganz bedeckt. Nur vor sich in nicht gar weiter Ferne sah er einen Waldzug, an dessen Ende ein Faden weißen Rauches in die klare Luft hinaufstieg. Das war alles.
In seiner Nähe, zur Seite des Steiges, lag ein niedriger Hügel, voll Brombeerranken und wilder Rosenbüsche, ein Grabmal unbekannten Volkes, wie hier viele sind. Er stieg hinauf und übersah

auch von diesem höheren Standpunkte noch einmal die unermeßliche Fläche; aber er gewahrte nichts, als nur am Saume des Waldes eine einsame Kate, aus deren Dach der Rauch emporquoll, den er zuvor gesehen hatte. Er riß einen Büschel Heide aus dem harten Boden und senkte sein Auge in den feinen Stern der Blüte; dann nahm er seine Büchse herunter und streckte sich in die warmen Kräuter, den Kopf in die Hand gestützt, die Blicke vor sich hin sendend, bis seine Gedanken in der heißen zitternden Luft zergingen.

Und wie nun so auch der Hall des eigenen Schrittes, der bisher mit ihm gewandelt, aufgehört hatte, und er nichts vernahm, als die Heide entlang das Zirpen der Heuschrecken und das Summen der Bienen, welche an den Kelchen hingen, mitunter in unsichtbarer Höhe über sich den Gesang der Heidelerche, da überkam ihn unbezwingliche Sommermüdigkeit. Die Schmetterlinge, die blauen Argusfalter, gaukelten auf und ab, dazwischen schossen rosenrote Streifen vom Himmel zu ihm hernieder; der Duft der Eriken legte sich wie eine zarte Wolke über seine Augen.

Der Sommerwind kam über die Heide und weckte eine Kreuzotter, die sich nicht weit davon im Staube sonnte. Sie löste ihre Spirale und glitt über den harten Boden; das Kraut rauschte, als sie den schuppigen Leib hindurchzog. Der Schlafende wandte den Kopf, und halb erwachend sah er in das kleine Auge der Schlange, die neben seinem Kopfe hin kroch. Er wollte die Hand erheben, aber er vermochte es nicht; das Auge des Gewürmes ließ nicht von ihm. So lag er zwischen Traum und Wachen. Nur wie durch einen Schleier sah er endlich die Gestalt eines Mädchens auf sich zukommen, kindlich fast, doch kräftigen Baues, das Haar in dicken blonden Zöpfen. Sie bog die Ranken zur Seite und setzte sich neben ihm auf den Boden. Das Auge der Schlange ließ ihn los und verschwand; er sah nichts mehr. Dann kam der Traum. Da war er wieder der Hans im Märchen, wie er es oft als Knabe gewesen war, und lag im Grase vor der Schlangenhöhle, um die verzauberte Prinzessin zu erlösen. Die Schlange kam heraus und rief:

> Aschegraue Wängelein,
> Weh dem armen Schlängelein!

Da küßte er die Schlange, und da war's geschehen. Die schöne Prinzessin hielt ihn in ihren Armen, und – wunderlich war es – sie trug ihr Haar in zwei aschblonden Zöpfen und ein Mieder wie eine Bauerndirne.
Das Mädchen hatte ihre Hände um die Knie gefaltet und sah unbeweglich über die Heide hinaus. Nur das heimliche Rauschen und Wimmeln in der unendlichen Pflanzendecke, hie und da ein Vogelruf aus der Luft oder unten vom Moor herauf, dazwischen das Atmen des Schlafenden, sonst kein Laut. So verging eine Spanne Zeit. Endlich neigte sie sich über ihn; die langen Flechten fielen auf seine Wangen. Er schlug die Augen auf; und wie er so das junge Antlitz über dem seinen schweben sah, da sagte er noch halb im Traume: „Prinzessin, was hast du für blaue Augen!"
„Ganz blaue!" sagte sie, „die sind von meiner Mutter!"
„Von deiner Mutter? – Hast du denn eine Mutter!"
„Du bist nicht klug!" sagte das Mädchen, indem sie aufsprang. „Sie hat vor vier Wochen den Vogt geheiratet. Seitdem bin ich beim Großvater."
Nun wurde er völlig wach. „Ich bin irregegangen", sagte er, „in der eigenen Heimat. Du mußt mir auf den Weg helfen, du – wie heißt du denn?"
„Regine!" sagte sie.
„Regine … und ich heiße Gabriel!"
Sie sah ihn groß an.
„Nein, nicht der Engel Gabriel!"
„Lache nur nicht!" sagte sie, „den kenne ich besser als dich!"
„Der Tausend! So bist du wohl des Schulmeisters Enkelkind?"
Sie sagte: „Mein Vater war Schulmeister, er ist im vorigen Frühjahr gestorben."
Beide schwiegen einen Augenblick; dann stand Gabriel auf und bedeutete ihr, wie er noch bis zum nächsten Morgen jenseit der Fährte in der Stadt sein müsse. Sie zeigte mit der Hand nach dem Walde. „Dort wohnt mein Großvater", sagte sie, „du kannst erst Vesper mit uns essen; nachher weise ich dir den Weg." Als Gabriel das zufrieden war, trat sie von dem schmalen Fußpfade auf die Heide hinüber und schlug die Richtung nach dem Walde ein. Die Blicke des jungen Mannes folgten unwillkürlich ihren Füßen, wie sie behend und sicher über die harten Stauden

dahinschritten, während bei jedem Tritt die Grillen vor ihr aufflogen. So gingen sie mitten durch den Sonnenschein, der wie ein Goldnetz über den Spitzen der Kräuter hing; mitunter rieselte ein warmer Hauch über die Steppe und erregte den Duft der Blüten um sie her. Schon hörten sie dann und wann im Walde das Rufen der Buchfinken und in den Wipfeln der hohen Buchen das scheue Flattern der Waldtauben. Gabriel aber, des Reisezieles gedenkend, hub an zu singen:

Es liegen Wald und Heide
Im stillen Sonnenschein.
Wir hätten gerne Frieden;
Doch ist es nicht beschieden,
Gestritten soll es sein.

Nun gilt es zu marschieren
In festem Schritt und Tritt;
Der Krieg ist losgelassen,
Er schreiet durch die Gassen,
Er nimmt uns alle mit!

So leb denn wohl, lieb Mutter!
Die Trommel ruft ins Glied.
Mir aber in Herzensgrunde
Erklingt zu dieser Stunde
Ein deutsches Wiegenlied.

„Krieg?“ sagte Regine, indem sie stehenblieb und sich nach dem Sänger umwandte.
Gabriel nickte.
„Sprich nicht davon zum Großvater“, sagte sie, „er glaubt doch nicht daran.“
„Und du?“ fragte Gabriel. „Was glaubst du selber denn?“
„Ich? – – Was geht uns Dirnen der Krieg an!“
Der junge Mann sagte nichts darauf, und beide setzten schweigend ihre Wanderung fort. Aus der formlosen Masse des Waldes trat nun das Laub der Buchen und Eichbäume in scharfen Umrissen hervor, und bald gingen sie im Schatten des Geheges entlang, bis sie das Ende desselben erreicht hatten. Hier, wo

auch die Heide aufhörte, stand im Schein der Nachmittagssonne eine kleine Kätnerwohnung. Eine Katze, die sich auf dem niedrigen Strohdache gesonnt hatte, sprang bei ihrer Ankunft auf den Boden und strich spinnend um die halb geöffnete Haustür. Sie traten in eine schmale Vordiele, welche an den Wänden hin mit leeren Bienenkörben und mancherlei Gartengeräten ganz besetzt war. Zu Ende derselben klinkte Regine eine Tür auf, und Gabriel sah über ihre Schulter in ein kleines Zimmer; aber es war nichts darinnen, als einsamer Sonnenschein, der an den Messingknöpfen des Ofens spielte, und der Pendelschlag einer alten Schwarzwälder Wanduhr.

„Wir müssen nach dem Immenhof", sagte das Mädchen.

Gabriel lehnte seine Büchse in eine Ecke des Zimmers; dann gingen sie in den Garten, der unmittelbar unter den Fenstern lag. – Aus der Haustür waren sie unter das Laubdach eines mächtigen Kirschbaumes getreten, der seine Zweige über das Haus breitete; ein gerader Steig zwischen schmalen Gemüsebeeten führte sie durch den Garten und aus diesem heraus auf eine kleine Wiese; von welcher ein viereckiges Plätzchen durch dichte Buchenhekken abgezäunt war. Die kleine Pforte, welche den Eingang zu demselben verschloß, war niedrig genug, daß Gabriel über sie hinweg das Innere übersehen konnte. Als sie herangetreten waren, gewahrte er gegenüber an der Laubwand, schon in halbem Schatten, ein hölzernes Bienenhäuschen, worauf die Strohkörbe neben- und in doppelter Reihe übereinanderstanden. Seitwärts auf einem Bänkchen saß ein Greis in der Bauerntracht dieser Gegend; die Sonne schien auf seine gänzlich weißen Haare. Eine Drahtmaske, ein leerer Korb und anderes Geräte lag neben ihm auf der Erde; in der Hand hielt er einen Melissenstengel, den er aufmerksam zu betrachten schien. Im schärfern Hinsehen bemerkte Gabriel, wie das Kraut von einzelnen Bienen umschwärmt wurde, während andere von den Blättern auf die Hände des alten Mannes hinüberkrochen.

„Ist das dein Großvater?" fragte er das Mädchen.

„Es ist eigentlich mein Urgroßvater", sagte sie, „er ist schon undenkbar alt."

Sie zog das Pförtchen zurück.

„Bist du es, Regine?" fragte der Greis.

„Ja, Großvater."

„Die Königin hat gestern abend umsonst gesungen", sagte er. „Nun muß ich morgen wieder auf den Posten." Indem wandte er den Kopf und sah nach den Ankommenden hinüber. „Treten Sie nur herein, junger Herr", sagte er. „Mit dem Schwärmen hat es heut ein Ende."

Sie traten hinauf in den inneren Raum. Regine nahm den leeren Korb und die übrigen Geräte, deren es nun für heute nicht mehr bedurfte, und ging damit ins Haus zurück. Der Alte strich behutsam die Bienen von seiner Hand. „Sie haben Menschenverstand", sagte er, „man soll nur die Geduld haben." Dann legte er das Kraut vor dem nächsten Stock ins Gras und reichte Gabrieln die Hand.

Dieser mußte sich neben ihm auf die Bank setzen, und der Greis erzählte ihm von seinen Bienen, wie er sie schon als Knabe gehegt, wie er später, nun schon vor über siebzig Jahren, diesen Zaun gepflanzt habe, und wie sie darauf ihm so reichen Gottessegen zugetragen, daß er seinen Hausstand damit habe einrichten können; und weiter dann von seiner Hochzeit, von Taufen und Todestagen, von seinen Kindern, von Enkeln und Enkelkindern, und die Bienen gehörten allenthalben mit dazu. – Die Worte des alten Mannes hörten sich wie ein rieselndes Wasser; ein Stilleben nach dem andern entfaltete sich aus diesen milden Reden; Gabriel hatte den Kopf in die Hand gestützt und blickte nach den Bienen, die nur noch einzeln über die grünen Wände herüberkamen. Mitunter auch hörte er jenseit des Gartens im Hause die Türen gehen, mitunter schlüpfte eine Grasmücke durch die Blätter und sah ihn mit neugierigen Augen an. So dauerte es eine Weile. Regine war wieder von außen herangetreten, sie lehnte mit dem Ellbogen über die Pforte und hörte schweigend zu; wie aus einem Rahmen schaute das frische Mädchenantlitz zwischen den Blättern hervor.

Das Gewimmel in den Lüften hatte sich allgemach beruhigt, der grüne Raum war nun fast ganz verschattet. Gabriel schaute nach dem Mädchen hinüber; der Alte erzählte langsam weiter. Manches Mal freilich schien er die Zeiten zu verwechseln, die Söhne mit den Enkeln, die Enkel mit den Enkelkindern. Dann sagte das Mädchen wohl: „Ihr irrt Euch, Großvater; es war mein Ohm, es war meine Mutter, von der Ihr sprecht." Der Alte aber sagte dann strenge: „Ich kenne sie alle; ich bin nicht so vergessen."

Endlich, als es kühler zu werden begann, stand er auf. „Wir wollen ins Haus gehen", sagte er, „es wird Abend; die Tiere sind auch schon zu Quartier." Dann, nachdem sie miteinander hinausgegangen waren, schob er sorgfältig den Riegel vor die kleine Pforte.

Als sie ins Zimmer traten, spielte nur noch oben an den Balken ein schwaches Sonnenschillern; die Levkojen auf dem Fensterbrette verbreiteten schon den stärkern Duft des Abends. Ein Tisch mit grobem Leintuch bedeckt, war zwischen die beiden Fenster gerückt; die glatten Schnitte Schwarzbrotes, die gelbe Butter, die Gläser mit frischer Milch nahmen sich sauber darauf aus. Der Alte setzte sich in den Lehnstuhl an das eine Fenster und Gabriel mußte ihm gegenüber an dem andern Platz nehmen, während Regine, die kleine Wirtschaft besorgend, aus und ein ging.

Dann aßen sie von den einfachen Speisen, und Gabriel sah von Zeit zu Zeit durch die kleinen Scheiben in den Garten hinaus. Der Alte hatte seine Brille aufgesetzt; er nahm mit der Messerspitze ein kleines Nachtgeziefer aus seiner Milch und legte es sorgfältig auf den Tisch. „Es wird noch wieder fliegen", sagte er, „man muß der Kreatur in ihren Nöten beistehen."

Schon mehrmals hatte Gabriel es vor dem Fenster in dem alten Kirschbaum krachen hören. Als er nun hinausblickte, sah er noch eben zwei flinke Füßchen zwischen den Zweigen verschwinden, und gleich darauf flogen einzelne Vögel krächzend über den Garten hin. Aus der Ferne, es mochte im Walde sein, tönten die einförmigen Schläge der Holzaxt.

„Es ist wohl weit bis zu den nächsten Dörfern?" sagte er.

„Wohl fast eine Stunde", erwiderte der Alte, „das Haus steht recht in Gottes Hand! – Seit die Schulmeisterin wieder gefreit hat, ist nun das Mädchen bei mir." – Er wies mit der Hand nach einem Brettchen über der Tür, auf welchem Gabriel neben andern Kleinigkeiten eine Anzahl wohlerhaltener Bücher gewahrte. „Die hat sie alle noch vom Vater", sagte der Alte, „aber sie ist nicht für das Lesen; sie hat keine Ruhe im Hause. Nur wenn am Sonnabend der Bettelfritz mit seinen Hexengeschichten herüberkommt – das hat kein Ende, wenn die beiden hinterm Ofen beisammensitzen."

Indem trat das Mädchen in die Stube und schüttete einen Haufen roter Glaskirschen aus ihrer Schürze auf den Tisch. „Die Drosseln sind wieder vom Walde herüber gewesen!" sagte sie. „Du mußt die Diebe einsperren", erwiderte Gabriel, der einen leeren Käfig am Fensterkreuz gewahrte. Das Mädchen winkte ihm heimlich mit den Augen; der Alte aber drohte mit dem Messer nach ihr hin. „Das ist ein Schelm!" sagte er, „sie läßt sie immer wieder fliegen." – Gabriel sah sie an. Sie lachte; das Blut war ihr in die Wangen gestiegen. Als er aber die Augen nicht wieder von ihr wandte, nahm sie den einen ihrer blonden Zöpfe zwischen die Zähne und lief zur Stube hinaus. Gabriel hörte, wie sie draußen die Haustür hinter sich zuschlug.

„Sie ist eben wie ihr Vater selig", sagte der alte Mann und lehnte sich still in den Stuhl zurück.

Es war schon abendlich geworden, vom Garten dunkelten die Bäume stark herein. Gabriel erzählte nun, wie er schon morgen mit dem frühesten in der Stadt sein müsse, und fragte nach den Steigen und Richtwegen, die er etwa einzuschlagen habe.

„Der Mond wird bald aufgehen", sagte der Alte, „bei Nachtzeit ist jetzt das beste Wandern."

Sie sprachen noch eine Weile fort. Als es aber dunkler wurde, verstummte der Alte allgemach und sah mit gespannten Augen durch die trüben Scheiben in den Garten hinaus. Und wie Gabriel die friedliche Gestalt des Greises so sich gegenüber sah – aus der tiefen Dämmerung, die nach und nach die Kammer erfüllt hatte, noch kaum hervorsehend –, da schwieg auch er. So wurde es immer stiller; die alte Wanduhr hatte allein das Wort behalten. Endlich, da Regine noch immer nicht zurückkehrte, und schon die Mondhelle von jenseits des Gartens heraufkam, stand er auf, um von dem Mädchen Abschied zu nehmen. Er ging in den Garten; aber er sah dort nichts von ihr. Da hörte er es zwischen den Erbsenbeeten rauschen; und hier fand er sie, ein Körbchen neben sich, das schon zur Hälfte mit den gepflückten Schoten angefüllt war.

„Es ist spät, Regine", sagte er, indem er zwischen die Ranken zu ihr hineintrat, „ich werde gehen müssen; ich möchte mit Sonnenaufgang in der Stadt sein."

Regine pflückte weiter, ohne aufzusehen. „Es ist nicht gar so weit", sagte sie, und bückte sich und langte zwischen den Stangen durch nach den tiefsthängenden Schoten.

„Kommst du denn auch nach drüben?“ fragte Gabriel.
„Ich? – – Ich nicht; ich komme nicht so weit. Nur einmal war ich fort; mein Vater hatte eine Schwester im Norden, wir fuhren fast den ganzen Tag. Aber mir gefiel's nicht dort; ich verstand die Ausrede der Leute nicht, und wenn ich mit ihnen sprach, fragten sie mich allezeit, wo ich zu Haus sei.“
„Aber du hast es einsam hier; so alle Tage mit dem alten Mann!“
Sie nickte. „Im Dorfe drunten ist's lustiger! Sie haben dem Alten auch öfters zugeredet, der Vogt und meine Mutter; aber er zieht nicht fort von hier; er sagt, er könne die Luft nicht vertragen zwischen den Häusern in der Dorfstraße.“
Gabriel hatte sich zu ihr gesetzt und half ihr pflücken. Regine schüttelte mitunter das Körbchen, das schon den Vorrat nicht mehr fassen wollte. Die Dämmerung nahm immer zu; sie suchten mit den Händen nach den Schoten, die sie kaum noch sehen konnten und die endlich immer wieder über den Rand des vollgehäuften Korbes hinabglitten. Aber sie ließen nicht ab; sie pflückten langsam weiter, als sei es ihnen damit angetan. – Da hörte Gabriel einen Ton, dumpf, als käme er aus der Erde; und der Boden unter ihm schütterte kaum merklich. – Er neigte das Ohr gegen die Erde und horchte. Da war es wieder; und bald noch einmal. Was geschah drüben, daß jetzt zur Nachtzeit die Kanonen gingen? – – Regine schien nichts davon gehört zu haben; denn sie hob den Kopf ein wenig und sagte: „Es schlägt zehn Uhr im Dorf.“ Gabriel sprang auf; eine sehnsüchtige Ungeduld befiel ihn, es litt ihn nicht länger in der ahnungslosen Stille dieses Ortes. „Regine“, sagte er laut, „wenn ich nun wiederkäme!“
Sie wandte rasch den Kopf zu ihm empor, und er sah bei der Dämmerung in ihre großen glänzenden Augen.
Dann hörten sie die Schritte des alten Mannes auf dem Gartensteige, und Gabriel trat ihm entgegen, um ihm zu danken und zu sagen, daß er gehen wolle. Als aber dieser ihm noch einmal den nun einzuschlagenden Richtweg bedeuten wollte, stand Regine auf und sagte ruhig: „Laßt nur, Großvater; ich gehe mit zur Fähre.“
Der Großvater nickte und reichte Gabriel die Hand; dann aber, ihn noch einmal an der Kugelbüchse zurückhaltend, auf die er schon in der Kammer unterweilen einen scharfen Blick geworfen

hatte, sagte er mit schlauem Lächeln: „Wir sehen uns noch wieder, junger Herr; Sie kommen schon zurück – – – morgen oder übermorgen." – Darauf trat er unter die Haustür, und Gabriel folgte Reginen durch den Garten. Als sie auf die Wiese hinausgekommen waren, schien ihnen der Mond ins Angesicht. Am Immenhofe führte der Pfad vorüber; aber es war still geworden darinnen; nur ein Nachtschmetterling flog surrend über das schlafende Königreich der Bienen. Kaum einige tausend Schritte vor ihnen lag der Wald mit seiner schwarzen geheimnisvollen Masse. Als sie die feuchten Schatten erreicht hatten, welche weithin über die Wiesen fielen, konnte Gabriel eine kurze Leiter aus Fichtenstämmen erkennen, welche zwischen dichten Gebüschen in das höhergelegene Gehege hinaufführte. Sie bogen das Gezweig beiseite und traten von der Leiter in das Innere des Waldes. Ein Fußpfad, jetzt kaum erkennbar in der Dämmerung, führte sie seitwärts hart am Waldessaum entlang, so daß sie zwischen den einzelnen Bäumen und Gebüschen auf die draußen im Mondschein liegenden Wiesen hinaussehen konnten. Regine ging voran. Das Mondlicht spiegelte zwischen den Zweigen herein und hing sich wie Tropfen an den dunklen Blättern; mitunter streifte ein voller Strahl den blonden Mädchenkopf, der dann auf einen Augenblick klar aus dem Dunkel hervortrat, um sogleich wieder darin zu verschwinden. Gabriel ging schweigend hinter ihr her; er hörte nichts als das Rauschen ihrer Füße in dem überjährigen Laube und das Arbeiten der Käfer in den Baumrinden; kein Luftzug; nur das feine elektrische Knistern in den Blättern rührte sich kaum hörbar. Nach einer Weile kam aus dem Dunkel des Waldes etwas angerannt und trabte ihnen zur Seite. Gabriel sah zwei Augen in seiner Nähe blitzen. „Was ist das?" fragte er.

Ein Rehkalb sprang in den Weg. „Das ist mein Kamerad!" rief das Mädchen; dann lief sie pfeilschnell auf dem Steige fort; das Tier hinter ihr drein.

Gabriel blieb zurück und lehnte sich an einen Baum; er hörte es zwischen den Büschen rauschen, er hörte das Mädchen in die Hände klatschen, dann alles in der Ferne verschwinden. Es wurde still um ihn her; nur die geheimnisvolle Musik der Sommernacht wurde wieder seinem Ohre vernehmbarer. Er hielt den Atem an, er lauschte, er horchte den tausend feinen

Stimmen, wie sie auftauchten und wieder hinschwanden; bald in unbegreiflicher Ferne, dann zum Erschrecken nahe; unbegreifbar leise, verhallend und immer wieder erwachend; er wußte nicht, waren es die Quellen, die durch den Wald zu den Wiesen hinabliefen, oder war es die Nacht selbst, die so melodisch rann. Der Morgen, an dem er das Haus verlassen hatte, der Abschied von seiner Mutter lag hinter ihm wie eine längst vergangene Zeit. Endlich kam das Mädchen zurück. Sie legte die Hand auf seine Büchse. „Es ist so zahm“, sagte sie, „wir rennen oft zusammen!“ Das Klirren des Gehenkes weckte ihn. „Komm nur“, sagte er, „und weise mir den Weg!“ Sie schwieg einen Augenblick; dann, dem Gaste gehorsam, bog sie von dem Steige, auf dem sie bisher gewandert waren, quer in den Wald hinein. Jeder betretene Pfad hörte hier auf; Baumwurzeln krochen am Boden hin und fingen den Fuß des Wanderers; niederhängende Zweige schlugen ihm ins Gesicht oder zupften ihn an der Büchse; es wurde so finster, daß er die Gestalt des Mädchens, welche waldkundig und unversehrt durch die Zweige schlüpfte, nicht mehr erkennen konnte. Nur manchmal, wenn er plötzlich von unsichtbaren Dornen geritzt, einen ungeduldigen Aufruf nicht zu unterdrükken vermochte, hörte er vor sich ihr schadenfrohes Gelächter. Endlich aber harrte sie seiner und reichte ihm schweigend die Hand zurück. So gingen sie weiter. Ein Plätschern scholl aus der Ferne; Gabriel lauschte. „Es ist das Fährboot“, sagte sie, „dort unten liegt die Bucht.“ Bald konnte er deutlich das Geräusch von Ruderschlägen unterscheiden; dann traten die Bäume plötzlich auseinander und sie sahen frei ins Land hinaus, das in den sanften Umrissen der Mondbeleuchtung zu ihren Füßen lag. Die Wiesen waren ganz von silbergrauem Tau bedeckt; darüber lief der Fußpfad wie ein dunkler Strich zur Bucht hinab. Die Brücke des Mondspiegels streckte sich zitternd über das Wasser; das Fährboot, von der anderen Seite kommend, trat eben wie ein Schatten in den hellen Schein. Gabriel blickte nach dem jenseitigen Ufer hinab; aber er sah nur Duft und Dämmerung.

„Nicht weiter“, sagte das Mädchen, und zog ihre Hand aus der seinen; „hier über die Wiese geht der Weg zur Fähre; du kannst nicht fehlen.“

Sie selber standen noch im Schatten; aber bei der Fülle des Lichtes, die draußen webte, konnte er ihre ganze Gestalt erkennen und jedes Regen ihrer Gliedmaßen. Sie hatte im Laufen ihre Flechten aufgebunden, die nun wie ein Kranz auf ihrem Scheitel lagen. Sie erschien ihm auf einmal so stolz und jungfräulich; er konnte die Augen nicht von ihr lassen, als sie in den Mondschein hinauswies und ihm die Wege zeigte, die er gehen sollte.

„So leb denn wohl, Regine!" sagte er, und reichte ihr die Hand. Aber sie trat vor ihm zurück und sagte zögernd: „Sag mir noch eines ...; weshalb mußt du in den Krieg?"

„Weißt du es nicht, Regine?"

Sie schüttelte den Kopf. „Großvater spricht nicht davon", sagte sie, und sah wie ein Kind an ihm herauf.

Er verlor sich stumm in ihren Augen; eine Nachtigall schlug plötzlich neben ihnen aus den Büschen, die Blätter säuselten. Sie stand ihm gegenüber, ohne Regung, kaum belebt von lindem Atem; nur in ihren Augen, im tiefsten Grunde rührte sich die Seele; er wußte nicht, was so ihn anschaute.

„Sprich nur!" sagte sie endlich.

Er ergriff einen Zweig, der ihr zu Häupten hing, und brach ein Blatt herab. „Es ist für diese Erde", sagte er, „für dich, für diesen Wald – – – – damit hier nichts Fremdes wandle, kein Laut dir hier begegne, den du nicht verstehst, damit es hier so bleibe, wie es ist, wie es sein muß, wenn wir leben sollen, – unverfälschte, süße, wunderbare Luft der Heimat!"

Sie strich mit der Hand über ihre Haare, als wenn ein Schauer sie berühre. „Geh!" sagte sie leise. „Gute Nacht!"

„Gute Nacht; – – – wo find ich dich denn wieder?"

Sie legte ihre Hände um seinen Nacken und sagte: „Ich bleibe hier zu Haus!"

Er küßte sie. „Gute Nacht, Regine!"

Sie löste ihre Hände von seinem Halse. Dann schritt er in die Mondnacht hinaus; und als er nach einer Weile am Ende der Wiese zurückblickte, da war es ihm, als stehe die schöne kindliche Gestalt noch immer an der Stelle, wo er von ihr gegangen, unbeweglich im schwärzesten Tore des Waldes.

Ich hatte das Buch zusammengelegt und sah durch die Hüttenreihe in den grauen Tag hinaus. Gabriel trat zu mir und lehnte die blankgeputzte Büchse an meine Schulter. Sie blitzte mich an. Ich

aber, des Gelesenen gedenkend, fragte ihn: „Und was bedeutet nun das welke Blatt?"
„Noch einmal!" rief er. „Es ist grün, so grün wie Juniblätter!"
„Und du bist niemals wieder dort gewesen?"
„Pagina hundertunddreizehn!" sagte er lächelnd.
Ich schlug noch einmal nach. Schon wieder Verse!

Pagina 113.

Und webte auch auf jenen Matten
Noch jene Mondesmärchenpracht,
Und ständ' sie noch im Blätterschatten
Inmitten jener Sommernacht,
Und fänd' ich selber wie im Traume
Den Weg zurück durch Moor und Feld –
Sie schritte doch vom Waldessaume
Niemals hinunter in die Welt.

„Und wenn sie doch hinunterschritte!" sagte ich.
„Dann wollen wir die Büchse laden! Der Wald und seine Schöne sind in Feindeshänden."

THEODOR STORM

# Die Lerche

Hörst du der Nacht gespornten Wächter nicht?
Sein Schrei verzittert mit dem Dämmerlicht,
Und schlummertrunken hebt aus Purpurdecken
Ihr Haupt die Sonne; in das Ätherbecken
Taucht sie die Stirn; man sieht es nicht genau,
Ob Licht sie zünde oder trink im Blau.
Glührote Pfeile zucken auf und nieder
Und wecken Taues Blitze, wenn im Flug
Sie streifen durch der Heide braunen Zug.
Da schüttelt auch die Lerche ihr Gefieder,
Des Tages Herold seine Liverei;
Ihr Köpfchen streckt sie aus dem Ginster scheu,
Blinzt nun mit diesem, nun mit jenem Aug;
Dann leise schwankt, es spaltet sich der Strauch,
Und wirbelnd des Mandates erste Note
Schießt in das feuchte Blau des Tages Bote:

„Auf! auf! die junge Fürstin ist erwacht!
Schlaftrunkne Kämmrer, habt des Amtes acht;
Du mit dem Saphirbecken Genziane,
Zwergweide du mit deiner Seidenfahne,
Das Amt, das Amt, ihr Blumen allzumal,
Die Fürstin wacht, bald tritt sie in den Saal!“

Da regen tausend Wimpern sich zugleich,
Maßliebchen hält das klare Auge offen,
Die Wasserlilie sieht ein wenig bleich,
Erschrocken, daß im Bade sie betroffen;

Wie steht der Zitterhalm verschämt und zage!
Die kleine Weide pudert sich geschwind
Und reicht dem West ihr Seidentüchlein lind,
Daß zu der Hoheit Händen er es trage.
Ehrfürchtig beut den tauigen Pokal
Das Genzian, und nieder langt der Strahl;

Prinz von Geblüte, hat die erste Stätte
Er, immer dienend an der Fürstin Bette.

Der Purpur lischt gemach im Rosenlicht,
Am Horizont ein zuckend Leuchten bricht
Des Vorhangs Falten, und aufs neue singt
Die Lerche, daß es durch den Äther klingt:

„Die Fürstin kömmt, die Fürstin steht am Tor!
Frischauf, ihr Musikanten in den Hallen,
Laßt euer zartes Saitenspiel erschallen,
Und, florbeflügelt Volk, heb an den Chor.
Die Fürstin kommt, die Fürstin steht am Tor!"

Da krimmelt, wimmelt es im Heidgezweige,
Die Grille dreht geschwind das Beinchen um,
Streicht an des Taues Kolophonium
Und spielt so schäferlich die Liebesgeige.
Ein tüchtiger Hornist der Käfer schnurrt,
Die Mücke schleift behend die Silberschwingen,
Daß heller der Triangel möge klingen;
Diskant und auch Tenor die Fliege surrt;
Und, immer mehrend ihren werten Gurt,
Die reiche Katze um des Leibes Mitten,
Ist als Bassist die Biene eingeschritten;
Schwerfällig hockend in der Blüte rummeln
Das Kontraviolon die trägen Hummeln. –

So tausendarmig ward noch nie gebaut
Des Münsters Halle, wie im Heidekraut
Gewölbe an Gewölben sich erschließen,
Gleich Labyrinthen ineinander schießen;
So tausendstimmig stieg noch nie ein Chor,
Wies musiziert aus grünem Heid hervor.
Jetzt sitzt die Königin auf ihrem Throne,
Die Silberwolke Teppich ihrem Fuß,
Am Haupte flammt und quillt die Strahlenkrone,
Und lauter, lauter schallt des Herolds Gruß:

„Bergleute auf! Heraus aus eurem Schacht
Bringt eure Schätze, und du Fabrikant,
Breit vor der Fürstin des Gewandes Pracht,
Kaufherrn, enthüllt den Saphir, den Demant!"

Schau, wie es wimmelt aus der Erde Schoß,
Wie sich die schwarzen Knappen drängen, streifen,
Und mühsam stemmend aus den Stollen schleifen
Gewalt'ge Stufen, wie der Träger groß;
Ameisenvolk, du machst es dir zu schwer!
Dein roh Gestein lockt keiner Fürstin Gnaden.
Doch sieh die Spinne, rutschend hin und her,
Schon zieht sie des Gewebes letzten Faden,
Wie Perlen klar, ein duftig Elfenkleid;
Viel edle Funken sind darin entglommen;
Da kommt der Wind und häkelt es vom Heid,
Es steigt, es flattert, und es ist verschwommen. –

Die Wolke dehnt sich, scharf strich der Hauch,
Die Lerche schwieg, und sank zum Ginsterstrauch.

ANNETTE VON DROSTE-HÜLSHOFF

# Das Naturdenkmal

Als Hingst, der Sohn des Hors, Sohnes des Rappen, wieder einmal in der Johannisnacht zur Erde stieg, machte er ganz runde Augen.

Als ihm seinerzeit ein Schleuderstein den Schädel derart zertrümmerte, daß es seiner Seele in der bisherigen Wohnung nicht mehr gefiel, hatte ihm Schimmel, sein Sohn, heilig und teuer versprochen, viermal im Jahre Wildbret und Honigbier in das Seelenhaus auf dem Donnerberge zu bringen.

Er hatte Wort gehalten, so daß Hingst Horssen, wenn es ihm in Walhall einmal etwas zu langweilig war und er zur Erde stieg, um eine kleine Abwechslung zu haben, nichts ausstand, nahm er für eine Nacht in dem Seelenhause Unterstand; denn die drei großen Krüge waren bis zum Rande mit schäumendem Met, hellem und dunklem, gefüllt, Trinkschalen standen dabei, und es fehlten bei der Wildkalbkeule auch nicht die Messer aus Feuerstein.

Auch als Schimmel eines schönen Donnerstages im Himmel auftauchte mit einem gewaltigen Loche in der Brust und seinem Vater laut lachend die Hand schüttelte, mangelte es dem Alten nicht an Speise und Trank, gelüstete es ihn einmal, unter irdischen Eichen zu weilen; denn Pagen, der Sohn des Schimmel, sorgte dafür, daß der Vater und der Altvater und die vor ihm auf dem Peerhofe gesessen hatten, zu ihrem Rechte kamen, und als er einmal von einer Bärin einen zu zärtlichen Klaps bekommen hatte, der ihm das linke Schultergelenk etwas aus dem Gleise brachte, so daß er vier Wochen zu Hause bleiben und kalte Packungen machen mußte, und seine Leute bei der Sonnenwende es vergaßen, die Ahnen zu versorgen nach der Väter Weise, war Hingst fuchsteufelwild geworden und kreuz und quer durch den Hafer gelaufen, so daß der bloß die halbe Ernte brachte; seitdem vergaßen die Peerhofsbauern ihre Pflicht nicht mehr, und auch die sechs anderen Höfe, die auf dem Donnerberge je ein Ahnenhaus hatten, taten ihre Schuldigkeit.

Das ging so einige Jahrhunderte lang, bis es etwas unruhig in der Welt zuging. Allerlei fremde Völker kamen angeritten und keilten sich mit den Haidbauern herum, so daß die oft froh

*Eines der „Sieben Steinhäuser“ (Foto)*

waren, wenn sie selber einen Braten und einen Tischtrunk hatten. Aber Hingst und Hors und Rappen und Schimmel und Pagen und Voß und Bleß waren vernünftige Männer und sahen ein, daß ihre Nachkommenschaft jetzt mehr zu tun habe, als an sie zu denken. So ergaben sie sich mit Würde in das Unvermeidliche, und wenn sie sich wieder einmal in den Steinhäusern versammelten, dann seufzten sie wohl hinter der guten alten Zeit her, die noch wußte, was sich gehörte, aber sie gaben sich damit zufrieden, daß man ihnen wenigstens ihre Seelenhäuser gelassen hatte, so daß sie bei Regen und Schlackschnee ein Dach über dem Kopfe hatten. Doch als wieder anderthalb Dutzend Jahrhunderte über das Land gegangen waren, da machten die Ahnen vom Duwenhofe und die Martenshofleute doch einen Mordskrach, als sie in den heiligen Zwölfen sich auf der Erde umsahen, denn soviel sie auch suchten und suchten, ihre Steinhäuser waren fort; die Bauern hatten sie zu Grundmauersteinen zerschossen.
Die fünf anderen Seelenhäuser aber blieben stehen und hießen nach wie vor die sieben Steinhäuser. Meist kam das ganze Jahr kein Mensch zu ihnen, außer daß da einmal ein Förster rastete

oder der Schnuckenschäfer an ihnen vorbeihütete. Ab und zu kamen auch Männer mit Brillen auf den Nasen an, gruben bei den Steinsetzungen herum, waren glücklich, wenn sie ein Steinmesser oder einen angebrannten Topfscherben fanden, zogen wieder ab und schrieben gelehrte Aufsätze über die Bedeutung der alten Bauten, deren Endergebnis lautete: „Nix Genaues weiß man nicht." Auch pilgerten wohl einmal ein paar frische junge Burschen durch die Haide, betrachteten voller Ehrfurcht die klobigen Steinplatten, oder ein Dichter lag dort, lauschte, wie die Immen die rosenroten Glöckchen läuteten, sah den blauen Faltern zu, die über das blühende Haidkraut tanzten, atmete den Honigduft ein, den der heiße Wind herantrug, träumte von Hingst und Hors und Rappen und den übrigen longobardischen und sächsischen Männern, zu deren ewigen Gedenken die grauen Steine aufeinandergelegt waren, und lächelte später lustig, wenn gelehrte Leute von dem Gedicht, das über die Steinhäuser geschrieben hatte, sagten, es entspräche nicht dem Stande der wissenschaftlichen Forschung.
Mit einem Male aber wurde das anders: die Haide kam in Mode. Es regnete Menschen, es hagelte Volk. Sie kamen, wenn die Haide blühte, in hellen Haufen angezogen, zu Fuß und zu Rad und zu Wagen, rissen das blühende Haidkraut ab, fragten den Schnuckenschäfer dumm und albern, gaben mit weißer, roter und blauer Kreide auf den grauen Steinen an, daß sie Meyer, Müller oder Schulze hießen, und hinterließen eine Unmenge von Wurstpellen, Eierschalen, Stullenpapier, Stanniol, Konservenbüchsen und Flaschenscherben und manchmal auch einen kleinen Haidbrand, so daß der Oberförster eine Tafel aufstellen lassen mußte, auf der zu lesen stand, daß derjenige, welcher usw., mit nicht unter soundso viel Mark Strafe usw. Und sonntags mußte ein Forstarbeiter dort Schildwache stehen. Dann kam ein neuer Oberförster, der eine Masse künstlerischen Empfindens im Leibe hatte, und der ließ Anlagen um die Steinhäuser machen, pflanzte hübsch regelmäßig Tannen und Rhododendron an, auch blauen und weißen Flieder, und er stellte einige grün angestrichene Bänke auf. Er war sehr erbittert, als eine Zeitung schrieb, die Verschönerung des Platzes sei noch schlimmer als die Flaschenscherben und die Stullenpapiere, denn er hatte es gut gemeint.

Die Steinhäuser waren mittlerweile so berühmt geworden, daß es das ganze Jahr über bei ihnen nicht an Stadtvolk fehlte. In allen Dörfern ringsumher waren Wegweiser angebracht, auf denen zu lesen stand: „Nach den Steinhäusern“, und an den Birken an den Wegen und Landstraßen waren rote Kleckse angemalt, so daß kein Mensch an dem Urzeitsdenkmal vorbeifinden konnte. Wandervereine machten Ausflüge dahin. Gesangvereine erschienen und erfüllten die Luft mit Getöse. Damen in weißen Kleidern und Hüte von Überlebensgröße tauchten auf und fanden die fünf Denkmäler reizend und niedlich. Der Heimatbund feierte dort ein Haidfest, bei dem in Wort und Lied die Steinhäuser gefeiert wurden, und hinterher hatten drei Waldarbeiter drei Tage zu tun, um das Stullenpapier, die Eierschalen, Flaschenscherben und sonstige Zeichen der echten, wahren und tiefen Heimatliebe zu beseitigen.
Unterdessen war der Heimatschutz erfunden worden. Eines Tages erschien das ausführende Komitee der Kommission des Ausschusses des Provinzialverbandes für Heimat- und Naturschutz. Drei Wochen später erhob sich neben dem Seelenhause der Peerhofsbauern auf einer Stange eine weißangestrichene viereckige Tafel von Quadratmetergröße, auf der laut und deutlich zu lesen stand: „Staatseigentum“, damit nicht ein argloser Wanderer auf den Gedanken käme, sich eine der zehn bis zwanzig Zentner schweren Deckplatten als Briefbeschwerer in die Tasche zu stecken. „Welcher Esel hat denn diesen Duffsinn angestellt?“ fragte Hingst, als er mit seinen Kindern und Kindeskindern wieder einmal in einer schönen Nacht zur Erde kam. „Hors“, rief er seinem Sohne zu, „bring das dummerhaftige Ding beiseite!“ Der gab ihm eins mit dem Steinhammer, daß die Brocken in der Nachbarschaft umherflogen. Das Kreisblatt brachte darauf einen bitterbösen Aufsatz über vandalisch hausende Touristen, und vierzehn Tage nachher war das ganze Grundstück mit Stacheldraht eingefriedigt, und die Tafel wurde auch wieder erneuert.
In dem benachbarten Marktflecken lebte ein Wirt namens Meyer; der hatte einen offenen Kopf. Er sah ein, daß mit den Steinhäusern etwas zu machen sei, und so ging er hin und kaufte alles Land um sie herum an, denn er wollte eine Wirtschaft bauen. Die Zeitungen schlugen zwar Lärm, als der Plan ruchbar

*Jean-François Millet: Dämmerung (1866)*

wurde, aber Meyer hatte gute Verbindungen und ödete den Landrat zudem mit so viel Schreiberei, bis er die Erlaubnis bekam. So baute er denn ein Haus, das von Stammesbewußtsein, Heimatliebe und Kirchturmpatriotismus nur so troff. Selbst auf dem Schweinestalle mangelten die gekreuzten Pferdeköpfe nicht, eine echte Haideeinrichtung war aus Berlin bezogen, und über der Haustür prangte in großer Schrift der Spruch: „Solange noch die Eichen wachsen in alter Kraft um Hof und Haus, solange stirbt in Niedersachsen die alte Stammesart nicht aus." Zu Pfingsten wurde die Wirtschaft eröffnet. Dreizehn Gesangvereine, zwölf Turnvereine, elf Touristenvereine, zehn Kegelklubs, neun Skatklubs, acht Pfeifenklubs, sieben Radlervereine, sechs Fußballklubs, fünf Tennisgesellschaften, vier Volksschulen, drei Pensionate, zwei Sonderzüge und einhundert Wagen und Autos spien ihren Inhalt über die Seelenhäuser aus. Die Begeisterung war ungeheuer, die Betrunkenheit desgleichen. Der Oberförster raufte sich die Glatze; sein gesamtes Rotwild war von dem Getöse zehn Meilen weit ausgewechselt; acht Tage lang hatten die Waldarbeiter zu tun, um das Stullenpapier und die Flaschenscherben aufzusammeln. Aber es waren bloß sieben Haidbrände vorgekommen, und das tröstete den Oberförster etwas.

Im nächsten Jahre baute der Wirt ein Kurhaus; im folgenden ein Luftbad; im dritten drückte er beim Kreisausschusse eine feste Straße nach den Steinhäusern durch; im nächsten Jahre hatte er fünfhundert Sommerfrischler; im sechsten stellte er einen Arzt an; im siebenten zwei Hilfsärzte; im achten baute er eine Dependance; im neunten kaufte er dem Staate das Gelände, auf dem die Seelenhäuser lagen, ab; im zehnten stellte er sieben neue Ruhebänke und drei Pavillons bei ihnen auf; im elften zäunte er den Platz völlig ein.
Neben der Tür des Kurhauses und Hotelrestaurants zu den sieben Steinhäusern aber ließ er eine Tafel aufstellen, und auf dieser war folgendes zu lesen:
„Das Naturdenkmal befindet sich im Hofe; Schlüssel beim Portier.“

HERMANN LÖNS

# Anntrin

Es ist am Abend des Festes Mariä Himmelfahrt. Die Haide liegt im Mondenglanze; in den dünenartigen, sandigen Hügeln bergen sich vorgeschichtliche Aschenürnen, die mächtigen Decksteine der Hünengräber aber wurden gesprengt und über die nahe holländische Grenze gefahren, zu Hafenbauten oder Seedeichbefestigungen. Der Wiedehopf, welcher tief im Moore nistet, und seine bereits flügge Brutfahren erschreckt, aus dem schon erntereifen Buchweizenfelde empor über das Hollah- und Juchherufen, das die kriechenden Nebel durchfährt und bis an die fernen, tief dunkel und drohend da stehenden Tannenholzungen weiter zittert. Mitternacht ist nahe, doch es sind nicht die Jäger des prachtliebenden Kurfürsten Clemens August, deren Geister ihr altes Waidrevier durchjagen; Meister Reinecke, der über eine Sandwehe hinauslugt und wittert, weiß das besser: die dunklen lustigen Gruppen, die längs des Heerweges im tiefen Sande weiterstapfen, sind harmlose Bauern und Bäuerinnen aus dem Emslande, die sich auf dem Heimwege vom hohen Hümmling befinden. Wie sie heute von dem Dorfe Sögel heimkehren, wo sie neben den Gebeinen des heiligen Fructuosus beteten und zwischen den Honigkuchenbuden in den Schenken Kirchmeßfreuden genossen, so thaten es auch ihre Vorfahren und werden es ihre Enkel thun, obgleich wir dafür gesorgt haben, daß diese nicht mehr, wie es damals, als die Grauköpfe von heute blond waren, geschah, im Sande waten, denn die heutige Generation findet eine regelrechte Steinstraße und die Reisenden können, wenn sie von Lathen oder Papenburg kommen, bis an diesen gepflasterten Damm auch noch die hannoversche Weltbahn benutzen. Vor dreißig Jahren aber hatten wir alles das nicht und waren trotzdem sehr zufrieden, namentlich bei Festen wie die Himmelfahrtsfeier der allerseligsten Jungfrau. Am 15. August ist das Heu und der Roggen in der Scheune und man kann auch seinen Dienstboten gestatten, ein paar Meilen über Land zu gehen und sich an Ort und Stelle mit einem tüchtigen Hopser des Lebens zu freuen, falls sie nicht einen Schleifer vorziehen. Aber es sind nicht etwa nur Knechte und Mägde, die heute den Holzschuh mit dem derben Lederstiefel oder flachen Sonntagsschuh vertauschten, um die Festfreude auszukosten, bis sie förmlich zusammenbrechen – o nein, in den frohen Zurufen von einer Gruppe zur andern erwecken die stolzesten Namen des Emsufers die matten, nächtlichen Echos, Namen, die 3–400 Jahre mit ihrem Grundbesitz verwachsen waren, Namen, die jeden ihrer Buchstaben mit einigen tausend holländischen Gulden zudecken können. Eine dieser „Besten", die Erbin von Twistbrink, schreitet dem Zuge ihrer Dorfnachbarn groß und stattlich voran, sie hat das schwarze Laken-(Tuch)Kleid um die Hüften geschürzt, und ihr feuerrother Bojerock folgt in gleichmäßigen Schwingungen ihrer sichern, tactrechten Bewegung. Niemand erlaubte sich indeß, sie scherzend anzureden, kein begünstigter Freier hatte das Recht, ihr heute den verhängnißvollen Honigkuchen, den Hilke-Maker (Heiraths-Macher), als zarte Liebesgabe anzubieten; Anntrin war ein ernstes, „sinniges" Mädchen, dessen verschlossenes Wesen sich schweigend Zurückhaltung von Anderen erzwang. Obwohl bereits fünfundzwanzig Jahre alt, hatte Anntrin nie einen Bewerber begünstigt, und diese Thatsache zeugte von großem Standesbewußtsein. Ein armes Mädchen, des geringen Mannes Kind, muß sich bei Zeiten versorgen, die Erbin aber hat zu wählen, je länger sie „kürt", desto stolzer beweist sie: Ich habe es nicht nöthig, mich nach irgend etwas in der Welt umzusehen! – Was unter dem breiten Goldgeschmeide, das dann und wann auf Anntrin's Brust im Mondenstrahl aufleuchtete, lebte oder liebte – wer konnte es wissen? Ein Wagengerassel, das von dem holperigen Pflaster des Dorfes Wahne aus mit dem feuchten Nachtwinde weit über die Ebene zog, fesselte alsbald die Gedanken der Wandernden. „Das ist Rolf Evert!" rief ein Dorfdemagoge, welcher der bäuerlichen Aristokratin nicht das Weiße im Auge gönnte, dicht hinter Anntrin, „das ist Rolf der Matros' – natürlich, der muß fahren, wenn wir Anderen zu Fuß gehen; sein großer Kommheraus (Hemdekragen) könnte staubig werden auf der Landstraße!" – Anntrin wandte sich nach dem Sprecher um. „Hermanton", sagte sie mit tiefer, ruhiger Stimme, „wenn Du vier fette Braune im Stalle hättest, statt Deiner mageren Kuh, Du säßest jetzt auch zwischen den grünen Wagenleitern!"

„So, so", machte der Andere boshaft, noch boshafter als gewöhnlich, aufgestachelt vom Fusel-Dämon, „so, so! Ja, das

hatte ich vergessen, Jüffer (Jungfer), daß Rolf's Bruder sich die Maße zum Hennekleed (Todtenhemd) nehmen läßt und damit das verhexte Felgen-Erbe auf den Matrosen fällt! Ja, ja, wenn ich verstände, was die verstehen, meine magere Kuh brauchte wahrlich nicht im Joche zu gehen!"
Mehrere Leute, welche neugierig näher gekommen waren, stießen sich verstohlen an, die Erbin ging schweigend weiter. Der reizbare Hermanton indeß, uneingedenk des schönen Spruches: Schweigen ist Gold! gedachte sich vor seinen Zuhörern hervorzuthun, drückte den plumpen Hut ein wenig auf die Seite, qualmte eine dicke Tabakswolke in die Luft und begann von Neuem: „He, Anntrin, da muß ich mich wohl bei dem Matrosen einschmeicheln, damit er mich demnächst auf dem Twistbrink als Tagelöhner behalten thut?"
Es entstand eine kurze, erwartungsvolle Pause des Schweigens, dann wandte sich Anntrin gegen den Tagelöhner, so daß die ganze Colonne stehen bleiben mußte. „Hermanton", sprach die Erbin und stemmte ihre große, arbeitskräftige Hand, die an jedem Finger breite Goldringe trug, in die Seite. „Hermanton, um Dir zu wissen zu geben, wer auf dem Twistbrink commandiert, kündige ich Dir von heut' ab die Arbeit auf dem Hofe. Wenn ich keinen anderen Degesmann (Freiwerber) mehr finde, so will ich mich an Dich wenden. Damit: Stop!"
Hätte Tacitus in dieser Mitternachtsstunde eine Geisterpromenade gemacht, um die Spuren der römischen Legionen aufzusuchen, gewiß, es müßte den alten Historiker gefreut haben, Anntrin in Mondscheinbeleuchtung da stehen zu sehen, voll ernsten, gemessen strafenden Zornes! Denn ihre kräftige Gestalt, ihr lichtblondes Haar, ihr blaues, unerschrockenes Auge – es war ja Alles so, als ob sie, eine der Mägde Thusnelda's, durch Jahrhunderte und Jahrtausende dahinschritte in ewiger Kraft und Jugend, die Trägerin des geheimnißvollsten und unveräußerlichsten Erbtheils, das der Stammeseigenthümlichkeit!
Hermanton, dessen Interesse keineswegs mit dem des Tacitus Hand in Hand ging, war durch das urgermanische Mondscheinbild seiner Arbeitsgeberin in trauriger Art ernüchtert. Wenn auch die Brinkhofleute sehr „großmüthig" im Bauernsinne, das heißt: hochmüthig waren, so zeigten sie sich auch großmüthig nach unserem Begriffe, indem ihre Almosen Freund und Feind

zuflossen, ohne Ansehen der Person und nur mit Berücksichtigung des Mangels. Etwas wie Zurücknahme von Anntrin's ausgesprochenem Strafbeschluß war nicht denkbar; der Missethäter wußte zumal recht gut, daß er nicht eben zu den fleißigen Knechten zähle und daß seine Verdienste niemals mit seinem Lohne Schritt hielten.

„Kiek – süh!" knurrte er sehr unwirsch, „dann kann der Brinkhof die sieben Gulden und zwei Dübbeltje Vorschuß, die ich bekommen habe, in den Schornstein schreiben, krosse (kurz angebundene) Jüffer!"

„In unserer Freundschaft sind keine Schornsteinfeger, Hermanton! Du wirst in allen Fällen die sieben Gulden und die zwei Dübbeltje bezahlen, ich will das Geld Deinen Kindern aufheben, damit sie nicht Hunger leiden, Deines Durstes wegen!"

Was auch in Hermanton kochte, er mußte es durch seine, leider wieder sehr trockne Kehle hinunter schlucken, denn der Wagen hatte jetzt die Fußgänger erreicht und der Matrose schwang sich elastisch, wie das seine Beschäftigung lehrt, über die Wagenleitern und gesellte sich zu der, bereits wieder tactmäßig fortschreitenden Erbin: „Wer von Euch fahren will, kann aufsteigen!" rief Rolf Evert und hob den Lackhut ein wenig, um die braunen, lockigen Haare zurück zu streichen.

„Ich will fahren!" erklärte trotzig Hermanton und stieg auf, einige Andere, die wacker getanzt hatten, folgten ihm.

„Denkt Dir's noch, Anntrin, wie wir mitsammen in die Schule gingen?" fragte der Schiffer nach einigen gleichgültigen Hin- und Herreden.

„Ja wohl, aber es ist lange her. Du warst auf der See von klein auf, ich, an meinem Platz, ginge nicht fort von dem Loog (Bauerschaft), wo ich jung geworden bin, um keinen Preis; aber Ihr seid von einer andern Art, Ihr bleibt nicht bei einander, um das Feuerhahl!" (den Kesselhaken). Rolf lachte frohmüthig. „Nein, der Kesselhaken hielt mich nicht, und Du kannst Dir schon selbst auslegen", fügte der Matrose hinzu, „was mich wegtrieb!"

„Ich kann es mir nicht auslegen", widersprach Anntrin. „Du hast eine Mutter, einen Bruder und Schwestern, Land und Sand und von Allen genug, es müßte denn sein, daß Dir Pflug und Dreschflegel zu schwer gewesen wären!"

„Ich rechne, Anntrin, Du wirst mir meinen Schimpf und Glimpf

stehen lassen – ich kann Jedermann in die Augen sehen. Ich hatte wohl Alles zu Haus, nur keinen Frieden mit Mutter und Bruder, Du weißt ja, was über Felgen-Vollerbe umgeht! –"
„Marie Josef – und ist das denn wahr?"
„Sie sagen es – und es ist so; mein Bruder hat die Zehrung, deshalb rief mich unsere Mutter mit einem Brief von Archangel, damit Einer die Arbeit thäte – er kann es ja nicht! –"
„Erzähl' mir, wie das Gesage ist – Wort für Wort!"
„Durch hundert Jahr soll nie der älteste Sohn den Felgenhof auf seinen Sohn vererben, er kommt auf den Bruder oder den Sohnes-Sohn oder einen Ohm – immer in die dritte Hand!"
„Wie lange dauert das schon?"
„Du meinst", fragte Rolf, „wie lange muß es noch dauern? Wenn Du mir Deine Hand giebst, Anntrin, so will ich es Dir sagen. Hier unter den Tannen, wo es so dunkel ist wie in Aegypten, wird kein Mensch erfahren, ob Du mir die Hand giebst; aber ich rechne, es soll nicht lange dauern, dann sehen es alle Leute in der Kirche!" Ein Glück verheißender Druck erwiderte den von seiner Rechten ausgehenden, zugleich fragte die Erwählte seines Herzens neugierig: „Ist es in Aegyptenland immer dunkel?"
„Nein, nur ein halbes Jahr, und dann ist es wieder dreiviertel Jahr Tag, und so immer weiter, auf Island und Spitzbergen ganz dasselbe; die Leute bauen daselbst ihre Häuser aus Schnee, und so wie wir unsere Pferde haben sie Eisbären, die sie anspannen. Aber Anntrin, verlangt Dich's nicht zu wissen, wennehr der Felgenhof von dem Gesage frei wird?"
„Gewiß, verlangt mich's – was Du doch Alles erlebt hast, Rolf! Ich bin nicht bange, gar nicht, aber ich habe einmal auf dem Verlaater Markt in Friesland einen Bären gesehen und –"
„Laß die Kinderei, Anntrin, ich werde Euch von diesen Dingen später noch jahrelang erzählen, wenn die böse Gewalt nicht mehr die Klinke meiner Hausthür aufheben kann und den Tod über die Schwelle tragen – ja, zu Ende ist's mit ihr, wenn Felgen-Erbe unter ein anderes Dach zieht! Ich rechne, Mädchen, von wegen meiner Person, ich stehe meinen Mann an den Ufern der Ems hinauf und herunter, wer es sei; unsere Höfe und Ländereien liegen an einander, somit frage ich Dich, Anntrin, ob ich am Sonntag kommen mag, Dich von Deinen Leuten zu begehren?"
„Komm' am Sonntag!" entgegnete Anntrin leise, als ob eine

unheimliche Unruhe über sie käme, aber, sich ermuthigend, sagte sie lauter: „Und damit Stop!"

„Und damit Stop!" wiederholte der Schiffer und demnächstige Anerbe, umfaßte des Mädchens kräftige Gestalt und drückte einen herzhaften Kuß auf ihre Lippen. Nur einen einzigen, denn die ägyptische Tannenfinsterniß lichtete sich, das Mondlicht quoll durch die leise rauschenden Tannenzweige und der kräftige Geruch umgeackerten Landes verdrängte den harzigen Duft des Nadelholzes. Die Himmelfahrtswanderer waren an einen Scheideweg verschiedener Gruppen gekommen; noch einmal versammelten sie sich, hier und da reichte man sich die Hände, noch irgend ein leiser oder lauter Abschiedsgruß und dann: „Gute Nacht!" und fern und ferner noch einmal: „Tohop und Gute Nacht!" Endlich wurde die Haide still und in den Nestern erwachten die Frühsänger unter den Vögeln.

EMMY VON DINCKLAGE-CAMPE

# Der Schäferkönig

Aus fahler Heide erhebt ein einsamer Heidhügel seinen braunen Kopf. Kurzgeschoren haben Schnuckenmäuler seine braunen Locken; die Nagelschuhe der Bauern haben darüber einen weißen Scheitel gezogen.
Am Grunde des Hügels, rechts und links von dem hellen, schmalen Fußpfade, liegen zwei große, mannshohe, von den grünen Ranken der Krähenbeere am Grunde umsponnene, mit grauen Flechten bedeckte Steinblöcke, einer licht, einer düster. Zwischen ihnen und der Kuppe des Hügels, mitten in dem Fußpfade, steht eine hohe, dicke, zerzauste Hängebirke.
Um den Hügel breitet sich ein ebenes Feld aus, von Heide und kurzem, büscheligem Grase bedeckt, bestockt mit Hunderten und Hunderten struppiger Wacholdersträucher.
Weit und breit ist kein Hügel wie der Hügel, keine Birke wie diese Birke, kein Wacholderfeld wie dieses hier, kein Findlingspaar wie dieses.
Wenn ich auf dem Hügel im kurzen Heidkraut lag nach dem Frühanstand mit Hund und Büchse und die steif gefrorenen Glieder sonnte, dann habe ich mich immer gefragt, warum es weit und breit nichts Ähnliches gibt; ich konnte es mir nicht erklären.
Der Lehrer im Dorfe da unten, der Steine und Blumen sammelt, sagte mir, früher hätten hier mehr Birken gestanden, wären hier mehr große Wandersteine gewesen; die Bauern hätten die Birken geschlagen und die Steine für die Wegebauten zerschossen.
Jetzt liege ich wieder auf dem Hügel und träume hinaus; Nordwestwind schleudert scharfe Tropfen über die Moorebene, graue Wolken drängen sich am Himmel und hängen tief hinab, kein blaues Fleckchen schaut aus ihnen hervor.
Unter mir schwenkt die alte Birke mit stummem Wehklagen die langen, dünnen Zweige, langt in herzzerreißend sehnsuchtsvollen Bewegungen damit nach den Wacholderbüschen, die in wildem Sturme zucken und zappeln, als wollten sie sich losreißen aus dem blaugrauen Grase.
Das langt und greift mit dürren Händen so jammervoll hoff-

nungslos hinab, das ringt und drängt mit grünen Leibern so willig folgsam hinauf.
Wütender wird der Sturm. Die Birkruten fahren hoch in die Luft und fallen auf die Spitze des Baumes nieder wie die Hände eines Menschen, der sich das Haar ausraufen will.
Und jetzt beugt sich der Baum, als wollte er hinab zu den Wacholdern; die Äste reiben sich, daß es gellend pfeift, so gellend, so grell, wie der Pfiff des Heidschäfers durch zwei Finger.

Dieser gelle, grelle, schneidende Pfiff gibt mir Antwort auf meine stumme Frage.
Es war einmal ein reicher Schäfer, dem gehörte weit und breit hier alles Land.
Süßes Gras bedeckte statt der dürren Heide und des sauren Rischs das Gelände.
Tausende von Schafen waren sein, nicht magere, ärmliche Schnucken, nein, hohe, feinwollige, stolze Tiere, mit Vließen wie von Seide.
Hier, wo der Hügel sich erhebt, stand sein Haus, aus behauenen Steinen festgefügt, nicht ärmlicher Art aus Ortstein und rohen Stämmen wie der übrigen Bauern Hütten. Darum hießen sie ihn den Schäferkönig.
Sein Reichtum aber tötete seine Seele und härtete sein Herz.
Wenn die andern Bauern und Schäfer an den heiligen Tagen den Göttern im Schatten der Eichkämpe auf heiligem Stein Pferdeopfer brachten oder mit lodernden Holzstößen die Erhabenen priesen, dann lachte er und schalt sie Toren und Tröpfe.
Als seine Knechte von den Opferstätten die heiligen Mährenschädel heimtrugen und sie an die Giebel seines Hauses hingen, stieß er mit seinem silberbeschlagenen Hütestock die Opfergedenken herab und schleuderte sie in die Herdflamme.
Wenn Wode in stürmischen Herbstnächsten in den Wolken weidwerkte mit Hussa und Horridoh und Hu und Hatz, dann schloß der Schäferkönig nicht Tor und Luke und legte sich zur Ruhe, sondern frech trat er in das Tor und lauschte dem Gejaid der Himmlischen.
Die klugen Männer, die weisen Frauen warnten ihn; doch er lachte über ihre Warnworte.

Einst stand er an einem heißen Sommertage vor seinem Steinhause; zu seinen Füßen lagen seine Lieblingshunde Donner und Blitz, weiß der eine, schwarz der andere. Da zog es schwarz herauf mit weißen Wetterköpfen in Ost und West, Süd und Nord. Der Schäferkönig setzte seine silberne Pfeife an den Mund und pfiff in alle vier Winde, daß es gellend nach Ost und West, Süd und Nord hinausklang. Da trieben seine Knechte die Herden von allen Richtungen heran, daß es krimmelte und wimmelte wie ein Meer.

Immer schwärzer wurden die Wolken, immer gelber die Flecken darin, immer lauter der Donner. Die Knechte fielen ihrem Herrn zu Füßen und flehten ihn an: „Herr, opfere dem Thor, daß er seinen Steinhammer nicht nach uns werfe!"

Der Schäferkönig aber lachte und schalt.

Da knallte es, als wäre die Erde geborsten; da lohte es, als wäre das unterirdische Feuer hervorgebrochen. Nach allen Richtungen hin stoben die Herden auseinander, stürzten in Gräben, sanken in die Tränken, stolperten über Heck und Steg.

Der Schäferkönig schrie nach seinen Knechten; die aber murrten, ließen die Herden im Stich und rannten zum heiligen Hain, dem zürnenden Gotte zu opfern.

Da winkte der Schäferkönig seinen Lieblingshunden Donner und Blitz, daß sie die Herden in die Ställe trieben; aber winselnd umkrochen sie seine Füße und rührten sich nicht vom Fleck.

Schwarz wie die Nacht ward es ringsumher und hell wie der Tag dazwischen; Blitz um Blitz fuhr grell von Ost und West, Süd und Nord herab; vier Donnerschläge zugleich ertönten jedesmal dabei.

Wie Spreu im Winde stoben die Herden auseinander.

Der Schäferkönig stieß einen schrecklichen Fluch aus; er drohte mit seinem silberbeschlagenen Hütestock zum Himmel hinauf und rief: „Thor, bist du kein Unhold, so banne mir die Schafe! Aber das vermagst du nicht, du Segenvernichter!"

Das Dunkel verschwand, licht wurde der Himmel, still der Donner. Stolz wie ein Sieger schaute der Schäferkönig um sich; aber Grauen verzerrte sein hartes Gesicht: Vor seinen Augen schlugen seine Schafe Wurzel; ihr seidenes Vlies wuchs aus zu struppigem Grün; Tausende von Wacholderbüschen, eine grüne Herde, bedeckte das Land.

Da schwand des harten Mannes Stolz; er brach in die Knie, raufte sein Haar, streckte seine Arme nach seinen Herden aus und schrie und weinte und lachte.
Und dann riß er vom Ledergurt das blanke Schlachtmesser und zückte es verzweifelt gegen seine Kehle.
Aber sein Arm blieb starr, wandelte sich um in einen krummen Ast, seine Finger in dünne Ruten, seine Füße schlugen Wurzeln, eine mächtige Birke erhob sich an Stelle des Schäferkönigs.
Donner und Blitz, seine Lieblingshunde, wurden verzaubert in zwei Riesensteine, hell der eine, düster der andere.
Das steinerne Haus polterte zusammen, ein Trümmerhaufen, den Heide überwuchs.
Zum Heidhügel ist des Schäferkönigs Heim geworden, zur Birke der stolze Mann, zu Steinblöcken seine Hunde, zu Wacholderbüschen seine Herde.
Wenn der Sturm über die Heide fährt, dann ringt die Birke die Zweige, rauft mit ihren Ruten ihr Haar, langt und greift verzweifelt um sich und pfeift gellend den Steinen, die an ihren Wurzeln liegen.
Und die grüne Herde hört den Pfiff und will ihm folgen und ruckt und zerrt an ihren Wurzeln.

HERMANN LÖNS

# Die Riesensteine

Hin und her zerstreut in der Lüneburger Heide findet man große Steinblöcke, Riesensteine genannt. Manches Jahr haben sich die Gelehrten den Kopf darüber zerbrochen, wie solche wohl dahin gekommen, und haben es nicht ergrübelt. Ich weiß es, denn ein Schäfer in der Heide hat mir's erzählt; und du sollst es nun auch erfahren, denn ich will dir erzählen, was mir der Schäfer gesagt hat.

Vor vielen hundert Jahren hausten in der Lüneburger Heide, besonders in der Gegend zwischen Fallersleben, Gifhorn, Uelzen und Lüneburg, drei Riesen, die waren so groß wie Bäume; eine ausgerissene Tanne war ihr Spazierstock, und sie waren der Schrecken der ganzen Gegend und trieben mit den Menschen ihr Spiel, bald im Bösen, bald im Guten, wie es ihnen ihre Laune eben eingab. Besonders ging es, wenn sie hungrig waren, den Müllern und Bäckern schlecht: den Windmüllern packten sie in die Mühlenflügel, daß das Gewerk plötzlich stillestand; den Wassermüllern legten sie sich quer durch den Mühlengraben und dämmten mit ihren Leibern das Wasser ab, und nicht eher wurden beide die Plagegeister los, als bis sie all ihr Mehl verbacken ließen und das Brot den Riesen gaben. Ebenso schlecht erging es den Bäckern, wenn sie nicht gleich zum Geben bereit waren: die Riesen legten ihre zarten Hände auf die rauchenden Schornsteine und bliesen auch wohl von oben hinein, daß der arme Bäcker mit Frau und Kind aus seinem eigenen Hause flüchten mußte vor Qualm; und wenn er alsdann seinen Vorrat von Lebensmitteln herausgab, so verzehrten sie alles und zogen lachend von dannen. Den Fuhrleuten hingegen, oder vielmehr den Pferden, waren sie oft gefällig: wenn die armen Tiere ihre Karren mühsam durch die schlechten Sandwege schleppten und nicht mehr weiter konnten – so kam oft ein Riese herangeschritten, warf die Pferde samt dem Fuhrmann auf den Wagen und trug alles über die Sandschwellen bis auf besseren Boden.

So trieben sie ihr Wesen manches Jahr, bis sie endlich dieser Tändeleien überdrüssig wurden und hin und her sannen, ob sie nicht ein Werk beginnen könnten, welches ihnen auf längere Zeit

Beschäftigung gewähre. Und richtig! sie fanden eins. Die Qual der Pferde, die ihnen im Grunde lieber waren als die Menschen, war ihnen schon lange zu Herzen gegangen, und sie sprachen untereinander: „Wir wollen mitten durch die Heide eine Heerstraße bauen, die ihresgleichen nicht haben soll auf Erden, und alle Fuhrleute, die dann noch ihre Pferde quälen, wollen wir auffressen!“ Denn Menschenfleisch war ihnen ein Leckerbissen. Als sie nun aber beginnen wollten, da, da fehlte es ihnen an Steinen, und in der Nähe waren nirgends welche zu haben. Zwar hätten sie solche leicht vom Harzgebirge holen können, doch dahin wagten sie sich nicht; denn sie hatten den Helljäger erzürnt, der dort wohnte, und mit dem ist nicht zu spaßen! Nun aber wußten sie aus ihrer Jugendzeit, daß im Norden noch ein Land liege, wo es viele große Steine gebe; und so waren sie aus aller Verlegenheit. Denn war der Weg dahin auch noch so weit; was verschlug ihnen das? Alle vier Schritte eine Meile – das schafft schon was in einem Tage, und sie hatten noch dazu nicht im geringsten zu eilen. So schritten sie munter darauf los; aber, o weh! da kam ein großes Wasser! Doch auch hier wußten sie Rat: sie rissen große Eichen aus, machten Flöße davon und schifften rüstig durch das weite Weltmeer. Als sie in dem kalten Lande ankamen, das hinter der See in Mitternacht liegt, bröckelten sie Stücke von den Bergen so groß wie ein Haus und packten eins auf jede Schulter; zwei kleinere, so groß wie ein Backofen, steckte jeder in die Ohren, und so gingen und schifften sie zurück in die große Heide. Zuweilen freilich mußten sie tüchtig pusten, und dann flog der Sand vor ihnen her wie eine Wolke, was die Sandwehen in der Heide bezeugen bis auf den heutigen Tag; doch das machte sie nicht irre: sie schichteten in kurzer Zeit bei Uelzen große Haufen auf.

Da aber wurden sie auf unangenehme Weise gestört! Einst hatte nämlich während ihrer Abwesenheit ein Imker daselbst seinen Bienenzaun aufgeschlagen, und die flüchtigen Tierchen zerstreuten sich hin und her durch die blühende Heide und trugen Wachs und Honig ein. Die Riesen achteten anfänglich nicht weiter darauf und zertraten mit ihren großen Füßen manche Biene; endlich jedoch wurden die harmlosen Tierchen wütend und sannen auf Rache, und sie setzten sich den Riesen an die nackten Beine und zerstachen sie. Und als nun die Riesen nach ihnen schlugen und auf einmal viele totklappten mit ihren großen Händen; da holten die Bienen ihre Königin und begannen einen Kampf auf Leben und Tod: zu Tausenden fielen sie über die mächtigen Riesen her; und mochten diese auch Tausende zerquetschen, was fragte die Bienenkönigin danach! Immer neue Scharen summten herzu und bedeckten den Riesen Gesicht und Hände und Beine und zerstachen sie auf jämmerliche Weise. Da griffen diese zu ihren Steinen und warfen sie mit solcher Gewalt unter die Bienen, daß mancher häusertief in den Boden sank, andere hingegen auf der Oberfläche blieben, wo du sie noch jetzt finden kannst, zum Zeichen, daß es wahr ist, was ich sage. Und die Bienen wurden immer zorniger und jagten die Riesen in der ganzen Heide umher; und überallhin warfen diese die Steine nach ihnen. Endlich indes mußten die gefährlichen Riesen den kleinen Bienen das Feld räumen, und sie flüchteten sich ans Meer. Doch auch hier fanden sie keine Ruhe vor den erbosten Feindinnen: diese setzten sich in großen Schwärmen auf sie, und in größter Qual stürzten sich die drei Riesen ins Meer und ertranken. Die Siegerinnen kehrten heim und trugen Wachs und Honig wie vorher; sie wissen es aber bis zu dieser Stunde noch recht gut, daß ihr Stachel wehe tut, deshalb darfst du sie nicht necken. Und die großen Steine kannst du auch noch sehen, wenn du in die Heide kommst, und der „Heidjer" nimmt und zersprengt sie, baut seine neuen Häuser darauf und nennt sie Riesensteine, was sie auch sind, wie du nun selber weißt.

THEODOR COLSHORN

## De Heiloh

Bi't Hünengraff dar is dat schön!
Dar wokert de Kratt so düstergrön,
dar schient de Bram so gel as Gold,
dar lacht de Königsblom so stolt
in Moß un Heid,
wenn de Sommerdag aewer de Heiloh geit.

Denn brust de Bek un ruscht dat Reet,
Gelgöschen singt dat ole Leed,
de Heidlerch trällert, de Kuckuck röppt,
Eerdlöper liggt an de Sünn un flöppt
in Moß un Heid,
wenn de Sommerdag aewer de Heiloh geit.

Un blömt sik de Heben mit Maan un Steern,
denn schriggt de Ul ut wide Feern,
un nerrn in'n Dümpel geit wat um,
dat staehnt un süfzt un biestert rum
in Moor un Heid,
wenn de Sommernacht aewer de Heiloh geit.

Un baben op't Graff dar wiest mit'e Hand
en olen König in't wide Land,
sin Haar is so witt as Blöt op'n Doorn,
he draut na't Süden, he winkt na't Noorn
aewer Moor un Heid,
wenn de Sommernacht aewer de Heiloh geit.

He söcht sin Stadt, sin Borg un Palast, –
dat's all tobraken as Schörren un Glas,
verstaben sin Volk, begraben sin Kind,
sin Luftgaarn liggt wöst – nu klagt de Wind
dör Moor un Heid,
wenn de Sommernacht aewer de Heiloh geit.

Un dochen: stiggt de Sünn aewer't Holt,
denn glinstert dat Feld in Parlen un Gold,
denn blinkert un blöht dat wid un sid,
un de Vageln singt von de ole Tid. –
O schön is de Heid,
wenn de Sommerdag aewer de Heiloh geit!

JOHANN HINRICH FEHRS

## Der junge Künstler auf der Heidefahrt, „froh wie eine Schwalbe“

Also saß ich an einem schönen Nachmittage des 22. August im Kabriolett des Postwagens, froh wie eine Schwalbe, die ein mutwilliger Knabe gefangen hatte und die nun aus der halbgeöffneten Hand entschlüpft, mit einem jubelnden Freudenlaut, wie der Blitz in die Luft hinauffährt. Ich ließ wohl manches Liebe zurück, das ich entweder nie oder unter ganz andern Verhältnissen wiedersehen konnte, und doch wurde die Trauer zur Lust, in der Ahnung all des Schönen, so ich in der Welt noch erleben würde.

Man ward damals noch nicht durch eine sausende Lokomotive, deren Pfeifen die Luft durchschneidet, unter einem Gewühl und Gedränge, als ging es zum letzten Gericht, und mit einer Hast, als wäre Pest und Tod auf den Fersen, ins Weite gejagt. Man stieg gemütlich ein, blickte sich noch einmal in die nassen Augen; der Postillion blies eine Fanfare, und neben dem Kondukteur sitzend, rollte man ohne harte Übergänge in gemütlichem Tempo in die Ferne. Es hieß noch nicht wie jetzt: „Zeit ist Geld“, sondern: „Eile mit Weile“, obwohl die Geschäfte ebensogut gingen wie heutzutage. Die Unbequemlichkeiten der Straßen, die Notwendigkeit, öfter zu übernachten, brachten einem Land und Leute, Verschiedenheit der Volkstrachten, Gegenden besser vor die Augen als jetzt, wo man von Hamburg nach Triest, von Triest bis zur Landenge von Suez durch lauter Bahnhöfe kommt, die einander gleichsehen wie ein Ei dem andern ... Es war in der schönen alten Zeit, wo man acht Tage von Hamburg bis Leipzig brauchte, und ich genoß die Reise mit ihren Strapazen wie einen Labetrunk nach langem Durst. Das Mondlicht lag dämmernd auf der endlosen Lüneburger Heide, wie ein Traumgesicht sah ich die fernen Eichenwälder und Bauernhöfe mit hohen Ziehbrunnen langsam vorübergleiten, während der Postillion, durch den tiefen Sand watend, neben dem Wagen ging, hie und da Feuer anschlagend, um die Pfeife anzuzünden, bis ich in halben Schlaf geschaukelt, in der Frühe das hannoverische Ülzen vor mir liegen sah, wo uns der stattliche Wirt in strammer Haltung mit höflicher Verbeugung empfing und zu einem reichlichen

Frühstück führte, das nichts zu wünschen übrigließ und acht Groschen kostete. In gehobener Stimmung saß ich wieder ein, klangreiche Liebeslieder Heines vor mich hin summend, vergnügt wie ein Gott.

FRIEDRICH WASMANN

## Der Falke

Es stand eine Frau alleine
Im goldigen Abendscheine,
So bleich wie Lilien schier:
O Liebster, den ich meine,
Herzliebster, wann kommst du zu mir?

Sie weinte vor Lust und Leiden
Und spähte wohl über die Heiden
Hinaus ins dämmernde Feld:
O weh, wer das Scheiden und Meiden
Gebracht in die sonnige Welt!

Die Äuglein thät sie heben
Und sah einen Falken schweben
Zum blühenden Wald hinein:
O wohl dir, geflügelt Leben,
Wie glückselig kannst du doch sein!

Du kiesest dir frei die Halle,
Das Heim, das dir gefalle,
So hab' auch ich ja gethan –
Doch weh, nun neiden mir alle
Das Glück um den liebtrauten Mann!

DIETMAR VON AIST
(ÜBERS. VON GEORG MÜLLER)

# Der romantische Oedipus

Lustspiel in fünf Akten
von
August Graf von Platen

Personen des Lustspiels.

NIMMERMANN, Romantiker.
DAS PUBLICUM, als Reisender.
DER VERSTAND, exilirt.
CHOR DER HAIDSCHNUCKEN.

Personen des Zwischenspiels.

LAJUS, König von Theben.
JOKASTE, seine Gemalin.
OEDIPUS, beider Sohn.
POLIBUS, König von Corinth.
ZELINDE, seine Gemalin.
DIAGORAS, ihr Liebhaber.
TIRESIAS, Zeichendeuter.
KIND, KINDESKIND, Hofpoeten der Jokaste.
MELCHIOR, Bedienter des Lajus.
BALTHASAR, Bedienter des Polybus.
DIE PYTHIA.
DIE SPHINX.
ZWEI HEBAMMEN.

Das Stück spielt auf der Lüneburger Haide, Zeit der Handlung das Jahr 1827.

**Erster Akt.**

Das Publicum als Reisender. Chor der Haidschnucken.

*Publicum.*
Das ist die schöne Lüneburger Ebene,
Wohin des Rufs Trompete mich von fern gelockt:
Hier, sagt man, wandle Tag und Nacht, romantische
Blasbälge tretend, ein berühmter Verseschmied;
Doch weit und breit erblick' ich nichts Poetisches,
Blos dort im Vorgrund eine Schaar von Bestien.

*Chor.*
Wer bist du, Fremdling? Aeußere dich bescheidener!

*Publicum.*
Wie? Sprechen könnt ihr? Leben wir zur Zeit Aesops?
Ich wollte mich beruhigen, wenn ihr Pferde wärt,
Denn Pferde, dünkt mich, sprechen beim Homer sogar.

*Chor.*
Aesop! Homer! Enthalte dich vom Griechischen!
Blind war Homer, es war Aesop ein Buckliger:
Wir dienen keinem Krüppel!

*Publicum.*
Nun, wem dient denn ihr?

*Chor.*
Dem Nimmermann.

*Publicum.*
Dem Nimmermann? So ist es wahr,
Daß hier der schwulsteinpöcklerische Musensohn,
Der deutsche Shakspear athmet? Unter Schafen hier?
Das wundert mich!*

*Chor.*
Warum?

*Publicum.*
Wer hätte das gedacht?

*Chor.*
Warum! Er ist Besitzer einer Schäferei:
Trieb nicht auch Paris, welchem doch Olympier
Schiedsrichteramt verliehen, trieb Adonis nicht

* Anspielung auf Immermann und seine westfälischen Heideromane

Haidschnucken? Was auch sollte sonst der Treffliche
Vornehmen, hier in dieser Abgeschiedenheit?

*Publicum.*

Wenn ich's gerade sagen soll, Scharfrichterei:
Ich las entzückt sein Trauerspiel Cardenio,
Die größte, mehr als ekelhafte, Metzelung,
Die je der fette Frosch Bombast in dunstigen
Irrlichtersumpf poetischen Wahnsinns laichete.
Denn so charakterisiren's uns die Kritiker;
Doch eben was mißfallen hat den Kritikern,
Entzückte mich. Ich flog hieher, dem Dichter selbst
Die Hand zu schütteln. Aber sprich, wo find' ich ihn?

*Chor.*

Er überlegt ein Trauerspiel.

*Publicum.*

Schon wieder eins?

*Chor.*

O zehn für eins! leicht fertig sind Romantiker,
Die's laufen lassen, wie es läuft.

*Publicum.*

Wo sitzt er denn?

*Chor.*

Dort! Siehst du nicht die spanische Wand?

*Publicum.*

Dort dichtet er?

*Chor.*

Das eben nicht. Abthut er ein Privatgeschäft:
Er las gerade den Oedipus des Sophokles,
Doch war derselbe keineswegs ihm homogen,
Und geht sogleich nun wieder als Purganz von ihm.

*Publicum.*

Ein eigner Fall!

*Chor.*

Der Hochbegabte schleuderte
Das fade Buch in's allerdürrste Haidekraut:
Das also, rief er, wäre solch ein Meisterstück,
Der tragische Kanon eures Aristoteles?
Pedanten ihr! Nun will ich einen Oedipus,
Ich selbst erfinden, zeigen euch, wie jener Mensch

Es hätte machen sollen, ein historisches
Vorzeitsfamilienmordgemälde bühnenhaft
Dem Publicum vorbeizuführen. Jenes Stück
Ist blos als Buchstück anzusehn! Wo wäre denn
Die Breite, die dem Trauerspiel notwendig ist?
Der Nebenbeipersonen reiches Uebermaß?
Aufwärter, Mägde, Narren, kleine Kinderchen,
Kanzleiverwandte, Taugenichtse, Krämervolk,
Stallknechte, Hasenfüße, Kriminalbedienstete, –
Bordellgenossen, und so weiter? – Ja, wo wäre denn
Decorationsveränderung und sonstige
Freischützcaskadenfeuerwerkmaschinerie?
Wo ist was Komisches eingestreut? Die nötigen
Anachronismen fehlen, geographische,
Selbst andre Schnitzer find' ich nicht. Der schülerhaft
Holprichte Versbau mangelt, und der Floskelschwall,
Den stets als schöne Sprache rühmt das Publicum.

*Publicum.*
Das Publicum? Haidschnucken! Nannte wirklich er
Das Publicum?

*Chor.*
So that er, ja.

*Publicum.*
Nun mache mich
Die Freude nicht wahnwitzig!

*Chor.*
Ei, was hast du denn?

*Publicum.*
Ich bin ja selbst das sogenannte Publicum!

*Chor.*
Du selbst? Unmöglich!

*Publicum.*
Sieh von hinten mich und sieh
Von vorne mich! Ich bin es selbst.

*Chor.*
So jugendlich,
So völlig bartlos, eingezwängt in den neuesten Frack,
Mit steifem Halstuch angethan, so dacht' ich mir
Dich nicht.

*Publicum.*
Ich bin das Publicum. Die Hände sind
Noch brennend rot mir, weil ich beim Houwaldischen
Leuchtthurme neulich beide fast mir wundgeklatscht,
Und forderst du noch mehr Beweis, so trag' ich hier
In meinem Busentäschchen Claurens Mimili!

*Chor.*
Auf, auf, o Genossen! den Zweifel erstickt,
Und eröffnet den Tanz! Der erwartete Freund,
Der ersehnte, betrat dieß leere Gefield:
Nun feixe der Dank in Ergießungen ihn
Nie müden Gesangs! Freiwillig zerfällt
In gemessene Sylben der Willkomm.

Auf, auf, o Genossen! Umtanz ihn rings
Und die Hymne beginnt, die gewaltige, die,
Wie ein Bote des Glücks, wie ein Aar, der keck
Von dem Idagebürg Ganymeden geraubt,
Die Gestirne vorbei, sich siegstolz wiegt
Auf silberner Schwinge des Wohlklangs!

Auf, auf, o Genossen! Und rufet empor
Den Romantiker, der in melodischen Traum
Sein Dasein lullt! Es erschien, o Poet,
Der erwartete Gast, nach welchem du längst
Schwerathmend erhubst, voll süßer Begier,
Sehnsüchtig unsterbliche Seufzer!

*Die Vorigen. Nimmermann.*

*Chor (vorstellend).*
Der Dichterheros Nimmermann – Das Publicum –

*Publicum.*
Geraume Zeit schon wünscht' ich, Wertgeschätztester –

*Nimmermann.*
Schon lange brannte mein Gemüt, Verehrliches –

*Publicum.*
Von Angesicht zu Angesicht Sie anzusehn –

*Nimmermann.*
Auf Ihren Altar legend meine Dichtungen –

*Publicum.*
Um nicht von Gall zu lernen oder Lavater –
*Nimmermann.*
Weihrauch zu ziehn in meiner Nase Riechorgan.
*Publicum.*
Was ein Genie für eine Gattung Nase hat.
*Chor.*
Da trifft das Sprichwort wieder ein, daß immer sich
Begegnen schöne Geister, weil zu gleicher Zeit
In einer Nasenspitze Beide landeten,
Ihr Schiff regierend über's Meer der Redekunst.
*Nimmermann.*
Entschuldigung erbitt' ich mir, da eben ich
Auf meinem Beichtstuhl, wie ich ihn aus Schicklichkeit
Benenne, saß.
*Publicum.*
O Zartgefühl!
*Nimmermann.*
Den Dichtern auch
Begegnet jezuweilen etwas Menschliches.
*Publicum.*
Sie haben ja die spanische Wand! Ich bitte sehr –
*Nimmermann.*
Wir wollen gleich zur Sache kommen! Zwar bin ich
Kein Müllner, keiner, der im ersten Augenblick,
Sobald ein Fremder über seine Schwelle tritt,
Von seinen eignen Werken an zu sprechen fängt,
Doch Ihnen muß ich frank und frei herausgestehn,
Ich dichte jetzt ein ungemeines Meisterstück.
*Publicum.*
Wie immer; doch gewähren Sie das Nähere!
*Nimmermann.*
Ausforschen muß ich Ihren wahren Glauben erst:
Was sagen Sie zum Oedipus des Sophokles?
*Publicum.*
Ich las in meiner Jugend auf den Schulen ihn,
Er schien mir nicht gelungen.
*Nimmermann.*
Eine Pfuscherei,

Wie's keine giebt! Höchst tragisch ist der Gegenstand:
Blutschande, Gräuel jeder Art, ein Vatermord,
Die Sphinx, die Pest, ein Uebermaß von Irrungen,
Verwickelungen ohne Zahl! Wie wenig hat
Der Dichter diesen fürchterlichen Stoff benutzt!
Geradezu hinausgerückt das Gräßliche,
Verhüllt in schöne Reden jede Schändlichkeit,
Des Stücks Effekt vernichtet, aus dem Personal
Sogar die Sphinx gestrichen, die auf's Publicum
Den tiefsten Eindruck machen müßte.

*Publicum.*

Ja, gewiß!
Denn völlig grundlos sagen uns die Kritiker,
Die tragische Kunst vertrüge nichts Dämonisches,
Und blos der Leidenschaften reine Menschlichkeit.

*Nimmermann.*

Und wissen Sie, was jenes nüchternen Trauerspiels
Haubtfehler?

*Publicum.*

Nein!

*Nimmermann.*

Sie kennen doch das Rätselchen,
Das jene Sphinx gab?

*Publicum.*

Allerdings. Sie sprach: Was ist
Das Ding, das früh des Morgens auf vier Füßen geht,
Auf zwei des Mittags und des Abends drei gebraucht.

*Nimermann.*

Es ist der Mensch. Nun zeigte zwar den Oedipus
Als Mann der Dichter, wie er auf zwei Füßen geht,
Ja, da er blind ihn werden läßt, so leiht er ihm
Auch wohl den Stab als dritten Fuß. Wo aber geht
Im ganzen Stück auf allen Vieren Oedipus?

*Publicum.*

O feiner Scharfsinn!

*Nimmermann.*

So zerstörte Sophokles
Des eignen Helden sogenannte Menschlichkeit!
Denn weil er nie auf Vieren geht, so ist er mir

Kein wahrer Mensch entweder, oder Oedipus
Erriet das Räsel keineswegs, und hätte dann
Von jener Sphinx den Tod verdient.

*Publicum.*
O Theuerster!
Sie brächten einen Dromedar durch's Nadelöhr,
Geschweige denn ein blos Kamel. – (Welch tiefer Geist!) –

*Chor.*
Weltweise, heran! und gelagert im Kreis
Lernt nun Tiefsinn! Und ein Hinrichs hier,
Und ein Hinrichs dort, ehrfürchtig und still,
Mag schmiegen das Haubt
An die duftigen Zeh'n des Dichters!

*Nimmermann.*
Ein Mensch des Platen ist er, dieser Oedipus
Mit seinen beiden Füßen, ein gerupfter Hahn!

*Chor.*
Ein Eroberer zieht der Poet einher:
Ihm diene die Welt und der Menschheit Herz
Wie ein Ball in der Hand, den übungsreich
Bald fängt, bald wirft
Des erhabenen Spielers Anmut!

*Publicum.*
Sie haben den Oedipus als Kind gezeigt?

*Nimmermann.*
Noch mehr als dieß. Das Trauerspiel beginnt mit zwei
Hebammen vor dem Wochenbett der Königin
Jokaste.

*Publicum.*
Herrlich! Musterhaft! Die Geburt ja ist
Des Lebens erste Scene. –

*Nimmermann.*
Wahr und fein bemerkt!

*Publicum.*
Ach, dürft' ich doch anhören jenes köstliche
Produkt des Geistes, oder wird's durch Druck bekannt?

*Nimmermann.*
Sie sollen gleich es spielen sehn, und werden auch
Dem Verstand begegnen, welcher als Zuschauer mich

Bewundern will; denn kürzlich ward in die Haide her
Verbannt der allen Deutschen Ueberlästige:
Mir gilt er keinen Pfifferling; doch duldet ihn
Die Exilirten einerseits und überdieß
Die ferner tausend Einen meine Muse noch,
Die ihr den Handkuß leisten, wie zu hoffen steht;
Drum haben Sie Geduld mit ihm! Einstweilen, Freund,
Ziehn hinter diese spanische Wand zurück wir uns:
Ich muß die Puppen ordnen, deren Augenschein
Sie nehmen können. Besondre Mühe macht dabei
Mir stets der Anzug. Ueber das alte Hofcostüm
Von Theben walten Zweifel ob. Wie breit der Latz
Am kurzen Gallahosenpaar des Oedipus
Gewesen ist, bleibt unentschieden; dieserhalb
Wies auch Berlin das Stück zurück, wiewohl der Staat
Von Theben nie ein freier Staat, und Oedipus
Ein legitimer Volkstyrann gewesen ist.

*Publicum.*

Dort hält man viel auf alles Augenfällige,
Mit Recht. So mußte neulich aus Berlin sogar
Bis Aranjuez ein Maler sich mit Extrapost
Begeben, blos um nachzusehn im Garten dort,
Wo die von Schiller's buhlerischer Eboli
Gepflückte Hyazinthe steht. Er fand sie nicht,
Und wissen Sie, weßwegen?

*Nimmermann.*

Weil gepflückt sie war.

*Publicum.*

O süßer Witz! Sie bringen jede Sphinx zu Fall:
Kein Rätsel giebt's für solche Geister!

*Nimmermann.*

Kommen Sie!
(Beide ab.)

*Chorführer*, an den Rand der Bühne vortretend.

Wem Kraft des Gemüts, dem Tiefsinn fehlt, und die Kunst, die Jegliches ordnet,
Der wird niemals dem versammelten Volk vorführen die wahre Tragödie:

Zu erweisen, wodurch sie entsteht, liegt nicht in des Lustspieldichters Ermessen,
Ihm ist es genug, wenn er lehrt, was ihr wie Sirenengesänge zu fliehn habt,
Und wovon heut' euch sein schaffender Sinn darstellt ein lebendiges Beispiel.
Zwar lebt er entfernt; doch lebt er vielleicht in dem Land, das Oder und Elbe,
Das Weser und Rhein und der Donaustrom durchziehn, nicht ganz ein Vergess'ner,
Seitdem er zuerst, zu Gefechten bereit, wie ein Leu voll trotziger Weltscheu
Vortretend (es liebt der energische Mut des bewußten Gefühls die Metapher),
Durch wirklichen Witz urkräftig erlegt den proceßanspinnenden Witzbold,
Der kleinlichen Geists und der Zanksucht voll, wie ein Spitz an der Kette, gebelfert,
Und zuerst mißbraucht den erhabenen Styl, und die tragischen Formen entwürdigt,
Der ohne Natur und Charaktergehalt manch überherodisches Machwerk
Aneinandergeflickt und zusammengeklext rabulistische Galgenintriguen:
Nicht wichtig er selbst und des Streits unwert, da von selbst sich Nichtiges auflös't,
Nur wichtig indem euch einst er gefiel und bestach kurzsichtiges Urtheil;
Drum ließ das Gedicht ihn schmelzen wie Frost an den üppigen Stralen des Frühlings.
Wohl weiß der Poet, daß Fromme zumal ihn vielfachst haben gescholten,
Ihn eitel gehöhnt und versichert sodann, er gefalle sich selber unendlich.
Solch Urtheil zeigt stumpfsinnige blos, blos eigene Seelengemeinheit:
Wer selbst sich gefällt, bleibt stehn wo er steht; doch wer in beständigem Fortschritt

Zu bewältigen sucht und zu steigern die Kunst, nicht scheint's, daß selbst er gefällt sich.
Die, welche verzeihn, was Jener gethan, sie erwägen der Zeiten Bedingniß,
Und den Zustand auch, wie er Deutschland fand, und die jetzige herrschende Dichtkunst,
Wo ein Clauren sogar Reichthum sich erschreibt, als wär's ein gewaltiger Byron!
Ihr Fromme zumal, in der Schrift so gelehrt, seht lieber ein sichtliches Vorbild.

## Auf dem Weg zu den Müggelsbergen

Wir kommen von Schloß Cöpenick, haben Stadt und Vorstadt glücklich passiert und schreiten nunmehr dem Gehölze zu, das bis über die Müggelsberge hinaus das ganze Terrain bedeckt. Es ist ein Forst und eine Heide wie andere mehr; Moos und Fichtennadeln haben dem Weg eine elastische Weiche gegeben, und nur die Baumwurzeln, die grotesk überall hervorlugen und uns wie böswillige Gnomen ein Bein zu stellen suchen, mahnen zur Vorsicht. Eine rechte Herbstesfrische weht durch den Wald. Der herbe Duft des Eichenlaubs mischt sich mit dem Harzgeruch der Tannen, und anheimelnd klingt es, wenn die Eichkätzchen von einem Baum zum andern springen und die Zweige mit leisem Knick zerbrechen. Dann und wann hören wir, vom Fahrweg her, den eigentümlichen Klinker- und Klankerton, an dem ein märkischer Bauernwagen auf hundert Schritt schon erkennbar ist. Die Halskette der beiden magern Braunen rasselt am Deichselhaken, die Sprossen klappern in den Leiterbäumen, die Leiterbäume wieder an den vier Wagenrungen und gegen die Wagenrungen schrammt das Rad. Dazwischen das Hüh! und Hoh! des Kutschers, und Schwammanpinken und Tabaksqualm – und das Begegnungsbild ist fertig, das die Märkische Heide zu bieten pflegt.

Schon mehrere solcher Fuhrwerke sind an uns vorübergekommen, und ihre Insassen haben jedesmal unsern Gruß erwidert in trägen, unverständlichen Lauten, wie einer der aus dem Schlafe spricht. Jetzt aber verlassen wir den Fußweg, der neben der großen Fahrstraße hinlief, und biegen nach rechts hin in einen schmaleren Pfad ein, der leise bergan steigend, uns immer tiefer in die weiten und unmittelbar an den Fuß der Müggelsberge sich anlehnenden Waldreviere führt. Bald ist völlige Stille um uns her; wir haben in unseren Gedanken von Menschen und Menschenantlitz Abschied genommen und fahren drum erschreckt zusammen, als wir plötzlich dreier Frauengestalten ansichtig werden, die mit halbem Auge von ihrer Arbeit aufblikken und dann langsam-geschäftig fortfahren das abgefallene Laub zusammenzuharken. Die grauen Elsen, unter denen sie auf- und abschreiten, sehen aus wie die Frauen selbst, und ein banges, gespenstisches Gefühl überkommt uns, als wäre kein Unterschied zwischen ihnen und als rasteten die einen nur, um über kurz oder lang die andern bei ihrer Arbeit abzulösen. Wir fragen endlich, „ob dies der Weg nach den Müggelsbergen sei“, worauf sie mit nichts andrem als mit einer gemeinschaftlichen Handbewegung antworten. Einen Augenblick stutzen wir in Erinnerung an die wohlbekannten Drei von der Schottischen Heide, deren Wink oder Zuruf immer nur in die Irre führt; aber uns schnell vergegenwärtigend, daß die Türme Berlins nur ein paar Meilen in unserem Rücken liegen, folgen wir unter Dank und scheuem Kopfnicken der uns angedeuteten Richtung. Und siehe da, noch hundert Schritt und es lichtet sich der Wald und vereinzelte Tannen und Eichen umzirken einen Platz, in dessen Mittelpunkt ein Teich, ein See ruht.

THEODOR FONTANE

# Der Heidebrand

„Herr Hardesvogt, vom Whisttisch weg,
viel Menschen sind in Gefahr.
Es brennt die Heide von Djernisbeg
und das Moor von Munkbrarupkar.“
Schon bin ich im Bügel, schon bin ich im Sitz,
in den Sattel springt der Gendarm wie der Blitz.
Just schlägt es im Städtchen Glock zwölfe;
wir reiten, als hetzten uns Wölfe.

Hier schläft ein Garten in Mitternachtruh,
dort dämmert im Mondschein der Busch.
Und Felder und Wälder verschwinden im Nu,
wir fliegen vorüber im Husch.
Und sieh, in der Ebne stäubt Funkengeschwärm,
schon murmelt herüber verworrener Lärm.
Es gilt! Die Sporen dem Pferde,
der Leibgurt berührt fast die Erde.

Runter vom Gaule, wir sind am Ort
und stehn in Rauch und Qualm.
Das Feuer frißt gierig: das Kraut ist verdorrt,
vom Sommer vertrocknet der Halm.
Inmitten der dampfenden Pußta, o Graus,
lodert hell ein einzelnes Haus.
Und aus dem sengenden Schilfe
rufts markerschütternd um Hilfe.

Sechshundert Mann gruben den Graben breit
und geboten dem Feuer Haltein,
sechshundert Mann sind zum Retten bereit
und schauen verzweiflungvoll drein:
unmöglich ist es zum brennenden Haus
sich durchzukämpfen, vergeblicher Strauß,
denn kaum sind im Torfe die Sohlen,
so rösten sie schon wie Kohlen.

Das Schreien wird schwächer, dann hat es ein End,
das Haus ist abgebrannt.
In der Heide züngelt es, zischelt und brennt,
doch nur bis zum Grabenrand.
Im Osten zeigt sich ein purpurner Streif,
auf Ähren und Blumen und Gras fällt der Reif.
Und ruhig im alten Bogen
kommt die Sonne heraufgezogen.

Und nun heran! Wer hat es getan?
Wer weiß, wie das Feuer entstand?
Wer hat es entzündet mit flackerndem Span?
Nur heran, wer die Spuren fand.
Kein Junge hütete Gans oder Schaf,
die Heide lag gestern im Sonntagsschlaf.
Und wie noch die Frage besprochen,
da kommt was den Sandweg gekrochen.

Es humpelt heran ein kümmerlich Weib,
sie stützt sich schwer auf den Stock.
Viel Jahre drücken den alten Leib,
von Erde beschmutzt ist der Rock.
Das ist Wiebke Peters, und Wieb ist gefeit,
der gehörte die Kate! so ruft es und schreit.
Mit Jubel umringt sie die Menge,
doch Wieb wackelt aus dem Gedränge.

Und stellt sich grade vor mir auf,
und blinzelt hin übers Moor.
Und alle die Leute stehn zu Hauf,
ein gestikulierender Chor.
So wartet sie lange, ich laß ihr die Ruh,
zuweilen schließt sie die Augen zu.
Ich kanns vom Gesicht ihr schon lesen:
„Herr Hardesvogt, ich bins gewesen."

„Wiebke Peters, erzähle, was weißt du vom Brand,
wie kam das Feuer so schnell?"
Die Tränen fallen ihr auf die Hand,

ihr Schluchzen klingt wie Gebell.
Dann wieder lacht sie vor sich hin,
und ganz verwirrt scheint plötzlich ihr Sinn.
Und, wie nach genossener Rache,
läßt sie sich höhnisch aus zur Sache:

„Die Kate, in der ich geboren war,
die abgebrannt diese Nacht,
in der hatt ich an achtzig Jahr
mich mühsam durchs Leben gebracht.
Mein Mann starb früh; ein Sohn blieb nach,
der ließ mich im Stich, als ich krank war und schwach.
Oft hab ich ihm bittend geschrieben,
doch stets ist er weggeblieben.

Vergangnes Jahr endlich kehrt er zurück,
und fordert, ich solle hinaus
und dann, ein altes verbrauchtes Stück,
verwelken im Armenhaus.
Ich bat die Gerichte, die halfen mir auch;
im Schornstein zog wieder der einsame Rauch.
Da kam nochmals vor einigen Tagen
mein Sohn mit Weib und mit Wagen.

Und gestern, Herr, gestern um Mittagszeit,
ich konnte doch nichts dafür,
daß meinetwegen Zank und Streit,
sie warfen mich aus der Tür.
Ich schlug mir die alten Knochen wund,
und liegen blieb ich wien Hund.
Dann trieb mich ein heißes Verlangen,
und ich bin zu Nis Nissen gegangen.

Dort kauft ich Zündhölzer, Petroleum,
und ging aufs Feld hinaus.
Und als am Abend alles stumm,
schlich ich wie ne Füchsin ans Haus.
Ich horchte am Laden, an Ritz und Spalt;
daß alles im Schlafe, ich merkt es bald.



Und eh sie erwachten beide,
entzündete rings ich die Heide.

Vom Walde sah ich den Feuerschein,
es lachte mir das Herz.
Den Angstruf hört ich, das Hilfeschrein,
es lachte mir das Herz.
Und als die Kate zusammenschlug,
meine Seele zum Himmel ein Amen trug.
Das, Herr, ist meine Geschichte,
hier stell ich mich dem Gerichte."

DETLEV VON LILIENCRON

# Die Heideschenke

Ich zog durchs weite Ungarland;
Mein Herz fand seine Freude,
Als Dorf und Busch und Baum verschwand
Auf einer stillen Heide.

Die Heide war so still, so leer;
Am Abendhimmel zogen
Die Wolken hin, gewitterschwer,
Und leise Blitze flogen.

Da hört ich in der Ferne was,
In dunkler, meilenweiter;
Ich legte 's Ohr ans knappe Gras,
Mir war, als kämen Reiter.

Und als sie kamen näherwärts,
Begann der Grund zu zittern,
Stets banger, wie ein zages Herz
Bei nahenden Gewittern.

Her tobte nun ein Pferdehauf,
Von Hirten angetrieben
Zu rastlos wilden Sturmeslauf
Mit lauten Geißelhieben.

Der Rappe peitscht den Grund geschwind
Zurück mit starken Hufen,
Wirft aus dem Wege sich den Wind,
Hört nicht sein scheltend Rufen.

Gezwungen ist in strenge Haft
Des Wildfangs tolles Jagen,
Denn klammernd herrscht des Reiters Kraft,
Um seinen Bauch zu schlagen.

Sie flogen hin, woher mit Macht
Das Wetter kam gedrungen,
Verschwanden – ob die Wolkennacht
Mit einmal sie verschlungen?

Doch meint ich nun und immer noch
Zu hören und zu sehen
Der Hufe donnerndes Gepoch,
Der Mähnen schwarzes Wehen.

Die Wolken schienen Rosse mir,
Die eilend sich vermengten,
Des Himmels hallendes Revier
Im Donnerlauf durchsprengten?

Der Sturm, ein wackerer Rosseknecht,
Sein muntres Liedel singend,
Daß sich die Herde tummle recht,
Des Blitzes Geißel schwingend.

Schon rannten sich die Rosse heiß,
Matt ward der Hufe Klopfen,
Und auf die Heide sank ihr Schweiß
In schweren Regentropfen.

Die Dämmerung brach nun herein,
Mir winkt von fernen Hügeln
Herüber weißer Wände Schein,
Die Schritte zu beflügeln. –

Es schwieg der Sturm, das Wetter schwand,
Froh, daß es fortgezogen,
Sprang übers ganze Heideland
Der junge Regenbogen.

Die Hügel nahten allgemach;
Die Sonne wies im Sinken
Mir noch von Rohr das braune Dach,
Ließ hell die Fenster blinken.

Um Giebel tanzte, wie berauscht,
Des Weines grüner Zeiger;
Und als ich freudig hingelauscht,
Hört ich Gesang und Geiger.

Bald kehrt' ich ein und setzte mich
Allein mit meinem Kruge;
An mir vorüber drehte sich
Der Tanz in raschem Fluge.

Die Dirnen waren frisch und jung
und hatten schlanke Leiber,
Gar flink im Drehen, leicht im Sprung;
Die Burschen – waren Räuber.

Die Hände klatschten, und im Takt
Hell klirrt des Spornes Eisen;
Das Lied frohlocket und es klagt
Schwermütig kühne Weisen.

Ein Räuber singt: „Wir sind so frei,
So selig, meine Brüder!"
Am Jubeln seines Munds vorbei
Schleicht eine Thräne nieder.

Der Hauptmann sitzt, auf seinen Arm
Das braune Antlitz senkend;
Er scheint entrückt dem lauten Schwarm,
Wie an sein Schicksal denkend.

Das Feuer seiner Augen bricht
Hindurch die finstern Brauen,
Wie nachts im Wald der Flamme Licht
Durch Büsche ist zu schauen.

Wächst aber Sang und Sporngeklirr
Nun kühner den Genossen,
Seh ich das leere Weingeschirr
Ihn kräftig niederstoßen.

Ein Mädel sitzt an seiner Seit',
Scheint ihn als Kind zu ehren,
Und gerne hier der Fröhlichkeit
Des Tanzes zu entbehren.

Auf ihren Reizen ruht sein Blick
Mit innigem Behagen,
Zugleich auf seines Kinds Geschick
Mit heimlichem Beklagen. –

Stets wilder in die Seelen geigt
Nun die Zigeunerbande:
Der Freude süßes Rasen steigt
Laut auf zum höchsten Brande.

Und selbst des Hauptmanns Angesicht
Hat Freude überkommen; –
Da dacht ich an das Hochgericht,
Und ging hinaus, beklommen.

Die Heide war so still, so leer,
Am Himmel nur war Leben; –
Ich sah der Sterne strahlend Heer,
Des Mondes Völle schweben.

Er hörte nichts; da blieb er stehn,
Um in die hellen Sterne,
Um in den hellen Mond zu sehn,
Als möcht' er sagen gerne:

„O Mond im weißen Unschuldskleid,
Ihr Sterne dort unzählig!
In eurer stillen Sicherheit
Wie wandert ihr so selig!"

Er lauschte wieder – und er sprang
Und rief hinein zum Hause,
Und seiner Stimme Macht verschlang
Urplötzlich das Gebrause.

*Kriehuber: Nikolaus Lenau*

Und eh' das Herz mir dreimal schlug,
So saßen sie zu Pferde,
Und auf und davon im schnellsten Flug,
Daß rings erbebte die Erde.

Doch die Zigeuner blieben hier,
Die feurigen Gesellen,
Und spielten alte Lieder mir
Rakoczys, des Rebellen.

NIKOLAUS LENAU

# Die drei Zigeuner

Drei Zigeuner fand ich einmal
Liegen an einer Weide,
Als mein Fuhrwerk mit müder Qual
Schlich durch sandige Heide.

Hielt der Eine für sich allein
In den Händen die Fiedel,
Spielte, umglüht vom Abendschein,
Sich ein feuriges Liedel.

Hielt der Zweite die Pfeif' im Mund,
Blickte nach seinem Rauche,
Froh, als ob er vom Erdenrund
Nichts zum Glücke mehr brauche.

Und der Dritte behaglich schlief,
Und sein Zimbal am Baum hing,
Über die Saiten der Windhauch lief,
Über sein Herz ein Traum ging.

An den Kleidern trugen die Drei
Löcher und bunte Flicken,
Aber sie boten trotzig frei
Spott den Erdengeschicken.

Dreifach haben sie mir gezeigt,
Wenn das Leben uns nachtet,
Wie man's verraucht, verschläft, vergeigt,
Und es dreimal verachtet.

Nach den Zigeunern lang noch schau'n
Mußt' ich im Weiterfahren,
Nach den Gesichtern dunkelbraun,
Den schwarzlockigen Haaren.

NIKOLAUS LENAU

## Das rote Lied

Sechs heißblütige Hengste tosen
Über die Heide von Debreczin,
Sitzt ein Herzog der Franzosen
Stolz im goldnen Wagen drin.

Träumt aufs Haupt die Krone zu heben,
Flammt sein Antlitz lichterloh';
Von der Heimat mutigen Reben
Träumt der Herzog von Bordeaux.

Nachten die Wolken trüb und trüber,
Jagen die Hengste, stiebt der Sand,
Jagen an einer Schenke vorüber,
Einsam stehend im Heideland.

Aus dem Gehöft mit flatternder Mähne
Stürzen Zigeuner mit Weib und Kind:
Herr, du hoher, und nimmer wähne,
Daß wir Räuber und Mörder sind.

Redlich sind wir, fromme Christen;
Von den Händen in den Mund
Leben wir arm und still, und nisten
Heimatlos auf fremdem Grund.

Herre, befiehl, das Instrumente
Jauchzt dir ein Lied mit Macht und Macht,
Daß ein trotziger fremder Studente
Pfiff auf der Heide bei Nebel und Nacht.

Freudvoll und leidvoll hat er gepfiffen,
Herre, wir haben die Melodie
Flugs auf den Saiten nachgegriffen,
Noten lernt der Zigeuner nie.

War uns so bang an jenem Abend,
Jesus! und Niemand wußte warum?
Geister, keine Ruhe habend,
Schlichen um unsre Spreu herum.

Wünschten der Nacht des Adlers Schwingen,
Wünschten mit Schmerzen den Sonntag her.
Da wir wollten das Liedlein singen,
Hochrot, schön, wie keines mehr.

Da wirs spielten frisch in der Schenke,
Hat der Wirt mit den Gästen gezecht,
Rascher stieg ins Gehirn das Getränke,
Und ein Herre schien der Knecht.

Gnädig blickt er und nickt und winket,
Und sie geigen mit mächtigem Zug, –
Und er zittert, die Thräne blinket,
Tonlos ruft er: Genug – genug!

Und er schleudert die Münzen zur Erde,
Und es greifen die Rappen aus, –
Schaut die Bande mit banger Geberde
Fliegen und schwinden das goldene Haus.

Was ihn schmerzt? wer kann es wissen,
Was ein schönes Lied verbricht?
Daß es ein Fürstenherz zerrissen
Ahnen die kindlichen Seelen nicht.

Daß es den Ahn vom herrlichen Throne,
Freiheit predigend, trug zum Schaffot;
Daß es dem Ohm die teure Krone
Niedergewettert, ein Blitz von Gott;

Daß er selber ein flüchtiger König,
Gellt ihm „Allons enfants“ ins Ohr,
Singt auf den Heiden unkentönig
Ihm des Zigeuners Geige vor. –

*Valentin Ruths: Heidelandschaft*

Sechs heißblütige Hengste tosen
Über die Heide von Debreczin,
Sitzt ein Herzog der Franzosen
Traurig im goldenen Wagen drin.

KARL BECK

## Vorgeschichte

Kennst du die Blassen im Heideland,
mit blonden, flächsenen Haaren?
Mit Augen so klar, wie an Weihers Rand
die Blitze der Welle fahren?
O, sprich ein Gebet, inbrünstig, echt,
für die Seher der Nacht, das gequälte Geschlecht!

So klar die Lüfte, am Äther rein
träumt nicht die zarteste Flocke,
der Vollmond lagert den blauen Schein
auf des schlafenden Freiherrn Locke,
hernieder bohrend in kalter Kraft
die Vampyrzunge, des Strahles Schaft.

Der Schläfer stöhnt, ein Traum voll Not
scheint seine Sinne zu quälen,
es zuckt die Wimper, ein leises Rot
will über die Wange sich stehlen;
schau, wie er woget und rudert und fährt,
wie einer, so gegen den Strom sich wehrt.

Nun zuckt er auf, – ob ihm geträumt,
nicht kann er sich dessen entsinnen –
ihn fröstelt, fröstelt, ob's drinnen schäumt,
wie Fluten zum Strudel rinnen;
was ihn geängstet, er weiß es auch:
es war des Mondes giftiger Hauch.

O, Fluch der Heide, gleich Ahasver
unterm Nachtgestirne zu kreisen!
Wenn seiner Strahlen züngelndes Meer
aufbohret der Seele Schleusen,
und der Prophet, ein verzweifelnd' Wild,
kämpft gegen das mählich steigende Bild.

Im Mantel schaudernd mißt das Parkett
der Freiherr die Läng' und Breite,
und wo am Boden ein Schlimmer steht,
weitaus er beuget zur Seite,
er hat einen Willen, er hat eine Kraft,
die sollen nicht liegen in Blutes Haft.

Es will ihn krallen, es saugt ihn an,
wo Glanz die Scheiben umgleitet,
doch langsam weichend, Spann' um Spann',
wie ein wunder Edelhirsch schreitet,
in immer engerem Kreis gehetzt,
des Lagers Pfosten ergreift er zuletzt.

Da steht er keuchend, sinnt und sinnt,
die müde Seele zu laben,
denkt an sein liebes, einziges Kind,
seinen zarten, schwächlichen Knaben,
ob dessen Leben des Vaters Gebet
wie eine zitternde Flamme steht.

Hat er des Kleinen Stammbaum doch
gestellt an des Lagers Ende,
nach dem Abendkusse und Segen noch
drüber brünstig zu falten die Hände;
im Monde flimmernd das Pergament
zeigt Schild an Schilder, schier ohne End.

Rechtsab des eigenen Blutes Gezweig,
die alten freiherrlichen Wappen,
drei Rosen im Silberfelde bleich,
zwei Wölfe schildhaltende Knappen,

wo Ros' an Rose sich breitet und blüht,
wie überm Fürsten der Baldachin glüht,

Und links der milden Mutter Geschlecht,
der frommen in Grabeszellen,
wo Pfeil' an Pfeile, wie im Gefecht,
durch blaue Lüfte sich schnellen.
Der Freiherr seufzt, die Stirne gesenkt,
und – steht am Fenster, bevor er's denkt.

Gefangen! gefangen im kalten Strahl!
In dem Nebelnetze gefangen!
Und fest gedrückt an der Scheib Oval,
wie Tropfen am Glase hangen,
verfallen sein klares Nixenaug'
der Heidequal in des Mondes Hauch!

Welch' ein Gewimmel! – er muß es sehn,
ein Gemurmel! – er muß es hören,

*Annette von Droste-Hülshoff*

wie eine Säule, so muß er stehn,
kann sich nicht regen noch kehren.
Es summt im Hofe ein dunkler Hauf,
und einzelne Laute dringen herauf.

Hei! eine Fackel! Sie tanzt umher,
sich neigend, steigend in Bogen,
und nickend, zündend, ein Flammenheer
hat den weiten Estrich umzogen.
All schwarze Gestalten im Trauerflor
die Fackeln schwingen und halten empor.

Nun alle gereihet am Mauerrand,
der Freiherr kennet sie alle:
Der hat ihm so oft die Büchse gespannt,
der pflegte die Ross' im Stalle,
und der so lustig die Flasche leert,
den hat er siebenzehn Jahre genährt.

Nun auch der würdige Kastellan,
die breite Pleureuse am Hute,
den sieht er langsam schlurfend nahn,
wie eine gebrochene Rute;
noch deckt das Pflaster die dürre Hand,
versengt erst gestern an Herdes Brand.

Ha, nun das Roß! auf des Stalles Tür,
in schwarzem Behang und Flore ...
O , ist's Achill, das getreue Tier?
Oder ist's seines Knaben Medore?
Er starret, starrt und sieht nun auch,
wie es hinkt, vernagelt nach altem Brauch.

Entlang der Mauer das Musikchor,
in Krepp gehüllt die Posaunen,
haucht prüfend leise Kadenzen hervor,
wie träumende Winde raunen ...
Dann alles still. O Angst! O Qual!
Es tritt der Sarg aus des Schlosses Portal.

Wie prahlen die Wappen, farbig grell
am schwarzen Sammet der Decke!
Ha! Ros' an Rose, der Todesquell
hat gespritzet blutige Flecke!
Der Freiherr klammert das Gitter an:
„Die andere Seite!“ stöhnet er dann.

Da langsam wenden die Träger – blank
mit dem Monde die Schilder kosen.
„O“, – seufzt der Freiherr – „Gott sei Dank!
Kein Pfeil, kein Pfeil, nur Rosen!“*
Dann hat er die Lampe still entfacht
und schreibt sein Testament in der Nacht.

* Nach adligem Brauch schmücken die Wappen von Vater und Mutter den Sarg eines Kindes. Rosen und Pfeile würden hier dem schauenden Freiherrn also den Sarg seines Sohnes gezeigt haben; Rosen allein bezeichneten den eigenen.

ANNETTE VON DROSTE-HÜLSHOFF

## Die Heideschenke

In der alten Heideschenke
Gibt es Wein und viel Getränke,
Gibt es viel Getränk und Wein
Und ein Mädel schmuck und fein.

In der alten Heideschenke
Gibt es Streit oft und Gezänke,
gibt es viel Gezänk und Streit
Und auch eine schmucke Maid.

In die alte Heideschenke
Ich die Schritte oftmals lenke,
Trink' dort Wein und küß die Maid,
Deshalb all der Zank und Streit.

DEMETRIUS SCHRUTZ

# Reiseschatten

„Ich blickte hinaus auf die große Lüneburger Haide, die als häßlich so verschrieen ist. Herr Gott, wie die Leute doch reden! Ja sie reden, wie sie es sehen und verstehen. Jedes Sandkorn war ein blitzendes Granitstück; die langen Grashalme, die voll von Staub über den Weg hingen, waren die niedlichsten macadamisierten Wege für die kleinen Elfen; aus jedem Blatt schaute so ein kleines lächelndes Gesicht. Die Fichten sahen aus wie vollendete babylonische Thürme, da wimmelte es von Elfen von den niedrigsten breiten Aesten bis zu den hohen Spitzen ... Die ganz große Haide war eine Zauberwelt, voll von Wunderwerken. Wie künstlich war nicht jedes Blumenblatt gewebt! Welch eine Masse von Leben lag nicht in den grünen Fichtennadeln! Jeder Staubfaden hatte seine verschiedene Farbe und eigenthümliche Zusammensetzung, und welche Unendlichkeit in dem großen Himmel darüber!"

HANS CHRISTIAN ANDERSEN

## Der tapfere Turpin erzählt aus seinem Leben:

Einst ritt ich über die Hounslower Heide und erspähte vor mir einen Advokaten, der munter des Weges zog. Ich holte ihn ein und sprach ihn an: „Mein lieber Herr, sagt an, fürchtet Ihr Euch denn gar nicht vor dem schrecklichen Turpin, der hier sein Unwesen treibt? Ich selbst", fuhr ich fort, „habe keine Angst. Denn ich habe mein ganzes Geld in meinen Stiefeln versteckt, wo er sicherlich nichts vermuten wird." „Auch ich war schlau", meinte darauf der Advokat, „mein ganzes Geld ist sicher in meinem Umhang eingenäht."

So ritten wir gemeinsam weiter und kamen an der Poulter Mühle vorbei. Ich forderte ihn auf anzuhalten und rief: „Ich muß Euch leider von Eurem Umhang befreien, meine Stute braucht eine neue Satteldecke, also her damit!"

Der beraubte Advokat grämte sich sehr, war er doch nun seiner ganzen Habe beraubt und konnte sich nicht mehr herausreden.

Als ich ein andermal wieder auf Beute aus war, traf ich auf einen Steuereintreiber. Ich hielt ihn an und forderte sein Gold. Doch dieser Kerl erwiderte gelassen: „Solch dreistes Gebaren verlangt eine Abreibung, nur über meine Leiche wirst du Strolch mein Gold in die Finger bekommen."

Da blieb mir nichts anderes übrig, als ihn ohne Skrupel vom Pferd zu hauen und ihn – um sein Gold erleichtert – liegen zu lassen und weiterzureiten.

Tags darauf ritt ich über die Ebene nach Salisbury und begegnete unterwegs einem Lord Richter samt großem Gefolge. Ich ließ mich von seinen Mannen gar nicht beirren und ritt schnurstracks zu seiner Kutsche hin, wo ich den Richter in aller Ruhe ausraubte.

Einst schlich ein übler Geselle durch die Heide, der sich als Pilger ausgab, in Wahrheit jedoch all sein Gold unter seinem geflickten Umhang verbarg. Er bat mich bescheiden um eine milde Gabe. Ich erwiderte ihm: „Solltet Ihr die Wahrheit sprechen, so will ich Euch gerne freizügig geben, aber ich tat ein Gelübde – und das will ich halten –, alle Pilger gründlich zu prüfen, bevor ich spende!"

Und so durchsuchte ich die Taschen des Pilgers und siehe da, ich fand mehr als 800 Pfund in Goldstücken und Scheinen.

„Das Betteln ist wahrlich ein seltsam Handwerk", lachte ich ihn aus, „doch Ihr habt, scheint's, es recht weit gebracht. Doch da Ihr nur ein armer Pilger seid, kann dieses Geld Euch kaum gehören, drum behalte ich's als Finderlohn!", und weiter zog ich meines Weges.
Beim Diebstahl eines Gockelhahns hat man mich schließlich doch erwischt, und nun sitze ich im Kerker und beklage mein trauriges Los. Es heißt, man wird mich hängen, mich, Turpin, den letzten meines Schlages.
Ach wär' doch der verdammte Gockel niemals geschlüpft, so wäre ich ihnen nicht ins Netz gegangen. Wenn ich noch meine Freiheit hätte und durch die Berge streifen könnte; niemand im ganzen Königreich würde es wagen, sich mir entgegenzustellen! Ach, ich beraubte sie alle, ob alt ob jung, und nur selten müßte ich um die Beute kämpfen, vor nichts und niemanden hätte ich Angst und bin nun, ach je, selber gefangen.
Hoch am Galgen soll ich baumeln, und alles, was ich hinterlasse, ist ein dicker Strick – der Lohn dafür, daß ich den Gockel schoß –.

EINEM ENGLISCHEN RÄUBERLIED AUS DEM 18. JH.
NACHERZÄHLT VON MOMO SCHLENDER

# Im Herbst

*„Trügt mich mein Gedächtnis nicht, so brachte er damals eine Landschaft mit, die aus der Lüneburger Haide genommen war. Hatten wir uns gewöhnt, unter diesem geographischen Namen uns ein Stückchen Erde vorzustellen so trostlos, öde und schauerlich, daß wir es für unmenschlich gehalten haben würden, dort eine Verbrecherkolonie anzulegen, so überraschte uns dieses Bild… mit seiner bei aller Einfachheit glänzenden und harmonischen Farbenpracht, der Mannigfaltigkeit der in der weiten Ebene sich kreuzenden und in die Ferne lockenden Linien, und vor allem mit der von reizenden Wolkenbildungen belebten Atmosphäre derart, daß vielen von uns ein bis dahin unbeachteter Reichtum von Naturschönheit aufgeschlossen wurde, den wir nur in Felsenschluchten, bei Wasserfällen, im schneeigen eisigen Hochgebirge aufgehäuft glaubten … Wo Tausende teilnahmlos vorübergingen, da sah er eine Fülle von Schönheit, und gerade die anspruchlosesten Stellen in der Landschaft schlossen ihm entzükkende Reize auf."*

ALFRED LICHTWARK

*Herbst (Radierung)*

## Spätherbst

Der graue Nebel tropft so still
Herab auf Feld und Wald und Heide,
Als ob der Himmel weinen will
In übergroßem Leide.

Die Blumen wollen nicht mehr blühn,
Die Vögel schweigen in den Hainen,
Es starb sogar das letzte Grün;
Was sollt' er da nicht weinen.

HERMANN ALLMERS

# Ein Herbstausflug nach Zeven und Heeslingen

Ich sehe es noch vor mir, das mitleidsvolle Lächeln am Honoratiorentisch eines thüringischen Gasthofes, als ich den würdigen Stammgästen, dem Kantor, dem Förster, dem Postverwalter und den andern Anwesenden von den Schönheiten der Lüneburger Heide sprach, ihrer ergreifenden Einsamkeit, ihren Oasen, ihrem rosenroten Schimmer, der eigentümlichen Stimmung, die über ihr lagert und die der nimmer vergißt, der sie andächtig durchwandert; war doch der Kantor in diesem Falle „Sachverständiger“, denn er hatte einmal vor Jahren die Eisenbahn von Hannover nach Hamburg benutzt und dabei die verrufene Öde des deutschen Nordwestens durchquert. Alles lachte laut auf, als er, mich verhöhnend, sprach, daß ihn dorthin in seinem Leben keine Macht der Erde wieder brächte, „nicht um Venedig!“ Der gute Mann hatte Recht, denn was können die, welche im Dampfwagen durchs Land fliegen, von den Wundern und Reizen der Heide erfahren. Aber wir Schwärmer für die Heide und alle die Heidedichter, Heidemaler und Heidetouristen, wir haben auch recht, wenn wir die Fahrten, die wir durch die Heide unternehmen, zu den schönsten, wunderbarsten, unvergeßlichsten rechnen, die wir auf der weiten Gotteserde ausführen können.

„Heidemaler, Heidedichter, Heidetouristen?“ Ja! Von den beiden ersteren giebt es heutzutage Dutzende, von den letzteren ungezählte. Ganze Malerkolonien entstehen zur Sommerzeit in der Lüneburger Heide, die nach dem Vorbilde von Eugen Bracht, Werner Schuch, Paul Köster, Irmer u. a. Motive aus der Heide benutzen. Und wieviel Dichter die Heide besungen haben, beweist am besten die stattliche Sammlung „Die Heide“ von August Freudenthal, dem „Heidedichter“, wie ihn zuerst Hermann Allmers mit dem besten Ehrennamen benannt hat. Ja, manchem mag es überraschend klingen: keine Gegend Deutschlands, kein Gebirge, kein Fluß, den „heiligen Strom“ mit einbegriffen, ist in so vielen Liedern besungen worden, wie die verlästerte, geschmähte Heide. Man lese nur die genannte Gedichtsammlung von Freudenthal nach, und man wird staunen, mit welch inniger Liebe, ja, mit welcher Verzückung

deutsche Dichter von dem schmucklosen Kinde des deutschen Landes, von der Heide, reden und singen. August Freudenthal hat auf vielen Fahrten die Lüneburger Heide, deren Kind er ist, durchstreift, davon geben seine drei Bände „Heidefahrten" Zeugnis, Bücher, in denen er die Lande zwischen Weser, Aller und Elbe nach den verschiedensten Seiten schildert. Sein Stoff ist förmlich unerschöpflich, denn eine ganze Reihe von Gegenden hat er noch nicht beschrieben. Im letzten Herbst plante er einen Ausflug in das Land nördlich von Rotenburg an der Wümme, eine Heidefahrt in großem Stile. Ich wurde dazu eingeladen und an einem Sonnabend Abend trafen am Bahnhof in Bremen zunächst fünf Teilnehmer der Fahrt zusammen, darunter als Ehrengast der Marschendichter Hermann Allmers, der ja auch ein erster Kenner der landschaftlichen Schönheiten der Heide ist: es sei nur an sein Gedicht „Heidenacht" erinnert. Aus dem Lichtmeer, das die Wartesäle des Bremer Bahnhofs durchflutet, ging es hinaus in die dunkle Nacht. Unser erstes Ziel war Rotenburg. Hier empfing uns am Bahnhof Friedrich Tewes, der Konservator der vorgeschichtlichen Altertümer zu Hannover, und so hatten wir einen neuen Sachverständigen für unsere Fahrt gefunden, einen Mann der Wissenschaft, dessen Buch „Unsere Vorzeit" für die Altertumsforschung höchst wertvoll ist.

Nach fröhlicher Begrüßung kletterten wir Nachts halb zehn in die mächtige Kutsche. Es war ein Möbel aus der „guten alten Zeit", mit erinnerte es lebhaft an die humoristischen Schilderungen, die der Spötter W. H. Saphir seinerzeit von der sächsischen Postbeichaise entworfen hat, die er ein „erhabenes Marterinstrument menschlicher Gebeine, holperndes, enggleisiges, weithin klapperndes, beinverrenkendes, rippenzerschmetterndes Kleinod postamtlicher Geister, vierte Grazie, zehnte Muse, achtes Wunderwerk der Welt, Beinhaus der Lebendigen, knochen- und nüsseknackendes Wesen der Vorwelt" nennt. Ein Spötter aus unserm Kreise nannte unser Fuhrwerk die *Deadwood coach* und behauptete, es sei dieselbe, die vor einigen Jahren Buffalo Bill bei seinen Vorführungen von „Wild West" benutzt habe, wenn der Überfall der Indianer auf die alte Postkutsche der Prärie gezeigt worden sei. Nun, unsere Buffalo-Bill-Kutsche hat gut ausgehalten und der alte Kasten, in dem vielleicht schon in der vorgeschichtlichen Zeit die Recken der Longobarden durch die Heide kutschirten, hat fröhlichere Menschen wohl kaum beherbergt, als wir es waren, die wir nun von Nachts 10 bis 1 Uhr nach Zeven, etwa 25 Kilometer nordwärts von Rotenburg fuhren. Die Heidenacht umfing uns. Es war echtes Herbstwetter. Dunkle Wolken verschleierten zuweilen den Mond. Mit uns fuhr, behaglich in einer Ecke lehnend, der greise Dichter, der einst das Lied gesungen:

Wenn trüb das verlöschende letzte Rot
Herschimmert über die Heide,
Wenn sie liegt so still, so schwarz und tot,
So weit du nur schauest, die Heide,
Wenn der Mond steigt auf und mit bleichem Schein
Erhellt den granitnen Hünenstein,
Und der Nachtwind seufzt und flüstert darein
Auf der Heide, der stillen Heide. –

Das ist die Zeit, dann mußt du gehn
Ganz einsam über die Heide,
Mußt achten still auf des Nachtwinds Wehn
Und des Mondes Licht auf der Heide:
Was nie du vernahmst durch Menschenmund,

Uraltes Geheimnis, es wird dir kund,
Es durchschauert dich tief in der Seele Grund
Auf der Heide, der stillen Heide!

Gewiß wird nur der den Zauber der Heide-Einsamkeit ganz empfinden können, der allein ist, aber auch wir waren, nachdem der Scherz sein Recht gehabt, ergriffen von der Nachtfahrt durch die stillen, einsamen Lande. Wenn zuweilen am Wege ein Haus auftauchte, so blickten wir in dunkle Fenster. Auch das Wirtshaus, in dem wir zu Mulmshorn auf der Hälfte des Weges kurze Rast machen wollten, war längst geschlossen, aber der junge Wirtssohn, der wieder aus den Federn mußte, blickte doch schließlich recht vergnügt darein, als er zu ungewohnter Zeit eine so zahlreiche Reisegesellschaft Einkehr halten sah. In aller Eile unseres so kurz bemessenen Aufenthalts erfuhr ich von ihm, daß auch er draußen in der Welt gewesen sein, in Straßburg bei den Ulanen. Hell leuchteten seine Augen auf, als ich ihm sagte, daß ich vor kurzem dort im Elsaß und auch in Straßburg frohe Tage gefeiert – ein herzlicher Händedruck und die stille Heide nahm uns wieder auf.
Kurz vor Ablauf der Mitternachtsstunde holte uns vor Zeven die kaiserliche Post ein. Wie Klänge aus der Jugendzeit, die längst verhallt, tönte das wehmütige Lied des Postillons durch die stille Nacht in die weite Heide hinein. Aber nicht lange durften wir lauschen, unser Kutscher wollte zeigen, daß er der Post doch „über“ sei, und wie mit Donnergepolter rasselten wir in unserer Buffalo-Bill-Kutsche nach Zeven hinein, sodaß wohl mancher müde Schläfer dort aus seinen Träumen emporgeschreckt ist und angstvoll nach der Ursache der wilden Fahrt gefragt hat.
Vor dem Groteschen Gasthofe wurde halt gemacht und hier empfingen uns zwei weitere Teilnehmer der Heidetour: Friedrich Freudenthal, der Bruder des Anregers der Fahrt, früher Bürgermeister in Soltau, jetzt Gemeindevorsteher in Fintel, einem Orte ostwärts von Rotenburg, bekannt als plattdeutscher Dichter, dem wir treffliche Erzählungen, „Bin Füer“, „In de Fierabendstied“, und „Sonderlinge und Vagabunden“ verdanken, und Johannes Müller, der für den nächsten Tag der Leiter der sämtlichen Vorführungen sein sollte. Er ist noch verhältnismäßig jung, aber der beste Kenner des Kreises Zeven. Einen

begeisterteren Sammler und Forscher für die Altertümer der alten Herzogtümer Bremen und Verden dürfte es nicht geben. Nachdem er der Tischlerei entsagt, widmete er sich mit Eifer der Erforschung seiner Heimatlande. Durch den bereits erwähnten Konservator Fr. Tewes, unsern Reisegefährten, und den Archäologen Professor Rautenberg in Hamburg in die Kenntnis der vorgeschichtlichen Altertümer eingeführt, entfaltete er als Aufseher und Hülfsarbeiter an der vorgeschichtlichen Abteilung des Provinzial-Museums zu Hannover und in einer ähnlichen Stellung in Hamburg eine vielseitige Thätigkeit. Er kann tischlern, photographieren, in Zink ätzen, Gypsmodelle herstellen, zeichnen, weiß die bei Ausgrabungen zerstörten Altertümer trefflich zusammenzustellen und ist daneben als Schriftsteller thätig. Bereits in seinem zwanzigsten Jahre veröffentlichte er: „Die vorgeschichtlichen Begräbnisorte auf hannoverschem Boden und die Perioden unserer Vorzeit.“ Seit dieser Zeit hat er in verschiedenen Zeitschriften noch viel geschrieben über die Geschichte seiner Heimat. Mit Leib und Seele widmet er sich dem Dienste der Erforschung Niedersachsens. Im vorletzten Sommer bereiste er die Provinz Hannover, um für das Bremer Museum Ausmessungen und Aufnahmen der bedeutendsten Steindenkmäler herzustellen. Seine photographischen Aufnah-

men der interessantesten Gegenden Niedersachsens, namentlich aus dem Kreise Zeven, verdienen die weiteste Verbreitung. Unter so sachkundiger Führung, wie sie Johannes Müller uns bot, durften wir Heidefahrer dem nächsten Tage ruhig entgegensehen.
Bei dem Eintreten in die Gaststube unserer Herberge, die trotz der vorgerückten Stunde uns zu Ehren festlich erleuchtet war, fiel uns und besonders Allmers, dem Verfasser der berühmten „Römischen Schlendertage“, der Schmuck der Wände auf. Hier, in einem weltabgelegenen Heideorte, prangten an den Wänden Abbildungen aus Italien und namentlich aus Rom und Venedig. Der Wirt hatte vor einigen Jahren Italien bereist, ein Umstand, der mich hinsichtlich der Güte des Gasthofes beruhigte. Wir haben denn auch für die Nacht und für den Sonntagmorgen die trefflichste Verpflegung gefunden. Es wäre dies nicht besonders hervorzuheben, wenn nicht auch über diese Dinge bei den Leuten „hinter den Bergen und auf den Bergen“ noch die albernsten Vorurteile herrschten, als ob man in der Heide in Gastwirtschaften „verraten und verkauft“ sei.
Am Sonntag Morgen in aller Herrgottsfrühe versammelten wir uns, um Zeven unter Führung unseres Müller zu besichtigen, dessen Broschüre „Führer durch Zeven“ uns gute Dienste leistete. Die längste Zeit widmeten wir der in der Mitte des zwölften Jahrhunderts erbauten Kirche, einer der schönsten Kreuzkirchen in ganz Hannoverland, und nun konnten unsere Sachverständigen bei der Besichtigung der Altertümer schwärmen. Aber auch die andern Merkwürdigkeiten des mit manchen originellen Reizen ausgestatteten Ortes wurden aufgesucht, so die Reste des alten Klostergebäudes, der alte Weidenbaum im Landratsgarten, dem ehemaligen Klostergarten, das Gehölz an den Ufern der Medem, das sogenannte Königin-Christinenhaus, in dem Christine von Schweden, die Tochter Gustav Adolfs, eine Zeitlang wohnte, die Stelle, wo früher der „Pingelbaum“ stand, eine mächtige Eiche, unter der man einst Gericht hielt und wo am 1. September 1757 die „Konvention von Zeven“ zwischen England und Frankreich abgeschlossen wurde. Ein Teil unseres Programms mußte leider ausfallen: die Besichtigung eines Bildes, das kein geringerer, als Ludwig Bokelmann, der berühmte Meister aus der Düsseldorfer Schule, kurz vorher in

dem nicht weit von Zeven entfernten Heideorte Selsingen gemalt hatte. Professor Bokelmann war kurz vorher abgereist und hatte sein Kleinod mitgenommen. Es stellt die „Austeilung des heiligen Abendmahls in der Kirche zu Selsingen“ dar. Selsinger Mädchen und der Pastor des Ortes haben Modell gestanden. Die Figuren sind so gestellt, daß die dort üblichen Trachten von allen Seiten zur Geltung kommen.*)

Durften wir auch dieses neue Werk der Kunst nicht schauen, so bot im übrigen doch der Tag eine Überraschung nach der andern. Wir fuhren bei scharfem Herbstwinde nach Brauel, der Heimat unsers Führers. In einem kleinen Eichenhaine versteckt liegen, genau noch wie vor langen Jahrhunderten, die Besitzungen der Bewohner. Auch das romantisch-ärmliche Schulhaus des kleinen Dorfes ist ganz so eingerichtet wie ein kleines Bauernhaus. Hier wohnen die Eltern und Geschwister von Johannes Müller, hier hat er die originellen Schätze aufgestapelt, die er bei seinen Forschungen in der Heide und anderorts gefunden hat. Zu rühmen war die Gastfreundschaft, die uns, getreu der Sitte der alten Niedersachsen, die bescheidene Lehrerwohnung bot. Obwohl es noch früh am Morgen war, wurden wir mit vorzüglichem Buchweizenpfannkuchen, der Fest- und Lieblingsspeise der Heidebewohner, und mit Kaffee bewirtet, und die Poesie fehlte auch hier nicht: bei jedem Gedeck lag ein Heidestrauß für die Gäste, ein Schmuck, wie er mich mehr erfreut hat, als alle die stolzen Blumenspenden bei vornehmen Gastmählern. Nach gethanem Werke am Buchweizenpfannkuchen rückte Johannes Müller mit seinem Plane heraus: in der Schrift der alten Urkunden hatte er auf Pergament die Statuten eines niedersächsischen Heimatbundes entworfen, die nun zur Verlesung kamen. Die Ansichten und Ziele fanden allgemeine Billigung, aber nach trefflichen Auseinandersetzungen von Friedrich Tewes verzichtete man auf die Gründung eines Vereins, beschloß aber, daß die früher von August Freudenthal herausgegebene Wochenschrift „Der Niedersachse“ baldmöglichst wieder erscheinen sollte, und alle versammelten Heidefahrer erklärten begeistert, die der Heimatkunde des deutschen

*) Leider ist dieser bedeutende Künstler inzwischen infolge eines unglücklichen Sturzes im Frühjahr 1801 zu Berlin verstorben. D.V.

Nordwestens dienende Zeitschrift nach besten Kräften fördern zu wollen. Dann schritt man zur Besichtigung des Museums von Johannes Müller, denn mit diesem stolzen Namen kann man die achthundert Nummern zählende Sammlung wohl bezeichnen, in der sich etwa dreihundert vorgeschichtliche Altertümer vorfinden. In einem Stammbuche, in dem schon viele berühmte Namen standen, wurde die beabsichtigte Neugründung des „Niedersachsen" verewigt, und dann ging es einem neuen Ziele entgegen.

An dem großen Hügelgräberfelde von Offensen vorbei, fuhren wir, die mit Erlengebüsch eingesäumte Oste immer rechts lassend, auf einem echten Heidewege nach Heeslingen. Hier weht über die Heide der Hauch wunderbar ergreifender Romantik, hier mahnen uns die ungezählten stummen Zeichen aus altersgrauer Vorzeit an die vielen für immer verschleierten Geheimnisse, die unter dem Rasen, unter dem granitnen Hünenstein begraben liegen, hier erinnert uns, wie Allmers in seinen „Römischen Schlendertagen" näher ausführt und wie er jetzt in anregendem Gespräche weiter begründete, die Landschaft mit ihrer eigentümlichen Bodenplastik, ihrem schwermütigen Charakter, ihrem düstern Schweigen, mit ihrer den Wanderer so seltsam berührenden Gesamtstimmung und mit ihren tausenderlei Einzelheiten an die Campagna, nur daß dort natürlich alles sonniger, farbenprächtiger und auf freundlichere Töne gestimmt ist. „Die braune Heide ist die Campagna-Elegie ins reckenhaft Nordische übersetzt." Nach Heeslingen kamen wir grade noch zur rechten Zeit, um bei günstigster Gelegenheit die alten Volkstrachten im dortigen Kirchspiel bewundern zu können. Der Gottesdienst war eben beendet; auf allen Wegen und Stegen zogen die Landleute in ihrer originellen Sonntagskleidung heimwärts. Reizend war der Anblick, wie in den üppiggrünen Erlengebüschen, im Vordergrunde das Braun der Heide, das leuchtende Rot der Frauenröcke hindurchschimmerte, deren Trägerinnen am Bache dahinwanderten. Heeslingen, einst ein altes Kloster, ist sowohl für den Altertumskundigen als auch für den Freund landschaftlicher Schönheiten eine wahre Perle der bremischen Heide. Unter Führung des liebenswürdigen Ortspfarrers wurde die uralte St. Viti-Kirche, die älteste Nordwestdeutschlands, besichtigt und auch der Pfarrgarten, um den manche in gepriesenen Gegenden wohnende Geistliche ihren Kollegen in der Heide beneiden könnten. Traulich umfriedet von dem an den Hügeln grünenden Walde liegt er da, umflossen von der unter Erlengebüsch murmelnden Oste. Auch hier im Heeslinger Pfarrhause offenbarte sich für uns die altbewährte Gastfreundschaft der Heidebewohner, die unserm Allmers zu einem poetischen Segenswunsch Veranlassung gab.

Auf der Straße nach dem ziemlich bedeutenden Kirchdorf Sittensen, die nun eingeschlagen wurde, zeigte sich nach Westen zu das Weite, Unbegrenzte der Heide in voller Größe, und darüber schwebten am blauen Himmel die weißen, voll von der Sonne beleuchteten Wolken, ein Bild, das in seiner strahlenden Helligkeit, mit seinen wunderbaren Lichtreflexen, mit seiner wohlthuenden, die Brust weit machenden Wärme den schärfsten Gegensatz zu der düsteren Heidenacht darbot, die wir kurze Stunden vorher durchlebt. Die Heide im milden Sonnenschein, wer hat diese eigenartige Poesie tiefer erfaßt, als der unvergeßliche Theodor Storm in seinem: „Es ist so still, die Heide liegt im warmen Mittagssonnenstrahle, ein rosenroter Schimmer fliegt um ihre alten Gräbermale!" – Nur einmal wird am Wege von Heeslingen nach Sittensen die Eintönigkeit unterbrochen, vom Mühlteich in Osterheeslingen, nach dem ich mich, da es hier auf unsrer Fahrt hieß: „Kaum gegrüßt – gemieden!", zurücksehne wie nach einem rasch entschwundenen Glücke. Hier möchte ich einmal in einer Vollmondnacht weilen! In Sittensen, dessen Merkwürdigkeiten wir nicht mehr besichtigen konnten – auch die von unserm Führer geplante Vorstellung eines jungen Mädchens in einheimischer Brauttracht und die Besichtigung der benachbarten Elsdorfer alten Kirche mit ihrem berühmten Abendmahlskelche mußten unterbleiben –, hielten wir Rast. Der Hauptförderer der Fahrt wurde hier in kurzen, aber wohlgemeinten Trinksprüchen ehrend gedacht. Der „offizielle" Teil der Heidefahrt hatte ein Ende. Man trennte sich in die Lande. Allmers und unser ausgezeichneter Führer blieben noch für einige Tage in der Heide, weshalb wir andern sie nicht wenig beneideten.

Wir andern mußten noch am selben Abend nach unsern Wohnorten zurück. Da galt es zunächst, die etwa 15 Kilometer von Sittensen entfernte Bahnstation Scheeßel an der Hamburg-

Bremer Bahn zu erreichen. Die Dämmerung brach herein, wunderbar war das Farbenspiel, das die untergehende Sonne über die braunen Heideflächen ausbreitete. Im Westen leuchtete der letzte Schimmer des Abendrotes und darüber zog geisterhaft der Mond herauf. „Es ist, als wandle die Riesin Sage in wallendem Königsmantel, in der Hand das funkelnde Schwert, auf dem Haupte die blitzende Krone, über die Heide und rühre die Gräber an und wecke die schlafenden Hünen, daß sie aufstehen und das Nebelroß besteigen und zu Speer und Streitaxt greifen."
Dieses Wort von Masius, dem großen Meister der Heideschilderung, kommt mir in den Sinn, und alle Schönheiten, die er in seinem Gemälde von der Abenddämmerung in der Heide so sinnbestrickend hinzuzaubern weiß, hier sah ich sie in greifbarer Gestalt vor leibhaftigen Augen. –

So gut Friedrich Freudenthal, der plattdeutsche Heidepoet, in seinen Dichtungen erzählt, so trefflich versteht er es auch im mündlichen Verkehr. Er, ein Ritter des eisernen Kreuzes, hat aber auch in seinen jungen Jahren auf den Schlachtfeldern von Langensalza und Gravelotte etwas erlebt! Seine interessanten Schilderungen kürzten uns die Zeit in unserer *Deadwood Coach.*
Von Scheeßel aus, das wir glücklich kurz vor Ankunft unseres Zuges erreichten, mußte unser Erzähler noch zwei Stunden bei Nacht und Nebel zu Fuß nach seinem Heimatdorfe Fintel wandern, aber so etwas ficht einen kernigen Sohn der Heide nicht an, selbst wenn er, wie Friedrich Freudenthal, seit 1870 eine Chassepotkugel im rechten Bein trägt.

Wir andern hatten im Eisenbahnwagen Muße, noch einmal all die wechselnden Bilder unserer Reise im Geist vorüberziehen zu lassen. Wohl sagt man, daß nur der, welcher von Jugend auf mit dem eigenartig wunderbaren Zauber der Heide vertraut sei, ihre Poesie ganz verstehen könne. Wie kommt es aber, daß Menschen, wie ich, die diese Landschaften im späteren Alter kennen lernten, von Heidefahrten immer im innersten Herzen ergriffen und erfüllt sind von einer wehmütig-süßen Stimmung, von einer Weihe, einem stillen Genießen, einem milden Verklären, wie es manche echte Söhne der Heide kaum an sich erleben und kaum in solchem Maße nachfühlen können?

DR. LUDWIG BRÄUTIGAM

## O säh' ich auf der Heide dort …

O säh' ich auf der Heide dort,
Im Sturme dich, im Sturme dich,
Mit meinem Mantel vor dem Sturm
Beschützt' ich dich, beschützt' ich dich!
O wär' mit seinen Stürmen dir
Das Unglück nah, das Unglück nah,
Dann wär' dies Herz dein Zufluchtsort;
Gern teilt' ich ja, gern teilt' ich ja.

O wär' ich in der Wüste, die
So braun und dürr, so braun und dürr,
Zum Paradiese würde sie,
Wärst du bei mir, wärst du bei mir!
Und wär' ein König ich, und wär'
Die Erde mein, die Erde mein,
Du wärst an meiner Krone doch
Der schönste Stein, der schönste Stein.

NACH ROBERT BURNS
(FREILIGRATH)

# Meiers Hinnerk

Grad ausgestreckt in der Ebene und Hof an Hof lag das alte, friedliche Dorf; die Häuser mit Stroh gedeckt. Und jedes Haus hatte rückwärts sein Gärtchen und hinter jedem Gärtchen sein Ackerfeld, und durch jedes Feld ging ein Grasweg, ein breiter, nach der heckenumgrenzten Wiese, und hinter sämtlichen Wiesen stand der hohe, schattige Wald.
Es war ein heiterer Tag zu Anfang des Herbstes, wenn durch die Luft schon die silbernen Mettken schweben. Aus allen Gehöften, wie nachmittags gewöhnlich, kamen die kleinen Hirten und Hirtinnen mit ihren Kühen.
Auch Meiers Hinnerk hatte zwei, eine schwarze und eine braune, am Strick, um sie, zunächst den Grasweg beweidend, allmählich der Wiese entgegen zu führen. Zwölf Jahre war er alt, flachshaarig und wohlgenährt. Längst war ihm die verblaßte leinene Hose zu eng und zu kurz geworden. Hinten drauf, einander gegenüber, gleich einer blauen Brille, saßen sogar schon, zu seinem Verdruß, zwei zirkelrunde dunklere Flicken: ein Werk der nehrigen Mutter, die immer behaupten wollte, in alten Hosen sähen Jungens am strammsten und gesundesten aus.
Gelehrsamkeit war Hinnerk sein Fall nicht. Dennoch, während die beschränkten Tiere am Boden ihr Futter suchten, zog er sofort seinen Katechismus aus der zugeknöpften Jacke hervor. Mit helltönender Stimme, in steter Wiederholung, prägte er die Aufgabe für den folgenden Schultag in den widerspenstigen Schädel. Seine Kollegen im Felde, weithin vernehmlich, übten dieselbe Lektion. Sie wußten warum. Küster Bokelmann, der Meister der Schule, besaß einen kniffigen Rohrstock, der die schlummernden Seelenkräfte, selbst im voraus, vorzüglich zu ermuntern verstand.
Nachdem das dringende Geschäft der Bildung des Geistes somit glücklich erledigt war, widmete sich unser Hinnerk einer mehr freien, gemütvollen Tätigkeit. Auf dem Rücken der schwarzen Muhkuh, an geeigneter Stelle, begann er Haare zu zupfen und bildete so auf der entblößten Haut ein großes lateinisches L. Hierbei, sinnig vertieft, sang er leise den Namen Lina vor sich hin, indem er auf dem i besonders lange quinquilierend verweilte.

Mittlerweile hatte er die Wiese erreicht, schloß das Tor, nahm den Kühen den Strick ab und ließ sie grasen nach Belieben.
Wo ein Kuhjunge hütet, muß natürlich ein Feuer sein. An sich schon dem Auge ergötzlich, bei kühlem Wetter auch willkommen der Wärme wegen, ist es geradezu unentbehrlich für das Braten der Kartoffeln.
Demnach vor allen Dingen sammelte Hinnerk seine Spricker und brach dürre Knüppel aus der Hecke. Da es zurzeit noch keine Reibhölzchen gab, mußte er erst emsig pinken, bis an den Zunder der richtige Funken sprang. Einen Topp Hede hatte er mitgebracht. In ihn ward der glimmende Schwamm gehüllt, durch Weifen und Pusten die Flamme entfacht, zunächst dünnes, dann dickes Holz regelrecht darüber geschichtet, und hochauf loderte bald ein erfreulicher Scheiterhaufen.
Beiseit, schon früher aus Zweigen und Plaggen erbaut, stand Hinnerks zwar enge, doch trauliche Hütte. Aus dieser entnahm er das von ihm selber geflochtene Weidenkörbchen, begab sich ins Feld hinaus und kehrte zurück mit zwei Dutzend der dicksten Kartoffeln und fünf jungen Mäusen, die er beizu im Neste erwischt und getötet hatte. „Dat sind fief fette Happen vär use Kättken terhus“, dachte er schmunzelnd.
Noch waren zum Einlegen der rötlichen Knollen nicht Kohlen genug reif. Infolgedessen kriegte Hinnerk sein Messer heraus;

ein wertvolles Werkzeug; für drei Mariengroschen hat's ihm der gute Vater gekauft auf dem Markt in der Stadt. Das kleine Öhr am Heft, um's mit einer Schnur an der Hosentasche zu befestigen, war übrigens eine Sicherheitsvorrichtung, die Hinnerk verschmähte. Er flötete, prüfte am Daumen die Schneide, fällte eine stattliche Doldenpflanze und verfertigte aus ihren hohlen Stengeln ein niedliches Schmökepfeifchen; denn sich täglich ein wenig im Rauchen zu üben, hielt er für nötig, und was den Tabak betrifft, so schien ihm recht trockenes Haselnußlaub für den Anfang nicht übel.

Sein gestopftes Pfeifchen zu entzünden, näherte sich Hinnerk der Feuerstätte.

„Hutt bäh!" rief eine Mädchenstimme, und Nachbars Gretliesche, ein munteres, hübsches, rothaariges Kind von elf Jahren, kroch durch ein Loch in der Hecke.

„Wat wutt du denn hier?" fragte Hinnerk sehr kühl.

„Helpen!" erwiderte sie kurz und keck. Ohne weiteres legte sie die Kartoffeln ins Feuer, hielt dem Hinnerk einen glühenden Span auf die Pfeife, setzte sich aufs Rasenbänkchen in der Hütte und lud ihn ein, zu ihren Füßen sich niederzulassen, wozu er sich nach einigem Zögern auch wirklich entschloß.

Liebkosend nahm sie ihn beim Kopf und unterzog denselben alsbald einer genauen Besichtigung.

„Eck finne jo nix!" rief sie enttäuscht.

„Dat löw eck woll", meinte er, „hat gistern use Grotmeuhme all e knicket."

Aber Gretliesche, ganz leise, leise, krabbelte weiter im Haar. Ein wonniges Rieseln lief ihm den Rücken hinunter. Die Pfeife entsank seiner Hand, die Augen schlossen sich bald. In solch einem dämmerigen Zustande sagt der Mensch manches, was er sonst wohl verschwiegen hätte.

„Segg eis, Hinnerk", fragte sie behutsam, „hast e denn ok all 'ne Brut?"

„Swarte Haare hat se und glinsterswarte Ogen un" – er stockte.

„Oh, nu weet eck et all!" rief Gretliesche. „Kösters Line is et. De is jo tein Jahre öller ans du."

„Dat deit nix", sagte er, „und wenn se ok dusend Jahr öller is."

„Ja", meinte Gresliesche dagegen, „wenn man Verwalter Klütke met sinen langen Snurrbart nich wöre."

„Den Keerl sla eck dot!" rief er heftig.
„Un denn komet se her un hänget di upp!" entgegnete sie.
„Erst hebben!" lachte er. „De längeste Mettwost hal eck un lope weg un verstäke mi baben in der Schüne int Hei."
„Oh, wat'n Nare!" Mit diesen Worten gab ihm die Gretliesche einen verächtlichen Schubbs und sprang aus der Hütte.
„Kiek na den Kartuffeln!" rief Hinnerk ihr nach.
„Do et sülbenst!" Und weg war sie durch die Hecke.
Er versuchte auszuspucken. Es ging aber nicht recht.
„Van den Smöken werd'n ok so dröge in'n Halse", murmelte er in sich hinein.
Eben graste die rote Kuh mit dem strotzenden Euter vorüber. Er strich ihr sanft über den Rücken.
„Woha!" Das gute Tier stand still. Dicht hinter ihr setzte er sich in die Hurke, zog eine Zitze zu sich her und melkte einige Spritzer in den weit geöffneten Mund, daß es strullte.
Im selben Augenblick – so war es vorher bestimmt im Laufe der Dinge – hob die Kuh ihren Schwanz, indem sie ihn des größeren Nachdrucks wegen zugleich schraubenförmig verkrümmte; nicht ohne warmen Erfolg.
„Hahaha, dat is di jüst recht!" lachte und rief wer von seitwärts herüber. Oben in einer hainbuchenen Hucht saß die Gretliesche und sah zu mit Vergnügen.
„Ole Ape!" war alles, was Hinnerk drauf sagte.
Vermittels eines Grasbüschels, ohne sich sehr zu erregen, brachte er die Sache bald wieder, sozusagen, ins Reine.
Und nun ging's an die Kartoffeln. Sie schmeckten ihm trefflich; auch mußte er sich schneuzen mitunter, auf natürliche Art; daher wurde er um Mund und Nase schön schwarz übermusselt.
Jetzt aber fiel ihm was Wichtiges ein. Aus dem Murk, dem heimlichen Versteck unter der Rasenbank, entnahm er ein absonderlich merkwürdiges Schießeding; einen ausgehöhlten Ast, mit Draht umflochten, seitlich mit Zündloch versehen. Eine Tute voll Pulver, das er beim Krämer gegen Eier sich eingetauscht – er wußte die verborgensten Hühnernester – kam gleichfalls zum Vorschein. Kräftig wurde geladen, und mächtig war der Knall.
Das schüchterne Reh, das kurz vorher aus dem Wald in die Wiese getreten, entfloh in Eile. Angelockt durch den Schuß

dagegen wurden drei andere Hütejungens: Kord, Krischan und Dierk.
Zum zweitenmal ward das Geschütz geladen; zum zweitenmal bullerte weithin das Echo im Walde entlang.
Hiernach setzten sich die vier behaglich ans Feuer, alle schwarz um die Mäuler.
Krischan besaß einen richtigen Tonpfeifenstummel, gefüllt mit echtem Bauernkanaster, den er direkt, doch unter der Hand, von seinem Alten bezog. Jeder, der Reihe nach, tat einen tüchtigen Zug daraus.
Kord danach gab einen saftigen, weinsauern Apfel zum besten. Jeder, der Reihe nach, tat einen tüchtigen Biß hinein.
Dierk aber führte bei sich einen knorrigen Eichenstock, dessen Griff ein menschliches Antlitz vorstellte, von Dierk selber geschnitzt. Der Knittel, zur Besichtigung, ging gleichfalls reihrund. Besonders genau sah Krischan das Bildnis sich an.
„Dönnerslag", rief er, „dat is jo de Köster. Ehrgistern hat he mi hauet un vandage deit mi de Lenne noch weih!"
Und ehe Dierk es verhindern konnte, brach Krischan den künstlichen Stock vor dem Knie ab und übergab ihn den Flammen.
„Hurra!" jubelten die Jungens, tanzten ums Feuer, häuften grüne Ellernzweige darauf und erzeugten so einen großen, herrlichen Dampf, der als duftiger Schleier die Gegend umhüllte.
Die Sonne ging unter. Vom Dorf her tönte die Abendglocke.
„Et is Tiet", mahnte Hinnerk, „de Bäklocke lutt."
Jeder eilte zu seinen Kühen, um sie am Strick nach Hause zu geleiten.
Angenehme Gerüche, die Vorboten des Abendessens, wehten ihnen entgegen und erregten die Gemüter zu Jauchzen und Gesang.
Küster Bokelmann, die lange Pfeife im Munde, führte an seiner Gartenpforte mit Verwalter Klütke ein gemütliches Dämmergespräch.
„Es gibt ander Wetter", sprach er, „die Kuhjungens schreien heut' so im Felde."
„Ganz recht, Herr Kanter; vor der Sonne stand eine verdächtige Wolke", stimmte Klütke ihm bei.

*Wilhelm Busch (Photographie von 1890)*

Indem kam Lina gesprungen.
„Papa", rief sie schon von weitem, „der Pfannkuchen wartet. Ei, sieh da, Herr Verwalter, wollen Sie nicht mitessen bei uns?"
„Wer könnte einer Einladung von solch reizender Seite widerstehen?" erwiderte Klütke, verbindlich den Schnurrbart streichend.
„Dat die de Düwel wat backet!" knurrte Hinnerk, der gerade vorüberzog, mit einem grimmigen Seitenblick.
Als er den elterlichen Hof erreichte, strich schon leise miauend die Katze an ihm hin. Dankbar nahm sie ihre fünf kleinen Mäuse in Empfang.
An der Tür stand die Großmutter, ihren Liebling erwartend.
„Minsche, wo swart sühst e ut!" rief sie, bei seinem Anblick erschrocken.
Eilig führte sie ihn in den Hintergrund des Hauses, wo das Küchengerät stand, rieb ihm Kopf und Gesicht mit dem feuchten, geschmeidigen, fettigen Schüsseltuch und trocknete ihn ab mit der Schürze.
In der Döntze baumelte bereits der brennende Trankrüsel an

dem verstellbaren Haken. Auf der Tischplatte lag ein Haufen dampfender Kartoffeln; daneben, auf rundem Brett, stand das köstliche Pannenstippelse, bereitet aus geglühtem Rüböl und gebratenen Zwiebeln. Vater und Mutter tunkten schon ein. Hinnerk nahm dicht bei der Großmutter Platz. Sie pellte ihm sauber die schönsten Kartoffeln ab. Zwei verzehrte er, nicht eben geschwind. Dann klappte er entschieden sein Messer zu.

„Wo vele hast e denn all bipacket in der Wisch?" fragte sorglich die Großmutter.

„En Stücker twölwe, mehr nich", erwiderte er gähnend.

Die Großmutter befühlte ihm den Leib.

„No", meinte sie beruhigt, „denn kannste wol faste liggen düsse Nacht."

Das tat er denn auch. –

Überhaupt, seine Herzenssorgen waren nicht so bedrückend, daß sie ihm jemals die nächtliche Ruhe störten; selbst dann nicht, als drei Monate nachher Verwalter Klütke, der ein kleines Gütchen gepachtet hatte, sich mit der schönen Lina vermählte. Und so geht's zu in dieser neckischen Welt: zehn Jahre später hat die Gretliesche ihren Hinnerk doch noch gekriegt.

WILHELM BUSCH

# Im Dorf der Schmied

## Ein Kulturbild aus der Lüneburger Heide

Von * * *

In einem der quellendurchrieselten tiefeingeschnittenen Thäler der Heide liegt, gemütlich sich dehnend, das Dorf H. Am Nordende dieses Dorfes, etwas isoliert, auf einem in das Wiesenthal der „Aue“ vorspringenden, niedrigen Sandrücken findet man eine Ansiedelung, die sich schon von weitem bemerkbar macht durch hoch aufragende Pappeln, Föhren und Eichen. Unter diesen Baumgruppen versteckt zeigt sich das Wohnhaus und die Werkstatt eines Schmiedes, beide Gebäude von stattlichem Ansehen. Das Wohnhaus, an zwei Seiten von jenen Baumpartien, dem sogenannten „Baumhof“, umgeben, schaut nach der andern Seite in einen hübschen und weitgestreckten Obst- und Gemüsegarten, in welchem auch mannigfaltige Blumen und Ziersträucher nicht fehlen. Dieser Garten endigt abfallend in einer schmalen, aber üppig grünen Wiesenfläche, die, von frischem Quellwasser getränkt, jährlich einen drei- bis viermaligen Schnitt giebt. Unmittelbar daran stößt ein Teich, von Erlen und Weiden umsäumt, von Fischen belebt, und jenseits diese Teiches dehnt sich eine weite Wiesenfläche, von zahlreichen, mit Erlen und Weiden besetzten Gräben und Bächen, besonders aber von der klaren, raschfließenden Aue durchschnitten. Ein hoher, steil ansteigender Landrücken begrenzt jenseits des Flusses dieses Wiesenthal und giebt dem Bilde einen angenehmen Abschluß. Links hinter dem Baumhofe liegt noch eine weite fruchtbare Gartenfläche, mit allen Arten Gemüse sorgsam bepflanzt.

Vor achtzig oder neunzig Jahren war der Platz des jetzigen Hauses und Gartens ein unfruchtbarer Sandhügel ohne Bewaldung, daneben erstreckte sich ein Moor, umwegsam fast für Menschen und Vieh. Da kam des Weges ein frischer Gesell daher, besah sich die Gelegenheit und dachte: Hier baust du deine Hütte und gründest dir ein Heim. Er war seines Handwerks Schmied, daneben aber auch ein leidenschaftlicher Fischer und Jäger. Wenn sich in der Schmiede keine Arbeit fand, so

stellte er Netze und Reusen oder durchstreifte mit der Büchse die Wälder und Heiden. So hatte er es in seines Vaters Hause gelernt, und so gedachte er es hier zu treiben. Für alle drei Gewerbe bot sich hier die schönste Gelegenheit. Das Dorf, obwohl ein Kirchdorf, hatte noch keinen Schmied; der Fluß oder Bach war fischreich, die benachbarten Wälder reich an Rot- wie an Schwarzwild, zur Plage der Bauern. Diese freuten sich, als der rüstige Bursch, der ihnen schon als guter Schmied wie als guter Schütz bekannt war, Dorfseingesessener zu werden wünschte, sie verkauftem ihm das fast unnütze Stück Land, einige Morgen groß, um ein Billiges. Viel hätte er eben auch nicht geben können. Nun galt es aber ein Haus zu bauen und sodann für Haus und Heim eine tüchtige Hausfrau zu finden. Zunächst richtete er indes in einem schlechten Schuppen eine allerdings sehr einfache Schmiede her, um die Bedürfnisse des Dorfes befriedigen zu können. Dann ging es an den Hausbau. So ein Hausbau ließ sich in damaliger Zeit billig herstellen, es waltete eine Gemütlichkeit, von der wir uns heute eigentlich gar keinen Begriff mehr machen können. Die Forstverwaltung wies das Holz zum Bau fast unentgeltlich an. Die Regierung freute sich, wenn überhaupt die Leute den Mut hatten, eine neue Kulturarbeit zu übernehmen, und half in jeder Weise. Die zahlreichen sogenannten „wüsten Höfe“, wüst vom 30jährigen Kriege her, wurden im vorigen Jahrhundert geradezu verschenkt. Es sah damals traurig in der Heide aus; sie hat sich von der Verwüstung durch den entsetzlichen Glaubenskrieg viel langsamer erholt, als andere von der Natur günstiger bedachte Landstriche.
Auch der Schmied bekam das Holz zu seinem Hause fast unentgeltlich. Die Fuhren von Holz und Steinen leisteten die Bauern ebenfalls unentgeltlich, so wie noch manche sonstige Hülfe. Es ist noch nicht lange her, daß diese gutnachbarliche Sitte in der Dörfern der Heide allgemein war.
Bald stand das Haus fertig da. Aber – leer war die Stätte, leer von Möbeln, leer von Menschen, ungemütlich gähnten die weiten Räume den Besitzer an. Das muß anders werden, dachte der Schmied: es ist nicht gut, daß der Mensch allein sei! Er sah sich also um unter den Töchtern des Landes. Manche Bauerntochter des Orts hätte gar gern den schmucken, rüstigen Schmied sich

gefallen lassen, wenn er auch kein Vermögen aufzuweisen hatte; ebenfalls Bauer und Bäuerin; der Schmied des Dorfes war dazumal eine Art Respektsperson; aber unser Schmied war ein weitgereister Mann, d.h. auf Schusters Rappen, er kannte die Menschen und prüfte, ehe er sich ernstlich band. Er mußte eine praktische, rührige Hausfrau haben, nicht eine im hergebrachten Schlendrian aufgewachsene, vielmehr eine, die alle die ungeheuren Beschwerden des Anfangs freudig mit ihm teilte, zu allem Geschäfte willig und geschickt war. Auf einer seiner Touren durch die Heide, die er zum Aufkauf von Forellen für Hamburger Händler unternahm, hatte er eines Müllers Tochter gesehen und beobachtet. Auch der Müller war ein Neuer in seinem Ort, ein Ansiedler, und hatte durch Fleiß und Klugheit sich eine Existenz geschaffen. Lustig und fleißig rauschte das Mühlrad, vom kräftigen, klaren Heidflüßchen getrieben; ein schattiger Garten und saftige Wiesen umgaben die Heimstätte. Hier gefiel's dem jungen Manne, oft war er hier eingekehrt, zunächst um Forellen einzuhandeln, endlich aber, um eine der Töchter, „Dörtchen", sich zu erwerben: „blauäugig und blondlockig, wie eine Tanne schlank!" Sie gefiel seinen Augen, sie gefiel aber auch seinem praktischen Sinn; denn rüstig schaltete sie in Haus und Garten, alles, was sie in die Hand nahm, gedieh. Sein Entschluß war gefaßt. Er trat zum Vater hin und sprach: „Wullt du mi Dörtchen tu'r Fru geben?" Der Müller kannte und schätzte seinen Gast schon lange als einen braven, tüchtigen jungen Mann, fragte natürlich aber doch nach Vermögensverhältnissen u.s.w., und obgleich von den letzteren nicht viel Günstiges zu vermelden war, lautete seine Antwort doch: „Ja, wenn Dörtchen will!" Und unser Jüngling auf Freiersfüßen ging in den Garten, wo Dörtchen Kohlblätter schnitt, und fragte: „Hör mal, Dörtchen, wull du min Fru warden?" Dörtchen erschrak zwar zuerst, erklärte aber nach einigem Besinnen „Ja!", denn sie hatte schon längst den kräftigen, schmucken Burschen mit günstigen Augen angesehen. – Der Bund wurde geschlossen und der Meister Schmied führte seine junge Frau in seine Heimstätte. Aber wie sah es dort aus! Die Möbeln der jungen Frau machten allerdings das Innere des Hauses gemütlicher; aber wo war der gewohnte, schöne Blumen- und Gemüsegarten, die saftige Wiese? Nichts davon. Sand und Moor und Teich, dahinter allerdings Wiesen

und Fluß. So konnte es nicht bleiben. Hier mußte Neues geschaffen werden, wie in einer amerikanischen Wildnis. Das Terrain wurde untersucht. Hier eine kräftige Quelle, – damit bewässern wir eine kleine Wiese. Hier ein tiefes, unsicheres Moor, dahin schieben wir den Sand, den wir dort oben zuviel haben. Und hier zum Schutz des Hauses pflanzen wir Eichen, Föhren und sonstige Bäume, wie es sich eben paßt.
Nun ging es an die Arbeit, eine langwierige, mühsame, aber auch dankbare, weil der Erfolg sich von Jahr zu Jahr merklicher zeigte. Die Quelle war so geleitet, daß sie Nutzen schaffte; auf dem abgetragenen Sandrücken entstanden Erbsen- und Bohnenbeete und im Moor daneben Kohl- und Rübenfelder. Stachelbeer- und Johannisbeerbüsche, Syringen und Flieder gaben die Nachbarn, besonders die Pastorenfamilie, die ihre Aufgabe nach alter guter Sitte dahin auffaßte, daß sie dazu berufen sei, die Kultur nach jeder Seite zu vertreten.
Die Anlage gedieh auch, aber doch ziemlich langsam. Des Lebens erste Aufgabe ist ja leben und leben können. Der Schmied mußte zu diesem Zwecke schmieden, und seine junge Frau mußte Schmiedegeselle sein. Sie that es mit Freuden, zog den Blasebalg und regierte den Hammer. Ein Geselle, nämlich ein ordentlicher, konnte nicht immer gehalten werden, denn die Bauern hatten zwar mit Hand- und Spanndiensten sich brav gemacht, liebten aber gutes Bezahlen für Schmiedearbeit durchaus nicht und hatten überhaupt in damaliger Zeit wenig Bedürfnisse, so daß die Schmiede oft Tage lang still stand. Diese Freizeit wurde dann von dem jungen Ehepaare benutzt, die Grundstücke zu kultivieren. Daneben setzte der Schmied mit gutem Erfolge seine Privatliebhabereien, Fischerei und Jägerei, fort und erwarb sich durch den Verkauf der Ergebnisse dieser Arbeit in Hamburg manchen Groschen Geld.
In ungetrübtem Glücke verlebte das junge Paar einige Jahre. Ging es im Hause auch knapp zu, so bekümmerte das die gesunden, frischen und hoffnungsvollen Gatten nicht sehr. Gesundheit und froher Mut und gegenseitige herzliche Liebe halfen leicht darüber hinweg. Indeß, es kam eine schlimme Zeit, wie für ganz Deutschland, so auch für unsere junge Familie: die Franzosenzeit. Die währte für die Heide von 1803 bis 1813, zehn volle Jahre, und hat Deutschland wohl mehr Schaden gethan, als

die deutsche Occupation eines Teils von Frankreich im Jahre 1870-1871 diesem zufügen konnte. Die französischen Soldaten haben so gut ihr *diable* und *diangtre* und *sacre* erschallen lassen, wie die deutschen Soldaten in Frankreich ihr „Donnerwetter" und „Deuwel noch mal" etc. So viel Haß und Widerstand aber, wie die Deutschen in Frankreich fanden, haben die Franzosen in Deutschland nicht gefunden. Der Deutsche dazumal hatte noch kein Vaterland und wußte von keinem. Am Rhein wurden die Franzosen als Apostel der Freiheitsideen begrüßt und mit Freuden aufgenommen, im größten Teil des übrigen Deutschlands bewunderte man die Helden von Marengo, Jena und Austerlitz und empfing sie in keiner Weise feindselig. Man tischte auf, was man hatte; viel war es allerdings nicht immer, aber am guten Willen ließen es die Leute nicht fehlen. Es zeigte sich überall die altberühmte deutsche Gutmütigkeit. Die Franzosen ließen es sich wohl sein bei uns, und da sie nirgends Feindseligkeit fanden, so kehrten sie namentlich in den ersten Jahren die gemütliche Seite heraus, scherzten mit den Kindern und machten sich liebenswürdig. Die aus jener Zeit noch lebenden alten Bauern der Heide sind meistens auf die Franzosen und den Kaiser Napoleon gar nicht übel zu sprechen. *La grande nation* hat gewöhnlich alles, was sie genommen hat, oft Pferde und Kühe aus dem Stalle, mit Höflichkeit und freundlichster Miene genommen, und der „Bonaparte", der hat die Zinspflichtigkeit der Bauern aufgehoben und hat eine Chaussee, die erste, durch die Heide gelegt. Was die Herren Franzosen Gutes geschaffen haben, soll ihnen durchaus nicht geschmälert werden. Im Erpressen, wenn auch mit höflichster Miene, waren sie groß und nicht zu übertreffen; bald hatten sie dieses, bald jenes Bedürfnis, und am allermeisten waren die Generale, wie aus der Geschichte bekannt, ungemein bedürfnisreich. Waren diese Herren befriedigt, so hielten sie gewöhnlich eine ziemlich strenge Zucht über Marodeurs und dergleichen.

Auch nach dem Dorfe H. kamen die Herren Franzosen recht bald und verlangten Brod, Wein und Fleisch, *du pain* und *du vin* und *de la viande*. Ja wohl, *du pain* konnten sie bekommen, derbes kräftiges Schwarzbrot, das ihnen aber nicht sonderlich behagte, *du vin* war aber durchaus nicht vorhanden und sie mußten mit „Branntwein" fürlieb nehmen, was sie denn auch

thaten. *De la viande* war auch vorhanden, aber in geräuchertem, gesalzenem und gesäuertem Zustande, und – *la grande nation* mochte auch gern frisches Fleisch. Das war aber für die Heidscher in der heißen Sommerzeit ein unfaßbarer Gedanke. Was sollten sie schlachten? All ihr Vieh war ja in dieser Zeit mager, Kühe, Schnucken und Schweine, und es war ja gar keine „Schlachtzeit". Aber die Franzosen halfen den Bedenken ab, sie fingen sich hier ein Schwein und dort eine Schnucke von der Weide und schlachteten sie eigenhändig selbst, und die Bauerfrau hatte dann blos noch die Butter daran zu thun und das Fleisch zu braten. Aber nun unsere Frau Schmied! Sie hatte weder Kühe, noch Schafe, noch Schweine; ihre einzige Kuh, die sie gehabt, hatte einer von der *grande nation* mitgehen heißen. Was sollte sie nun vorsetzen? Indeß die Sache machte sich. Ihr Mann ging zu Felde, schoß eine wilde Sau, und die Herren Franzosen konnten doch wohl nichts Besseres verlangen als einen solchen Wildsaubraten. Die waren denn auch sehr zufrieden; die Herren Offiziere hörten davon, legten sich selbst ins Quartier und ließen sich den Saubraten gut schmecken. Aber siehe da, die Büchse des Schmieds versagte eines Tages, und seine liebe Frau hatte nichts Frisches vorzusetzen. Sie denkt also: Warum auch nicht mal „Schwarzsauer" vom Wildschwein?

„Schwarzsauer" ist ein gutes Essen. Sie brachte also „Schwarzsauer" auf den Tisch, eine Kost, die Alt und Jung in Niederdeutschland liebt, die aber die Herren Franzosen freilich nicht kannten. Kurz und bündig ergreift der Herr Kapitän die Schüssel und wirft sie der Frau, die eben hinausgehen will, nach. Das war von einem Vertreter der *grande nation* nicht sehr galant. Die Frau erschrickt natürlich aufs äußerste und läuft weinend zu ihrem Manne. Der Mann wäre am liebsten mit einer Eisenstange dazwischen gefahren, bedenkt sich aber zu rechter Zeit, daß das kein gutes Ende nehmen würde, und geht möglichst sanftmütig zu den Herren hinein. Die „ßackeriren" nicht schlecht und verlangen Wildbraten. Der Schmied zuckt mit den Achseln und sagt, es sei keiner da. Die Franzosen sagen, was denn das sei, das Schwarze, was ihnen aufgetragen worden. „Schwarzsauer", sagte der Schmied, und es schmecke sehr gut. Je, dann möchte die Frau nur noch mal herbringen. Die Frau holt eine neue Schüssel voll und stellt sie auf den Tisch. „Szie esse erst, madam!" sagt der Kapitän, und die Frau thut es. Als die Franzosen sehen, daß es ihr schmeckt, langen sie allmählich auch zu, und siehe da, es schmeckt ihnen auch. „Schwarzsauer" kommt in Aufnahme bei ihnen. Es wird im Dorfe unter den Franzosen bekannt, daß „Schwarzsauer" ein gutes Essen auch für einen französischen Magen sei, und sie verlangen und bekommen von ihren Wirten nun auch „Schwarzsauer". Als nun die eine Bauerfrau, bei der Reinlichkeit vielleicht nicht die erste Tugend gewesen sein mag, einen Topf voll „Schwarzsauer" auf den Tisch bringt, krabbelt ein Fröschlein heraus und will auf und davon; es hat sich wol vor den Herren Franzosen gefürchtet, die ja als Froschesser in der Welt bekannt sind. Aber das Fröschlein konnte seinem Schicksal doch nicht mehr entfliehen; schon hatte es ein Froschesser bemerkt, ergriff seine Gabel und spießte das arme Tier, während er sagte: „Bleib sick hier, Mosjö Schwarzsauer, bleib sick hier!" Der Franzose dachte, so ein vierbeiniger Hüpfer, seine Nationalspeise, sei die Hauptsache bei der schwarzen Brühe, und der Name dieses Tieres laute zu deutsch „Schwarzsauer".

In dem Hause des Schmieds gab es nun außer diesem Schwarzsauer auch noch fleißig wieder Wildbraten, und die Herren, die wechselweise kamen, waren meistens recht wohl zufrieden.

Die Familie hatte inzwischen auch Zuwachs bekommen. Ein Söhnlein ward geboren, und nachdem das wieder gestorben war, ein Töchterlein, das wuchs und gedieh. Durch diese Ereignisse wurde natürlich die junge Mutter stark verhindert, ihrem Manne in seinen Geschäften zu Hilfe zu kommen. Da war es ein wahres Glück, daß ein Bruder des Schmiedes sich entschloß, zu ihnen zu ziehen. Das war ein Prachtkerl, stark wie ein Simson und dabei gutmütig wie ein Kind. Sein Hauptvergnügen war die Jagd, aber daneben war er zu allen guten Sachen geschickt, in Schmiedekunst, Ackerbau und was es sonst gab, stets zufrieden und voll Humor in guten wie in bösen Zeiten. „Jörn" wollen wir ihn nennen. Ein neues Leben zog mit ihm ein. Eine Unterstützung, wie ein solcher Bursch sie leisten konnte, war notwendig in diesen trüben Zeiten, wenn nicht alles allmählich den Krebsgang gehen sollte. Jetzt wurde des Tages geschmiedet, wenn Arbeit da war, sonst aber Garten und Feld bestellt, und des Abends und des Nachts wurden Hirsche und Wildschweine erlegt oder auch Fische gefangen. Die Hauptsache war für „Jörn" die Jägerei. Bald kannte er die Ortsgelegenheit auf das genaueste, wußte den Stand und den Wechsel des Wildes, wie niemand sonst, und kam selten ohne Beute von seinem Ausfluge heim.

Seine gute Flinte war ihm wie angetraut, „wat dat Og süht", pflegte er zu sagen, „dat mot de Hand dräpen!" Vor der Scheibe konnte Jörn nichts treffen, aber sowie ein jagdbares Tier vor seine Flinte kam, so fuhr es wie elektrisch in Auge und Arm, kein Zweifel und Zittern machte ihn unsicher, und das tödliche Blei verfehlte sein Ziel fast nie. Bei einem wütenden Eber war die Sache oft mit der größten persönlichen Gefahr verbunden. So eine Bestie mit ihrer dicken Haut verendete nicht immer gleich von einer Kugel und wandte sich wütend gegen den Schützen. Da hat denn „Jörn" manchen mit einem selbstgefertigten Hirschfänger kunstgerecht und auch nicht kunstgerecht abgefangen; seine ungeheuren Kräfte kamen ihm trefflich dabei zu statten. Er wurde bald in der Gegend berühmt und berüchtigt, ersteres bei den Landleuten, die sich freuten, die Verderber ihrer Felder los zu werden, letzteres bei den Forstleuten, die sein ungesetzliches Treiben sahen und spürten, aber aus Gleichgültigkeit oder aus Furcht es geschehen ließen. Die Forstverwaltung, oder vielmehr die herrschaftliche Jägerei hatte damals durchaus kein scharfes Auge für Wildfrevel. Sie stellte sich fast auf den Standpunkt der Bauern, der ungefähr so lautete: des Ungeziefers ist viel zu viel da, ruiniert es uns die Feldfrüchte, so schlagen oder schießen wir es tot, das ist nicht mehr als billig. Obgleich „Jörn" als Wildschütz bekannt war, so wurde er trotzdem bei großen Jagden angefordert, teilzunehmen, was er denn auch fleißig that und wobei er den hohen Herren manches Stück Wild, das sie verfehlt hatten, mit sicherer Kugel zu Boden streckte.

Unser „Jörn" erwies sich aber nicht blos in Herbeischaffung der Braten für die Schmiedfamilie nützlich, sondern auch in anderer Beziehung. Von seinen Streifereien durch Busch und Wald brachte er Weißdornbüsche und Rosenstöcke mit heim, erstere zur Herstellung einer lebendigen Hecke, letztere zum Oculieren mit Gartenrosen, die die Pastorentochter herbeibrachte. Diese bekam natürlich dafür selbst manches schöne Stämmchen, manchen Rehbraten und manches Gericht Fische.

So half man sich mit mehr oder weniger Glück durch die Franzosenzeit. Als die Franzosen nach Rußland wollten, desertierten ihnen mehrere junge Leute aus der Gegend, einer, ein Verwandter der Familie, fand sein Versteck in des Schmiedes Hause und wurde trotz Nachsuchens nicht gefunden. Des Tags saß er eng verschlossen und Nachts ging er mit Jörn auf die Jagd.

Nun kam die schöne Zeit der Befreiungskriege. Die Kosacken stellten sich als Frühlings- und Freiheitsboten ein und wurden freudig empfangen. Freilich hatten die Freiheitsbringer manche Eigenschaft an sich, die den biederen Heidschern durchaus nicht gefallen wollte, besonders die Menge Läuse und den sonstigen Schmutz. Doch man nahm das vorläufig geduldig mit in den Kauf. Einmal aber zeigten sie eine Eigenschaft, die das Blut von Jörn in Wallung brachte. Einige Kosacken waren ins Dorf gekommen, halb und halb wohl als Marodeurs; sie drangen in den Pferdestall eines Bauern, und machten sich frisch daran, dessen Pferde mit den ihrigen zu vertauschen. Die Bauerfrau läuft hinüber zur Schmiede und schreit: „Jörn, help uns, de Kosacken stehlt uns Peerd!" „Ih, so schall jüm dat Donnerwetter regieren!" sagt Jörn und eilt hinüber mit einer Eisenstange in der kräftigen Faust. Als er aber die schwach gebauten Kerle da sieht, denkt er, die Eisenstange ist überflüssig, packt mit jeder Hand einen der Kerle, stößt sie mit den Köpfen zusammen und wirft sie im Nu mit gewaltigem Schwunge zur Stallthür hinaus. Dann sucht er die Zwei noch übrigen zu fassen, aber die retirieren schon ganz selbst, und die Bande macht sich mit möglichster Eile zum Dorfe hinaus.

Noch einmal sah das Dorf die Franzosen ein- und durchziehen, und dann nicht mehr: es war das Morand'sche Korps, das bestimmt war, das rebellische Lüneburg zu züchtigen, und aus dem Stade-Verden'schen kommend, seinen Weg durch das Dorf nahm. Die Nachricht: „De Franzosen kamt wedder!" erfüllte natürlich alle Seelen mit Schreck und Besorgnis, denn man hatte schon geglaubt, mit diesen ein für allemal fertig zu sein. Die Besorgnis vor Plünderung etc. war indeß diesmal überflüßig, besonders compromittiert in Franzosenfeindschaft hatte sich das Dorf nicht. Dagegen ein Nachbardorf, das sollte geplündert und dann verbrannt werden. Und warum? Der in dem Dorfe wohnende Amtsvogt, auch französischer Maire für die Gegend, hatte mit den Vaterlandsbefreiern von Rußland und Preußen her und mit der im eigenen Lande sich bildenden Patriotenpartei Verbindungen angeknüpft. Er selbst sollte natürlich erschossen und das unschuldige Dorf sollte verbrannt werden. Ehe jedoch die Franzosen das Dorf erreichten, war die Nachricht von ihrem Vorhaben dort schon eingetroffen. Der Amtsvogt floh natürlich, und die armen Dorfbewohner flüchteten ihr bestes Vieh und sonstige Habseligkeiten in den benachbarten dichten Wald. Glücklicherweise hatte Morand keine Zeit, lange Nachsuchungen anstellen zu lassen; die Franzosen nahmen in aller Geschwindigkeit, was sie kriegen konnten, und marschierten weiter. Der letzte Trupp aber hatte Befehl, das Dorf an allen Ecken anzuzünden. Vielleicht ist aber der Anführer des Trupps selbst ein Deutscher gewesen, wie es ja viele in französischen Diensten gab, oder er hatte auch als Franzose ein mitleidiges Herz. Angezündet wurde allerdings, aber auch gleich wieder gelöscht, und zwar mit Hülfe der Anzünder selbst; nur ein paar abseits stehende Schafställe wurden den Flammen geopfert.

Dahin zog das Morand'sche Heer, seinem traurigen Schicksal entgegen. Auf dem ganzen Zuge, vom Stade'schen her, wurde es schon von den Kosacken gleich Todesboten umschwärmt. Voran, zur Seite und hinten nach tauchten sie wie Gespenster auf und verschwanden wieder. Mancher Schuß wurde auf sie abgefeuert, aber selten erreichte er sein Ziel. Überall waren sie eher da, als die Franzosen, benachrichtigten und warnten die Leute und fanden selbst überall willige Unterstützung. Auch „Jörn", der einige der ihrigen erst vor kurzem gezüchtigt hatte, erwies sich ihnen jetzt in jeder Beziehung dienstbereit. Wußte oder ahnte jetzt doch jeder, worauf es ankam. Ein eigentümlicherer Bund zur Befreiung von den Franzosen ist in diesem Teil des Lüneburg'schen wohl nie gegründet worden. Nichtsdestoweniger aber hatte jeder das Gefühl: die Franzosen müssen fort! und half an seinem Teile mit. Die Franzosen fühlten sich bald von einem unsichtbaren Netze umsponnen, das sie in keiner Weise greifbar zu entdecken und zu zerreißen vermochten. Zum Meuchelmorde aber ließen sich die biederen Heidscher nicht hinreißen, wohl aber übten sie Foppereien, verabreichten einmal eine Tracht Prügel, führten einen Franzosen falsch u. dergl. mehr. Die Stunde des Abschiedes der *grande nation*, speziell aus Norddeutschland, hatte geschlagen. Sie gingen nicht gern, aber sie m u ß t e n gehen. Nur die erbärmliche Zerrissenheit Deutschlands in einzelne Staaten und die angeborene Gutmütigkeit der deutschen Volksnatur hatte sie so lange geduldet. Endlich wurde der deutsche Michel zornig, sammelte seine Kräfte und schlug darauf mit gewaltigen Schlägen den Franzmann zum Lande hinaus.

Die Sache war vorbei, und eine große Zeit war damit zu Ende. Die geistigen Führer der Nation in dieser Zeit: Stein, Arndt, Jahn, Wilh. v. Humboldt und viele andere wollten nun der freiheitlichen Entwicklung die Bahn offen halten; das deutsche Volk sollte nicht blos von der Fremdherrschaft frei geworden sein, sondern auch von den früheren inneren Fesseln.

Doch sie kamen zu früh. Die Anspannung der Kräfte, der materiellen wie der geistigen, war zu groß gewesen, eine Erschlaffung folgte. Durch geduldigen, emsigen Fleiß mußte ein ungeheurer Schaden an Geld und Gut wieder gut gemacht werden, die Kräfte wurden dadurch vollständig in Anspruch genommen.

In der jugendlichen Ansiedelung des Schmieds begann die vielfach unterbrochene Kulturarbeit aufs neue. Haus und Garten entbehrten noch sehr des Schutzes gegen die herrschenden

Südwestwinde. Ein paar gute Eichen standen allerdings schon an der Seite, genügten aber durchaus nicht, und man nahm auf weiteres Bedacht. Man säete Föhren, die paßten für den durchaus sandigen Boden und gediehen vorzüglich. Daneben versäumte man aber auch nicht, an passenden Stellen Eichen zu pflanzen. Vor der Längsseite des Hauses aber setzte man Pappelzweige ein, die ihrer Natur gemäß rasch und kräftig emporschossen. Diese Pappeln waren im ganzen Dorfe die ersten und erregten nicht geringe Bewunderung.

Die Frau richtete ihr Augenmerk besonders auf die Verbesserung des Gartens; Gemüse, Obst und Zierpflanzen fanden gleichmäßig ihre Pflege. Neues, den Bauern unbekanntes Gemüse wurde eingeführt, z. B. Gurken und Meerrettig. Als einst ein Bauer aus einem Nachbardorfe seine Pferde beschlagen ließ und, wie es gebräuchlich war, auch zum Frühstück eingeladen wurde, standen auch Gurken neben dem Pfannekuchen. „Wat ist denn dat?“ fragte der Bauer. „Dat sünt Gurken, de smeckt schön“, sagt der Schmied. „Na“, denkt der Bauer, als der Schmied dem unbekannten Gerichte eifrig zuspricht, „mußt doch ok mal probeeren!“ Er nimmt also eine gute Gabel voll, läßt sie im Munde herumgehen und – speit sie von sich; „ne“, sagt er, „wat de Buer nich kennt, dat fritt he nich!“ Aus dem Pastorengarten und sonst her wurden edle Propfreiser geholt und den Wildlingen aufgeimpft. Die junge Frau verstand das sehr gut und lehrte es, sobald es anging, auch ihren Kindern. Bald war infolge davon der Garten des Schmieds der beste Obstgarten des Dorfes. Der Teich wurde mit Weiden, Erlen und Johannisbeersträuchern dicht umpflanzt, um den Singvögeln, besonders der Nachtigal, eine Stätte zu bereiten, wo sie wohnen möchten. Und die Mühe wurde belohnt: Frau Nachtigal und manche andere Sänger siedelten sich an und kehrten alljährlich wieder. Es gab keine größere Freude für die Frau, als wenn sie, mit einem Kinde in der Laube sitzend, die Nachtigal dicht an sie herankommen sah, mit den klugen Äuglein sie so zutraulich anschauend, als ob sie ihr danken wolle für die Pflege, die sie der Brutstätte des Vögeleins gewidmet hatte. Noch ein anderer Vogel fand bald seine besondere Pflege: der Staar, der erste Frühlingsbote, der aber auch das ganze Jahr hindurch seine Fröhlichkeit behält. Für diesen Liebling mußten „Jörn“ und später die Kinder Nistkästchen verfertigen, und die Frau freute sich überaus, wenn so ein Paar „Spreen", wie die Staare dort genannt werden, von einem solchen Häuschen Besitz nahm. Was aber die Hauptsache war, sie allein erfreute sich nicht daran, sondern sie lehrte auch ihre Kinder sich daran erfreuen. Auf alles Interessante an Tieren und Pflanzen machte sie aufmerksam. Mit größter Strenge verbot und strafte sie das Ausnehmen von Nestern oder das leichtsinnige Töten solcher Tiere, die nicht auffälligen Schaden thaten. Die Erziehung ihrer Kinder stand ihr überhaupt neben all ihren vielen sonstigen Arbeiten in erster Linie. Streng war sie bei jedem Zeichen von Bosheit und Lüge, sonst milde und nachsichtig. Auf jede Weise suchte sie den Geist anzuregen. Lesen lernten die Kleinen meistens schon vor der Schulzeit bei ihr im Hause. Sie las selbst viel und gern, wußte den Katechismus und zahlreiche Gesänge auswendig, war mit diesen in der Schule erworbenen Kenntnissen aber durchaus nicht zufrieden und veranlaßte ihren Mann, auf der Auktion des verstorbenen Pastors eine ganze Menge Bücher zu kaufen. Da kam denn eine merkwürdige Bibliothek zusammen. Es fanden sich z. B. darunter „Luthers Tischreden" in einer Ausgabe vom Jahre 1603, in Bretter eingebunden, eine Geschichte der Reformationszeit mit vielen Bildern, in Schweinsleder, ebenfalls sehr alt, Brocke's „Irdisches Vergnügen in Gott"; Bunyan's „Reise nach dem himmlischen Jerusalem"; daneben Gedichtsammlungen, Erdbeschreibungen, „Robinson", das „Not- und Hülfsbüchlein", damals sehr berühmt, und vieles andere, Passendes und Unpassendes durch einander. An Lese- und Lehrstoff fehlte es jetzt nicht mehr im Hause, und fleißig wurde gelesen, natürlich nur, wenn die sonstige Arbeit gethan war. Ein Glück für die Kinder war es, daß gerade jetzt an die Stelle eines Lehrers, der kein anderes Verdienst hatte, als der Kutscher des Superintendenten gewesen zu sein, ein „Seminarist", wie die Leute später mit Stolz sagten, in das Dorf geschickt wurde, und zwar einer, der sich durch Pestalozzi's, des großen Schulreformators, Bücher für die Bildung des Volkes hatte begeistern lassen und im Hauptseminar zu Hannover sich das Geschick zu seinem Berufe erworben hatte. Unter den Großen, wie unter den Kleinen wirkte der neue Lehrer mit unermüdlichem Eifer und Ernst und mit einer Liebe, die sich nie erbittern ließ. Selten mag ein Lehrer in der Erziehung, wie im Unterricht, solche Erfolge aufzuweisen haben, wie dieser sie hatte. Glücklicherweise hatte er an dem neuen Pastor einen Gesinnungs- und Bundesgenossen, sonst möchte er vielleicht nicht im Stande gewesen sein, Vorurteil und Trägheit vieler Bauern zu überwinden. Lesebücher und Rechenbücher wurden eingeführt, für die damalige Zeit in einem Heiddorfe unerhört. Lesen und Auswendiglernen des Katechismus, vieler Gesänge und Bibelsprüche, das waren eigentlich nur die obligatorischen Unterrichtsfächer gewesen; für ein wenig Schreibenlernen mußte extra „Schreibgeld" bezahlt werden. Aber jetzt bei dem neuen Schulmeister, dem „Seminaristen", da sollten die Bauernkinder alle zu „Gelehrten" gemacht werden; dazu schüttelten denn doch viele bedenklich den Kopf.

Wer aber die Sache von vornherein und mit heller Freude begrüßte, das war die Frau des Schmiedes. Mit dem größten Eifer hielt sie ihre Kinder zur Schule an und beachtete ihre Schularbeiten. So kam es denn, daß „Schmieds" Kinder sich gewöhnlich vor allen auszeichneten. Sie lernten denn auch in Wirklichkeit bei ihrem eifrigen und geschickten Lehrer vor siebenzig Jahren im Rechnen und Schreiben und deutscher Sprache eben so viel, wenn nicht mehr, als jetzt in denselben Sachen in den Dorfschulen gelernt wird. Die meisten übrigen Dorfkinder konnten freilich mit ihnen nicht fortkommen. Ein Hauptverdienst des Lehrers war aber sein einsichtsvoller und unermüdlicher Kampf gegen den Aberglauben; Hexen und Gespenster und allerlei sonstiger Teufelsspuk verschwanden allmählich aus dem Dorfe und sind nicht wieder eingekehrt. Leider rieb sich dieser ausgezeichnete Lehrer durch seinen Eifer zu früh auf; er hatte sich für das Wohl der Menschheit geopfert und nicht egoistisch an das Seine gedacht. Aber noch heute steht sein Andenken im Dorfe in Segen, am meisten gewiß in der Familie des Schmiedes.

Diese Familie war nun nachgerade recht groß geworden. Sechs Kinder standen wie die Orgelpfeifen, eins noch frischer als das andere und eins noch hungriger als das andere, um den Tisch her. Indeß Vater und Mutter verloren den Mut nicht; es wurden alle gesättigt, wenn auch nicht üppig, und alle gut erzogen. Die älteren mußten bald fleißig in Haus und Hof, in Feld und Garten mit zugreifen und sich ihr Brot nach Möglichkeit verdienen.

Faullenzen konnte man in dem Hause nicht, und die Frau hatte ein wundervolles Talent, jedes an seinen Platz zu stellen und zu beschäftigen. Das eine mußte Tannäpfel und Reisig suchen zum Feuermachen, das zweite Holz hacken, das dritte Erbsen pflükken u. s. w. Überall war Leben und frische Thätigkeit. Immer noch half die Frau zu Zeiten, wenn nämlich „Jörn“ sich auf der Jagd befand, in der Schmiede aus, bis ihre eigene Hilfe überflüssig wurde. Bald nach der Konfirmation kamen die meisten Kinder zu fremden Leuten, aus doppeltem Grunde: einmal, damit sie sich selbst ihr Brot verdienten, und zum anderen, damit sie andere Menschen und andere Verhältnisse kennen lernten. Überall, wohin sie kamen, erwarben sie sich die größte Zufriedenheit ihrer Herrschaft. Die Töchter und Söhne waren überall willkommen. Allmählich kam es denn auch, daß eine Tochter oder ein Sohn ganz das Vaterhaus verließ und sich eine eigene Heimstätte gründete. Auch der treue „Jörn“ hatte schon dasselbe gethan. Es begann etwas stiller im Hause zu werden. Das Leben der beiden Gatten begann sich dem Abend zuzuneigen. Da starb – noch zu früh – der Schmied. Frau und Kinder und das ganze Dorf vermißten ihn sehr. Aber am tiefsten trauerte die Witwe. Viele Jahre in oft schwerer Zeit hatten sie Freud und Leid in treuer Gemeinschaft getragen; aus Sand und Moor hatten sie ein kleines anmutiges Daheim geschaffen, wie es im Dorf nicht schöner war; ihre treu und gewissenhaft erzogenen Kinder waren gediehen und machten ihnen Ehre und Freude; jetzt hätten sie den Lebensabend heiter genießen können und da – scheidet der Gatte von der Gattin. Ein tiefgreifender Schlag für die letztere. Doch sie durfte sich nicht niederdrücken lassen, sie mußte noch schaffen durch Rat und That, denn noch waren nicht alle Kinder versorgt, und noch war sie der Mittelpunkt der ganzen Wirtschaft. Schmiede, Feld- und Gartenbau und Regiment in der Familie, alles lastete jetzt auf ihr. Auf die Länge konnte das natürlich nicht gehen; sie gab also ihre Einwilligung, daß der eine Sohn „einheiratete“.

Mit einer neuen Hausfrau zieht nicht selten ein neuer fremder Geist ein, es kommt eben eine Fremde, „liebeleer“, wie Schiller sagt. Vielleicht ist sie an und für sich gar nicht so „liebeleer“, aber für die fremden ungewohnten Verhältnisse hat sie keine Liebe und sucht dieselben nach eigenem Sinne zu gestalten. Das verletzt natürlich diejenigen, die die alten Verhältnisse geschaffen hatten und mit denselben mit allen Fasern ihres Lebens verwachsen sind. So entstehen leicht Mißhelligkeiten. Ganz ohne solche ging es auch hier nicht ab. Aber die alte Frau Schmied war Menschenkennerin genug, daß sie sich in ihre neue Stellung als „Altenteilerin" zu fügen und zu schicken verstand. Sie wirkte nach wie vor rüstig in Haus und Garten, fragte aber erst bei der jungen Frau an, ob sie mit diesem oder jenem einverstanden sei. So that sie ferner ihre Schuldigkeit und machte sich nützlich in jeglicher Weise. Gar oft nahm die jüngere Generation ihre Zuflucht zu der bewährten praktischen Weisheit der „Mutter". Ihre Enkelkinder fanden an ihr die treueste „Großmutter" und Erzieherin und hingen an ihr mit größter Liebe und Hochachtung. Ein Stündchen bei ihr, mittags in der Laube oder abends im Stübchen, war den Kindern lieber als alles andere.

Ein Festtag für sie war es, der höchste, der ihr noch beschieden sein konnte, als an ihrem 75. Geburtstag ihre sämtlichen sechs Kinder, die nun schon alle eine selbständige Stellung hatten, sich versammelten, um diesen Tag, es war ein Ostertag, gemeinsam mit ihr zu feiern. Drei Söhne und drei Töchter, alle rüstig und heiter, selbst schon Väter und Mütter, alle voll dankbarer Liebe für die „Mutter", und die Enkel und Enkelinnen voll kindlicher Pietät für die „Großmutter". Die Freude des Tages war fast zu groß für diese Greisin. Die Vergangenheit ihres Lebens trat im Anblick dieses Kreises vor ihre Seele und sie fühlte, sie hatte nicht vergebens gelebt. Wohl hatte das Leben viel Mühe und Arbeit für sie gehabt, aber es war doch köstlich gewesen, und dieser Tag war die Krone und der Lohn des rastlosen Strebens in allem Guten. Gemeinsam mit ihr durchgingen Söhne und Töchter Garten, Hof und Feld, ließen sich erzählen, wie es vor 50, 60 Jahren gewesen, und freuten sich dessen, was sie jetzt sahen: ein kleines Paradies gegen die frühere Wüste. Hoch ragten jetzt die damals gepflanzten Pappeln, Föhren und Eichen empor; eine große Anzahl Obstbäume, teils von den feinsten Sorten, begrenzten die üppig bewachsenen Gemüsebeete; eine reich bewässerte Wiesenfläche umlagerte den klaren fischreichen Teich. Wie sollte bei solchem Ergebnis eines arbeitsvollen Lebens das Herz nicht warm werden!

Die Kinder und Enkel schieden und ließen die Greisin in freudigster Stimmung zurück.
Noch einige Jahre that sie in gewohnter Weise ihre „Schuldigkeit"; da begann der Körper müde zu werden. Nach einem noch mit innigem Naturgefühl durchlebten wunderschönen Sommer legte sie sich im Herbste hin und sagte: „Ick krieg den Kuckuck nich wedder to hören." Es war so. Zu Weihnachten schlief sie ein, in Frieden mit sich und ihrem Gott und mit allen Menschen, die sie kannten; sie hatte keinen Feind gehabt:

„Und ich an meinem Ende wollte,
Ich hätte, diesem Weibe gleich,
Erfüllt, was ich erfüllen sollte
In meinen Grenzen und Bereich.
Ich wollt', ich hätte so gewußt,
Am Kelch des Lebens mich zu laben,
Und könnt' am Ende gleiche Lust
An meinem Sterbehemde haben."

# Weinbau in der Lüneburger Heide

Der freundliche Leser wird sicherlich diese Überschrift mit Kopfschütteln betrachten, und doch ist es eine Thatsache, daß in unserm deutschen Norden, speziell in den Landen zwischen Unterelbe und Unterweser, der Weinbau in alter Zeit in überraschendem Umfange verbreitet gewesen ist. Zeugen dafür sind noch heute die bei zahlreichen Ortschaften unserer Gegend befindlichen Hügel und Kämpe, welche die Namen „Weinberge" oder „Weinbergskämpe" führen. Allein unserm Volke ist die Kunde von der Weinkultur seiner Vorfahren derart abhanden gekommen, daß es hie und da sogar Sagen erfunden hat, welche die Namen jener Hügel nicht von den edlen Thränen der Rebe ableiten, sondern von Thränen, die dort wegen blutiger Ereignisse den Augen der Opfer oder in Stunden der Gefahr den Augen der Bedrängten entflossen sind. So soll z. B. vor der Entscheidungsschlacht der Hildesheimer Stiftsfehde beim Heranrücken der braunschweiger Herzöge mit ihrem Heere gegen die Stadt Soltau die weibliche Bevölkerung der Stadt „weinend" auf den heute „Weinberg" genannten Hügel hinausgezogen sein, um den Feind auf die originellste Weise von einer Plünderung und Zerstörung der Stadt abzuhalten, indem Frauen und Mädchen ihre selbstgefertigten blauen Beiderwandröcke über den Kopf zogen und nun im Schmuck dieser Kapuzenmäntel und ihrer roten Unterröcke dem braunschweigischen Heere als ein Vortrab des Heeres der Gegner, Heinrichs von Lüneburg und Bischof Johanns von Hildesheim, erschienen. Die Braunschweiger sollen dadurch veranlaßt worden sein, sich zurückzuziehen und weiter nordwärts von Soltau einen Übergang über die Böhme zu suchen, eine Verzögerung, welche ihre Vernichtung in der am folgenden Tage nordwärts von Soltau entschiedenen Schlacht am St. Peter und Paulstage 1519 zur Folge hatte. Der Weinberg soll damals von den Thränen der Weiber seinen Namen erhalten haben. Ähnliche Sagen zur Erklärung des Namens Weinberg finden wir auch an anderen Orten im Volksmunde aufbewahrt.

Nun kehrt aber in den Feldmarken zahlreicher Orte im Lüneburgischen der Name „Weinberg" wieder, und da in vielen

Fällen sich thatsächlich nachweisen läßt, daß dort wirklich Wein noch bis in die Mitte des sechszehnten Jahrhunderts – oft auch noch später – gebaut wurde, so ist wohl der Schluß erlaubt, daß wir in den als Weinberge bezeichneten Hügeln und Abhängen wirkliche Weinberge aus alter Zeit vor uns haben. Heute freilich sehen diese teils kahlen, mit Heide bewachsenen Abhänge nicht mehr darnach aus, als könnte auf ihnen die edle Rebe gedeihen. Allein wir dürfen nicht vergessen, daß vor Jahrhunderten der landschaftliche Charakter unserer Gegend ein ganz anderer war, als heutzutage. Wo jetzt die braune Heide mit ihrem dichtverschlungenen Wurzelgeäst auf weiten Flächen den Erdboden wie mit einer Decke überspannt hat, sah man dazumal die herrlichsten Laub- und Nadelwälder, von denen sich hie und da in den Ortsnamen oder sonstigen Bezeichnungen die Kunde erhalten hat. Zur Zeit Ernst des Bekenners war das Herzogtum Lüneburg noch mit Recht ein waldreiches Land zu nennen. Damals krönten höchstwahrscheinlich die meisten jener kahlen Höhen Laub- und Nadelholzungen, welche das Klima milderten, die Südabhänge vor den verderblichen Nord- und Ostwinden schützten und gleichzeitig für die nötige Feuchtigkeit des Bodens sorgten, und so ermöglichten, daß die Rebe gedieh, wo heute nur noch Wachholder, Ginster und Heidekraut fortkommen.

Diese Ausführungen sind nicht leere Vermutungen, sie lassen sich vielmehr mit Thatsachen belegen. Aus verschiedenen Klosterchroniken wissen wir, daß noch im dreizehnten Jahrhundert bei fast allen Klöstern des alten Sachsenlandes und der Ostseeküste bis Memel hinauf Wein zum Keltern gebaut wurde. Die zumeist aus südlichen Gegenden kommenden Klosterbrüder waren es, welche den schon von Kaiser Karl dem Großen* stark protegierten edlen Weinbau einführten, um des kostbaren Trankes nicht zu entbehren, der damals aus anderen Gegenden natürlich sehr schwer zu beschaffen war. Von den Klöstern im Lüneburgischen hatten nachgewiesenermaßen Ebstorf, Medingen und Ülzen ihre Weinberge; das Kloster Wienhausen bei Celle, welches etwa in der Mitte des dreizehnten Jahrhunderts gegründet wurde, verrät schon durch seinen Namen, daß seine Gründer auf eine für den Weinbau ihnen günstig erscheinende Lage Rücksicht genommen haben. Vom Kloster St. Michaelis zu Lüneburg wird berichtet, daß dasselbe seine Weinberge am Kalkberge und bei Reppenstedt gehabt habe. Interessant wäre es, wenn auch bezüglich der Klöster Lüne und Ramelsloh, sowie bezüglich der im Bremischen belegenen Klöster Osterholz, Harsefeld etc. der gleiche Nachweis zu führen wäre. Daß die Mönche des St. Paulsklosters vor Bremen auf ihren Grundstükken am Paulsberge vor dem Osterthore Wein bauten, ist natürlich nachgewiesen.

Von den Klosterbrüdern scheinen die Bewohner der Städte und kleineren Ortschaften den Weinbau erlernt und dann selbständig betrieben zu haben. Die angesehenen Bürger von Ulzen und Celle hatten später in der Nähe der Stadt ihre Weinberge. Die Bürger Lüneburgs bauten Wein am Kriet- (Kreide-) und Zeltberge nordwärts von der Stadt, wo der Name der Ortschaft Wienebüttel noch an Wein erinnert. Im Böhmetal kehrt auf der kleinen Strecke von etwa vier Stunden, soweit mir bekannt, der

* Zu dem berühmten *Capitulare de villis imperialibus,* der Verordnung Karls über die Bewirtschaftung der Kammergüter, heißt es u. a.: „Es sollen unsere Amtleute unsere Weinberge übernehmen, welche in ihrem Bezirke liegen, sie gut besorgen und den Wein selbst in gute Gefäße thun und sorgfältig darauf achten, daß er in keinerlei Weise Schaden erleide. Auch sollen sie von anderen Leuten Wein kaufen, um damit die königlichen Pfalzen zu versorgen. Und sollte von jenem Weine mehr gekauft worden sein, als für unsere Pfalzen nötig ist, so soll uns Bericht erstattet werden, damit wir, was damit geschehen soll, befehlen. Von unsern Weinbergen sollen sie uns für unsere Tafel Wein senden. Der Wein, der von unsern Gütern als Zins gegeben wird, soll in unsere Keller geschickt werden."

Name „Weinberg“ dreimal wieder, bei Soltau, wie schon oben erwähnt, bei Fallingbostel und bei dem dazwischen im Böhmetal liegenden Gute Wense. Auf den Ursprung des Weinbergs zur Wense werden wir weiter unten noch zurückkommen.
Das Gewächs, welches die sächsischen Klosterinsassen sich selbst herangezogen, war naturgemäß weder Niersteiner, noch Rüdesheimer oder Liebfrauenmilch*. Es wird vielmehr jener Sorte ähnlich gewesen sein, welche die tapferen Deutschordensritter bei ihrer ostpreußischen Feste Marienburg bauten und kelterten, und welche einem fürstlichen Gesandten, der – bei welcher Gelegenheit, ist mir entfallen – auf der Marienburg zu Gaste war, ein solches Kopf- und Bauchgrimmen verursachte, daß er, ohne seine diplomatische Mission beendet zu haben, schleunigst die Heimreise antreten mußte. Auf eine derartige Qualität der norddeutschen Landweine können wir schon deshalb schließen, weil wir finden, daß bereits im 14. Jahrhundert, als Handel und Verkehr sich bedeutend gehoben hatten, die Mönche den Weinbau allgemach einstellten und lieber den Vorrat ihrer Kellereien vom Rhein und von der Mosel oder aus anderen gesegneten Weingegenden bezogen. So brachte schon im 13. Jahrhundert das Kloster Corvey mehrere Weinberge an der Mosel durch Kauf an sich und trieb einen schwunghaften Weinhandel mit nördlicher gelegenen Klöstern, die nicht so glücklich waren, eigene Weinberge zu besitzen. Letzeren wird jedenfalls ein frommer Weinreisender in der Mönchskutte – „die Flasche hängt neben dem heiligen Brevier“, singt Bruder Tuck – stets ein willkommener Gast gewesen sein. Die Mönche des Klosters Walkenried am Harz scheinen dem „Bocksbeutel“, recte „Steinwein“, den Vorzug vor den Rhein- und Moselweinen gegeben zu haben; sie besaßen in Würzburg eine eigene „Kellerei“ und verschiedene Weinberge in der Nähe der Stadt.
Zu unserm eigentlichen Thema zurückkehrend, finden wir, daß die lüneburgischen Klöster infolge der günstig veränderten Bezugsbedingungen bei Beginn der Reformation den Weinbau

* Bekanntlich wußten unsere Vorfahren den Wein durch Zusatz von Süßigkeiten und fremdländischen Würzen, Muskat, Zimmet etc., genießbarer zu machen. Auch das Verschneiden der sauren Weine mit süßen südländischen Weinen war ein allgemein bekannter Gebrauch.

bereits sämmtlich eingestellt hatten, während er hie und da, gepflegt von den Bewohnern städtischer Gemeinwesen oder adeligen Grundbesitzern, noch in voller Blüte stand. Der edle Herzog Ernst der Bekenner, der Reformator seines Lüneburger Landes auf religiösem und wirtschaftlichem Gebiet, scheint nach verschiedenen Anzeichen zu schließen, sich auch der Pflege des heimischen Weinbaues angenommen zu haben. Wenigstens finden wir, daß unter seinem Kanzler Forster der Weinbau auf den herzoglichen Gütern sich besonderer Obacht erfreute. In den Hausbüchern und Lohnlisten finden wir, daß zahlreiche „Weinhacker" zu den bezahlten Arbeitern gehörten. Nach einer Urkunde von 1535, einem Besoldungsdekret des Kanzlers Forster, bezog dieser außer seinen sonstigen Einkünften auch ein jährliches Deputat von zwei Fässern Lüneburger „Landtweins". Dem lutherischen Prediger zu Winsen an der Aller, Roffsack, gestattete Herzog Ernst im Jahre 1541, „einen Weinberg vor unserer Stadt Ultzen bei dem Gudesdore" anzulegen, wo sich, wie aus derselben Urkunde hervorgeht, die Weinberge vieler angesehener Bürger befanden. – Nach dem Tode Herzog Ernsts wurde für seine minderjährigen Söhne eine Regentschaft ernannt, zu deren Mitgliedern auch der frühere Hofmarschall und spätere Großvoigt Georg von der Wense gehörte, dessen Stammgut eben jenes bereits erwähnte Gut Wense im Böhmethal war. Georg von der Wense besaß viele Lehenshöfe in den jetzigen Kreisen Fallingbostel und Soltau und war mit dem Hause Rotenburg belehnt, infolgedessen war sein Einfluß auch bei den Städtern und Fleckensbewohnern jener Gegend ein bedeutender. Der Großvoigt war ein großer Freund und Förderer des heimischen Weinbaues. Ein im Wenser Holz belegener, noch heute den Namen „Weinberg" führender größerer Hügel legt Zeugnis dafür ab, derselbe wird etwa 50 Jahre später im Hausbuche seines Enkels noch als „meines Großvaters alter Weinberg" bezeichnet. Nicht unwahrscheinlich ist es, daß Georg von der Wense auch die Anregung zu der Anlage von Weinbergen bei den Nachbarorten Fallingbostel und Soltau gegeben hat, wenn die alte Probstei der *Curtis salta* (Soltau) nicht etwa schon in früheren Jahrhunderten dem Weinbau obgelegen hat. Der alte Großvoigt lebt noch heute im Volksmunde der dortigen Gegend, namentlich des Kirchspiels Dorfmark fort,

und zwar als Besitzer unermeßlicher Reichtümer. Seine Schätze hat er auf dem „Weinberg“ vergraben und in massiv goldener Rüstung ist er bestattet. Die letztere Sage ist die Veranlassung gewesen, daß vor etwa 40 Jahren von Dieben der Versuch gemacht wurde, sein Grabgewölbe vor dem Altar der Kirche zu Dorfmark zu erbrechen. Da der Versuch an der Stärke des Gewölbes scheiterte, so erbrachen die Diebe den Armenblock und beraubten ihn seines Inhalts.
In der Reformationszeit und dem folgenden Jahrhundert der Glaubenskriege verschwinden allmählich die Spuren der Weinkultur im Lüneburgischen. Die beklagenswerte allgemeine Waldverwüstung wird nicht wenig dazu beigetragen haben. Am längsten in den lüneburgischen Landen hielt sich der Weinbau in Hitzacker, dem ehemals wendischen Liantzji. Dort besaßen die früheren wolfenbüttelschen, später lüneburgischen Herzöge ein Schloß, zu dessen Grundstücken auch ein Weinberg gehörte, ein Hügel, auf welchem nach dem Bericht des alten Topographen Merian, trotz des nördlichen Klimas „ein ziemlicher Wein wuchs“. Auch einen Burgkeller für die Aufbewahrung ihrer selbstgekelterten Weine besaßen die Herzöge dort. Noch unter der Regierung des Herzogs Georg Wilhelm von Celle, des Vaters der unglücklichen Prinzessin Sophia Dorothea, wurde im Hitzacker Wein gekeltert und davon an der herzoglichen Tafel getrunken. Im Jahre 1713 aber verwüstete ein starker Sturm die Weinkämpe bei Hitzacker, und da schon einige Jahre der Ertrag ein ungünstiger gewesen war, so ließ man jetzt auch den dortigen Weinbau eingehen.
Von einer späteren ernstlichen Weinkultur im Lüneburgischen habe ich keine Spur auffinden können. Als Spalierpflanze an den Wänden seiner Gebäude zieht allerdings der Lüneburger in Stadt und Dorf mit Vorliebe seinen Weinstock, und nicht selten findet man an alten Häusern Stöcke, die, nach ihrer Stärke zu rechnen, mindestens schon einige Lustra hinter sich haben. Es ist indeß nicht zu bestreiten, daß diese Sitte in Mitteldeutschland noch weit häufiger verbreitet ist.

AUGUST FREUDENTHAL

## Dat Wettloopen twischen den Haasen un den Swinegel up de lütje Heide bi Buxtehude

Disse Geschicht ist lögenhaft to vertellen, Jungens, awer wahr is se doch! Denn mien Grootvader, van den ick se hew, plegg jümmer, wenn he se mi vortüerde, dabi to seggen: „Wahr mutt se doch sien, mien Söhn, anners kunn man se jo nich vertellen!" De Geschicht hett sick awer so todragen.

Et wöör an eenem schönen Sünndagmorgen, to'r Harvsttiet, jüst as de Bookweeten bloihde. De Sünn wöör hellig upgaen am Heewen, de Morgenwind güng warm öwer de Stoppeln, de Larken süngen inn'r Lucht, de Immen sumsten in den Bookweeten, un de Lühde güngen in ehren Sünndagsstaht nah'r Karken, un alle Kreatur wöör vergnögt – un de Swinegel ook. De Swinegel awer stünd vör siener Döhr, harr de Arm ünnerslagen, keek dabi in den Morgenwind hinut un quinkeleer'de en lütjet Leedken vor sick hin, so god un so slecht as nu eben am leewen Sünndagmorgen en Swinegel to singen pleggt. Indem he nu noch so half liese vor sick hin sung, füll em op eenmal in, he künn ook wohl, mittlerwiel siene Fro de Kinner wüsch un antröcke, en beeten in't Feld spazeeren un mal tosehn, wie siene Stähkröwen stünden. De Stähkröwen wöören awer de nöchsten bi sienem

*Ludwig Richter: Der Swinegel vor seiner Tür*

Huuse, un he pleggte mit siener Familie davon to eten, darüm sahg he se as de sienigen an. Geseggt, gedahn. De Swinegel makde de Huusdöhr achter sick to un slög den Weg nah'n Felde in. He wöör noch nich gans wiet von Huuse un wull jüst üm den Stühbusch, de dar vörm Felde liggt, nah den Stähkröwenacker hinupdreien, as dem de Haas' bemött, de in ähnlichen Geschäften uutgahn wöör, nämlich um sienen Kohl to besehn. As de Swinegel den Haasen ansichtig wöör, so böhd' he em en fründlichen „Go'n Morgen!" De Haas' awer, de up siene Wies' en vörnehmer Herr was un grausam hochfahrig dabi, antwoorde nicks up den Swinegel sienen Gruß, sondern seggte to'm Swinegel, wobi he en gewaltig höhnische Miene annöhm: „Wie kummt et denn, dat du hier all bi so fröhem Morgen im Felde rumlöppst?"
„Ick gah spazeeren", seggt' de Swinegel.
„Spazeeren?" lachde de Haas'. „Mi dücht', du kunnst de Been' ook wohl to betern Dingen gebruuken!"
Disse Antwoord verdrööt den Swinegel ungeheuer, denn alles kunn he verdreegen, awer up siene Been' leet he nicks kommen, eben weil se von Natur scheef wöörn.
„Du bildst di wohl in", seggt' nu de Swinegel to'm Haasen, „as wenn du mit diene Been' mehr uutrichten kunnst?"
„Dat denk' ick", seggt' de Haas'.
„Dat kumpt up'n Versöök an", meent de Swinegel. „Ick pareer, wenn wi in de Wett loopt, ick loop di vörbi!"
„Dat is tu'm Lachen, du mit diene scheefe Been'", seggt' de Haas'. „Awer mienetwegen mach't sien, wenn du so overgroote Lust hest. Wat gilt de Wett?"
„En goldne Lujedor un'n Buddel Brannwien!" seggt' de Swinegel.
„Angenahmen!" spröök de Haas'. „Sla in, un denn kann't gliek losgahn!"
„Ne, so groote Ihl hett et nich", meen de Swinegel. „Ick bün noch gans nüchdern, erst will ick to Huus gahn un en beeten fröhstücken; inn'r halven Stünd' bün ick wedder hier up'n Platz."
Damit güng de Swinegel, denn de Haas' wöör et tofreden.
Ünnerwegs dachde de Swinegel bi sick:
„Der Haas' verlett sick up siene langen Been', aber ick will em

*Ludwig Richter: Swinegels Unterredung mit dem Hasen*

wohl kriegen; he is zwar en vörnehm Herr, awer doch man'n dummen Keerl, un betahlen sall he doch!"

As nu de Swinegel to Huuse anklööm, spröök he to sien Fro: „Fro, trekk di gau an, du mußt mit mi nah'n Feld hinuut!"

„Wat givt et denn?" seggt' sien Fro.

„Ick hew mit'n Haasen wett't üm'n goldne Lujedor un'n Buddel Brannwien, ick will mit em inne Wett loopen, un da sallst du mit dabisien!"

„O mien Gott, Mann", füng nu den Swinegel sien Fro an to schreen. „Büst du nick klook, hest du denn gans den Verstand verlaarn? Wie kannst du mit den Haasen in de Wett loopen wollen?!" – „Holt dat Muul, Wief", seggt' de Swinegel. „Dat ist mien Saak! Resoner nich in Männergeschäfte. Marsch, trekk di an und denn kumm mit!"

Wat sull den Swinegel sien Fro maken, se mußt wohl folgen, se mugg nu wollen oder nich.

As se nu miteenanner ünnerwegs wöören, spröök de Swinegel to sien Fro: „Nu paß up, wat ick seggen will. Sühst du, up den langen Acker dar wüll wi unsen Wettloop maken. De Haas' löpt nämlich in der eenen Föhr un ick inner andern, un von baben fang' wi an to loopen. Nu hest du wieder nicks to dohn, as du stellst di hier ünnen in de Föhr, un wenn de Haas' up de andere Siet ankummt, so röpst du em entgegen: ‚Ick bün all hier!'"

Damit wöörn se bi den Acker anlangt, de Swinegel wiesde siener Fro ehren Platz an un güng nu den Acker hinup. As he baben ankööm, wöör de Haas' all da.

„Kannt et losgahn?" seggt' de Haas'.

„Jawohl!" seggt' de Swinegel.

„Denn man to!", un damit stellde jeder sick in siene Föhr, de Haas' tellde: „Hahl een, hahl twee, hahl dree!" – Un los güng he wie en Stormwind den Acker hindahl. De Swinegel awer lööp ungefähr man dree Schritt, dann duhkde he sick dahl in de Föhr un blev ruhig sitten.

As nu de Haas' in vullem Loopen ünnen am Acker anklööm, rööp em den Swinegel sien Fro entgegen: „Ick bün all hier!" De Haas' stutzd' un verwunderde sick nich wenig; he meende nich anders, as et wöör de Swinegel sülvst, de em dat toröóp; denn bekanntlich süht den Swinegel sien Fro jüst so uut wie ehr Mann. De Haas' awer meende: „Dat geiht nich to mit rechten Dingen! Noch mal geloopen! Wedder üm!" Un fort güng he wedder wie en Stormwind, dat em de Ohren am Koppe flögen. Den Swinegel sien Fro awer blev ruhig up ehrem Platze. As nu de Haas' baben anköóm, rööp em de Swinegel entgegen:

„Ick bün all hier!"

De Haas' awer, gans uter sick vör Ihver, schreede: „Noch mal geloopen! Wedder üm!"

„Mi nich to slimm", antwoorde de Swinegel. „Minetwegen noch so oft, as du Lust hest."

So lööp de Haas' noch dreeunsöbentigmal, un de Swinegel höhl et ümmer mit em uut. Jedesmal, wenn de Haas' ünnen oder baben anköóm, seggten de Swinegel oder sien Fro: „Ick bün all hier!"

Tum veerunsöbentigstenmal awer kööm de Haas' nich mehr to Ende. Midden am Acker stört' he to'r Eerde un blev dodt up'n Platze.

*Ludwig Richter: Swinegel und seine Frau, in der Ferne der Hase*

De Swinegel awer nöhm siene gewunnene Lujedor un den Buddel Brannwien, rööp siene Frau uut de Föhr aff, un beide güngen miteenander nah Huus; un wenn se nich storben sünd, lewt se noch. So begew et sick, dat up der Buxtehuder Heid' de Swinegel den Haasen dodtloopen hett, un siet jener Tied hett et sick keen Haas' wedder infallen laten, mit'n Buxtehuder Swinegel in de Wett to loopen.
De Lehre awer utt disser Geschicht is eerstens, dat keener, un wenn he sick ook noch so vörnehm dücht, sick sall bikommen laten, over'n geringen Mann sick lustig to maken, un wöör't ook man'n Swinegel; un tweetens, dat et geraden is, wenn eener freet, dat he sick' ne Fro uut sienem Stande nimmt un de jüst so uutsüht as he sülvst. Wer also en Swinegel is, de mutt tosehn, dat sien Fro ook en Swinegel is; un so wieder!

WILHELM SCHRÖDER

Up de lütje: auf der kleinen / to vertellen: zu erzählen / Harvsttiet: Herbstzeit / Bookweeten: Buchweizen / Heewen: Himmel / Larken: Lerchen / Lucht: Luft / Immen: Bienen / quinkeleer'de: trillerte / mittlerwiel: während / antröcke: anzöge / Stähkröwen: Steckrüben / achter: hinter / Stühbusch: Dornbusch / bemött: begegnete / böhd': bot / all: schon / verdrööt: verdroß / pareer: wette / Lujedor: Louisdor / Buddel: Flasche / sla: schlage / Ihl: Eile / man'n: nur ein / trekk: ziehe / gau: schnell / Resoner nich: räsoniere nicht; hier im Sinne von „misch dich nicht ein“ / sull: sollte / Föhr: Ackerfurche / baben: oben / tellde: zählte / hindahl: hinunter / lööp: lief / duhkde: duckte / dahl: tief / Ihver: Eifer, Zorn, Ärger / höhl: hielt / stört: stürzte / freet: freit / wieder: weiter

# Deutsches Erdöl

Den Wanderer packt ein ganz merkwürdiges Gefühl, wenn er, von dem Bahnhof Schwarmstedt losmarschierend, nach Wietze kommt. Keine Spur von Industrie hatte auf dem langen Weg sein Auge berührt. Neben den weißstämmigen Birkenalleen liegen grüne Saatfelder oder ernste Föhrenwälder – Fuhrenwald sagt der Heidebauer –, Föhrenwald begrenzt den Himmelsrand, ein Heidedorf liegt inmitten brauner Heide und grüner, dem Boden mühsam abgetrotzter Felder. Viele Häuser tragen noch Strohdächer, und unter den hölzernen, roh geschnitzten Pferdeköpfen zieht vielfach noch der Herdrauch zum Giebeldach empor; nur die neuen Häuser haben Schornsteine. Selten begegnet ihm ein Radfahrer, noch seltener ein Fußgänger, der Briefbote oder ein Bauer, der ihm freundlich die Tageszeit bietet. Ein Wagen, der hinter einer Wegbiegung sichtbar wird, fesselt sein Interesse. Eine ganze Reihe schwerer Leiterwagen, hoch bepackt mit blauen, öligen Fässern, kommt ihm langsam entgegen, das erste Kennzeichen der Wietzer Ölindustrie. Noch eine Stunde auf staubiger Landstraße, dann tauchen hinter den langmähnigen, grünen Birken seltsame Bauwerke in der Heide auf, schwarze hohe Bohrtürme, daneben rotdachige, neue Häuschen und alte Bauernhäuser mit Strohdach und Pferdeköpfen. Aus den kleinen schwarzen Maschinen steigen kleine weiße Dampfwölkchen stoßweise in die Luft; ohne Hast und Eile, aber ohne Pause und Rast bewegen sich die schwarzen Balken der Ölpumpen; Maschinenteile; Koks- und Steinkohlehaufen, Balken- und Bretterwerk, Schlammbüchsen und Ölfässer lagern auf dem gelben Sand, und ein strenger Teergeruch erfüllt die warme Luft. An zwanzig Bohrtürme recken sich hier empor; weiterhin, bei den Eichen von Steinförde, erheben noch andere sich in düsterem Ernst. Ein dumpfes Donnern schallt dem Wanderer entgegen; es ist der Bohrmeißel, der ein neues Bohrloch schaffen soll. Bedächtig wälzen die Arbeiter die gefüllten Ölfässer auf die derben Leiterwagen, andere laden die leeren Fässer ab. Zwei Gesellschaften, eine deutsche und eine holländische, bohren hier; beide beschäftigen zusammen fünfzig Arbeiter, die fast alle aus Wietze, Steinförde und den Nachbardörfern stammen.

*Ölheim in der Lüneburger Heide*

Die Gewinnung des Öls ist recht einfach. Wenn das Bohrloch bis zur nötigen Tiefe niedergebracht und mit Eisenröhren ausgekleidet ist, wird die Pumpe aufgestellt, das Becken herbeigebracht; die Dampfmaschine setzt die Pumpe in Bewegung, und dann läuft das dickflüssige braune Öl in fortwährendem Strahl in das Becken, in dem es durch ein Schlangenrohr vermittels heißer Dämpfe entwässert wird. Dann ist es zum Gebrauch fertig und wandert in Fässern nach Celle und Schwarmstedt und von dort auf der Bahn als vielbegehrtes Schmieröl nach den Industriebezirken von Hannover, Westfalen und Rheinland.

Der Ölreichtum jener Gegend war den Heidebauern schon seit Jahrhunderten bekannt. Auf natürlichen Heidetümpeln, den „Fettlöchern“, sammelte sich das Öl als braune, buntschillernde Schicht, wurde abgeschöpft und als Wagenschmiere benutzt. Man grub auch an sehr ölhaltigen Stellen den Sand aus, wusch ihn in Bottichen aus und schöpfte das Öl ab.

Bei den Bohrtürmen liegt ein Teich, der lebhaft an unsere Vorstellung vom Toten Meer erinnert. Den nackten gelben Sand schmückt keine Spur von Vegetation, nur unverwüstliche Binsen starren düster aus der braunen Flut. Nußgroße, dunkelbraune Öltropfen schwimmen auf dem Wasser, dicke Klumpen quellen vom Grunde des Tümpels empor, und in den Buchten lagern auf der Wasseroberfläche schwere, braune Ölschichten, bunt in der Sonne schillernd oder auf dem feuchten Sand klebend. Massen von toten und sterbenden kleinen und zollangen Schwimmkäfern bedecken die Wasserfläche; das schmierige Öl hat die zählebigen Insekten erstickt, die hier zuflogen.

Die flache Gestaltung der Heide begünstigt neue Entdeckungen nicht; keine Gesteinswand, kein Bodendurchschnitt gibt der Industrie einen Wink. Daß aber das Gebiet zwischen Peine und Verden an der Aller bei planmäßigen Bohrversuchen noch manches andere Öl- und Salzlager darbietet, davon sind kundige Geologen jetzt schon überzeugt.

HERMANN LÖNS

# Heide in der Heide

Die Landschaft bedeutete ihr nichts. Alles war violett oder lila und hatte nichts mit ihr zu tun. Lächerlich, daß sie den Namen dieser leuchtenden Wüste trug. Eine der vielen törichten Entscheidungen ihrer törichten Mutter. Wenn sie sich wenigstens für Heide-Marie oder etwas Ähnliches entschieden hätte. Aber nein! Einfach nur Heide. Eindeutig und banal. Der Namen klang in ihren Ohren wie ein Urteil, das sie an die langweilige Kleinstadt in dieser aufdringlichen Landschaft fesseln sollte. Lebenslänglich! Schon dieser süße Duft war eine Zumutung. Wie ein billiges Parfum. All das roch wie Mutter, wenn sie irgend so ein Kaufhauswasser über sich schüttete, um ihren impotenten Ehemann zu verführen. Der aber trank Bier und roch nicht minder scheußlich. Alle diese Gerüche entlarvten die ganze Trostlosigkeit ihres armseligen Lebens. Noch zwei Jahre, und dann war sie volljährig. Dann würde sie all das hinter sich lassen und in einer großen Stadt neu anfangen. Dieser erste Teil ihres Lebens war ein Irrtum, der korrigiert werden konnte.
Zuerst würde sie diesen verräterischen Namen abwerfen und sich Natascha oder Angelique nennen. Irgend etwas Exotisches, Großartiges. Und wie der Name sollte auch ihr Leben sein. Jeder Tag ein Fest, jede Stunde ein Rausch.
Ihre Mutter war ein ängstliches Gänseblümchen. Sie begnügte sich mit einem Dasein, in dem sich nichts, aber auch nichts ereignete. Nur die ewige Wiederholung der Tage, die alle wie ein trister Sonntagnachmittag waren. Einmal war sie so leichtsinnig gewesen und hatte der Mutter von ihrem Traum erzählt. Sie hatte nichts begriffen. Mit leeren, blauen Puppenaugen hatte die Mutter sie angestarrt und dann gelacht. „Ach, Heide, in deinem Alter habe ich auch solche Wünsche gehabt“, hatte sie gesagt und dann von ihrer ersten Liebe erzählt. Irgendein Junge aus einer anderen Stadt hatte sie geküßt, und zwar hier, in dieser hartnäkkigen Heidelandschaft, die immer wieder um die gleiche Zeit vergeblich vor sich hin blühte. Diesem Kuß verdankte sie wohl auch ihren Namen.
Wie sinnlos ihr das alles vorkam. Auch die Natur war dumm und einfallslos. Immer wieder die gleiche Farbe, der gleiche Duft.

Um senile Dichter anzuregen, denen sowieso schon lange nichts mehr einfiel. Oder närrische Liebespärchen, die sich in die Hose machten vor lauter Leidenschaft, um dann später einen ewigen Sonntagnachmittag mit Langeweile und Marmorkuchen zu teilen. Das bucklige Glück der Zwerge vor dem Fernseher, in denen andere sich küßten. Das war die Hölle, nichts weiter.
Träume waren keine Frage des Alters. Die Mutter hatte nur Angst, sich etwas anderes vorzustellen als diesen Schlappschwanz von Ehemann, der dickbäuchig das wiederholte, was er in der Zeitung gelesen hatte. Ihr Leben war ein Gefängnis. Außerdem irrte sie sich gewaltig, wenn sie glaubte, daß ihre süße Heide nur träumen wollte. Sie würde leben und sich nicht in einen Käfig sperren lassen. Niemals! Noch zwei Jahre, und dann war sie frei. Sie lachte und streckte dem blauen Himmel die Zunge raus.
Wenn sie regelmäßig hierherkam, dann nur deswegen, um ihren Abscheu zu ernähren. Um zu verhindern, daß sie sich an all das gewöhnte und plötzlich in der Falle saß. Wie ihre Mutter und die Mütter der anderen Mädchen und die Mädchen selbst, die sich küssen ließen, um sich später in einem Zimmer mit Blumentapete daran zu erinnern. „Heide gegen die Heide“, dachte sie und

quetschte einen dicken Eiterpickel auf ihrer Stirn aus. Sie hatte nichts zu tun mit den dummen, verpickelten Mädchen, die jetzt kreischend mit irgendwelchen dummen, verpickelten Jungen in einer Ecke rumstanden. Unerträglich war das, alles.

„In zwei Jahren werde ich frei sein", dachte sie und stand auf, um sich langsam von der Heide zu entfernen.

MARIO WIRZ

# Der Heidemann

„Geht, Kinder, nicht zu weit ins Bruch,
Die Sonne sinkt, schon surrt den Flug
Die Biene matter, schlafgehemmt,
Am Grunde schwimmt ein blasses Tuch,
Der Heidemann kömmt!“ –

Die Knaben spielen fort am Raine,
Sie rupfen Gräser, schnellen Steine,
Sie plätschern in des Teiches Rinne,
Erhaschen die Phalän’ am Ried
Und freun sich, wenn die Wasserspinne
Langbeinig in die Binsen flieht.

„Ihr Kinder, legt euch nicht ins Gras! –
Seht, wo noch grad die Biene saß,
Wie weißer Rauch die Glocken füllt.
Scheu aus dem Busche glotzt der Has;
Der Heidemann schwillt!“ –

Kaum hebt ihr schweres Haupt die Schmele
Noch aus dem Dunst, in seine Höhle
Schiebt sich der Käfer, und am Halme
Die träge Motte höher kreucht,
Sich flüchtend vor dem feuchten Qualme,
Der unter ihre Flügel steigt.

„Ihr Kinder, haltet euch bei Haus!
Lauft ja nicht in das Bruch hinaus;
Seht, wie bereits der Dorn ergraut,
Die Drossel ächzt zum Nest hinaus,
Der Heidemann braut!“ –

Man sieht des Hirten Pfeife glimmen
Und vor ihm her die Herde schwimmen,
Wie Proteus seine Robbenscharen
Heimschwemmt im grauen Ozean.
Am Dach die Schwalben zwitschernd fahren,
Und melancholisch kräht der Hahn.

„Ihr Kinder, bleibt am Hofe dicht!
Seht, wie die feuchte Nebelschicht
Schon an des Pförtchens Klinke reicht;
Am Grunde schwimmt ein falsches Licht,
Der Heidemann steigt!" –

Nun strecken nur der Föhren Wipfel
Noch aus dem Dunste grüne Gipfel,
Wie übern Schnee Wacholderbüsche;
Ein leises Brodeln quillt im Moor,
Ein schwaches Schrillen, ein Gezische
Dringt aus der Niederung hervor.

„Ihr Kinder kommt, kommt schnell herein!
Das Irrlicht zündet seinen Schein,
Die Kröte schwillt, die Schlang im Ried;
Jetzt ists unheimlich draußen sein,
Der Heidemann zieht!" –

Nun sinkt die letzte Nadel, rauchend
Zergeht die Fichte, langsam tauchend
Steigt Nebelschemen aus dem Moore,
Mit Hünenschritten gleitets fort;
Ein irres Leuchten zuckt im Rohre,
Der Krötenchor beginnt am Bord.

Und plötzlich scheint ein schwaches Glühen
Des Hünen Glieder zu durchziehen;
Es siedet auf, es färbt die Wellen,
Der Nord, der Nord entzündet sich –
Glutpfeile, Feuerspeere schnellen,
Der Horizont ein Lavastrich!

„Gott gnad uns! wie es zuckt und dräut,
Wies schwelet an der Dünenscheid!
Ihr Kinder, faltet eure Händ,
Das bringt uns Pest und teure Zeit –
Der Heidemann brennt!" –

ANNETTE VON DROSTE-HÜLSHOFF

# Werwölfe in der Heide

In Lachendorf hatte ein Bauer einen Knecht; der lag mit einem andern Knecht auf der Wiese hinterm Busch, und sie hielten Mittagsruhe. Da schlief der zweite Knecht beinahe ein, aber er blinzelte doch mit den Augen und sah, wie der andre Knecht einen ledernen Gürtel umtat und sich in einen Werwolf verwandelte, darauf fortlief, ein junges Füllen, das unten auf der Wiese graste, anfiel und fraß mit Haut und Haar. Wie er nun zurückkam, legte er sich neben den andern Knecht, der noch tat, als wenn er schliefe. Wie die Zeit um war, standen sie beide auf und mähten, bis es Abend war. Darauf gingen sie zusammen nach Lachendorf, und unterwegs sagte der eine Knecht zum Werwolf: ich möchte mich doch nicht an lebendigem Pferde satt fressen. – Das hättest du draußen nicht sagen sollen, es wäre dir übel ergangen, sagte der Werwolfsknecht. Ein andermal stand der Knecht wieder von der Mittagsruhe auf, tat seinen Gürtel um und lief davon, aber da verfolgten ihn die Knechte, hetzten die Hunde auf ihn und schlugen ihn tot, weil er ein Werwolf war. Die Menschen verwandeln sich in Werwölfe, indem sie einen Gürtel umlegen, und dann stehlen sie den Leuten allerlei. Den Knechten, die Korn auf dem Rücken tragen, nehmen sie das Korn ab. Ruft man aber einen Werwolf bei seinem menschlichen Namen, wenn man ihn nämlich weiß, so muß er so lange laufen, bis er umkommt.

HERMANN HARRYS

# Das Könekenmeer

Wenn man von Lopau, das da hinten in der Heide zwischen Ülzen und Munster liegt, den Hützeler Weg entlang geht, so kommt man nach einer guten halben Stunde an eine Stelle, an der sich die Fahrwege von Munster und Bockum treffen; schlägt man dann den Weg zur linken Hand, der nach Munster führt, ein, so steht man bald vor dem Könekenmeer.

Das ist ein runder, schwarzer Moorpump, der zwischen den Haidbergen in einem weiten und tiefen Grund unterhalb jenes Forstortes der Raubkammer liegt, der den Namen der „Fangbeutel" führt, weil dort zu hannöverschen Zeiten stets die stärksten Hirsche standen. Auch heutigen Tages stehen zur Brunft dort immer noch gute Hirsche, denn das Könekenmeer dient ihnen als Suhle für ihr heißes Geblüt, und darum ist der Schlamm um den Pump im Vorherbst auch immer ganz zertreten, und schwarze Schleppen zeigen an, wo ein Hirsch gewechselt ist.

Bevor der Dampfpflug hier das Land um und um wühlte und den Boden für die Fuhren zurechtmachte, die dort jetzt so frisch wachsen wie ringsumher nicht, war da alles weit und breit kahle Schnuckenhaide, höchstens daß hier und da ein Horst krüppliger Eichen stand, die sich mühselig durchgehungert hatten. Zu jener Zeit kamen die Schnuckenschäfer von allen Höfen in der Runde dort zusammen, weil das Könekenmeer das einzige größere Wasser war, in dem sich die Schnucken tränken konnten.

So ganz gern tränkten die Schäfer dort ihre Herden aber nicht, denn es ging von diesem Orte die Sage, daß es dort nicht geheuer sei. Der alte Gehegereuter, der einst in einer hellen Mondnacht im Herbstmond um Mitternacht dort vorbeiritt, und der gewiß kein Mann war, der leicht bange wurde, hatte unter dem Brinke zwischen dem Munsterschen Wege und dem Meere eine weißverschleierte Gestalt stehen sehen, die ganz vernehmlich seufzte und bitterlich die Hände rang, und als er am andern Morgen wieder dort vorbeiritt, stieg er ab und band seinen Rotschimmel an eine Eiche, um zu sehen, ob sich dort nicht vielleicht der Achtzehnenderhirsch vom Behrensloch spüre, und da verjagte

er sich ganz gefährlich, denn in dem sandigen Ufer war deutlich die Spur von Mädchenfüßen zu sehen, das lange, spitze Schuhe angehabt hatte, wie man sie zu jener Zeit nicht trug, und an dem toten Machangelbusch, der nicht weit davon stand, hing ein Stück Schleiertuch feinster Art, und das war voller Blut.
Als er das in Wolfsrode erzählte, wurde er ausgelacht, denn es war bekannt, daß er die Bauern gern ein bißchen zum Narren hielt. Kurze Zeit darauf kam aber einmal eine Hochzeitsgesellschaft zwischen einem und dem anderen Tage zu Wagen dort vorbei, und da wollten die Pferde mit Gewalt nicht voran, denn vor ihnen auf dem Wege stand eine blaue Flamme, die meist ganz so wie ein Mensch gebildet war, und die erst wich, als eins von den Mädchen von dem Kümmelbrot, das es mitgenommen hatte, den Kümmel abstreifte und nach dem toten Feuer hinwarf. Da wurde die Flamme ganz klein und sprang mit einem Satze über das Meer, und eine Stimme, von der keiner wußte, ob sie nun aus der Höhe oder aus der Tiefe kam, und die nicht laut und nicht leise war, schrie: „Fahr' hille, fahr' hille und kiek dich nicht um!" Da fuhr der junge Bauer, der das Sattelpferd ritt, unbesonnen los. Seine Schwester aber, darauf vertrauend, daß sie noch einige Kümmelkörner in der Hand behalten hatte, konnte ihren Fürwitz nicht bergen und mußte sich umsehen. Da sah sie eine weiße Jungfrau, die eine goldene Krone aufhatte, in dem Meere verschwinden, und in demselben Augenblicke bekam sie einen Stoß gegen die Brust, daß ihr die Luft wegblieb. Sie lag ein volles Jahr krank und starb in derselben Nacht um dieselbe Stunde, in der sie ein Jahr vorher von der unsichtbaren Faust unter das Herz gestoßen war.
Nun wußte man damals schon, daß dort, wo sich zwischen einem und dem anderen Tag eine Flamme zu zeigen pflegt, ein Schatz begraben liegt, und so versuchten mehrere Leute, die sich klug genug dünkten, ihn zu heben, unter anderen auch der Zigeuner Peterspaul, der mit seinen sieben Frauen damals viel in der Haide auf und ab zog. Er verstand sich auf allerlei geheime Künste, konnte das Vieh besprechen, Häuser blitzfest machen und Diebe bannen, und so dachte er, es würde ihm leicht sein, den Schatz zu bören. Deshalb ging er in einer Nacht los, nachdem er seine Frauen und Kinder auf der Haide in einer Hütte gelassen hatte. Splitterfasernackt ging er los, nur die

Hermann Löns

Schuhe behielt er an, auf die er mit Kreide je ein Kreuz geschrieben hatte, und er nahm einen geweihten Spaten, ein gesegnetes Licht und einen Erbschlüssel mit einem Kreuzgriff mit. Was sich dort nun begeben hat, weiß man nicht. Aber gerade in der Mitte zwischen der zwölften und der ersten Stunde hörten seine Frauen, die in der Plaggenhütte knieten und die Gebete sprachen, die er ihnen befohlen hatte, ein schreckliches Lachen vom Könekenmeere herkommen und sie sahen etwas durch die Luft fliegen, das wie ein feuriger Schillebold aussah, aber so groß wie ein Langbaum war, und eine gräßliche Stimme schrie: „Bet' hin und bet' her, es hilft doch nichts mehr." Als es hellichter Tag war, gingen die sieben Weiber nach dem Könekenmeer, fanden aber bloß die Schuhe, den Spaten, die Kerze und den Erbschlüssel, und mitten auf dem Meere schwamm eine Ente, die war so rot wie Blut. Von Peterspaul wurde aber niemals wieder etwas gehört noch gesehen.

Viele Jahre, nachdem sich dies begeben hatte, vertrieben sich die Hirten einmal auf Lopeßettel die Zeit mit Geschichtenerzählen und der älteste von ihnen erzählte auch, wie es dem Zigeuner Peterspaul am Könekenmeer gegangen sei, und er fügte hinzu, daß der Schatz noch immer dort in der Erde schlafe, denn der Lopauer Förster habe mehr als einmal, wenn er vor dem Fangbeutel die Hirsche verhörte, die blaue Flamme zu Gesicht bekommen. Nun war der jüngste von den Schäfern ein hübscher, langer Mensch, den die anderen immer zum Narren hielten, weil er bei seinen fünfundzwanzig Jahren noch wie ein Kind war, alles glaubte, was man ihm erzählte, und den Frauensleuten um so mehr aus dem Wege ging, je mehr sie hinter ihm her waren. Das kam aber daher, weil er zu einem Mädchen hielt, das gerade so hübsch, aber gerade so arm wie er war, und genau so einfältig von Herzen. Dem ging die Geschichte von dem Schatze mächtig im Kopfe herum, denn er dachte, daß es ihm vielleicht glücken könne, ihn zu heben, und wenn es hundert Taler wären, die dort vergraben wären, und bekäme er die, so könnte er sein Mädchen freien. Wo er ging und stand, mußte er daran denken, und sogar nachts, wenn er schlief, sah er das Könekenmeer vor sich. Wenn es sich nur irgend machen ließ, hütete er nach dem Meere hin, und wenn er dort war, suchte er nach Anzeichen, wo der Schatz liege. Aber da war nichts als Haide und Krüppelfuh-

ren und Sand und Steine. Da wurde er ganz schwermütig und so hintersinnig, daß er nicht aufpaßte, so daß ihm die Wölfe ein Schaf nach dem anderen rissen, bis das dem Bauern zu viel wurde und der ihm aufsagte.
Ganz betrübt schnürte er sein Bündel, nahm Abschied von seinem Mädchen und ging den Hützeler Weg entlang, denn er hatte gehört, daß in Bockum ein Schäfer nötig sei. Als er an dem Kreuzweg war, war ihm so, als müsse er das Meer noch einmal sehen, und so ging er darauf zu. Aber da sah es aus, wie allezeit, bloß daß ein starker Hirsch dort stand, der sich dort getränkt hatte, ihn groß ansah und nach dem Fangbeutel hinzog. Der Schäfer hatte vor Herzeleid und Kummer den ganzen Tag noch nicht ordentlich gegessen, und da es ihn hungerte, setzte er sich unter den Eichenbaum auf den Brink, knotete sein Bündel auf und begann zu vespern. Als er gegessen hatte, war ihm ganz schläfrig zumute, und darum machte er sich lang, um ein Augenblickchen zu schlummern und dann den Weg wieder zwischen die Füße zu nehmen. Wie er nun so schlief, träumte ihm, daß dicht vor ihm eine weiße Jungfrau stände, sieben Schritte geradeaus und fünf zur Seite machte, auf den Erdboden wiese und spräche: „Siebene lang, fünfe breit, und des Nachts um dieselbige Zeit", und damit war sie verschwunden. „Das ist ja ein dummerhaftiger Traum", dachte er, als er aufwachte, nahm sein Bündel auf und ging fort. Als er aber wieder an dem Kreuzwege war und nach Bockum zu ging, war es ihm, als lege ihm jemand die Hand auf die Schulter und flüstere ihm zu: „Siebene hin, fünfe her, heute nacht oder nimmermehr." Er verjagte sich kein bißchen, als er das hörte, denn da er noch nie einem lebenden Wesen ein Leid angetan hatte, so hatte auch er vor nichts auf der Welt Angst. Er wußte aber nicht, was er anfangen sollte, und darum fing er an, an den Haken seines Kittels abzuzählen, und als er daraus entnahm, daß er nach Lopau zurückgehen und sich einen Spaten holen sollte, tat er das.
Es war schon meist elf Uhr, als er wieder auf dem Brinke über dem Könekenmeere war. Es war eine helle Nacht und alle Sterne schienen; doch je mehr die Zeit voranging, um so dunkler wurde es, und als es hart auf Mitternacht ging, konnte er die Hand vor Augen nicht mehr sehen. Mit einem Male wurde es wieder ganz

hell, und da sah er, daß aus dem Könekenmeer ein Fräulein herausstieg, das war wunderschön anzusehen, aber es war nackigt wie ein Fisch, jedoch hatte es eine silberne Krone auf und silberne Schuhe an. Es ging stracks auf ihn zu, stellte sich vor ihn hin, lächelte ihn an und hielt ihm ihre roten Lippen so dicht vor seinen Mund, daß es klar war, sie wollte von ihm geküßt sein. Aber er dachte an seine Liebste und schüttelte den Kopf, und das nackte Fräulein wurde zu Nebel und verschwand in der Luft. Nach einer Weile kam wieder ein nacktes Fräulein aus dem Wasser, das aber eine goldene Krone und goldene Schuhe hatte, und auch dieses bot sich ihm an: als er aber abermals abwehrte, verschwand es ebenso wie das erste, und auch ein drittes, das eine Krone aus Rubin trug und ebensolche Schuhe anhatte, ließ er nicht an sich herankommen. Dann standen auf einmal drei große schwarze Hunde, die aber jeder nur ein Auge hatten, das so groß wie ein Teller war, vor ihm: die rasselten mit ihren Ketten, fletschten die Zähne und kamen ihm so nahe, daß ihre langen roten Zungen ihm fast in das Gesicht langten. Ihm kam das aber nur spaßig vor, denn er sah, daß jeder bloß drei Beine hatte und daß es gar keine rechten Hunde waren, denn die Zweige vor dem trockenen Machangelbusche, der vor ihm stand, gingen mitten durch sie durch. Darum lachte er über sie, und sofort wurden alle drei zu Nebel.

Als er noch über die weißen Fräulein und die schwarzen Kettenhunde nachdachte, fielen mit einem Male sieben Sterne vom Himmel und bildeten über dem Meere einen halben Kreis, ähnlich einem Regenbogen, und davon wurde das Wasser so hell und klar, daß er bis auf den Grund sehen konnte. Und da sah er, daß auf dem Grunde eine eisenbeschlagene Haferkiste stand, und vor der führte eine gläserne Treppe durch den Erdboden bis in den Brink, auf dem er saß; und gerade auf der Stelle, wo die Treppe aufhörte, stand plötzlich eine blaue Flamme und ging langsam auf und ab, ohne zu zittern und zu flackern, und das auf derselben Stelle, wo die weiße Jungfrau verschwunden war, von der er geträumt hatte. Dreimal ging sie auf und ab und dann verschwand sie, ohne daß er sah, wo sie geblieben war. Da wußte er, was er zu tun hatte. Er nahm seinen Spaten und schlug da ein, wo die Flamme gestanden hatte, und als er die siebente Plagge zur Halbe warf, sah er einen eisernen Ring im Sande, und als er daran zog, war eine Kellerklappe daran, die ganz leicht aufging, und unter ihr war die gläserne Treppe zu sehen. Ganz getrost stieg er die siebenundsiebzig Stufen hinab und wunderte sich nur, daß er dabei nicht naß wurde, denn er hatte doch gesehen, daß die Treppe bis auf den Grund des Meeres reichte. Aber rings um ihn und über ihm trat das Wasser zurück wie eine Kuppel aus Glas, und unter ihm war der Boden aus Marmelstein und mit allerlei Zierat ausgelegt, und mitten darauf stand die eisenbeschlagene Haferkiste. In gutem Vertrauen ging er darauf los, klappte sie auf und nahm sich von dem Gelde, mit dem sie bis an den Rand gefüllt war, hundert Taler, machte die Kiste zu und stieg die Treppe wieder in die Höhe, schloß die Kellerklappe, schüttete den ausgegrabenen Sand darauf, legte auch die Plaggen wieder an ihre Stelle, trat sie fest und verließ fröhlichen Herzens den Ort, nicht ohne daß er erst den Hut abgenommen und sich dreimal zum Dank verbeugt hatte. Dann ging er nach einem leerstehenden Schafkoben und schlief dort, bis die Vögel ihn aufweckten. Als er sein Bündel aufnahm, kam es ihm schwerer vor als in der Nacht, und da machte er es auf und sah, daß aus den Silberstücken lauter Gold und daß er nun ein reicher Mann geworden war.

Er blieb aber so einfach und schlicht wie vordem, bloß daß er sich einen schönen Hof kaufte, den er wie ein rechter Bauer bewirtschaftete, wobei ihm seine Frau, ehedem eben jenes arme Mädchen, um dessentwillen er den Schatz gehoben hatte, fleißig half. Er sprach auch zu niemand darüber, wie er zu dem Gelde gekommen war, bis ihm nachgesagt wurde, er habe es irgendwie gestohlen, und da kam er mit der Wahrheit heraus. Nun lebte in jener Gegend ein Mann, der vor Geiz an zu stinken fing, und der quälte ihn so lange, bis er ihm haarklein alles erzählte. Da ging dann der Geizhalz dieselbe Nacht hin und wollte die Truhe im Könekenmeer leer machen. Er nahm sich dazu einen Maltersack mit, und er kam auch eine Weile nach Mitternacht damit angefahren, prahlte gefährlich und als er auf den Sack schlug, klingelte und klapperte es, als wenn er bis oben hin voll Gold und Silber war. Als er ihn aber ausstürzte, kamen lauter Kieselsteine heraus, und in demselben Augenblick flog ein brennender Langbaum, wie ein Schillebold anzusehen, durch die Luft und eine grobe Stimme schrie: „Kehr' her, kehr' hin; das ist dein Gewinn." Da wurde der Geizhals vor Schreck krank, und als er wieder hochkam, war er albern geworden und tat nichts mehr, als daß er am Könekenmeere Steine sammelte und sie auf seinen Hof schleppte und zählte.

Manches Jahr hat er das so getrieben, aber ehe er alle Steine dort aufgesammelt hatte, mußte er sterben, und wer jetzt um das Meer herumgeht, das aber längst nicht mehr so weit und so breit ist wie zu jener Zeit, der kann noch eine Menge solcher bunten Steine dort liegen sehen, die der Geizhals da einst im Schweiße seines Angesichts gesammelt hat. Aber wenn er auch Nacht für Nacht auf der Mitte zweier Tage dort aushält, den Schatz wird er nicht heben, denn die blaue Flamme läßt sich dort schon lange nicht mehr sehen, weil die eisenbeschlagene Kiste siebentausendsiebenhundertsiebzig Klafter tief in die Erde gerückt wurde, nachdem der Geizhals sie leer gemacht hatte.

Zu Geld und Gold bringt man es jetzt in dieser Gegend nur noch, wenn man den Acker baut.

HERMANN LÖNS

# Ein Schuß im Nebel

Zwei oder drei Tage später stand Henning vormittags mit Flinte und Jagdtasche im Garten. Wie er noch so dastand, kam Niels Bryde geritten, ebenfalls zur Jagd ausgerüstet, und obgleich beide sehr wenig voneinander hielten, sprachen sie sich doch freundlich an und schienen sehr entzückt, daß es sich so glücklich traf und sie den Ausflug miteinander machen konnten. Sie gingen also zusammen zur „Rönne", einer ziemlich großen, haidbewachsenen, niederen und flachen Insel draußen an der Fjordmündung. Diese Insel war im Herbst viel von Seehunden besucht, die sich auf den niederen Sandbänken wälzten, die vom Strand aus ins Wasser schossen, oder auf dem großen Gerölle schliefen, das an der Landung lag. Und diesen Seehunden galt die Jagd. Als sie die Stelle erreicht hatten, ging jeder seinen eigenen Weg am Wasser entlang. Das graue neblige Wetter hatte viele Seehunde herbeigelockt, und die beiden Männer hörten einander gleichmäßig schießen. Später nahm der Nebel zu, und um die Mittagszeit lag er so dick über Insel und Fjord, daß es auf zwanzig Schritt Abstand nicht möglich war, Steine und Seehunde voneinander zu unterscheiden.

Henning legte sich am Strande nieder und starrte in den Nebel hinein. Alles war so still, nur ein leises, plätscherndes Geräusch vom Wasser und das ängstliche Pfeifen eines einsamen Strandläufers tauchten zuweilen aus der schweren, drückenden Ruhe auf. Er war all dieser Gedanken müde, müde des Hoffens, müde des Hassens, krank vom Träumen. Hier still sitzen und schläfrig vor sich hinstarren, sich die Welt wie etwas vorstellen, das weit in der Ferne lag, wie etwas, das überstanden war, hier still sitzen und die Stunden eine nach der anderen hinsterben lassen – das war Frieden, das war beinahe Seligkeit. Da klang ein Lied durch den Nebel, glücklich und jubelnd:

Im Mai, da führ ich heim die Braut,
Eine Rose, eine Lilie traut,
He, Spielmann, spiel!
Dann soll der Wald sich schmücken grün,
Im Feld soll Blum' an Blume stehn,

Der Vollmond soll die Welt durchziehn,
Die Sonn' will strahlend heiß ich sehn.
Der Kuckuck ruft hinaus ins Land,
Daß ich mein goldnes Glück nun fand,
Doch die Sorge, die bleibt fein zu Haus.

Das war Niels Brydes klare Stimme. Henning sprang auf; wie ein Blitz schlug der Haß bei ihm ein; sein Auge brannte, er lachte heiser, dann legte er die Flinte an die Wange,

„Doch die Sorge, die bleibt fein zu Haus"

klang es noch einmal; er zielte nach dem Ton im Nebel, die letzten Worte erstarben im Knall – dann war alles still wie zuvor. Henning mußte sich auf die rauchende Flinte stützen; er hielt den Atem an, um zu horchen – nein, Gott sei Dank! es war nur das Plätschern des Wassers und der ferne Schrei aufgeschreckter Möven. – Doch! Da drinnen im Nebel jammerte etwas. Er warf sich auf die Erde, drückte das Gesicht ins Haidekraut, und hielt sich die Ohren zu. Deutlich sah er das verzerrte Gesicht, die krampfhaften Zuckungen der Glieder und das rote Blut, das unaufhaltsam aus der Brust strömte, Strom auf Strom, das bei jedem Herzschlag hervorbrach – es ergoß sich auf das braune Haidekraut, floß an den Blättern und Stengeln herab und sickerte zwischen den schwarzen Wurzeln ein.
Er erhob den Kopf und horchte: es jammerte noch, aber er hatte nicht den Mut hinzugehen, nein, nein! Er riß das Haidekraut mit den Zähnen aus, wühlte mit den Händen in der lockeren Erde, wie um ein Versteck zu suchen, er wälzte sich wie ein Wahnsinniger hin und her, aber es war noch immer nicht vorbei, er hörte es noch immer jammern.
Endlich wurde es still. Er lag lange und horchte, dann kroch er langsam auf allen vieren in den Nebel hinein. Es dauerte lange, bevor er etwas sehen konnte, dann fand er Niels endlich am Fuß einer kleinen Erderhöhung. Er war tot: der Schuß hatte ihn in die Herzgrube getroffen. Henning nahm die Leiche in die Arme und trug sie quer über die Insel in das Boot, in dem sie gekommen waren; dann nahm er die Ruder auf und ruderte ans Land. Von dem Augenblick an, wo er die Leiche gesehen, hatte seine

Erregung sich gelegt, und eine stille, dumpfe Wehmut war an ihre Stelle getreten. Er dachte an die Vergänglichkeit des Lebens, und wie schonend er jene zu Hause vorbereiten müsse.

## JENS PETER JACOBSEN

„Sage mir kein Wort“, fiel der Schuster ein, „sondern vergiß es so schnell wie möglich, was ich dir erzählt habe; ich habe es auch beinah vergessen. Siehst du die Reiter dort in der Heide? Die lauern dir auf, und du wirst ihnen den Wegzoll nicht weigern, den sie dir abverlangen. Dabei will ich nicht stören. Lebe wohl! lauf dir die Sohlen nicht schief, nimm kein falsches Geld, und wenn du einmal nicht weißt, ob du lachen oder weinen sollst, so lache, lache aus vollem Halse, das ist tausendmal gescheiter. – Viel Glück ins Feld!“

„Auf Wiedersehen, Timmo!“

„Fahre wohl, Sülfmeistersohn!“

Sie reichten sich die Hände und der Schuster wandte sich stadtwärts.

Gilbrecht schritt wacker aus in der offenen, nun baumlosen Heide, aber die Reiter kamen ihm schon entgegengetrabt. Es waren Balduin und Hildegund.

„Kommst du, mein Fahrender?“ rief ihm Hildegund zu, sprang geschickt vom Pferde, dessen Zügel sie Balduin übergab, und ging mit Gilbrecht Hand in Hand zu Fuß, während Balduin langsam nebenherritt, ohne an der halb geflüsterten Unterhaltung der Liebenden teilzunehmen. Aber endlich mahnte er Hildegund zur Rückkehr.

Nun gab es einen langen, heißen Abschied, bis Hildegund sagte: „Jetzt sei mein Ritter und hilf mir in den Bügel.“ Da beugte Gilbrecht das Knie, und darauf fußend schwang sich die geübte Reiterin leicht in den Sattel.

Auch Balduin drückte dem Freund die Hand; dann noch ein Winken herüber und hinüber, und Gilbrecht zog seine Straße fürbaß. Die Geschwister aber hielten noch lange auf demselben Flecke und blickten dem sich mehr und mehr Entfernenden schweigend nach.

Schon war er über Rufweite hinaus, da plötzlich gab Hildegund ihrem Pferde einen Druck und sprengte in sausendem Galopp hinter dem Wandernden her. Als sie ihn eingeholt hatte, sagte sie: „Der letzte Kuß sollte keine Zeugen haben!“, bog sich vom Pferde zu Gilbrecht herab, umschlang ihn und küßte ihn.

*Johannes Gehrts: Als sie ihn eingeholt hatte, sagt sie: „Der letzte Kuß sollte keinen Zeugen haben!“*

„Behüt' dich Gott, meine Hildegund!“ sprach er.
„Übers Jahr, Gilbrecht! übers Jahr!“ jubelte sie.
Schnell warf sie das Roß herum und jagte zu ihrem harrenden Bruder zurück.
Die Heide stand in voller Blüte. Bis in grenzenlose Ferne lag sie rundum in einer schimmernden Pracht, und die Farben spielten und wechselten in wundervollem Glanze. Das zarte Rosa der einzelnen Blüten wob sich, weil meilenweit dicht gedrängt Busch an Busch und Blüte neben Blüte stand, zu einer einzigen, gleichmäßigen Decke von einem freudigen Hellrot, das je ferner vom Auge, je satter und reicher wurde und allmählich in echten Purpur überging. Dann legte sich unmerklich ein bläulicher Hauch über das leuchtende Meer, durchdrang es stärker und leitete es sanft in ein herrliches, vollgetränktes Violett, das sich immer tiefer, immer dunkler hinauszog, bis es in letzter Ferne sich in ein vollkommenes Schwarz zu verlieren schien.
Noch immer konnten die sich sehen, über die nun Scheiden und Meiden verhängt war. Manches Mal stützte Hildegund die Hand auf das Kreuz ihres Pferdes und schaute rückwärts dem geliebten Wanderer nach, der in immer kleiner, immer schwächer werdender Gestalt durch die prangende Flur dahinschritt. Je größer aber der Raum der Trennung wurde und auf je farbendunklerem Grunde sich Gilbrecht bewegte, desto schwieriger ward es, sein mattes, immer weiter entrückendes Bild zu erkennen. Mehr als einmal schon hatte sie ihn verloren; dann hielt sie ihr Pferd an und suchte die Ferne zu durchdringen. Er kam auch immer wieder zum Vorschein, noch nicht losgelassen von ihr, mit Blicken der Sehnsucht zurückgezogen in die Sichtbarkeit des Daseins. Aber war das langsam, kaum unterscheidbar sich regende Wesen, der unsichere, irrende Punkt dort wirklich ihr jugendlich schöner Bräutigam, der blonde Gilbrecht? O ja! Sie sah ihn mit rüstigen Schritten dahinziehen, den Ranzen breit auf dem Rücken, den Wanderstab fest in der Hand und mit dem bekränzten Hut auf dem lockigen Haupt; – mit dem Herzen sah sie ihn so, mit den Augen nicht mehr. Er war spurlos verschwunden in der sonnigen Pracht der endlos blühenden Heide.

JULIUS WOLFF

## Eine Hirschjagd und ihre Folgen

Soll dieß ein langes oder ein kurzes Kapitel werden? – Dieß ist eine Frage, wobei Sie, geneigter Leser, keine Stimme haben, so groß auch ihre Theilnahme an den Folgen sein mag; gerade wie Sie, (gleich mir) bei einer neuen Abgabe nichts zu thun haben, als die Kleinigkeit, sie zu bezahlen. Glücklicher sind Sie, im vorliegenden Falle, wenn es auch in meiner Willkühr steht, meinen Stoff, wie ich will, auszudehnen, so kann ich Sie doch nicht vor Gericht belangen, wenn sie nicht für gut finden, meine Erzählung zu lesen. Ich will mich also bedenken. Wahr ist, die Annalen und Dokumente, welche ich zur Hand habe, berichten nur wenig von dieser Hochländer-Jagd, aber ich kann anderswo einen angiebigen Stoff zur Beschreibung auffinden. Da liegt des alten Lindsay von Pitscottie Beschreibung der Jagd von Athole vor mir mit ihrem hohen, aus grünem Zimmerholz errichteten Jagdpalast mit allen Getränken, die in Burg und Land zu finden waren, als da sind: Ale, Dünnbier, Tischwein, Muskateller, Malvasier, Hippokras, und Aquavit nebst Waizenbrod, Schwarzbrod, Pfefferkuchen, Rind-Schöpsen, Lamm- und Kalbfleisch, Wildbrät, Gänsen, Frischlingen, Kapaunen, Kaninchen, Kranichen, Schwanen, Rebhühnern, Kibitzen, wilden Enten, Birkhähnchen u. s. w. auf's reichlichste ausgestattet; köstliche Polster, Sibergeräth und Tafelleinwand, so wie geschickte Haushofmeister, Aufwärter, Köche und Zuckerbäcker mit ihren gebackenen und eingemachten Leckereien zum Nachtisch nicht zu vergessen. Ausser diesen Einzelheiten, welche man bei einem Hochländer-Feste (dessen Glanz den päbstlichen Legaten veranlaßte, von seiner bisherigen Meinung, daß Schottland, das – letzte Land in der Welt sei, zurückzukommen) erwarten durfte, konnte ich mein Buch auch mit Taylors Jagd auf den Marfeldern ausschmücken, wo

Durch Haide, Moor, Sümpfe, durch Gras und Mooß
Hasen, Hirsche und Rehböcke klein und groß
Mann und Hund auf dem Berg, zwischen spitziger Klipp'
In kurzer Weil achtzig zusammentrieb
O Niederland, niedrig dein Spiel ist, kühn
Und sah des Hochlandes Spiel und Sinn.

Ohne jedoch meine Leser weiter zu tyrannisiren, oder meine eigene Belesenheit vor ihnen auszukramen, begnüge ich mich damit, einen einzelnen Vorfall aus der Beschreibung der denkwürdigen Jagd zu Lude auszuheben, welche der geistreiche Herr Gunn in seiner „caledonischen Harfe“ erwähnt, und dann fortzuschreiten mit aller Kürze, die mir meine Schreibart, von den Gelehrten die periphrastische, die weitschweifige, genannt, erlaubt. Die Jagdfeier wurde aus verschiedenen Ursachen fast drei Wochen hinausgeschoben, und Waverley verlebte die Zwischenzeit sehr angenehm; denn der Eindruck, welchen Flora seit ihrer ersten Begegnung auf ihn gemacht hatte, ward täglich stärker. Sie eignete sich ganz, einen Jüngling von romantischer Einbildungskraft zu bezaubern. Ihr Benehmen, ihre Sprache, ihr Talent für Dichtkunst und Musik erhöhten und vervielfältigten die Wirkung ihrer persönlichen Reize. Selbst in Stunden reiner Fröhlichkeit war sie über die gewöhnlichen Evastöchter erhaben, und schien nur für den Augenblick aus Gefälligkeit für die Gesellschaft sich zu jenen Zeitvertreiben herabzulassen, die bei andern Lebenszweck sind. In der Nähe dieser Zauberin, wo scherzende Unterhaltung, Musik und Tanz die Abendstunden ausfüllten, gefiel sich Waverley täglich mehr bei seinem gastlichen Wirthe, und ward immer verliebter in seine bezaubernde Schwester. Endlich kam die zur großen Jagd bestimmte Zeit, und Waverley ging mit dem Häuptling nach dem Sammelplatz ab, der eine Tagreise nordwärts lag. Fergus hatte bei dieser Gelegenheit ein Gefolge von dreihundert wohlbewaffneten, und auf's beste herausgeputzten Klangenossen. Waverley fügte sich in so weit der Landessitte, daß er enge Beinkleider von Tartan anlegte (zu dem Kilt oder Schurz wollte er sich nicht verstehen), die hier zu Land gebräuchlichen Schuhe und die hochländische Mütze trug, als die passendste Kleidung für die Beschäftigung, woran er Theil nehmen wollte, zumal, da sie ihn der Unannehmlichkeit überhob, als Fremder angegafft zu werden. Sie fanden mehrere ausgezeichnete Häuptlinge, welchen Waverley auf's förmlichste vorgestellt, und von ihnen herzlich empfangen ward. Die Klansleute, zu deren Lehnspflicht es gehörte, ihren Obern bei solchen Zügen zu folgen, erschienen so zahlreich, daß das Ganze ein kleines Heer bildete. Diese thätigen Gehülfen verbreiteten sich fern und nah über das Land, und bildeten einen sogenannten

Tinchel oder Kreis, der sich allmälig enger schloß, und so das Wild in ganzen Rudeln gegen das Thal trieb, wo die Häuptlinge und vornehmsten Jäger es erwarteten. Mittlerweile bivouakirten die vornehmsten Herrschaften in ihre Plaids gehüllt, auf der blüthereichen Haide, und Waverley fand es gar nicht unangenehm, eine Sommernacht auf solche Weise hinzubringen.
Mehrere Stunden nach Sonnenaufgang blieb es auf den Bergrükken, und in den Engpässen still und öde, und die Häuptlinge unterhielten sich mit ihren Begleitern auf mancherlei Weise, wobei die Freuden der Muschel, wie Ossian sagt, nicht vergessen wurden. Andere saßen auf Hügeln, und waren vermuthlich eben so tief in politische Erörterungen und Neuigkeiten vertieft, als Milton's Geister in metaphysische Forschungen. Endlich erscholl das Losungszeichen von der Annäherung des Wildes; lauter Ruf hallte fern her von Thal zu Thal, so wie einzelne Parthien von Hochländern Felsen erklommen, durch Buschwerk drangen, durch Bäche wateten, und immer näher und näher zusammenrückten, und die bestürzten Hirsche mit anderm Wild, das vor ihnen her floh, in einen Kreis einzwängten. Von Zeit zu Zeit hörte man jetzt Flintenschüsse, die tausendfachen Widerhall erweckten. Das Bellen der Hunde stimmte ein in den Chor, der nun immer lauter und lauter wurde. Endlich zeigten sich einzelne Rudel Wild, und wie die Abstreifer zu zwei oder drei den Engpaß herabkamen, versuchten die Häuptlinge ihre Kunst, indem sie sich die fettesten Rehböcke auswählten. Fergus zeigte eine ausgezeichnete Fertigkeit, auch Eduard war so glücklich, die Aufmerksamkeit und den Beifall der Jäger auf sich zu ziehen. Nun erschien im Hintergrund des Thales das Hauptrudel des Wildes, eng zusammengetrieben, und eine furchtbare Phalanx bildend, so daß die Hirschgeweihe in der Ferne gleich einem entlaubten Gehölze über dem Rücken des steilen Passes hervorragten. Ihre Anzahl war sehr groß; verzweiflungsvoll hielten sie Stand, reihten sich, mit den größten Hirschen an der Spitze, in eine Art von Schlachtordnung auf, und faßten die Gruppe ins Gesicht, die ihren Weg in das Thal hinab versperrte. Die erfahrensten Jäger ahnten Gefahr, aber gleichwohl begann das Werk der Vernichtung von allen Seiten. Hunde und Jäger waren geschäftig, Kugelbüchsen und Flinten knallten ringsumher. Die Thiere, zur Verzweiflung getrieben,

machten endlich einen furchtbaren Angriff, gerade auf den Punkt, wo die ausgezeichnetsten Jäger ihren Standpunkt genommen hatten. Jetzt ward auf Gälisch das Losungswort gegeben, sich auf's Angesicht nieder zu werfen; allein Waverley, für dessen englische Ohren solches verloren ging, wäre beinahe ein Opfer seiner Unkunde des alten Idioms geworden. Fergus bemerkte seine Gefahr, sprang auf und warf ihn mit Heftigkeit nieder, gerade in dem Augenblick, als die ganze Herde über sie herbrach. Da der Angriff ganz unwiderstehlich war, und die Wunden von Hirschgeweihen höchst gefährlich sind, so darf man annehmen, daß die Thätigkeit des Häuptlings seinem Gast das Leben rettete. Mit festem Arm hielt er ihn nieder, bis der ganze Schwarm über sie hingerannt war. Waverley versuchte jetzt aufzustehen; allein er fand, daß er mehrere starke Quetschungen davon getragen hatte, und entdeckte bei näherer Untersuchung, daß sein Fußknöchel heftig verrenkt war. Dieß störte die fröhliche Stimmung der Jagdparthie, obgleich die Hochländer, gewohnt an solche Zufälle, und darauf vorbereitet, selbst keinen Schaden genommen hatten. Schnell wurde eine Hütte von Zweigen errichtet, und Eduard auf ein Lager von Haidekraut niedergelegt. Der Wundarzt, oder vielmehr der Mann, der sich dieses Amtes anmaßte, schien die Eigenschaften des Thierarztes und des Beschwörers in sich zu vereinigen. Er war ein alter Hochländer mit einem ehrwürdigen, grauen Barte; seine einzige Kleidung bestand in einem bis auf die Knie reichenden Kittel von Tartan, der, vorn ungetheilt, zugleich als Wamms und Hosen diente. Mit vieler Förmlichkeit trat er auf Eduard zu, und obgleich unser Held heftige Schmerzen erlitt, so wollte er doch zu keiner Operation schreiten, die ihm Linderung verschaffen könnte, bis er sein Lager dreimal von Osten nach Westen gemäß dem Laufe der Sonne umkreist hatte. Dieß hieß man das Deasile machen, und sowohl der Arzt als auch die Anwesenden schienen es für einen zur Heilung höchst wichtigen Akt zu halten, und Eduard, den der Schmerz unfähig machte, sich dieser Cerimonie zu widersetzen, duldete schweigend; da er wohl einsah, daß er nicht Gehör finden würde. Als diese gehörig vollendet war, schröpfte der alte Aeskulap den Kranken mit großer Geschicklichkeit, und begann hierauf, gälische Worte vor sich hinmurmelnd, über dem Feuer gewisse Kräuter zu kochen, womit er die beschädigten Theile einrieb und erwärmte, indem er unaufhörlich Gebete und Zauberworte vor sich hin sprach. Worin sie bestanden, konnte Waverley nicht unterscheiden, da er nichts als die Worte Kaspar, Melchior, Balthasar, max, prax, sax und ähnliches Kauderwelsch herausfand. Die Wärmung that augenblickliche Wirkung, indem sie den Schmerz und die Geschwulst linderte, was unser Held der Kraft der Kräuter oder der Einreibung zuschrieb, die Umstehenden aber den Zaubersprüchen, womit der Arzt die Operation begleitet hatte. Man gab Eduarden zu verstehen, daß diese Kräuter durchaus nur beim Mondschein gesucht worden seien, und daß der kundige Sammler dabei folgenden Zauber gesprochen habe:

Heil Dir, Du heilig Kraut,
Du wuchsest in heiligem Land,
Auf dem Olivenberg
Vor allem, man Dich fand.

Du bist gut für mancherlei Quetschung
Und heilest jegliche Wund,
In unsrer Frauen heiligen Namen
Heb ich Dich von dem Grund.

Eduard bemerkte mit einigem Befremden, daß selbst Fergus, Trotz seinen Kenntnissen und seiner Erziehung, die abergläubischen Begriffe seiner Landsleute zu theilen schien, sei es nun, weil er es nicht für klug hielt, über allgemein geglaubte Dinge Zweifel zu äussern, oder, was noch wahrscheinlicher ist, weil, wie bei den meisten Menschen, welche über solche Gegenstände nicht scharf nachdenken, in ihm ein Aberglaube zurückblieb, welcher der Freisinnigkeit seiner Aeusserungen und seiner Häuptlingsweise bei andern Gelegenheiten durchaus widersprach. Waverley machte deßhalb keine weitere Bemerkungen über die Art seiner Behandlung, sondern belohnte diesen Professor der Medizin mit einer Freigebigkeit, die seine kühnsten Hoffnungen überstieg, und worüber der Alte in einen solchen Schwall unzusammenhängender, halb gälischer halb englischer Segenswünsche ausbrach, daß Mac Ivor, ärgerlich über das Uebermaß seiner Dankbarkeit, sie mit dem Rufe: *ceade millia mallighiart!* (Zum Teufel mit Deinem Altweibergekrätsch!) unterbrach, und den Menschenretter zur Hütte hinausschob. Als Waverley allein war, fiel er, erschöpft durch den Schmerz und die Anstrengung, – es war ein harter Tag für ihn gewesen – in einen tiefen, aber fieberhaften Schlaf, den er hauptsächlich einem Opiat verdankte, das ihm der alte Hochländer aus Kräutern bereitet hatte.

SIR WALTER SCOTT
(ÜBERSETZT VON DR. LEONHARD TAFEL 1828)

# Schnee auf der Heide?

Wenn du aus einem langen, bangen Kiefernwalde kommst, der von oben aussieht wie ein schwarzer Fleck Nacht, welchen die Sonne auf der Erde zu beleuchten vergessen, und nun fangen sich die hohen Bäume zu lichten an, die schlanken braunen Stämme werden vom Abendbrot angesprenkelt, und die krausen Wipfel regen sanft ihre Nadeln in den freier spielenden Lüften, da wird dir wohl zumut ums Herz. Das Freie, was du vor dir siehst, sind nicht Rebengelände und plätschernde Bäche aus fernen, blauen Bergen über ein Steinbett schäumend, 's ist nur ein Elsenbruch, vielleicht nur ein braunes Heidefeld, und darüber ziehen sich Sandhügel hinauf, in denen der Wind herrscht, das magere Grün, das von unten schüchtern heraufschleicht, anheulend wie ein neidischer Hund, der über seinen nackten Knochen noch murrend Wache hält. Eine Birke klammert sich einsam an die Sandabhänge, ein Storch schreitet vorsichtig über das Moor, und der Habicht kreist über den Büschen. Aber es ist hell da, du atmest auf, wenn der lange, gewundene Pfad durch die Kiefernacht hinter dir liegt, wenn das feuchte Grün dich anhaucht, das Schilf am Fließe rauscht, die Käfer schwirren, die Bachstelzen hüpfen, die Frösche ihren Chor anheben und dein Auge dem Luftzug folgt, der leis über die Heidekräuter streift.

Es ist der stille Zauber der Natur, die auch die Einöden belebt; und ihr Auge ist auch hier, denn dort hinter dem schwarzen, starren Nadelwald liegt ein weiter, stiller, klarer See. Er hüllt sich ein, wie ein verschämtes Weib, in seine dunkelgrünen Ufer, und möchte sie noch fester um sich ziehen, daß kein unberufener Lauscherblick eindringt. Er spiegelt sich wieder in einem dunklen Wasser, mit ihrem Rauschen, mit ihrem Flüstern. Aber das dunkle Wasser wird plötzlich klar, wenn die Wolken vorüberziehen, ein Silberblick leuchtet auf; der blaue Himmel schaut dich an; der Mond badet sich, die Sterne funkeln. Dort ergießt der volle See sein Übermaß in ein Fließ, das vom Waldrande fort in die Ebene sich krümmt. Hier bespült es Elfenbüsche, die es überschatten und gierig seine Wellen ausschlürfen möchten, sickert über die nassen Wiesen und wühlt sich dort im Sande ein festeres Kiesbett, um Hügel sich windend, an Steinblöcken

*Willibald Alexis (Photographie)*

vorübersprudelnd und durstige Weiden tränkend. Die vereinzelten Kiefern, Vorposten des Waldes, wettergepeitscht, trotzig in ihrer verkrüppelten, markigen Gestalt, blicken umsonst verlangend nach den kühlen Wellen; nur ihre Riesenwurzeln wühlen sich unter dem Sande nach dem Ufer, um verstohlen einen Trunk zu schlürfen.

Wer heut von den fernen Hügeln auf dieses Waldeck gesehen, hätte es nicht still und einsam gefunden. Zuerst hätte ein weißer, wallender Glanz das Auge getroffen, dann ringelten Rauchwirbel empor, und um die schwebenden Feuer bewegten sich Gestalten. Schnee war das Weiße nicht, denn die Bäume röteten sich zwar schon herbstlich, aber schüttelten noch sparsam ihre welken Blätter ab, und die Wiesen prangten noch in kräftigem Grün. Schnee war es nicht, denn es blieb nicht liegen; es flatterte und rauschte auf, hellen Lichtglanz werfend und dann wieder verschwindend. Schwäne waren es auch nicht, die aufflattern wollen und die Flügel wieder sinken lassen. Das hätten Riesenvögel sein müssen, deren es im Havellande und der Zauche nie gegeben hat. Auch Segel nicht, die der Wind aufbläht und wieder niederschlägt, denn auf dem Fließe trieben nur kleine Nachen.

Auch Zelte nicht, denn es bewegte sich hin und her, und wer näher kam, sah deutlich zwischen den Feuern Hütten aufgerichtet, zierlich von Stroh und rohere von Kiefergebüsch.
Eine Lagerung war es, aber der einsame Reisende brauchte sich vor Raubgesellen nicht zu fürchten; die paar Spieße, die in der Nachmittagssonne glänzten, standen friedlich an die Hüttenpfosten oder Bäume gelehnt. Räuber lachen und singen nicht so heitere Weisen, und die Lüderitze lagerten, wenn sie ausritten, auch nicht in entlegenen Winkeln, zwischen Heide und Moor, wo Kaufleute nicht des Weges ziehen. Ja, wär's zur Nachtzeit gewesen, der Ort war verrufen, auf unheimliche Weiber hättest du schließen können, die ihre Tränke brauen, wo keiner es sieht. Aber es war noch ein heller Nachmittag, und ebenso hell schallte bisweilen ein frohes Gelächter herüber, untermischt mit anderem seltsamen Geräusch, wie Klatschen und Klopfen. Kurz, es war ein Lager allerdings, aber nicht von Kriegsknechten oder Wegelagerern, nicht von Kaufleuten oder Zigeunern, welche die Einsamkeit suchen; es war ein Feldlager, wo mehr Weiber als Männer waren, und das Feldlager war eine große Wäsche.
Von den Sandhöhen nach Mitternacht, deren nackte Spitzen über das Heidegestrüpp vorblickten, konnte man es deutlich sehen. In einem Sattel dieser Sandhügel stand nämlich ein bepackter Karren. Sein Eigentümer, der Krämer, hatte ihn hier untergebracht, außer dem Wege, damit kein Späherauge Gäule noch Wagen entdecke, bevor er sich versichert, was da unten vorging. Selbst war er geräuschlos, vorsichtig, auf die Kiefer geklettert, um auszuschauen, und sein ängstliches Gesicht heiterte sich auf. Denn was er sah, hatte nicht allein gar keinen Anschein von Gefahr, sondern sogar für ihn etwas Lockendes. Der weiße, wallende Glanz kam von den an Seilen trocknenden Leinwandstücken her, die der Wind dann und wann hoch aufblähte. Andere große Stücke lagen zur Bleiche weithin zerstreut am Fließ, an den Hügelrändern bis in den Wald hinein. Überall war Ordnung und das waltende Auge der Hausfrau sichtbar.

WILLIBALD ALEXIS

# Goldene Heide

Die Heide hat vier hohe Zeiten; sie blüht viermal im Jahre. Bevor im Vorherbste der Honigbaum sich rosenrot färbt, hat die Heide schon eine Blüte erlebt.

Wenn am tauklaren Maimorgen die Birkhähne trommeln und blasen, schmückt sie sich mit den silbernen Seidenblumen des Wollgrases; es sieht dann aus, als wäre der Winter noch einmal zurückgekehrt.

Jedes Birkenbäumchen aber straft mit dem leuchtenden Grün seiner jungen Blätter diesen Wahn Lüge, und auch die Heidlerche, die unter den Wolken hängt und so lustig dudelt, als wäre sie berauscht von dem Balsamduft, der aus den Smaragdwellen zu ihr aufsteigt.

Das ist die Zeit, in der die ganze Heide singt und klingt; Sonntags abends ziehen dann die jungen Mädchen, in breiter Reihe untergehakt, über die Dorfstraße und singen alte, schalkhafte Lieder von dem Jäger und dem Mädchen im Walde.

Wenn das Heidekraut blüht im September und die Immen um den Honigbaum summen, wenn die Heidberge in Rosenrot, Purpur und Violett getaucht sind, dann zieht auch der Stadtmensch in die Heide hinaus und schwärmt für ihr Blühen und Glühen.

Ist aber das Heidekraut längst abgeblüht, ist das Silbergrau der trockenen Kelche zu fahlem Graugelb verwittert, dann ist die Heide vergessen, dann ist sie einsam und still; nur wenige Leute wissen, daß dann die Zeit kommt, in der sie ihr allerschönstes Kleid aus der Lade holt.

Wenn die wandernden Kraniche unter den Wolken her ziehen, wenn die Wildgänse rufen, wenn der Nordwind über die Buchweizenstoppel geht und die Kartoffelfelder leer und zerwühlt sind, dann legt die Heide ihr herrlichstes Gewand an.

Aus schwerem Goldbrokat ist es gearbeitet, grüne Samtaufschläge zieren es, mit gelbseidenen Borden und purpurnen Kanten ist es besetzt, mit Scharlachfäden durchwirkt und über und über mit glitzernden Diamanten, schimmernden Perlen und leuchtenden Korallen benäht.

Dichte, langwallende Nebelschleier verhüllen morgens ihres

*Friedrich Kallmorgen: Oktoberabend in der Heide (1891)*

Prunkgewandes Pracht; langsam, als schäme sie sich der eigenen Herrlichkeit, legt sie einen Schleier nach dem andern ab, enthüllt erst ihres Braunhaares Korallenschmuck, ihres Halses Diamantengeglitzer, ihrer Schultern Silberspitzentuch, ihres Gürtels Goldgefunkel, ihres Kleides grünbraunen, scharlachdurchzogenen Faltenfall.

Sie ist nicht mehr die junge, lustige Heide mit dem Birkenbalsamduft, in dem smaragdgrünen Seidenkleid, nicht mehr die hübsche, junge Frau in der rosenroten Atlasschleppe; eine stattliche Frau in den besten Jahren ist sie geworden.

Das Lerchenliederlachen ihrer Mädchenjahre hat sie verlernt, die Blaufalterseligkeit ihrer jungen Frauenzeit liegt weit von ihr; sie ist stiller und ernster geworden, um Mund und Augen ziehen sich feine Fältchen, sie hat ihre trüben Stunden, in denen sie des ersten Schnees in ihrem braunen Haar gedenkt, den ihr des Jahres Ende bringen wird; aber sie kann immer noch lachen und strahlen und glänzen, blieb immer noch eine schöne Frau.

Ein wenig mehr Fülle hat sie bekommen, etwas bequemer ist sie geworden; sie liebt es nicht mehr, so lange wach zu bleiben bei den Feuerwerkfesten der Abendsonne und den Liederkonzerten der Lerchen; sie bleibt auch schon gern ein bißchen länger im Nebelbett, steht nicht mehr so früh auf, und sie braucht etwas mehr Zeit zum Anziehen und eine Stunde mehr für ihre Flechten. Das ist aber ihr gutes Recht: alternde Leute schützt ein wenig Sorgfalt vor dem Alter, und man soll ihr Tun nicht Eitelkeit nennen.

Auch Launen hat sie bekommen mit der Zeit; Tage hat sie, an denen ihre Stirn kraus und ihre Augen düster bleiben; sie seufzt dann über die verlorene Jugend und stöhnt über die kleinen Gebrechen, die das kommende Alter künden; dann hüllt sie sich in den grauen Mantel und ist unliebenswürdig gegen störende Gäste.

Wer sie aber gut kennt, der kümmert sich nicht um ihre Launen; mag sie auch alle Fenster mit dichten, weißen Vorhängen verhüllt haben, schließlich strahlt doch ihres warmen Herzens Sonnigkeit, leuchtet ihrer Güte Lächeln, blaut ihres Frohsinns Himmel, kommt ihrer Seele goldener Reichtum bezaubernd zum Ausdruck, und sie ist dann schöner und herrlicher als je. Es ist der Mühe wert, sich zu ihrem Herbstfest einzuladen. Wunderbar hat sie ihr Heim geschmückt, in ein Prachtgewand sich gekleidet, in das schwere Kleid aus Goldbrokat, das sie nur kurze Zeit trägt, und das sie bald mit dem silbernen Gewand vertauscht, in das der Rauhreif sie kleidet, ihrem letzten Blütenkleide, ehe das Schneelicht sie bedeckt.

Lieblich ist ihr Maienfest, wonnesam ihre Spätsommerfeier, aber prächtig ist das hohe Fest, das sie im Herbste gibt. Erstaunt steht der Gast, der noch nie bei dieser Feier war; wohin er sieht, scheint es von blankem Golde, leuchtet es in gleißender Pracht, funkelt es in reicher Glut. Da ist kein Birkenbäumchen zu dürftig, als daß es nicht einem güldenen Springbrunnen gliche, jeder Moorbeerbusch glüht rosenrot und alle Poststräucher lodern und brennen. Mit Silberperlen ist der Samtteppich bestreut, und mit mattem Golde sind seine Kanten benäht, und des Prunksaales Decke ist ausgeschlagen mit einem lichten, blauweißen Seidengespinst, von dem sich weiße Flocken ablösen und lustig dahinschweben.

Nicht lange währt der Heide hohes Fest, aber lustig ist es bis zum Ende, bis zu dem wilden Kehraus, zu dem der Wind seine

tollsten Tänze spielt. Dann rieselt das Gold dahin, flittert und flattert, wirbelt empor und taumelt herab, bis ein hohler Tusch das Ende der Feier kündet.
Wer es einmal mitfeiern durfte, das hohe Fest der Heide, der sehnt sich das ganze Jahr über danach.
Vier hohe Zeiten hat die Heide; ihr schönstes Fest aber gibt sie im Herbste.

HERMANN LÖNS

## Die Heide blüht!

Die Heide blüht! Vor meinen Blicken
Dehnt friedlich sich das weite Land.
Die Birken scheinen einzunicken
Gleich Schlummernden am Wegesrand.
Die Weite rings in Rosenschimmer glüht –
Die Heide blüht!

Wie ist es doch zur Mittagsstunde
So still auf weitem Blütenfeld!
Kein Mißlaut giebt dem Wandrer Kunde
vom haftenden Gewühl der Welt,
In dem der Menschenschwarm sich ächzend müht –
Die Heide blüht!

Hier scheint die flüchtige Zeit zu schlafen
Gleich jenem grauen Hünenstein,
An dem der Hirt mit seinen Schafen
Gemach im Schatten schlummert ein.
Auch mir senkt leise sich das Augenlid –
Die Heide blüht!

Der Duft der Blüten zieht mich nieder
Gleich jenem Hirten in das Kraut. –
Gar seltne Bilder seh' ich wieder,
Die ich als Kind dereinst geschaut,
Und Traum und Duft berauschen mein Gemüt –
Die Heide blüht!

AUGUST FREUDENTHAL

*W. Hensel: Wolfgang Müller*

## Die Lüfte halten matte, träge Rast

Die Lüfte halten matte, träge Rast,
Die Haide liegt in grauen Leichenschleiern,
Der Himmel steht, ein düst'rer Trauergast:
Natur schaut so verwacht, veraltet, bleiern.

Kalt, duft- und blüthelos liegt Kraut und Strauch,
Kein Vogel lenkt vorbei die raschen Flüge;
Den Tannenbaum am Weg durchweht kein Hauch,
Es senkt der Tod sich auf der Erde Züge.

Kein Flüstern tönt im Schilf, glatt liegt das Moor,
Als ob kein Kräuseln mehr den Fluthen tauge;
Sie sind zu matt – der Sumpf schaut aus dem Rohr
Gleich wie des Lands gebroch'nes dunkles Auge.

WOLFGANG MÜLLER

## Rasch eilt vorbei –

Rasch eilt vorbei der fluthgeschwoll'ne Bach,
Der Haide einz'ger, ängstlich wilder Rufer.
Ach Gott! kein Himmelsblau, kein Blätterdach
Erglänzet drin, kein Schilf umweht das Ufer.

Mit keiner Blume spielet er am Saum,
Kein Fisch entspringt den traurig grauen Wellen;
Er denkt an seinen alten Waldestraum,
Und eilt, sich schönern Ortes zu gesellen.

WOLFGANG MÜLLER

# Es dunkelt schon in der Heide

Ich hörte die Sichel rauschen, sie rauschte durch das Korn,
ich hört' mein Feinslieb klagen, sie hätt' ihr Lieb verlorn.

Hast du dein Lieb verloren, so hab ich noch das mein:
so wollen wir beide mitnander uns winden ein Kränzelein.

Ein Kränzelein von Rosen, ein Sträußelein von Klee:
zu Frankfurt an der Brücke, da liegt ein tiefer Schnee.

Der Schnee, der ist zerschmolzen, das Wasser läuft dahin;
kommst du mir aus den Augen, kommst mir nicht aus dem Sinn.

In meines Vaters Garten, da stehn zwei Bäumelein;
das eine, das trägt Muskaten, das andere Braunnägelein.

Muskaten, die sind süße, Braunnägelein sind schön;
wir beide müssen uns scheiden, ja scheiden, das tut weh.

OSTPREUSSISCHES VOLKSLIED

## Die Reise nach Braunschweig

Den 4. Oktober gingen wir über den Elbstrom. Als wir über den ruhig dahinfließenden Fluß in einer großen und sicheren Fähre setzten, fand ich zwischen Johann, der doch sonst so mutig ist, und einem Löwen große Ähnlichkeit; denn dieser läuft, wenn er ein Hahnengeschrei hört, eine Sache, die ihm durchaus nichts tun kann, und jener zitterte, als er in der Fähre saß. Am jenseitigen Ufer hebt das Königreich Hannover an. Das erste hannöversche Städtchen, das wir trafen, heißt Danne(n)berg, bis wohin uns der Onkel Trapp aus Dömitz begleitete. Hier wurden die Pferde gefuttert und es tranken Vater und Onkel ein Glas Malaga. Ich und Onkel vergnügten uns hier mit dem Damenspiele, aber ich machte Onkel einen solchen Ränzel, daß ihm das Damenspiel verging. Wir trennten uns hier von Onkel und fuhren nach Hohenzeteln*, wo unsere Pferde gefuttert wurden. In diesem Dorfe stand an einem jeden Gebäude ein biblischer Spruch. Hier fiel mir zuerst der Anzug der hannöverschen Bauern auf, der ungefähr folgender ist. Ein dreieckiger Hut, ein blauer Rock mit rotem Unterfutter, eine schwarze Hose, schwarze Strümpfe und Schuhe mit blanken Schnallen, dies war ihr Galla-Kleid. Von Danne(n)berg ging es durch einen Teil der Lüneburger Heide, nach Ülzen.** Diese Heide ist hüglicht, hat einen schwarzen grandigen Boden und ist, wenn man nicht daselbst Plaggen gehauen hat, ganz mit Heidekraut bewachsen. Die Plagger sind Heiderasen, die man mittelst eines breiten auf drei Seiten scharfen Eisens haut. Diese werden, mit einem Drittel Dung vermengt, in eine Grube getreten, wo sie sich entzünden; und dann werden sie statt Dung benutzt. Was Ülzen betrifft, so ist es eine niedliche und gewerbsame Stadt an der Ilmenau, mit 2500 Einwohnern. Wir blieben die Nacht in Ülzen und fuhren den folgenden Morgen nach Gifhorn.*** Wir hatten beständig Chaussee, und sahen ungeheuer viele Herden Heidschnucken. Die Heidschnucken sind kleiner als unsere Schafe,

* Der Ort heißt Hohenzethen.
** R. schreibt ‚Ueltzen'.
*** R. schreibt Giffhorn

*Heinrich Ludwig: Christian Friedrich Reuter*

haben einen kurzen Schwanz, Hörner und ihre Wolle ähnelt den Ziegenhaaren, woher das Pfund auch nur zwei Groschen preußisch Kurant gilt. Ein Franzose, dessen Name mir entfallen ist, sagt in seinen Reisebemerkungen über Hannover: *il y a un peuple, qui s'appelle Haidschnuckes.* Dem Herrn reisenden Franzosen sei ein großes Vivat gebracht. In Gifhorn blieben wir die Nacht und fuhren den folgenden Morgen nach Braunschweig, welches nur vier Meilen von Gifhorn entfernt ist. Drei Meilen hinter Gifhorn verließen wir das Land *du peuple qui s'appelle Haidschnuckes* und kamen in das Land des Herzogs von Braunschweig. Ich war's, der zuerst die hochragenden Türme von Braunschweig sah, und ich meine, daß der Matrose da oben auf *Christophori Columbi* Schiff nicht so stark geschrien habe: ‚Land, Land, Herr Kapitän', wie ich schrie: ‚Braunschweig, Braunschweig, Vater!'"

FRITZ REUTER

# Zur Blütezeit

Ein weites Land, ein ebenes Land
Ist meine heimische Heide,
Der fernaufstrebende Hügelrand
Ist die einzige Falte im Kleide.

Kein schroffer Fels steigt zum Himmel empor
Und zwingt zu bewunderndem Staunen;
Kein Gießbach schäumt aus Schluchten hervor,
Waldmärchen ins Ohr dir zu raunen.

Und doch, wenn im Osten der Morgen graut
Und strahlend sich rötet der Himmel,
Wie weht es heimlich im Heidekraut,
Wie regt sichs in frohem Gewimmel!

Und streift erst der Sonne goldiger Strahl
Der tauigen Erika Glocken,
Schau, wie er hervor mit einemmal
Weiß Lust und Leben zu locken!

Schlaftrunken taumelnd im Blütentau
Die Bienen und Käfer sich recken;
Es flattern die Falter rot und blau
Hervor aus den Schlummerverstecken.

Eidechslein schlüpfen durchs blühende Kraut
In goldig blitzendem Kleide,
Und rings in den Lüften werden sie laut,
Die fröhlichen Sänger der Heide.

Ein rosiges Meer von Blütenduft,
Ein emsiges Leben und Weben,
Und Vogelgezwitscher aus blauer Luft –
Was könnt es wohl Schöneres geben!

AUGUST FREUDENTHAL

*Holzschnitt: Sechs kleine Brontës auf der Heide*

# Die Sturmhöhe

„Er sagte, die schönste Art, einen heißen Julitag hinzubringen, sei, vom Morgen bis zum Abend auf einem Heidehügel mitten im Moor zu liegen, wenn die Bienen einschläfernd zwischen den Blüten summten, die Lerchen hoch über unseren Häuptern sängen und die Sonne ununterbrochen vom wolkenlosen blauen Himmel schiene. Das war seine vollkommenste Vorstellung von der himmlischen Seligkeit. Meine aber war, mich in einem rauschenden, grünen Baumwipfel zu wiegen; dabei müßte Westwind wehen und leuchtend weiße Wolken müßten über mir schnell dahinziehen. Nicht nur Lerchen, auch Drosseln, Amseln, Hänflinge und Kuckucke müßten von allen Seiten ein Konzert veranstalten; in der Ferne müßte man das Moor sehen mit seinen kühlen, dunklen Tälern, nahebei aber sanfte Hügel mit hohen Gräsern, in die der Wind Wellenlinien zaubert, und Wälder und rauschende Wässer; und die ganze Welt müßte wach und toll vor Freude sein. Er wollte, daß alles in tiefstem Frieden daliegen sollte, ich wünschte, daß alles funkelte und tanzte in jubelnder Pracht."

EMILY BRONTË

# Über die Heide

Hellas hatte das Glück, seinen landschaftlichen Charakter in der Religion seiner Bewohner zum Bewußtsein gebracht zu sehen. Hellas ist ein Land des Pantheismus; alle seine Landschaften sind – oder waren es wenigstens – in den Rahmen der Harmonie gefaßt. Und doch drängt sich jeder Baum, jede Quelle, jeder Berg zu sehr in den Vordergrund, und doch ist sein Himmel viel zu blau, seine Sonne viel zu strahlend, sein Meer viel zu großartig, als daß sie sich mit der lakonischen Vergeistigung eines Shelleyschen Spirit of nature, eines allumfassenden Pan begnügen sollten; jedes einzelne macht auch in seiner schönen Abrundung Ansprüche auf einen besonderen Gott, jeder Fluß will seine Nymphen, jeder Hain seine Dryaden haben – und so ward die Religion der Hellenen. Andere Gegenden waren nicht so glücklich; sie dienten keinem Volke zur Grundlage seines Glaubens und müssen ein poetisches Gemüt abwarten, das den religiösen Genius, der in ihnen schlummert, heraufbeschwört. Steht ihr auf dem Drachenfels oder auf dem Rochusberg in Bingen und schaut ihr hin über das rebenduftende Rheintal, die fernen blauen Berge mit dem Horizont verschmolzen, das Grün der Felder und Weinberge, vom Golde der Sonne übergossen, das Blau des Himmels widerstrahlend aus dem Strom – da senkt sich der Himmel mit seinem Licht auf die Erde und spiegelt sich in ihr, der Geist versenkt sich in die Materie, das Wort wird Fleisch und wohnt unter uns – das ist verkörpertes Christentum. Im graden Gegensatz dazu steht die norddeutsche Heide; da ist nichts als dürre Halme und demütiges Heidekraut, das im Bewußtsein seiner Schwäche nicht von der Erde aufzukriechen wagt; hier und da ein ehemals trotzender, jetzt vom Blitz zersplitterter Baum; und je heiterer der Himmel ist, desto schärfer scheidet er sich in seiner selbstgenügsamen Herrlichkeit von der armen verfluchten Erde, die im Sack und in der Asche vor ihm liegt, desto zornesheißer blickt sein Sonnenauge auf den kahlen, unfruchtbaren Sand – hier ist die jüdische Weltanschauung repräsentiert.

Die Heide ist genug gescholten worden, die ganze Literatur hat ihr einen Fluch zugewälzt und sie nur, wie in Platens „Oedipus“, zur Staffage der Satire angewandt, aber man hat es auch verschmäht, ihre seltenen Reize, ihre versteckten poetischen Beziehungen aufzusuchen. Man muß eigentlich in einer schönen Gegend, auf Bergeshöhen und waldigen Felsenkronen, aufgewachsen sein, um das Abschreckende, Trostlose der norddeutschen Sahara recht zu empfinden, aber auch, um den verborgenen, wie die libysche Mirage nicht immer sichtbaren Schönheiten dieses Gebietes mit Lust nachzuspüren. Die eigentliche Prosa Deutschlands steckt nur in den Kartoffelsteppen der rechten Elbseite. Aber die Heimat der Sachsen, des tatenreichsten deutschen Stammes, ist auch in ihrer Öde poetisch. In einer Sturmnacht, wenn die Wolken gespenstisch um den Mond flattern, wenn die Hunde sich von fern einander zubellen, dann jagt auf schnaubenden Rossen hinein in die endlose Heide, dann sprengt mit verhängten Zügeln über die verwitterten Granitblöcke und die Grabhügel der Hünen; in der Ferne blitzt das Wasser der Moore im Widerscheine des Mondes, Irrlichter gaukeln darüber hin, unheimlich tönt das Geheul des Sturmes über die weite Fläche; der Boden wird unsicher unter euch und ihr fühlt, daß ihr in den Bereich der deutschen Volkssage gekommen seid. Erst seit ich die norddeutsche Heide kenne, hab' ich die Grimmschen „Kinder- und Hausmärchen" recht verstanden. Fast allen diesen Märchen sieht man es an, daß sie hier entstanden sind, wo mit dem Anbruch der Nacht das Menschliche verschwindet und die grausigen, formlosen Geschöpfe der Volksphantasie über einen Boden hinhuschen, dessen Öde am hellen Mittag schon unheimlich ist. Sie sind die Versinnlichung der Gefühle, die den isolierten Bewohner der Heide erfassen, wenn er in einer solchen wilden Nacht durch sein Heimatland geht oder vom hohen Turme die öde Fläche schaut. Da treten die Eindrücke, die ihm von den Sturmnächten der Heide aus seiner Kindheit geblieben sind, wieder vor ihn und gestalten sich zu jenen Märchen. Das Geheimnis von der Entstehung des Volksmärchens belauscht ihr am Rhein und in Schwaben nicht, während hier jede Blitznacht – *helle* Blitznacht, sagt Laube – davon mit Donnerzungen redet.

FRIEDRICH ENGELS

*Paul Heyse*

## Heimkehr

Blühendes Heidekraut,
Dein Duft ist wie der Hauch von Kinderlippen;
Dich trag ich heim im Busen frischbetaut.

Rauschende Buchenkronen.
Ihr kühltet über Tag mein heißes Haupt;
Mög euch dafür der Wetterstrahl verschonen!

O trauter Lichtschein in der stillen Klause!
Ich höre Stimmchen hinterm Fenster lachen,
Gar wohlbekannt; gottlob, ich bin zu Hause!

PAUL HEYSE

# Das Münstersche Gericht

Im Kirchspiel Goldenstedt in der Lahrer Heide ist eine Stelle, welche den Namen Königsbänke führt. Dort soll früher einmal im Jahre das Münstersche Gericht gehalten worden sein, welches Münster von dem Grafen von Diepholz streitig gemacht wurde. Wenn nun das Gericht gehalten werden sollte, wurde von der Münsterschen Behörde ein Mann, welcher dort gut Bescheid wußte, nach Drebber geschickt und mußte, wenn die Leute aus der Kirche kamen, mit lauter Stimme rufen: „Donnerdag werd dat Münstersche Gericht hollen." Dann lief er aus allen Kräften fort. Entkam er glücklich, so war die Münstersche Gerichtsbarkeit auf ein Jahr gesichert, und der Graf von Diepholz mußte alle seine Gerechtsame über die streitigen Dörfer auf ein Jahr aufgeben. Aber selten glückte es, denn gewöhnlich wurden, wenn die Zeit herankam, viele auf die Lauer gestellt, und sobald er rief, stürmten sie von allen Seiten auf ihn zu, und konnten sie ihn ergreifen, so bekam er Schläge und wurde ins Gefängnis geworfen, aus welchem ihn die Münsterschen wieder loskaufen mußten. Und dann hatte Diepholz ein Jahr lang Gerichtsbarkeit und Gerechtsame. Um das gefährliche Amt, in Drebber das Gericht auszurufen, meldeten sich jedes Jahr genug, denn wenn es glückte, so gab es eine große Belohnung und Abgabenfreiheit auf ein Jahr.

LUDWIG STRACKERJAN

## Kaiser in der Heide

Das große Dorf Eversten bei Oldenburg ist erst seit etwa 300 Jahren nach und nach entstanden. Eins der ältesten Häuser daselbst ist das Wirtshaus zum weißen Lamm, welches ein Frachtfuhrmann namens Kaiser erbaut und zuerst bewohnt hat. Kaisers Wagen war gewöhnlich mit vier kräftigen Hengsten bespannt. Einst machte Kaiser eine Reise nach Lüneburg und nahm seinen zwölfjährigen Sohn mit. Nachdem sie an einem Nachmittag in die Mitte der vor Lüneburg gelegenen großen Heide gekommen waren, trafen sie ein einsam stehenden Wirtshaus und kehrten dort ein. Der Wirt empfing sie freundlich und führte sie an den Feuerherd, wo unter anderen Fremden einige starke Kerle saßen und sie in verdächtiger Weise ansahen. Und als Kaiser in den Stall ging, um nach seinen Pferden zu sehen, flüsterte eine kleine Magd, die dort mit Fegen beschäftigt war, ihm zu: „Hütet euch."

Da sprach Kaiser zu seinem Sohne: „Christian, der eine Hengst ist krank, ich reite mit ihm zu einem Tierarzte", und heimlich fügte er hinzu: „Lege dich unter die Pferdekrippe und schlafe oder stelle dich schlafend, mag man dich anrufen oder schütteln." Der Sohn tat, wie ihm geboten war. Darauf schlug Kaiser seinem schnellsten Pferd einen Nagel tief in den Vorderfuß, zog dann das hinkende Tier aus dem Stalle und rief den anwesenden Wirt und die Gäste zu Rate. Alle bedauerten das kranke schöne Tier. „Ist kein Tierarzt in der Nähe?" fragte Kaiser. „Drei Stunden von hier wohnt einer", versetzte der Wirt. „So muß ich hin", sprach Kaiser, nahm das Pferd beim Zügel und zog langsam damit fort. Als er so weit gekommen war, daß man ihn vom Wirtshause aus nicht mehr sehen konnte, zog er schnell dem Pferde den Nagel aus dem Huf, schwang sich hinauf und ritt im Galopp nach der Stadt Lüneburg. Am Tore der Stadt machte er sofort Anzeige, und mehrere Dragoner sprengten mit ihm nach der Heide zurück auf das einsame Wirtshaus zu. Es war Abend geworden, als sie da ankamen, und die Fenster des Hauses waren hell erleuchtet. Die Dragoner besetzten die Ausgänge und sahen durch das Fenster einen Menschen mit dem Kopfe auf einem Blocke liegen, und über demselben hatte ein

*John Constable: Hampsteader Heide (1820)*

Mörder eine blinkende Axt zum Schlage erhoben. Eine Kugel setzte dem Beginnen ein Ziel. Jetzt wollten die übrigen Mörder entfliehen, aber sie wurden gefangengenommen und empfingen samt und sonders ihren verdienten Lohn. Als Kaiser seinen Sohn fragte, wie es ihm in der Zwischenzeit ergangen sei, erzählte er: man sei mit einer Laterne zu ihm in den Stall gekommen und habe ihn beim Namen gerufen; da er sich aber schlafend gestellt, hätten sie gesagt: „Die Kröte schläft und wird uns nicht verraten."

LUDWIG STRACKERJAN

*Elisabeth Vigée – Lebrun: Madame de Staël*

## D'Allemagne

„Ein wilder Volksstamm, Heidschnucken genannt, bewohnt die Lüneburger Heide." (... un peuple sauvage, nommé Haidschnuck ...)"

ANNE LOUISE GERMAINE DE STAËL

# Fahrt nach Kassel
(November 1792)

Durch Vorsorge auf Anregung der edlen Freundin ward ich von dem Postmeister nicht allein rasch gefördert, sondern auch durch Laufzettel weiter angemeldet und empfohlen, welches angenehm und höchst nothwendig war. Denn ich hatte bei schöner, freundschaftlicher, friedlicher Unterhaltung vergessen, daß Kriegesflucht mir nachstürme; und leider fand ich unterwegs die Schaar der Emigrierten, die sich immer weiter nach Deutschland hineindrängte, und gegen welche die Postillone eben so wenig als am Rhein günstig gesinnt waren. Gar oft kein gebahnter Weg; man fuhr bald hüben, bald drüben, begegnete und kreuzte sich. Heidegebüsch und Gesträuche, Wurzelstumpfen, Sand, Moor und Binsen, Eins so unbequem und unerfreulich wie das Andere. Auch ohne Leidenschaftlichkeit gieng es nicht ab.

Ein Wagen blieb stecken, Paul sprang geschwind herab und zu Hülfe; er glaubte die schönen Französinnen, die er in Düsseldorf in den traurigsten Umständen wieder angetroffen, seien abermals im Falle, seines Beistandes zu bedürfen. Die Dame hatte ihren Gemahl nicht wieder gefunden, und war, in dem Strudel des Unheils mit fortgerissen und geängstigt, endlich über den Rhein geworfen worden.

Hier aber in dieser Wüste erschien sie nicht; einige alte ehrwürdige Damen forderten unsere Theilnahme. Als aber unser Postillon halten und mit seinen Pferden dem dortigen Wagen zu Hülfe kommen sollte, weigerte er sich trotzig und sagte, wir sollten nur zu unserm eignen, mit Silber und Gold genugsam beschwerten Wagen ernstlich sehen, damit wir nicht etwa stecken blieben, oder umgeworfen würden; denn ob er es gleich mit uns redlich meine, so ständ er doch in dieser Wüstenei für Nichts.

Glücklicher Weise, unser Gewissen zu beschwichtigen, hatte sich eine Anzahl Westphälischer Bauern um jenen Wagen versammelt und gegen ein bedungenes gutes Trinkgeld ihn wieder auf den fahrbaren Weg gebracht.

An unserm Fuhrwerk war freilich das Eisen das Schwerste, und der kostbare Schatz, den wir mit uns führten, so leicht, um in einer leichten Chaise nicht bemerkt zu werden. Wie lebhaft wünscht' ich mir mein Böhmisches Wägelchen herbei! Gleichwohl gab mir jenes Vorurtheil, welches wichtige Schätze bei uns voraussetzte, doch immer eine Art von Unruhe. Wir hatten bemerkt, daß ein Postillon dem andern die Notiz von Ueberschwere des Wagens und die Vermuthung von Geld und Kostbarkeiten jeder Zeit überlieferte. Nun aber wurden wir wegen vorausgeschickter Postzettel, deren richtige Stunde wir ohnehin des schlechten Wetters wegen nicht einhielten, auf jeder Station eilig vorwärts gedrängt und ganz eigentlich in die Nacht hinausgestoßen, da uns denn wirklich der bängliche Fall begegnete, daß der Postillon in düsterer Nacht schwur, er könne das Ding nicht weiter fortbringen, und an einer einsamen Waldwohnung stille hielt, deren Lage, Bauart und Bewohner schon beim hellsten Sonnenschein hätten Schaudern erregen können. Der Tag, selbst der grauste, war dagegen erquicklich; man rief das Andenken der Freude hervor, bei denen man vor Kurzem so trauliche Stunden zugebracht; man musterte sie mit Achtung und Liebe, belehrte sich an ihren Eigenheiten und erbaute sich an ihren Vorzügen. Wie aber die Nacht wieder hereinbrach, da fühlte man sich schon wieder von allen Sorgen umstrickt in einem kummervollen Zustand. Wie düster aber auch in der letzten und schwärzesten aller Nächte meine Gedanken mochten gewesen sein, so wurden sie auf Einmal wieder aufgehellt, als ich in das mit hundert und aber hundert Lampen erleuchtete Kassel hineinfuhr.

JOHANN WOLFGANG VON GOETHE

## Die Hexenheide
(aus „Jenseits des Tweed“)

Kehrt man dem schönen Meerbusen, den wir eben überschauten, den Rücken zu, so haben wir zunächst die Stadt zu unsern Füßen. Jenseits derselben blicken wir in das Grampian-Land hinein, das wir am Tage zuvor in seiner ganzen Ausdehnung, aber auch in seiner ganzen Öde und Traurigkeit passiert haben. Dies breite mächtige Stück Land zwischen dem Busen des Tay und dem Moray-Busen ist das alte Herz des Landes, wo sich die Geschichte desselben abspielte zu einer Zeit, als Edinburg noch ohne alle Bedeutung und das schöne fruchtbare Land im Süden der jetzigen Hauptstadt noch ein Landstrich von unbestimmtem politischen Charakter, mehr eine Republik von Wegelagerern als ein königlicher Besitz war. Das alte Grampian-Land ist deshalb zu gleicher Zeit auch das Land der alten schottischen Könige, zumal König *Macbeths*. Wir finden ihn bald im Süden, bald im Norden von Perth und Inverneß, aber doch immer in nächster Nähe beider. Das Land um den Meerbusen des Tay herum war seine eigentliche Heimat; er tritt auf als Glamis und Than von Fife. Sein Sieg über die Dänen aber führt alsbald zu seiner Belehnung mit nördlich gelegenen Schlössern und Landstrichen. Er wird Than von Cawdor und kommt als solcher wahrscheinlich in Besitz des in der Nähe von Cawdor gelegenen Schlosses von Inverneß, in dem dann die Ermordung König Duncans stattfindet. Als König, so scheint es, gibt er seine nördlichen Besitzungen wieder auf und macht statt dessen das in seiner heimatlichen Grafschaft Perth gelegene Schloß von Dunsinan zu seiner Residenz. Hier unterliegt er dann seinem Geschick und dem Schwerte Macduffs, „der aus seiner Mutter Leibe geschnitten war".

Das Heidemoor von Forres, drauf die Hexen dem Macbeth mit ihrem verführerischen „hail Macbeth, who shall be king" erschienen, liegt fünf Meilen östlich von Inverneß, am Meerbusen des Moray entlang. Wer in einem Dampfboote die Fahrt nach Aberdeen macht, kann, wenn er abends Inverneß verließ, um Mitternacht rechts hinüberlugen nach der Hexenheide und einen Einblick tun in die unheimlich-gespenstische Welt, wo Moornebel und Mondlicht ihre Gestalten brauen.

THEODOR FONTANE

William Shakespeare

# Macbeth

1606

Deutsch von Dorothea Tieck

## Erster Akt.

### Erste Szene.

Eine Heide.

Donner und Blitz.

Drei Hexen treten auf.

*Erste Hexe.* Wann kommen wir drei uns wieder entgegen
Im Blitz und Donner, oder im Regen?
*Zweite Hexe.* Wenn der Wirrwarr stille schweigt,
Wer der Sieger ist, sich zeigt.
*Dritte Hexe.* Das ist eh' der Tag sich neigt.
*Erste Hexe.* Wo ist der Ort?
*Zweite Hexe.* Die Heide dort.
*Dritte Hexe.* Das wird Macbeth sein. Fort, fort!
(Man hört einen Gesang in der Luft.)
*Erste Hexe.* Grau Lieschen, ich komme!
*Alle Drei.* Unke ruft – geschwind.
Schön ist häßlich, häßlich schön:
Schwebt durch Dunst und Nebelhöhn! (Die Hexen verschwinden.)

### Zweite Szene.

Freies Feld bei Fores.

Kriegsgeschrei. Es treten auf der König Duncan, Malcolm, Donalbain, Lenox, Gefolge; ein blutender Krieger kommt ihnen entgegen.

*Duncan.* Welch blut'ger Mann ist dies? Er kann berichten,
Nach seinem Ansehn scheint's, den neuesten Stand
Des Aufruhrs.
*Malcolm.* Dies ist der Kämpfer,
Der mich, als kecker, mutiger Soldat,
Aus meinen Feinden hieb. – Heil, tapfrer Freund!
Dem König gib Bericht vom Handgemenge,
Wie du's verließest.

*Krieger.* Es stand zweifelhaft;
So wie zwei Schwimmer ringend sich umklammern,
Erdrückend ihre Kunst. Der grause Macdonwald
(Wert ein Rebell zu sein; ihn so zu stempeln,
Umschwärmen, stets sich mehrend, der Natur
Bosheiten ihn) ward von den Westeilanden
Von Kernen unterstützt und Galloglassen.
Das Glück, dem scheußlichen Gemetzel lächelnd,
Schien des Rebellen Hure. Doch umsonst,
Denn Held Macbeth, (wohl ziemt ihm dieser Name)
Das Glück verachtend mit geschwungnem Stahl,
Der heiß von Blut und Niederlage dampfte,
Er, wie des Krieges Liebling, haut sich Bahn,
Bis er dem Schurken gegenübersteht:
Und nicht eh' schied noch sagt' er Lebewohl,
Bis er vom Nabel auf zum Kinn ihn schlitzte
Und seinen Kopf gepflanzt auf unsre Zinnen.
*Duncan.* O tapfrer Vetter! würd'ger Edelmann!
*Krieger.* Wie wenn mit erstem Sonnenlicht zugleich
Schiffbrechende Stürm' und grause Donner wüten,
So schwillt aus jenem Quell, der Trost verhieß,
Trostlosigkeit. Merk, Schottlands König, merk:
Kaum schlug Gerechtigkeit, mit Mut gestählt,
In schmähl'che Flucht die leichtgefüßten Kernen,
Als Norwegs Fürst, den Vorteil auserspähend,
Mit noch unblut'ger Wehr und frischen Truppen
Von neuem uns bestürmt.
*Duncan.* Entmutigte
das unsre Feldherrn nicht, Macbeth und Banquo?
*Krieger.* Jawohl! wie Spatzen Adler, Hasen, Löwen.
Gradaus gesagt, muß ich von ihnen melden,
Sie waren wie Kanonen, überladen
Mit doppeltem Gekrach: so stürzten sie,
Die Doppelstreiche doppelnd, auf den Feind.
Ob sie in heißem Blute baden wollten,
Ob auferbaun ein zweites Golgatha,
Ich weiß es nicht –
Doch ich bin matt, die Wunden schrein nach Hilfe.
*Duncan.* Wie deine Worte zieren dich die Wunden;

Und Ehre strömt aus beiden. Schafft ihm Ärzte.
(Der Krieger wird fortgeführt.)
(Rosse tritt auf.)
*Duncan*. Wer nahet hier?
*Malcolm*. Der würd'ge Than von Rosse.
*Lenox*. Welch Eilen spricht aus seinem Blick! So müßte
Der blicken, der von Wundern melden will.
*Rosse*. Gott schütz' den König!
*Duncan*. Von wannen, edler Than?
*Rosse*. Von Fife, mein König,
Wo Norwegs Banner schlägt die Luft, und fächelt
Kühl unsre Truppen.
Norwegen selbst, mit fürchterlichen Scharen,
Verstärkt durch den abtrünnigen Verräter,
Den Than von Cawdor, begann den grausen Kampf;
Bis ihm Bellonas Bräut'gam kampfgefeit,
Entgegenstürmt mit gleicher Überkraft,
Schwert gegen Schwert, Arm gegen dräunden Arm,
Und beugt den wilden Trotz; mit einem Wort:
Der Sieg blieb unser.
*Duncan*. Großes Glück!
*Rosse*. So daß
Nun Sweno, Norwegs König, Frieden fleht;
Doch wir gestatteten ihm nicht Begräbnis
Der Seinen, bis er auf Sankt Columban
Zehntausend Taler in den Schatz gezahlt.
*Duncan*. Nicht frevle länger dieser Than von Cawdor
An unsrer Krone Heil. – Fort, künde Tod ihm an;
Mit seiner Würde grüße Macbeth dann.
*Rosse*. Ich eile, Herr, von hinnen.
*Duncan*. Held Macbeth soll, was der verliert, gewinnen.
(Alle ab.)

Dritte Szene.
Die Heide.
Gewitter.
Die drei Hexen treten auf.

*Erste Hexe.* Wo warst du, Schwester?
*Zweite Hexe.* Schweine gewürgt.
*Dritte Hexe.* Schwester, wo du?
*Erste Hexe.* Kastanien hatt' ein Schifferweib im Schoß
Und schmatzt' und schmatzt' und schmatzt'. Gib mir, sprach ich.
Pack' dich, du Hexe! schrie die garst'ge Vettel. –
Ihr Mann ist nach Aleppo, führt den Tiger;*
Nun schwimm' ich nach im Sieb, ich kann's,
Wie eine Ratte ohne Schwanz;
Ich tu's, ich tu's, ich tu's.
*Zweite Hexe.* Geb' dir 'nen Wind.
*Erste Hexe.* Bist gut gesinnt.
*Dritte Hexe.* Ich den zweiten obendrein.
*Erste Hexe.* All' die andern sind schon mein.
Wo sie wehn, die Küsten kenn' ich.
Jeden Punkt und Zirkel nenn' ich
Auf des Seemanns Karte.
Dürr wie Heu soll er verdorr'n,
Und kein Schlaf, durch meinen Zorn,
Tag und Nacht sein Aug' erquickt,
Leb' er wie vom Fluch gedrückt.
Sieben Nächte, neunmal neun,
Siech und elend schrumpf' er ein.
Kann ich nicht sein Schiff zerschmettern,
Sei es doch umstürmt von Wettern.
Schau', was ich hab'.
*Zweite Hexe.* Weis' her, weis' her.
*Erste Hexe.* Daum eines Lotsen; sinken sah
Ich sein Schiff, dem Land schon nah. (Trommeln hinter der Szene).

* Hackluyt erwähnt in seinen „Seefahrten" (1583) ein englisches Schiff „Tiger" und dessen Fahrt nach Aleppo.

*Dritte Hexe.* Trommeln – Ha!
Macbeth ist da.
*Alle drei.* Unheilsschwestern, Hand in Hand
Ziehn wir über Meer und Land.
Dreimal dein und dreimal mein,
Und dreimal noch, so macht es neun.
Halt! Der Zauber ist gezogen.
(Macbeth und Banquo treten auf.)
*Macbeth.* So schön und häßlich sah ich nie 'nen Tag.
*Banquo.* Wie weit ist's nach Fores? – Wer sind diese?
So eingeschrumpft, so wild in ihrer Tracht?
Die nicht Bewohnern unsrer Erde gleichen,
Und doch drauf stehn? Lebt ihr? Wie? seid ihr was,
Das man darf fragen? Ihr scheint mich zu verstehn,
Denn jede legt zugleich den stumpfen Finger
Auf ihren falt'gen Mund – ihr solltet Weiber sein,
Und doch verbieten eure Bärte mir,
Euch so zu deuten.
*Macbeth.* Sprecht, wenn ihr könnt, wer seid ihr?
*Erste Hexe.* Heil dir, Macbeth, Heil, Heil dir, Than von Glamis!
*Zweite Hexe.* Heil dir, Macbeth, Heil, Heil dir, Than von Cawdor!
*Dritte Hexe.* Heil dir, Macbeth, dir, künft'gem König Heil!
*Banquo.* Was schreckst du, Mann? erregt dir Furcht, was doch
So lieblich lautet? – In der Wahrheit Namen,
Seid ihr Wahnbilder, oder wirklich das,
Was körperlich ihr scheint? Den edeln Kampffreund
Grüßt ihr mit neuem Erb' und Prophezeiung
Von hoher Würd und königlicher Hoffnung,
Daß er verzückt da steht. Mir sagt ihr nichts.
Wenn ihr durchschauen könnt die Saat der Zeit
Und sagen: dies Korn sproßt und jenes nicht,
So sprecht zu mir, der nicht erfleht noch fürchtet
Gunst oder Haß von euch.
*Erste Hexe.* Heil!
*Zweite Hexe.* Heil!
*Dritte Hexe.* Heil!
*Erste Hexe.* Kleiner als Macbeth, und größer.
*Zweite Hexe.* Nicht so beglückt, und doch weit glücklicher.

*Dritte Hexe.* Kön'ge erzeugst du, bist du selbst auch keiner.
So, Heil, Macbeth und Banquo!
*Erste Hexe.* Banquo und Macbeth Heil!
*Macbeth.* Bleibt, ihr einsilb'gen Sprecher, sagt mir mehr.
Mich macht, so hör' ich, Sinels Tod zum Glamis,
Doch wie zum Cawdor? Der Than von Cawdor lebt
Als ein beglückter Mann; und König fein,
Das steht so wenig im Bereich des Glaubens,
Als Than von Cawdor. Sagt, von wannen euch
Die wunderbare Kunde ward? weshalb
Auf dürrer Heid' ihr unsre Schritte hemmt
Mit so prophet'schem Gruß? – Sprecht, ich beschwör' euch!
(Die Hexen verschwinden.)
*Banquo.* Die Erd' hat Blasen, wie das Wasser hat,
So waren diese. – Wohin schwanden sie?
*Macbeth.* In Luft, und, was uns Körper schien, zerschmolz
Wie Hauch im Wind. O, wären sie noch da!
*Banquo.* War so was wirklich hier, wovon wir sprechen?
Oder aßen wir von jener gift'gen Wurzel,
Die die Vernunft bewältigt?
*Macbeth.* Eure Kinder,
Sie werden Kön'ge.
*Banquo.* Ihr sollt König werden.
*Macbeth.* Und Than von Cawdor auch; hieß es nicht so?
*Banquo.* Ganz so in Weis' und Worten. Wer kommt da?
(Rosse und Angus treten auf.)
*Rosse.* Der König hörte hocherfreut, Macbeth,
Die Kunde deines Siegs; und wenn er liest,
Wie im Rebellenkampf du selbst dich preisgabst,
So stritten in ihm Staunen und Bewunderung,
Was dir, was ihm gehört. Doch überschauend,
Was noch am selb'gen Tag geschehn, verstummt er;
In Norwegs kühnen Schlachtreihn sieht er dich,
Vor dem nicht bebend, was du selber schufest,
Abbilder grausen Tods. Wie Wort auf Wort
In schneller Rede, so kam Bot' auf Bote,
Und jeder trug dein Lob, im großen Kampf
Für seinen Thron, und schüttet's vor ihm aus.
*Angus.* Wir sind gesandt vom königlichen Herrn,

Dir Dank zu bringen; vor sein Angesicht
Dich zu geleiten nur, nicht dir zu lohnen.
*Rosse.* Und als das Handgeld einer größern Ehre,
Hieß er, als Than von Cawdor dich zu grüßen:
Heil dir in diesem Titel, würd'ger Than!
Denn er ist dein.
*Banquo.* Wie spricht der Teufel wahr?
*Macbeth.* Der Than von Cawdor lebt: was kleidet ihr
Mich in erborgtem Schmuck?
*Angus.* Der Than war – lebt noch;
Doch unter schwerem Urteil schwebt das Leben,
Das er verwirkt. Ob er im Bund mit Norweg;
Ob Rückhalt der Rebellen, er geheim
Sie unterstützte; ob vielleicht mit beiden
Er half zu seines Lands Verderb – ich weiß nicht:
Doch Hochverrat, gestanden und erwiesen,
Hat ihn gestürzt.
*Macbeth.* Glamis und Than von Cawdor. –
Das Höchst' ist noch zurück. – Dank Eurer Müh'! –
Hofft Ihr nicht Euren Stamm gekrönt zu sehen,
Da jene, die mich Than von Cawdor nannten,
Nichts Mindres prophezeit?
*Banquo.* Darauf gefußt,
Möcht' es wohl auch zur Krone Euch entflammen,
Jenseits dem Than von Cawdor. Aber seltsam!
Oft, uns in eignes Elend zu verlocken,
Erzählen Wahrheit und des Dunkels Schergen,
Verlocken uns durch schuldlos Spielwerk, uns
Dem tiefsten Abgrund zu verraten. – Vettern,
Vergönnt ein Wort.
*Macbeth.* Zweimal gesprochne Wahrheit,
Als Glücksprologen zum erhabnen Schauspiel
Von kaiserlichem Inhalt. – Freund', ich dank' euch!
Die Anmahnung von jenseits der Natur
Kann schlimm nicht sein, kann gut nicht sein: – wenn schlimm, –
Was gibt sie mir ein Handgeld des Erfolgs,
Wahrhaft beginnend? Ich bin Than von Cawdor: –
Wenn gut – warum befängt mich die Versuchung?
Deren entsetzlich Bild aufsträubt mein Haar,

So daß mein festes Herz ganz unnatürlich
An meine Rippen schlägt. – Erlebte Greuel
Sind schwächer als das Graun der Einbildung.
Mein Traum, des Mord nur noch ein Hirngespinst,
Erschüttert meine schwache Menschheit so,
Daß jede Lebenskraft in Ahnung schwindet,
Und nichts ist, als was nicht ist.
*Banquo*. Seht den Freund,
Wie er verzückt ist.
*Macbeth*. Will das Schicksal mich
Als König, nun, mag mich das Schicksal krönen,
Doch ohne mein Zutun.
*Banquo*. Die neue Würde engt ihn,
Wie fremd Gewand sich auch nur durch Gewohnheit
Dem Körper fügt.
*Macbeth*. Komme, was kommen mag;
Die Stund' und Zeit durchläuft den rauhsten Tag.
*Banquo*. Edler Macbeth, wir harren Eurer Muße.
*Macbeth*. Habt Nachsicht – in vergeßnen Dingen wühlte
Mein dumpfes Hirn. Ihr güt'gen Herrn, eu'r Mühn
Ist eingeschrieben, wo das Blatt ich täglich
Umschlag' und les'. – Entgegen jetzt dem König. –
Denkt dessen, was geschah, und bei mehr Muße,
Wenn ein'ge Zeit es reifte, laßt uns frei
Aus offner Seele reden.
*Banquo*. Herzlich gern.
*Macbeth*. Bis dahin still. – Kommt, Freunde.
(Alle ab.)

Und doch die Röte eurer Wangen bleibt,
Wenn Schreck die meinen bleicht.
*Rosse*. Was für Gesichte?
*Lady Macbeth*. Ich bitt' Euch, sprecht nicht; er wird schlimm und schlimmer;
Fragen bringt ihn in Wut. Gut' Nacht mit eins!
Beim Weggehn haltet nicht auf euern Rang,
Geht all' zugleich.
*Lenox*. Wir wünschen Eurer Hoheit
Gut' Nacht und beßres Wohl.

*Lady Macbeth.* Gut' Nacht euch allen!
(Alle Lords nebst Gefolge gehn ab.)
*Macbeth.* Es fordert Blut, sagt man; Blut fordert Blut.
Man sah, daß Fels sich regt' und Bäume sprachen;
Auguren haben durch Geheimnisdeutung
Von Elstern, Krähn und Dohlen ausgefunden
Den tief verborgnen Mörder. – Wie weit ist die Nacht?
*Lady Macbeth.* Im Kampf fast mit dem Tag, ob Nacht, ob Tag.
*Macbeth.* Was sagst du, daß Macduff zu kommen weigert
Auf unsre Ladung?
*Lady Macbeth.* Sandtest du nach ihm?
*Macbeth.* Ich hört's von ungefähr, doch will ich senden.
Kein einz'ger, in des Haus mir nicht bezahlt
Ein Diener lebte. Morgen will ich hin,
Und in der Frühe zu den Zauberschwestern,
Sie sollen mehr mir sagen. Denn gespannt
Bin ich, das Schlimmst' auf schlimmstem Weg zu wissen.
Zu meinem Vorteil muß sich alles fügen;
Ich bin einmal so tief in Blut gestiegen,
Daß, wollt ich nun im Waten stille stehn,
Rückkehr so schwierig wär', als durchzugehn.
Seltsames glüht im Kopf, es will zur Hand,
Und muß getan sein, eh' noch recht erkannt.
*Lady Macbeth.* Dir fehlt die Würze aller Wesen, Schlaf.
*Macbeth.* Zu Bett! – Daß selbstgeschaffnes Graun mich quält,
Ist Furcht des Neulings, dem die Übung fehlt;
Wahrlich, wir sind zu jung nur.
(Sie gehn ab.)

## Fünfte Szene.
Die Heide.
Donner.

Hekate kommt, die drei Hexen ihr entgegen.
*Erste Hexe.* Was gibt es, Hekate, warum so zornig?
*Hekate.* Ihr garst'gen Vetteln, hab' ich denn nicht recht?
Da ihr euch, dreist und unverschämt, erfrecht,
Und treibt mit Macbeth euren Spuk,
In Rätselkram, in Mord und Trug?

*John Martin: Macbeth (1820)*

Und ich, die Meistrin eurer Kraft,
Die jedes Unheil wirkt und schafft,
Mich bat man nicht um meine Gunst,
Zu Ehr' und Vorteil unsrer Kunst?
Und, schlimmer noch, uns wird kein Lohn,
Ihr dientet dem verkehrten Sohn,
Der, trotzig und voll Übermut,
Sein Werk nur, nicht das eure, tut.
Auf! bessert's noch, macht euch davon,
Trefft mich am Pfuhl des Acheron;
Dahin wird er am Morgen gehn,
Von uns sein Schicksal zu erspähn.
Mit Hexenspuk und Sprüchen seid
Und jedem Zauberkram bereit,
Ich muß zur Luft hinauf; die Nacht
Wird auf ein Unheilswerk verbracht:
Vor Mittag viel geschehn noch soll.
Ein Tropfen gift'ger Dünste voll

an einem Horn des Mondes blinkt,
Den fang ich, eh' er niedersinkt,
Der, destilliert mit Zauberflüchen,
Ruft Geister, die mit list'gen Sprüchen
Ihn mächtig täuschen, daß Beschwörung
Ihn treibt in Wahnwitz, in Zerstörung.
Dem Tod und Schicksal sprech' er Hohn,
Nicht Gnad' und Furcht soll ihn bedrohn;
Denn, wie ihr wißt, war Sicherheit
Des Menschen Erbfeind jederzeit. (Musik hinter der Szene.)
Hinweg! dort sitzt mein kleiner Geist, o schaut!
In einer dunklen Wolk' und ruft mich laut!

*Gesang* (hinter der Szene). Komm heran, komm heran!
Hekate, o komm heran!
*Hekate.* Ich komm', ich komm', ich komme!
So schnell ich immer kann!
So schnell ich immer kann! (Sie geht ab.)
*Erste Hexe.* Fort, laßt uns eilen; bald kommt sie zurück. (Sie gehn ab.)

## Der Wilde Jäger auf der Putloser Heide

Auf unsern Heiden, in Dickichten und Gebüschen ist es oft nicht geheuer. Da haust der Wilde Jäger, der ein wilder Geselle ist, obwohl er niemand was zuleide tut. Er trägt einen grauen Rock, hat den Kopf unterm Arm, und reitet auf einem kleinen dreibeinigen weißen Pferde, aber doch läuft es so geschwind wie der Wind. Nebenher laufen kleine Dachshunde bei großer Zahl. Treffen die einen Menschen, so beschnuppern sie ihn erst und tun ihm dann wie alle Hunde jedem, der kein Geld bei sich hat. Einmal ging einer mit zwei andern über die Putloser Heide zur Nachtzeit; jeder hatte eine Tracht Holz auf dem Rücken; da kam der Wilde Jäger daher auf seinem Pferde und mit seinen Hunden. Der eine sah ihn allein, die andern nicht; darum duckte er sich schnell nieder, die andern beiden aber gingen dem Zuge nicht aus dem Wege. Da rannte er an ihnen vorbei, die Leute wurden fast niedergeworfen und die Holzbündel wären ihnen beinahe von den Schultern gestoßen. Darüber fingen sie an, sich zu streiten und zu schelten, und jeder meinte, der andere hätte ihn gestoßen, der dritte aber, der sich niedergeduckt hatte, konnte sich kaum so schnell umsehen, so war der Reiter mit den Hunden im Nu vorüber, und nun sagte er seinen Kameraden, was es gewesen sei.

KARL MÜLLENHOFF

# Trinka

Die herbstlichen Blätter des Birkenbusches glänzten wie Gold in der Sonne. Über die verblühte Heide summten schon froststeife Hummeln. Es war etwas Festliches in der klaren Herbstluft, etwas, das Mut einflößte und Resignation zugleich, und Markwardt schritt rüstig aus. Unwillkürlich schlug er die Richtung ein, die er an jenem Morgen in seiner Erbitterung verfolgt hatte. Der Kinderknäuel, dem er damals begegnet war, deutete auf die Nähe menschlicher Wohnungen. Doch fand er zunächst weder Haus noch Menschen. Ein Raubvogel stob mit gellem Schrei aus dem Busch, das war alles. Dann unterschied er in der Ferne, wo um einen Tümpel ein Streif harten, bitteren Grases sich hinzog, etwas, das sich bewegte. Er ging darauf zu und stand überrascht vor dem wilden Mädchen von jenem Morgen. Sie zerrte an einem Strick eine magere Ziege nach sich über den grünen Plan; ihre schwarzen Haare peitschten in Zotteln ihre nackten Schultern.

„Es ist nicht das erste Mal, daß wir uns sehen, Kind", sagte er freundlich. „Ich bin Fritz Markwardt, euer neuer Lehrer. Und wie heißest du?"

Sie prüfte ihn mit mißtrauischem Blick, mit einer tiefen Falte zwischen den Brauen wohl eine Minute lang, überlegend, ob sie überhaupt antworten solle. Seine schlanke Gestalt, die keine körperliche Arbeit verdorben hatte, sein zartfarbiges Gesicht im Kranz der goldig blonden Haare, und etwas Sieghaftes im Blick der Augen, in Haltung und Gang verwirrten sie. Er sah anders aus als die Menschen, die sie kannte. Eine Lichtgestalt erschien er ihr auf dem düsteren Grund der Moorlandschaft.

„Trinka röpt se mi", sagte sie langsam.

„Und deine Eltern wohnen in der Nähe?"

„Hebb keen."

„Keine Eltern? Arme Trinka. So wohnst du bei Verwandten?"

Das Kind schüttelte den Kopf.

„Allein? – Das kann doch kaum sein."

Sie zerrte die Ziege weiter und antwortete nicht.

Er aber ging neben ihr. Sie interessierte ihn; er wollte sie noch nicht aus den Augen verlieren.

„Du bist nicht zur Schule gekommen, Trinka!"
„Nee."
„Ich glaube aber doch, daß du noch schulpflichtig bist. Oder hat der Herr Pastor dich schon eingesegnet?"
Sie hatte ein Stengelchen Sauerklee ausgerupft und biß darauf.
„De Pastor weet gor nix vun mi."
„Weiß nichts von dir? – Gehst du denn nicht zur Kirche?"
„Nee."
„Mit den andern Klinkerbergern nach Wilstedt?"
„Ik gah dr nich hen."
„So betest du für dich allein?"
„Nee."
„Ja, sieh! Darum bist du auch so wild, stichst mit Messern nach deinen kleinen Kameraden."
Sie zuckte die Achseln und warf den Sauerklee von sich.
„Wenn du den Jungen nun schlimm getroffen hättest? Wenn er tot vor dir im Heidekraut gelegen hätte, stell' dir's vor! Wär' dir's nicht doch leid um ihn gewesen?"
„Nee."
Es war nur ein Wort. Aber Markwardt erschrak vor dem Feuer des Hasses, das aus den jungen Augen brach.
„Kind! Kind! Weißt du nicht, daß der Heiland uns befohlen hat, unseren Nächsten zu lieben wie uns selbst? Bist du keine Christin?"
Sie sah ihn finster an. „De Buurs in Klinkerberg, de sünd Christen, wat?"
„Allerdings sind sie Christen."
„Denn weet ik Bescheed."
„Wie meinst du?"
„Och! Dat is all dumm Tüg! Vun leiw hebben snakt se, un wat se 'n Minschen to leed dohn künn, doht se!"
„Wie du", sagte Markwardt mit Nachdruck.
Sie stutzte einen Augenblick. Dann warf sie den Kopf mit der fliegenden Mähne in den Nacken.
„Ik hebb noch nich seggt, dat ik Krischan Clüver leiw hebb."
„Trinka", sagte er sanft, „du bist ein großes Mädchen, aber zu lernen bleibt dir noch viel. Komm Montag zur Schule!"
Sie schüttelte heftig den Kopf, den ganzen Körper schüttelte sie in Abwehr.

„Komm zur Schule, Kind! Sieh, ich bitte dich darum, aber du weißt, daß es deine Schuldigkeit ist –"
„Nee, nee –"
„Daß ich dich dazu zwingen kann." Er faßte ihr linkes Handgelenk.
Da ließ ihre Rechte den Strick der Ziege fahren und griff blitzschnell in den Busen.
„Willst du nach mir auch stechen?" fragte er, ihr fest in die Augen sehend.
Sie wurde rot. Die Hand, die entschlossen emporgefahren war, sank langsam in hilfloser Unschlüssigkeit nieder. Auch die Augen suchten den Boden.
Ein paar Sekunden standen die beiden einander so gegenüber.
„Ich denke, du wirst kommen", wiederholte Markwardt endlich. „Versprich mir's. Sieh, ich glaube an dein Versprechen."
In diesem Augenblick beugte sie sich geschmeidig auf seine Hand, die noch immer ihren Arm hielt. Er fühlte ihre scharfen Zähne. Und da er in Verblüffung seinen Griff lockerte, hatte sie sich schon losgerissen und jagte, ihre Ziege zurücklassend, über die Heide.

LUISE WESTKIRCH

# M. A. Mangourit, Der Hannöversche Staat in all seinen Beziehungen (1805)

(Voyage en Hanovre, fait dans les années 1803 et 1804)

„Von Zeit zu Zeit kündigen Gänse, Enten, Schaafe von einem erbärmlichen Ansehen (Haydeschnucken) die Nachbarschaft eines armseligen Dorfs, einer elenden Hütte an. Welche Wohnplätze! Ganze Familien mit bleichem Gesicht, mit zerfetzten Kleidern, leben, essen, schlafen im Stalle ihres Viehes. In der Nähe dieser wahren Katakomben sieht man einige dünne Roggen- oder Gerstenhalmen, und hier und da ein Fleckchen mit Buchweitzen. Das Stroh ist kurz, die Aehren arm und mager. Ohne Bevölkerung hat man keinen Dünger, ohne Dünger keinen Ackerbau."

*Friedrich Ludwig Jahn*

## „Denknisse eines Deutschen oder Fakten des Alten im Bart (1894)“

„Jetzt aufgeschaut! Wir befahren die Ausläufer der berufensten Heide von Deutschland. Auf der Wasserscheide zwischen Elbe und Weser ruht sie still, wie ein erstarrtes Meer. Die geringe Verschiedenheit der Fläche, die stete Wiederkehr derselben Gegenstände geben dem Ganzen das Gepräge von hoher Einfalt, und die maßlose Aussicht ein Gefühl der Unendlichkeit. Es gemahnt einen, wie ein urplötzlich versiegter Meersgrund, der unter dem Wogenspiele Riffe und Tiefen verborgen, die dann mit einem Male zu Tage gekommen, wo die Wassergewächse zum Heidekraut verdorret. Auch die Wellen fehlen nicht in der bläulich grüngrauen Heide. Hier hält das Heimweh den hier Geborenen. Hier ist Himmel und Heide, wie anderswo Himmel und Meer, und die einzelnen Turmspitzen tauchen auf, wie Maste aus der Flut. Wenn man die gewöhnlichen Querstraßen von der Elbe zur Weser reist, zwischen Himmel und Heide, so sollte man kaum glauben, daß diese Steppe Buchen- und Eichenhaine mit lieblichen Quellen, Bäche mit Schlemmwiesen in ihren Thalgründen berge und manchen Raum wie zur Wonnesiedelei geschaffen ...

... Das alles entging jenem Franzosen, der sich als Nachzügler verirrte und nun mit dem Kolben seines Gewehrs den Erdboden stampfte mit der Verwünschung: ‚Solche Wüste nennen die Schurken ein Vaterland!' Noch weiser, als dieser Müdling, war ein anderer, Mangourit mit Namen, der noch dazu eine Schraube bei der feindlichen Landespresse von Hannover war. Ihn, dem alle gedruckten und ungedruckten Quellen zu Gebote standen, stach der Schreibkitzel, und er verfaßte in französischer Sprache ein Buch über das hannöversche Land. Nun hatte der Schriftling viel von den Heideschafen gehört, jenen Tieren, die Sie dort weiden sehen, und die man im gemeinen Leben Heidschnucken nennt. Daraus machte er ein wildes, beinahe unbekanntes Volk, genannt Heidschnucken."

FRIEDRICH LUDWIG JAHN

*Niedersächsisches Bauernhaus*

## Unsere Heide

Ein heller, klarer Oktobertag führt uns nach den „sieben Steinhäusern" bei Südbostel. Wir möchten die Schleier längstvergangener Zeiten lüften. Auf der bekannten, mit Föhrenanpflanzungen und Wachholdergruppen bewachsenen Höhe liegen, spärlich von Brombeeren berankt, die Jahrtausende alten Steingräber der Vorzeit, eine Gruppe, wie sie großartiger nicht zu finden ist. Weithin taucht eine Heerde Heidschnucken zwischen den braunen düstern Hügeln auf, um bald wieder zu verschwinden; einige helle Punkte streichen aus dem fernen Fichtenwalde durch das vorliegende Moor, wir hören das Geläut der Brackenjagd noch einmal aufjubeln, dann tiefe Stille; der Fuchs ist von den Hunden gefangen. Die Schatten verlängern sich und der Abendhimmel wölbt sich über die in Nacht versinkende Heide, das bewunderungswürdig große Grab eines Heldengeschlechts!

Noch ein Oktobertag. Heide in der Grafschaft Bentheim. Himmel und Erde berühren sich in einer regelmäßigen weiten Kreislinie. Die Strahlen der aufgehenden Sonne bestreichen blendend hell den Boden der unbegrenzten Ebene. Ein dunkler Punkt taucht am Horizont auf, er bewegt, nähert und verlängert sich; wir erkennen die menschliche Gestalt, und es scheint uns, daß die Wölbung der Erdkugel den untern Teil noch verdecke; es ist ein Jäger. Kein Baum, kein Strauch, kein Hügel, keine Einsenkung gewährt dem einmal aufgefundenen Hasen nur einen Augenblick Deckung; wie ein Meteor zieht das goldgelbe Windspiel ihm nach über den dunkeln Grund, ihn rettet nichts. Auch sie verschwinden wieder; nichts bewegt sich; die Strahlen der ermüdeten Sonne kehren auf dem kürzesten Wege vom Untergange zum Aufgange zurück.

Wo die Sage zwischen hügeligen, mit Kiefernwäldern wechselnden Heiden einst die Hufe des Hengstes Karl des Großen, Wittekinds oder gar Gustav Adolfs von Schweden* in den gewaltigen „Bickelstein" sich eindrücken ließ und der von Luftwellen umspielte Schwarzenberg an das mit dichtem weißen Duft umzogene Gifhorner Moor herantritt, zeigt uns die glühende Julisonne die Fata morgana, Bäume, ein Moordorf, umgekehrt wie im Wasserspiegel.

Schwarze dichte Wolken erheben sich plötzlich am Himmel, immer dichter und massiger senken sie sich und verhüllen Höhen und Wälder. Prasselnd scheint der Heidbrand dem Winde voran und den flüchtenden Birkhühnern nachzueilen. Die Nacht erleuchtet eine meilenweite wogende Glut – tausend Arme konnten sie endlich bezwingen und die bedrohten Wälder und Dörfer retten.

Unheimlich berührt den einsamen Reisenden die wellenförmige baumleere Heide an dem großen, die Raubkammer genannten Kiefernwalde, wo Raubritter, Zigeuner und Wilddiebe ihr Wesen trieben, und im Volksglauben noch heute Unholde spuken. Der Boden glüht unter seinen Füßen, kein Lüftchen bewegt sich; er sucht vergeblich nach einer gastlichen Hütte, nach Schutz vor der sengenden Sonne und nach einem Trunke Wassers; er meint zu verschmachten, vergessen und verlassen zu sein, wenn er hier

* Die Volkssage nennt Gustav Adolf von Schweden. Die in den letzten Jahrzehnten in die Heide gekommenen schwedischen Dienstboten besuchen deshalb den Bickelstein, einen ungewöhnlich großen Granitblock mit Eindrükken wie von Pferdehufen, häufig und betrachten diese Erinnerung an ihren großen König mit wahrem Entzücken. Die Gemeinde Ehra, eines der größeren, aber abgelegensten Heiddörfer, hat aus eignem Antriebe zur Erhaltung des Bickelsteins den Platz für die Gemeinde ausgesetzt und mit einem Grenzgraben umgeben. Die sehr große Heide heißt die Bickelsteiner Heide.

ermattet liegen bliebe. Wolkenschatten jagen über die Heide, der Sturm erwacht, das Gewitter bricht los – bei ihm ist der donnernde Gott.

Das mit dem Regenbogen überspannte, rothe üppige Blütenmeer der mit vom Boden aufsteigenden, wallenden, duftenden Wasserdünsten bedeckten Heide breitet sich in neuer Frische aus, wir glauben das Weltmeer zu sehen. Auch dies ist groß in seiner Einförmigkeit und Einfachheit, und Niemand kann sich seinem Eindruck entziehen. Und doch beleben es nur die dem Beschauer sich aufdrängenden Gedanken: die furchtbar zerstörende Gewalt, die Opfer, die es verschlang, und wieder das reiche Leben, dem es dient und das in seinem Innern sich bewegt, seine friedliche Bestimmung, das Band für die getrennten Weltteile, eine Völkerbrücke, eine Quelle endloser Bestrebungen des Verstandes und der Leidenschaften der Menschen zu sein. So freilich regt die Heide nicht an, aber die tiefe wohlthuende Ruhe, die gleiche Einfachheit und die Weite des vor dem Auge sich ausbreitenden Gebietes erinnern in manchen Stunden ungesucht an das ruhende Meer.

A. MEIER

# Im Winter

*„Im kalten Norden, in der öden Heide kann der einsame Mensch sich aneignen, was in den fernsten Erdstrichen erforscht wird, und so in seinem Innern eine Welt sich schaffen, welche das Werk seines Geistes, frei und unvergänglich wie dieser, ist."*

ALEXANDER VON HUMBOLDT

*Winter (Radierung)*

## Heide im Winter

Die Sonne leiht dem Schnee das Prachtgeschmeide;
Doch ach, wie kurz ist Schein und Licht.
Ein Nebel tropft, und traurig zieht im Leide
Die Landschaft ihren Schleier dicht.

Ein Häslein nur fühlt noch des Lebens Wärme,
Am Weidenstumpfe hockt es bang;
Doch kreischen hungrig schon die Rabenschwärme
Und hacken auf den sichern Fang.

Bis auf den schwarzen Schlammgrund sind gefroren
Die Wasserlöcher und der See.
Zuweilen geht ein Wimmern, wie verloren,
Dann stirbt im toten Wald ein Reh.

DETLEV VON LILIENCRON

# Der 6. November 1632

Schwedischc Heide, Novembertag,
der Nebel grau am Boden lag,
hin über das Steinfeld von Dalarn
holpert, stolpert ein Räderkarrn.

Ein Räderkarrn, beladen mit Korn;
Lorns Atterdag zieht an der Deichsel vorn,
Niels Rudbeck schiebt. Sie zwingen's nicht,
das Gestrüpp wird dichter, Niels aber spricht:

„Buschginster wächst hier über den Steg,
wir gehn in die Irr', wir missen den Weg,
wir haben links und rechts vertauscht, –
hörst du, wie der Dalelf rauscht?"

„Das ist nicht der Dalelf, der Dalelf ist weit,
es rauscht nicht vor uns und nicht zur Seit',
es lärmt in Lüften, es klingt wie Trab,
wie Reiter wogt es auf und ab.

Es ist wie Schlacht, die herwärts dringt,
wie Kirchenlied es dazwischen klingt,
ich hör' in der Rosse wieherndem Trott:
Eine feste Burg ist unser Gott!"

Und kaum gesprochen, da Lärmen und Schrein,
in tiefen Geschwadern bricht es herein,
es brausen und dröhnen Luft und Erd',
vorauf ein Reiter auf weißem Pferd.

Signale, Schüsse, Rossegestampf,
der Nebel wird schwarz wie Pulverdampf,
wie wilde Jagd so fliegt es vorbei; –
zitternd ducken sich die zwei.

*M. Klinkicht: Theodor Fontane*

Nun ist es vorüber ... da wieder mit Macht
rückwärts wogt die Reiterschlacht,
und wieder dröhnt und donnert die Erd'
und wieder vorauf das weiße Pferd.

Wie ein Lichtstreif durch den Nebel es blitzt,
kein Reiter mehr im Sattel sitzt,
das fliehende Tier es dampft und raucht,
sein Weiß ist tief in Rot getaucht.

Der Sattel blutig, blutig die Mähn',
ganz Schweden hat das Roß gesehn; –
auf dem Felde von Lützen am selben Tag
Gustav Adolf in seinem Blute lag.

THEODOR FONTANE

# Das Licht auf der Haide

Die Winternacht war hell und kalt; sie war so kalt, daß der Vollmond ganz blaß aussah und die Sterne vor Frost zitterten.
Drei Männer gingen über die verschneite Haide. Sie hatten die Kragen ihrer Röcke hochgeklappt und die Fäuste tief in den Taschen vergraben. Ihre vereisten Bärte funkelten im Mondlicht, und ihr Atem blieb weiß und dick in der Luft vor ihnen stehen.
Der eine der drei war klein und dünn; das war ein Dieb. Der zweite war lang und hager; er war ein Räuber. Der dritte war breit und plump; er war ein Mörder.
Der Dieb wärmte sich durch schlechte Witze. Er sagte: „So sauber ist es im Blutigen Knochen nicht wie hier; aber die Emma und die Berta wärmen doch besser als Wind und Schnee."
Der Räuber fluchte sich warm: „Der Teufel soll den Esel von Bauern holen, der den Wegweiser umgefahren hat. Nun laufen wir hier herum wie Has' und Fuchs und könnten lange warm sitzen und heiß trinken."
Der Mörder sagte gar nichts; er sah in den weißen Schnee hinein und erblickte dort ein blankes Messer und etwas Rotes; er wußte selber nicht, woran er mehr dachte, ob an einen saftigen Braten oder an die Rippen des Mannes, der den Wegweiser umgefahren hatte.
Hungrig, durstig, verfroren und müde stampften sie über die weite, weiße Haide, in der weder Weg noch Steg, weder Haus noch Hof war. Endlich sahen sie vor sich ein Licht; darauf gingen sie zu.
Das Licht war in einem großen Hause, das in einem großen Garten lag, dessen Tor offen stand. Auch die Haustür war nicht geschlossen.
Sie traten ein und klopften an. Der Mann mit freundlichem Gesicht öffnete ihnen und hieß sie willkommen sein. Er schellte der Magd, und die brachte weiche Hausschuhe und warmes Wasser, und als die drei Männer sich gewaschen hatten, tischte sie ihnen auf, was Küche und Keller boten, und der Hausherr schenkte ein und nötigte zum Zulangen. Nach dem Essen bekam jeder reine Wäsche und ein frisch bezogenes Bett.
Als der Hausherr fest eingeschlafen war, stand der Dieb auf und

*Stille Nacht, heilige Nacht (Radierung)*

flüsterte dem Räuber zu: „Er hat das Geld und die Uhr auf den Nachttisch gelegt. Soll ich es holen?“ Der Räuber nickte, und der Dieb schlich in das Nebenzimmer.

Als er Geld und Uhr hatte, stieß er aus Versehen an den Tisch; der Hausherr wachte auf und griff nach seiner Börse. Da sprang der Räuber hinzu und riß ihm die Börse fort, und als der Hausherr schreien wollte, schlug ihn der Mörder mit einem Schemel über den Kopf, daß das Blut über das Bett lief. Dann brachen die drei Truhen und Schränke auf, nahmen mit, was sie brauchen konnten, und verließen das Haus.

Sie fanden auch bald den richtigen Weg und kamen in die Stadt. Dort kehrten sie in ihrer Spelunke ein, teilten und lebten von dem Erlös nach ihren Neigungen. Der Dieb vergnügte sich mit der schwarzen Emma und der roten Berta, der Räuber trank und würfelte, der Mörder ließ sich jeden Tag Braten auftischen.

So trieben sie es, bis das Geld alle war. Da wurden die Emma und die Berta dem Dieb untreu, der Wirt borgte dem Räuber nicht mehr, und der Mörder wurde hinausgeworfen. Sie gingen wieder ihrem Gewerbe nach, hungerten heute, praßten morgen, und Jahr auf Jahr ging darüber hin, ohne daß das Gesetz sie faßte.

In einer hellen, kalten Winternacht gingen sie wieder einmal über eine weite, weiße Haide. Es war bitterkalt, so kalt, daß der Vollmond ganz bleich aussah und die Sterne vor Frost zitterten. Der Dieb machte wieder schlechte Witze, der Räuber fluchte, und der Mörder sagte gar nichts und dachte an einen saftigen Braten oder an etwas anderes, aus dem das Blut herauslief. Endlich sahen sie ein Licht; darauf gingen sie zu.
Das Licht kam aus einem großen Hause, das in einem großen Garten lag, den eine hohe, mit dreizinkigen Eisenspitzen bewehrte Mauer umschloß. Ein schweres eisernes Gittertor führte hinein.
Der Dieb prüfte die Klinke, aber das Tor war verschlossen. Da ließ der Räuber den eisernen Türklopfer auf die Platte fallen. Sofort stießen im Garten zwei große Hunde ein lautes Gebell aus und sprangen gegen das Gitter. Dann kreischte im Hause ein Schlüssel im Schloß, ein Mann trat heraus, rief die Hunde zurück, öffnete das Tor und ließ die drei Männer eintreten.
Sie wurden in ein großes Zimmer geführt, in dem mehrere Männer beim Essen saßen. Sie bekamen ihre Plätze, und eine Magd brachte ihnen Essen. Der Dieb machte große Augen, als er das Mädchen sah, und das Mädchen erschrak, als sie die drei Männer erblickte. Das Essen war reichlich, aber einfach, und zum Schlafen gab es Strohsäcke und Wolldecken.
Am anderen Morgen weckte sie eine Glocke. Sie bekamen Buchweizengrütze und Schwarzbrot, und als sie gegessen hatten, kam der Hausherr herein mit einigen seiner Leute. Der Dieb wurde blaß; er erkannte in ihm den Mann, den sie vor Jahren bestohlen, beraubt und niedergeschlagen hatten. Der Räuber und der Mörder kannten ihn auch wieder. Der Räuber lachte verlegen und dachte: „Ich bin neugierig, was nun kommt." Der Mörder dachte gar nichts und sah sich nur die große, rote Narbe auf der Stirn des Hausvaters an.
Dieser aber sprach: „Das ist hübsch von euch, meine lieben Gäste, daß ihr wiedergekommen seid. Zehn Jahre sind vergangen, ehe ich in der Lage war, euch meinen Dank für das abzustatten, was ihr an mir getan habt. Ihr habt mir eine gute Lehre gegeben.
Früher gab ich jedem, der arm und blaß und hungrig vor meine

Tür kam, gab und verlangte nichts dafür. Manchem wäre es besser gewesen, ich hätte ihm kein Almosen gereicht und ihn dadurch im Lotterleben bestärkt, denn Almosen kränken den, der mit Arbeit die Gabe lohnen kann, und nehmen ihm den Stolz.

Das wußte ich damals noch nicht, meine Freunde. Ihr habt es mich gelehrt. Und zum Danke dafür will ich auch an euch so handeln, wie es zu eurem Besten sein wird. Mit Gut und Geld ist euch nicht gedient, denn sonst hättet ihr mit dem, was ihr mir nahmet, es weiter gebracht.

Du, Dieb, wirst ein Jahr hier bleiben, in meinem Garten arbeiten und die schöne Kunst erlernen, Blumen zu pflanzen und Früchte zu ziehen. Kannst du das und hältst du dich gut, so wird dir mein Tor geöffnet, andernfalls bleibst du noch ein Jahr hier oder zwei. Dann hast du mir das ersetzt, was du mir genommen hast, und bist imstande, ohne Diebstahl zu leben.

Du, Räuber, der meine Schränke erbrach, wirst drei Jahre hier leben. Du bist stark und kräftig und sollst Zimmermann werden. An Arbeit wird es dir nicht fehlen, denn ich baue viele Häuser in der weiten Haide und im großen Moor, in denen Leute wohnen werden, die von der Welt verstoßen waren, und die ich an Arbeit und Sitte gewöhne. Nach drei Jahren kannst du hingehen, wohin du willst; ich glaube aber, du wirst bei mir bleiben.

Du, Mörder, wirst immer hier bleiben. Dich kann ich niemals wieder fortlassen. Dein Verstand ist zu gering, als daß er dich vor Untaten bewahren könnte, und deine Fäuste sind zu grob. In der Welt wirst du wieder morden, und einmal wird der Henker dich fassen. Das wäre schade, denn deine Arme sind stark und deine Hände kräftig, viel Gutes kannst du damit schaffen, dir und anderen Menschen zum Gewinn. Du wirst den Eisenstein unter der Haidnarbe brechen und die Wanderblöcke in den Dünen sprengen und wirst glücklich und zufrieden dabei sein.

Eins noch sage ich euch: versuchet nicht, zu entlaufen. Eure Bilder liegen in meinem eisernen Schranke, und meine Hunde halten eure Spur. Ihr würdet gefangen werden und müßtet eure Zeit in Ketten gehen. Jetzt kleidet euch um, und wenn die Glocke siebenmal anschlägt, dann kommt in den zweiten Hof; ihr werdet da den Abteilungsmeistern zugewiesen."

Darauf ging der Hausvater fort und ließ die drei allein. Der Dieb lachte und meinte: „Das ist aber ein Hereinfall; Emma und Berta werden schön warten!“

Der Räuber brummte: „Der Teufel hat uns den Schwanz hingehalten und uns daran zehn Jahre im Kreise herumgezogen, bis er uns da hatte, wo er uns haben wollte.“

Der Mörder sagte gar nichts und kratzte sich hinter dem Ohre. Sie gingen hin und ließen sich einkleiden, und als die Glocke siebenmal anschlug, traten sie im zweiten Hofe an, wo die Abteilungsmeister ihnen ihre Arbeit zuwiesen. Und von da ab taten sie ihre Arbeit Tag für Tag, aßen und schliefen und schafften für sich und andere.

Als das Jahr sich gewendet hatte, ging der Dieb fort. Aber nach einem Jahre stand er hungrig und frierend wieder vor dem Tore und begehrte Einlaß; und die Magd lachte, als sie ihn sah, und küßte ihn, denn sie hatte keine Angst mehr vor ihm, und sie war früher auch eine Diebin gewesen.

Als der Räuber seine drei Jahre beendet hatte, blieb er Zimmermann in der Moorkolonie und heiratete ein Mädchen, das vordem in der großen Stadt eine Dirne gewesen war.

Der Mörder aber dachte schon nach einem Jahr nicht mehr an das Fortgehen. Da er stark und fleißig war, schaffte er sich bald eigen Haus und Land und nahm eine Frau, die einst vor Verzweiflung ihr Kind getötet hatte.

Und jedes Jahr an dem Tage, an dem die drei Männer zum zweiten Male zu dem Haus in der Haide gekommen waren, gingen sie mit ihren Frauen und Kindern in den großen Saal, in dem der Hausvater saß, drückten ihm die Hand und ließen ihren Kindern das Lied singen, das der Gärtner, der früher ein Dieb war, ersonnen hatte, das Lied von dem Licht auf der Haide.

HERMANN LÖNS

## Winterbild auf der Heide

Nun liegst du tot und starr im Winterkleide
Und schlummerst einem neuen Frühling zu,
Nun liegst du tot und starr, du schöne Heide,
Nun liegst du tot in grabesstiller Ruh.

Ein lautes Krächzen schrillt gleich einer Klage
Zu mir hinab, – ich richt' den Blick empor,
Ein Rabe schwebt mit mattem Flügelschlage
Hoch über mir im düstern Wolkenflor. –

Er ist entschwunden, und nun steh' ich wieder
Allein, allein in schweigender Natur, –
Da rieseln langsam weiche Flocken nieder
Und küssen still die winterliche Flur.

CARL SEBUS

# Weihnachtsfahrt durch die ostpreußische Heide

Da es in meiner Erinnerung Winter ist, so kommen mir Bilder von einer Winterreise, die ich vielleicht in meinem sechsten oder siebenten Jahre mit meinen Eltern zu den Großeltern mütterlicherseits nach Altpreußen gemacht. Es waren wohlstehende, aber schlichte Bürgersleute, die ihre alten Tage mit einer unverheiratet gebliebenen Tochter in einem Landstädtchen verlebten. Man muß so ein ostpreußisches Städtchen im Winter gesehen haben und an einem trüben Abende, nach weiter Reise durch eingeschneite Felder, Wälder und über gefrorene Seen; man muß da in eine Herberge hineingefahren und über Nacht geblieben sein, um in der Seele zu begreifen, was es mit dem nordischen Kleinbürgerleben und mit der winterlichen Symbolik bereits in Ostpreußen so gut wie in Grönland zu bedeuten hat.

Von den Zurüstungen der Reise hab' ich nichts weiter behalten, als daß ich in ein altes Umschlagetuch der Mutter vom Kopf bis zu den Beinen und bis zum Ersticken festgewickelt worden bin. Um mich her in der Stube stehen Kisten und Kasten; da nimmt mich eine polnische Magd in die Arme, um mich in den Schlitten zu tragen. Jählings abgerufen, wirft sie mich aber mitsamt meiner Emballage wieder zu dem übrigen Gepäck, so daß ich umfalle und mir bei der Arbeit des Aufrichtens das über den Kopf gezogene dicke Tuch auch über das Gesicht herabschlägt. Da mir nun beide Arme wie einem Wickelkinde verschnürt sind, so daß ich mir schlechterdings nicht helfen und nicht 'mal ein heiles Geschrei ausstoßen kann, so ist es mir fast Matthäi am letzten, als meine liebe Mama erscheint und mich befreit.

Unterwegs finde ich mich im Rücken der Eltern, unter einem fabelhaften Verdeck und zwar mehr liegend als sitzend verpackt. Die liebe Mutter sagt dann von Zeit zu Zeit zum Vater: „Wenn der arme Junge nur gut Luft holen kann"; und dann fragt sie mich laut und ängstlich: „Jungchen, lebst du auch noch, mein Kind?" „Ja, liebe Mutter." „Friert dich auch nicht?" „I nein, nur ein bißchen." „Na, wickle dich nur recht fest ein und rühr' dich nicht viel, mein Kind."

Dann sagt wieder der Vater: „Na, na, ängstige dich nur nicht,

liebe Frau, der ist ein knorriger Bengel und ein Unkraut obendrein; so eins verdirbt sobald nicht; wenn dir das Maul zugefroren ist, Junge, dann meld' es der Mama."

Dann wieder fahren wir bei einbrechendem Abende über einen großen gefrorenen See. Der Kutscher und der Vater gehen neben dem Schlitten her, und mich hat die Mama von hinten fort und auf den Schoß hervorgeholt, um mich, falls der Schlitten einbrechen möchte, gleich weit aufs feste Eis zu werfen; so denk' ich es mir jetzt, und so hab' ich's wohl damals gefühlt.

Es geht alles ganz glücklich bis zum Ufer; da ist das Eis mürber, die Pferde brechen ein, der Schlitten sinkt einen Augenblick ins Wasser, aber wir kommen doch mit viel Geschrei und Antreiben aufs Land und gleich darauf in einen „Krug" (Herberge). Die Mama und ich selbst, wir sind trocken; der Kutscher aber und der arme alte Papa sind pfützennaß und die liebe Mama so erschrocken, daß sie dem Vater mit Tränen um den Hals fällt, der sie lachend beruhigt und mit lauter Stimme eine ganze Kasserole voll Warmbier kommandiert.

Dann muß der Wirt dem Vater die nassen Stiefel abziehen, und da dies nicht auf die gewöhnliche Weise gehen will, so hat der Mann sich mit dem Gesicht vom Vater abgekehrt und dieser ihm einen Fuß gegen den Rücken festgestemmt, der Wirt aber den

einen Stiefel fest in den Händen gehalten, bis er ihn richtig mit Gelächter herunterkriegt.

Am andern Tag fahren wir bei ganz gelindem Wetter und indem der Schnee wie in ganzen Lämmervliesen herunterflockt, durch einen unermeßlichen Föhrenwald, der in Ostpreußen eine Heide genannt ist. Ich sitze, da weiter keine Gefahr mit Erfrieren vorhanden, ganz wohlgemut und munter zwischen den lieben Eltern.

Zwischen den Schneemassen blickt überall das herzerfrischende Weihnachtsgrün der Kiefern und Fichten hervor, die wie große heilige Christbäume zuhauf stehen.

Ich empfinde und denke nichts weiter als die gleichmäßige stille und schnelle Bewegung des Schlittens; mir ist so reinlich, so säuberlich und dann wieder so mystisch, so verwandlungsvoll, so feierlich und weihnachtlich bis in die innerste Seele hinein, daß ich lauter Weihnachtsstimmung, also gar nicht bei ordinärem Menschenverstande bin. Mir ist vielmehr so märchenhaft, wie wenn die ganze Welt zu lauter Schnee und Weihnachten werden will; als wenn ich selbst ein warmes und leibhaftiges Schneewetter und Weihnachtswunder bin, in dessen heilige Stille das Schlittengeläute feierlich und wundersam hineintönt wie die Glocken des heiligen Christes, der die großen Menschenkinder im eingeschneiten Walddome zur Weihnachtsbescherung ruft. Damit sie nun nichts anderes hören, sehen und empfinden, so wird mit der jungfräulichen Unschuld der Mutter Maria und des Christkindes die schwarze, harte Menschensünde so zugedeckt, verwandelt, gereinigt und verträumt, wie der schwarze, hartgefrorene, von jedem Tritt widerhallende Erdboden weich und weiß mit Schnee überdeckt wird.

Und in solcher dicken Weihnachtsstimmung kommen wir zu dem Städtchen der Großeltern und durch das betürmte, in Ritterzeiten gebaute Tor.

BOGUMIL GOLTZ

## Björns wundersame Weihnachten

Von hartgefrorenem Schnee bedeckt schimmerte die Heide, auf der man, so weit das Auge reichte, nur eine ärmliche Hütte erblickte. Hier wohnte eine arme Frau mit ihrem kleinen Sohn, und der hieß Björn.

Schon früh am Morgen war die Mutter aus dem Haus gegangen, um Einkäufe zu machen. Jetzt ging die Sonne bald unter, und noch war sie nicht wieder heimgekommen. Björn war allein in der Hütte; er hatte die Ellbogen auf den Tisch gestützt und guckte durch das Fenster. Das hatte vier Scheiben; drei davon waren mit wunderbaren Eisblumen überzogen, die vierte aber hatte er so lange angehaucht, bis das Eis geschmolzen war. Er wartete auf die Mutter, die mit einem Weizenbrot, einem Pfefferkuchen und einem Weihnachtslichterzweig nach Hause kommen sollte, denn es war Weihnachtsabend; aber noch war sie nicht zu sehen. Die Sonne ging unter, und die Wolken am

Himmelsgrund leuchteten wie die schönsten Rosen; dann wurde es draußen dunkel.
Noch dunkler aber war es jetzt in der Hütte. Björn ging zum Herd, wo noch einige verglimmende Kohlen in der Asche lagen. Es war so still, daß er meinte, seine klappernden Holzschuhe könnten über die ganze Heide gehört werden. Er setzte sich vor den Herd und fragte sich, ob wohl der Pfefferkuchenmann, auf den er wartete, einen Kopf mit vergoldeten Hörnern und vier Beine haben würde. Gern hätte er auch gewußt, wie es den Sperlingen am Weihnachtsabend gehen würde.
Lange hatte Björn so gesessen, als er auf einmal von fernher Schellengeläute hörte. Er sprang ans Fenster und drückte seine Nase gegen die Scheibe. Wer mochte das wohl sein?
Alle Himmelslichter waren angezündet. Sie glitzerten und strahlten. Weit draußen bewegte sich etwas Schwarzes über den Schnee. Es kam näher und näher, und immer lauter tönte der Klang der Schellen.
„Wer ist das, der dort fährt? Er hält sich gar nicht auf dem Weg, sondern kommt querfeldein über die Heide.“ Ach, nur einmal mit solchen Schellen fahren oder gar selbst fahren dürfen! Kaum hatte Björn das gedacht, als das Fuhrwerk auch schon vor dem Fenster hielt.
Es war ein Schlitten, mit vier Pferden, kleiner als die kleinsten Füllen, bespannt. Sie waren stehengeblieben, aber sie schienen keine Lust zum Verschnaufen zu haben, denn sie wieherten, schnaubten, schüttelten die Mähnen und scharrten den Schnee auf. „Sei nicht unartig, Rapp! Still, Schnapp! Niedlich, ruhig! Leichtfuß, fahr nicht aus der Haut!“ rief der Mann, der in dem Schlitten saß; dann sprang er heraus und kam ans Fenster. So jemanden hatte Björn noch nie gesehen. Es war ein kleiner Mann, gerade recht für solche Pferde. Sein Antlitz war voller Runzeln, und der lange Bart glich dem Moos auf dem Dach. Der Pelzmantel reichte bis zu den Stiefeln. Im einen Mundwinkel hatte er ein Pfeifchen, aus dem anderen ringelte sich der Rauch heraus.
„Guten Abend, Stupsnäschen!“ sagte er.
Björn faßte an seine Nase und antwortete: „Guten Abend!“
„Ist jemand zu Hause?“ fragte der Alte.
„Du siehst ja, daß ich zu Hause bin.“

„Ja, da hast du recht. Ich fragte ein bißchen dumm. Aber du hast es so dunkel da drinnen, obgleich es Weihnachtsabend ist."
„Ich bekomme Weihnachtsfeuer und Weihnachtslicht*, wenn die Mutter nach Hause kommt. Denke nur, ein Licht mit drei Zweigen!"
„Deine Mutter ist also nicht zu Hause. Fürchtest du dich nicht?"
Der Alte rieb seine Lederhandschuhe gegeneinander und nahm die Pfeife aus dem Mund. „Hör mal, du Kauz, weißt du eigentlich, wer ich bin?"
„Nein", antwortete Björn, „aber weißt du denn, wer ich bin?"
Der kleine Alte nahm seine Pelzmütze ab, verbeugte sich und sagte: „Ich habe die Ehre, mit Björn zu sprechen, der neulich seine ersten Hosen bekommen hat, dem Helden, den auch der längste Bart nicht erschreckt. Du bist Björn, und ich bin der Weihnachtsmann. Habe ich die Ehre, dir bekannt zu sein?"
„Ach, du bist der Weihnachtsmann? Da bist du ja ein guter Mann. Mutter hat oft von dir erzählt."
„Das freut mich, Björn. Willst du mit mir kommen?"
„Das möchte ich schon, aber ich darf wohl nicht, denn was geschieht, wenn Mutter heimkommt, und ich bin weg?"
„Ich verspreche dir, daß wir vor der Mutter wieder zu Hause sein werden. Ein Mann hält sein Wort und eine Alte ihren Beutel, weißt du das nicht? Komm jetzt!"
Björn sprang hinaus. Hu, aber wie kalt war's, und wie dünn war er bekleidet! Die kleine Jacke war so eng, und die Holzschuhe hatten wieder Löcher in die Strumpffersen gerieben. Aber der Weihnachtsmann hob Björn schnell in den Schlitten, schlug das Fell um ihn herum, dampfte ihm eine Rauchwolke um die Nase, daß er niesen mußte, und, klatsch, ging es fort.
Rapp und Schnapp, Niedlich und Leichtfuß flogen in rasender Eile über den Schnee dahin, und die Silberglöckchen tönten über die Heide, als ob die Glocken des Himmels erklängen.
Bald hatten sie die Heide hinter sich gelassen und waren in den dunklen Wald gelangt, von dem Björns Mutter immer erzählte, daß die Bäume so hoch drin ständen, als ob die Sterne an ihren Zweigen hingen. Manches Mal schimmerte das Licht eines Hauses durch die Stämme.

* schwedische Sitte auf dem Lande

*Ludwig Richter: Weihnachtsmarkt*

Nach einer guten Weile fuhr der Weihnachtsmann mit seinem Gespann in einen Stall. Zwischen den Steinen am Boden des Stalles guckte ein Kopf mit zwei funkelnden Augen hervor, die auf den Weihnachtsmann geheftet waren. Es war der Kopf der Hausschlange, die sich zu einer artigen Verbeugung krümmte. Der Weihnachtsmann lüftete seine Pelzmütze und sprach:

„Ringelschwänzchen auf der Erd',
sag, was ist dies Haus wohl wert?"

Die Hausschlange antwortete:

„Bauer scheut nicht Last und Mühe,
hat ein Pferd und hat drei Kühe."

„Das ist nicht viel", sagte der Weihnachtsmann, „aber es wird mehr, wenn Mann und Frau tüchtig sind. Sie fingen mit leeren Händen an und haben ihre Eltern noch zu unterstützen. Wie halten sie denn die Kühe und das Pferd?" Die Hausschlange antwortete:

„Die Euter sind stramm, die Milcheimer voll,
das Pferd ist mutig und stark, wie es soll."

„Noch ein Wort, Schnuck-Ringelschwänzchen: Was hältst du von den Kindern auf dem Hof?“
Schnuck-Ringelschwänzchen antwortete:

„Schöne Maid und frischer Knabe,
seine Laune etwas wild,
ihre aber sanft und mild.“

„Sie sollen Weihnachtsgaben haben“, sagte der Weihnachtsmann. „Und dir gute Nacht, Schnuck-Ringelschwänzchen, angenehmen Weihnachtstraum!“

„Gute Nacht, du Rappe und Schnappe mein!
Gute Nacht, du Niedlich und Leichtfuß klein!
Gute Nacht, du teuerstes Weihnachtsmännlein!“

sagte die Schlange und zog den Kopf ein.
Hinter dem Schlittensitz war eine Kiste angebracht. Diese öffnete der Weihnachtsmann nun und holte allerlei Sachen heraus: ein Abc-Buch und ein Schnitzmesser für den Jungen, einen Fingerhut und ein Gesangbuch für das Mädchen, Garn und ein Weberblatt und Weberschiffchen für die Mutter, einen Kalender und eine Uhr für den Vater, und für Großvater und Großmutter eine Brille. Außerdem aber nahm er noch die Hand voll von etwas, das Björn nicht sehen konnte. „Das sind Glück- und Segenswünsche“, sagte der Weihnachtsmann.
So beladen schlich er mit Björn unsichtbar in die Stube. Da drinnen saßen sie alle um den knisternden Ofen, und der Vater las aus der Bibel die Geschichte vom Jesuskind vor. Der Weihnachtsmann legte leise und unbemerkt seine Gaben neben die Tür und ging mit Björn zum Schlitten zurück. Und das rasche Gefährt trug sie wieder davon durch den dunklen Wald.
Das nächste Mal hielt der Weihnachtsmann vor einer Scheune, nahe bei einem Gehöft. Man hörte ein gedämpftes, regelmäßiges Klappern, wie von Dreschflegeln; aber dieses Geräusch wurde fast von einem Bach übertönt, der mit Steinen und Fichtenwurzeln zankte. Der Weihnachtsmann klopfte an die Luke des Scheunenladens, und dieser sprang auf. Drinnen standen zwei ganz kleine lustige Burschen mit buschigen Augenbrauen, run-

den Kinderwangen und grauen Jacken; es waren die Hauskobolde. Die droschen beim Schein einer Laterne, daß der Staub in Wolken aufflog. Der Weihnachtsmann nickte und sagte:

„Zwerglein, Zwerglein, sagt mir doch,
warum drescht so spät ihr noch?"

Die Zwerge antworteten, die Dreschflegel schwingend:

„Der Garben sind viele,
wir fern noch vom Ziele,
tick-tick-tack, tick-tack,
so füllt sich der Sack."

„Aber am Weihnachtsabend kann man sich doch Ruhe gönnen", meinte der Weihnachtsmann.
Die Zwerge erwiderten sogleich:

„Reiche Saat, Kuchen rund.
Früh und spat, jede Stund'
hat Gold im Mund."

„Aber ihr erinnert euch doch, wo wir uns bald treffen sollen?"
Die Zwerge nickten und antworteten:

„Leb wohl jetzt, beim Riesen vom felsigen Berge,
da sehen wir wieder zusammen die Zwerge."

Der Weihnachtsmann öffnete abermals die Kiste und nahm die Hände voll von Weihnachtsgaben und sprang hinauf zu Vater, Mutter und Kindern im Bauernhof.
So ging es weiter von Hütte zu Hütte, von Hof zu Hof. Selbst vor dem Königsschloß hielten sie, und auch dort öffnete der Weihnachtsmann die Kiste und ging hinauf zum Königssohn. Schnell war er wieder unten bei Björn, denn die Hofluft fiele ihm auf die Brust, wie er sagte. Rapp und Schnapp, Niedlich und Leichtfuß waren schon ungeduldig, scharrten und wieherten. Der Weihnachtsmann warf sich auf den Schlitten, und sie fuhren wieder in einen tiefen Wald.

„Nun geht die Fahrt zum Bergkönig", sagte der Weihnachtsmann geheimnisvoll.

Björn war eine Weile still, aber dann wagte er doch zu fragen: „Ist die Kiste nun leer?"

„Beinahe", sagte der Weihnachtsmann und schob die Pfeife tiefer in den Mund.

„Alle anderen haben Weihnachtsgaben bekommen, aber hast du denn gar keine für mich?" fragte Björn.

„Ich habe dich keineswegs vergessen, deine Weihnachtsgabe liegt noch auf dem Boden der Kiste."

„Zeig sie mir, dann bist du auch gut."

„Du kannst warten, bis du wieder heim zur Mutter kommst."

„Nein, Weihnachtsmann, laß sie mich jetzt sehen!" sagte Björn ungeduldig.

„Nun, so sieh her!" sagte der Weihnachtsmann, indem er sich herumdrehte und aus der Kiste ein Paar dicke wollene Strümpfe herausholte.

„Weiter ist es nichts?" murmelte Björn.

„Sollten die nicht willkommen sein? Du hast ja Löcher in deinen Strümpfen!"

„Die hätte Mutter stopfen können. Da du dem Königssohn und den anderen so herrliche und reizende Sachen geschenkt hast, konntest du mir doch auch so etwas geben."

Der Weihnachtsmann antwortete nicht, sondern legte die Strümpfe wieder in die Kiste, aber er zog den Rauch stärker aus der Pfeife als vorher und sah auch ernsthaft aus, sehr ernsthaft. So ging die Fahrt schweigend vorwärts, bis sie an einen hohen Berg kamen. Da stiegen sie aus dem Schlitten. Der Weihnachtsmann gab Rapp und Schnapp, Leichtfuß und Niedlich einen Haferkuchen. Darauf klopfte er an die Bergwand, und sie tat sich auf. Er nahm Björn bei der Hand und ging mit ihm hinein in die Spalte. Sie waren noch nicht viele Schritte gegangen, als Björn anfing, sich zu fürchten. Da drinnen war es unheimlich. Es würde die schwärzeste Nacht geherrscht haben, hätten nicht hie und da die glühenden Augen von Schlangen und Kröten durch die Dunkelheit geleuchtet, die sich auf den feuchten Felsenvorsprüngen krümmten und dort herumkrochen.

„Ich will nach Hause zur Mutter!" schrie Björn.

„Hab keine Angst", sagte der Weihnachtsmann.

Da schwieg der Junge.
„Was sagst du zu dieser Kröte?“ fragte der Alte, nachdem sie eine Weile gegangen waren, und deutete auf ein grünliches Ungeheuer, das auf einem Stein saß und seine Augen auf den Jungen heftete.
„Sie ist greulich“, sagte Björn.
„Die hast du hierher geschafft“, sagte der Alte. „Sieh zu, wie dick und aufgeblasen sie ist? Das ist für die Unzufriedenheit und den Neid.“
„Die hätte ich hergeschafft, sagst du?“
„Ja, gewiß. Du hast die anderen um ihre Gaben beneidet und das Geschenk verachtet, das ich dir aus gutem Herzen geben wollte. Für jeden bösen Gedanken, der in einem Menschen aus dieser Gegend geboren wird, kommt eine Kröte oder eine Schlange in die Felsspalte.“
Björn schämte sich und schwieg.
Sie gingen weiter und weiter und kamen immer tiefer in den Berg hinein. Allmählich fing es an, heller zu werden, und als sie um einen Fels bogen, sah Björn mit Staunen einen großen glänzenden Saal vor sich. Die Wände waren von Bergkristall, und ringsum standen viele Zwerge und hielten Fackeln, deren Schein sich in den schönsten Regenbogenfarben an den Kristallen brach. In der Mitte saß der Bergkönig auf einem goldenen Thron. Er war in einen prächtigen Mantel gekleidet, der ganz mit Edelsteinen übersät war, aber er sah sorgenvoll aus. An seiner Seite saß seine Tochter in einem Kleid aus Silberstoff und sah noch gramvoller, ja gar wie eine Sterbende aus. Sehr bleich, aber wunderschön war sie. Vor den beiden hing eine große Waage, und um die herum standen Berggeister, die allerlei in die eine und die andere Waagschale legten. Vor dem König stand eine unendliche Schar von Hauskobolden aus den Höfen und Hütten von einigen Meilen im Umkreis und erzählten alles, was die Menschen, in deren Haus sie sich aufhielten, im Laufe des Jahres gedacht, gesagt und getan hatten. Für jeden guten Gedanken und für jede gute Tat legten die Berggeister goldene Gewichte in die eine Waagschale und für jeden bösen Gedanken und jede schlechte Tat eine Kröte in die andere.
„Weißt du, Björn“, flüsterte der Weihnachtsmann, „die Prinzessin ist sehr krank; sie muß sterben, wenn sie nicht bald aus dem

Berg herauskommt, denn sie sehnt sich danach, des Himmels Luft zu atmen und das Gold der Sonne und der Sterne zu sehen. Aber aus dem Berg kommt sie nicht eher als an dem Weihnachtsabend, an dem die Waagschale des Guten auf den Boden sinkt und die des Schlechten zur Decke steigt. Und das war bisher nie der Fall. Jetzt kannst du sehen, daß die Schalen fast gleich stehen." Kaum hatte der Weihnachtsmann das gesagt, da wurde er aufgerufen, um seinen Bericht zu erstatten. Er hatte nicht wenig zu erzählen, und es war fast nur Gutes, denn seine Erlebnisse erstreckten sich einzig auf die Weihnachtstage. Und zu dieser Zeit pflegen die Menschen ja freundlicher gegeneinander zu sein als sonst.

Die Berggeister legten nun immer mehr goldene Gewichte auf die Waage, je länger der Weihnachtsmann erzählte, und die Waagschale des Guten wurde schwerer und schwerer.

Aber Björn stand wie auf Nadeln, in der Furcht, daß auch sein Name genannt werden würde, und er fuhr zusammen und wurde rot und blaß, als der Weihnachtsmann endlich diesen Namen aussprach. Was der Weihnachtsmann von Björn und den wollenen Strümpfen sagte, das will ich nicht wiedererzählen; aber verschweigen kann ich doch nicht, daß einer der Berggeister die große Kröte, die Björn vorher in der Bergspalte gesehen hatte, in die Schale des Bösen legte, und sie wog schwer. Aller Augen, außer denen des guten Weihnachtsmannes, der nach der anderen Seite sah, richteten sich auf Björn: die des Königs, der Königstochter, der Hauskobolde, der Berggeister und der Zwerge; und alle Augen sahen entweder streng oder sehr gramvoll aus; die der Königstochter aber so mild und leidend, daß Björn sein Gesicht mit beiden Händen bedeckte und nicht aufsehen mochte.

Der Weihnachtsmann erzählte nun, wie die arme Mutter den kleinen Björn versorge, wie sie Matten flechte und Besen binde und diese an die Händler verkaufe, um den Jungen zu ernähren, wie sie mit Freude und Liebe arbeite und seinetwegen Entbehrungen ertrage, und wie sie glücklich sei über sein frisches Wesen und sein mutiges Herz und seine blühenden Wangen und treuherzigen Augen und gern seine Jugendstreiche verzeihe – ja, sie betete jeden Abend, wenn er schon schlief, für ihn zu Gott, und heute morgen war sie in der eisigen Winterkälte weit weg in das nächste Dorf gegangen, nur um ihm am Weihnachtsabend mit einem Lichterzweig und anderen kleinen Dingen eine Freude machen zu können. Und während der Weihnachtsmann so erzählte, legten die Berggeister schwere goldene Gewichte in die Waagschale des Guten. Plötzlich hüpfte die dicke Kröte heraus und verschwand in der Bergspalte, und die Augen der freundlichen Königstochter wurden feucht, und Björn schluchzte laut. Ja, er weinte so sehr, daß er erwachte, und da war der Saal des Bergkönigs verschwunden, und er lag in seinem Bett in der Hütte auf der Heide. Das hellste Weihnachtsfeuer brannte lustig auf dem Herd, und die Mutter beugte sich über ihn und sagte: „Armer kleiner Björn, mußtest so lange allein in der Dunkelheit bleiben! Ich konnte nicht früher nach Hause kommen, denn der Weg ist weit. Aber nun habe ich einen Lichterzweig und Weizenbrot und Pfefferkuchen mitgebracht, und auch einen Kuchen, den du morgen den Sperlingen geben sollst. Und sieh her", fuhr die Mutter fort, „hier hast du ein Paar wollene Strümpfe, die ich für dich als Weihnachtsgabe gestrickt habe, denn die hattest du nötig, du kleiner Reißteufel. Und hier hast du ein Paar Lederschuhe, die ich für dich gekauft habe, damit du während der Feiertage nicht in den Holzschuhen herumzutrappeln brauchst."

Björn hatte sich schon lange ein Paar Lederschuhe gewünscht, und nun betrachtete er sie mit strahlenden Augen von allen Seiten. Aber noch länger beinahe die wollenen Strümpfe, so daß die Mutter dachte, er wolle irgendeine falsche Masche daran suchen. Björn aber schien es, als wären sie genauso wie diejenigen, die er in der Kiste des Weihnachtsmannes gesehen hatte. Nun wurde die Grütze auf den Herd gesetzt, ein weißes Tuch über den Tisch gebreitet und der Lichterzweig angezündet. Björn sprang umher in den neuen Strümpfen und Schuhen. Zwischendurch stand er am Fenster und sah forschend und sinnend auf die Heide und wußte nicht recht, was er von der Fahrt, die er gemacht hatte, denken sollte. Da draußen strahlten Tausende von Sternen auf die einsame Gegend nieder. Und in der bescheidenen Hütte herrschten Herdwärme, Herzenswärme und Freude.

ABRAHAM VICTOR RYDBERG

# Puck Kraihenfoot

Ganz hinten in der Haide, wo sich Fuchs und Has im Mondschein begegnen, liegt ein ganz barbarscher Haidberg.
Oben auf seinem Kopfe steht eine großmächtige Fuhre, die größte weit und breit. Man kann sie weit sehen, und die Bauern richten sich nach ihr, wenn sie über die Haide fahren.
In ihrer Krone horstet der Rauk, der große Rabe, in ihrem Stammloch brütet der Schwarzspecht, unter ihren Wurzeln hat die giftige Adder ihr Schlupfloch. Und da wohnt auch Puck Kraihenfoot.
Puck Kraihenfoot ist ein Schwarzelb. Er ist einen Fuß hoch, hat ein grünes und ein rotes Auge, gelbe Mausezähne, einen langen, flechtenfarbenen Bart, eine Nase wie eine Hagebutte, Finger wie ein Kateiker und Füße wie eine Krähe.
Er trägt einen knallroten, etwas verschossenen Mantel mit hoher spitzer Kapuze, der ihm bis auf die Vogelfüßchen reicht. Die Füßchen aber sieht man nicht, denn er schämt sich sehr darüber und trägt im Winter lange Stiefel und im Sommer Schuhe und Gamaschen.
Im Sommer hat er es gut. Da sitzt er auf der mittleren Fuhrenwurzel, die er schon ganz blank gescheuert hat, spielt auf einer Flöte, die er aus einem weißen Hasenknochen gemacht hat, ganz merkwürdige Weisen, oder er schmökt aus einem Krähenschädel, in dem ein Reethalm steckt, getrocknete Postblätter.
Wenn er Besuch von anderen Elben bekommt, zum Beispiel von Niß Pogg vom Steingrab oder von Peter Wipp aus dem Dübelsmoor, dann läßt er etwas draufgehen. Dann müssen die Grillen fiedeln, die Glühwürmer erleuchten die Wurzelstube, die Haidlerchen tragen Lieder vor, die Poggen bilden den Chor, und Puck Kraihenfoot und seine Gäste dudeln sich im süßen Bickbeermost und herben Moosbeernsekt ganz gehörig einen an.
Im Winter aber wohnt Puck nicht unter der hohen Fuhre am hellen Berge. Er ist alt und etwas frosterig, und dann ist es ihm auch zu langweilig da. Er zieht dann zu einem Bauern. Hat er es da gut, dann kann der Mann sich freuen. Dann bollwerkt im Sommer darauf der Buchweizen nur so, der Roggen trägt

doppelt, die Immenstöcke laufen über, keine Kuh verkalbt und kein Schwein kriegt das wilde Feuer.
Sind die Leute aber nicht gut zu ihm, dann geht es ihnen leege. Dann dreht er den Hühnern und Gänsen den Kragen um, ängstigt das Vieh im Stall, bis es sich zuschanden schlägt, bläst die Pferde an, daß sie die Brustseuche kriegen, läßt die Bruten im Immenstock faulen, peitscht nachts den Buchweizen, bis er braun wird, knickt die Bodenleitern ein, streut der Katze glühende Kohlen in das Fell, daß sie vor Angst in das Heu läuft, und macht sonstigen Unfug.

*

Nun ist es Wintertag. Auf der Haide liegt der Schnee. Die Machangelbüsche sehen wie lauter Hemdenmätze aus, und die Fuhren haben weiße Hüte auf. Die hohe Fuhre auf dem hellen Berge sieht aus wie ein großer weißer Schirm.
Es ist Mittagszeit, aber es ist schneidend kalt. Der Wind steht von Nordost. Auf der weißen Haide ist ein dunkler Fleck sichtbar. Das ist der Fuchs, der will zum Dorfe, vielleicht daß es ihm glückt, einen alten Knochen oder einen Heringskopf zu erwischen. Er schnüffelt auf dem Schnee herum, da, wo er die Geläufe einer Krähe sieht. Aber da fährt er zurück, sein Rückenhaar sträubt sich, und mit eingeklemmter Rute schnürt er zum Holze zurück.
Es war nämlich Puck Kraihenfoots Spur, in der Reinke herumgeschnüffelt hatte, und die hat eine Witterung, die kein Tier verträgt. Sie ist noch schlimmer als Franzosenöl.
Ja, Puck Kraihenfoot ist heute vom Dorfe gekommen, und fuchsteufelswild war der Kleine. So wild, daß er ganz vergessen hatte, seine Stiefel anzuziehen, die er in die Haferlade gelegt hatte, in der er nachts schlief.
Es war einmal wieder zu schlimm gewesen auf Thormanns Hof. Der Bauer hatte in einem fort gelärmt und geknurrt, und die Guste hatte vor sich hin geweint. Das ging nun schon wochenlang so, und wenn Puck die Guste nicht so gern hätte leiden mögen, dann wäre er schon woanders hingezogen.
Die Guste hatte einen Liebsten, einen jungen, frischen Kerl, und der Alte wollte, sie sollte einen Witwer heiraten, der einen

ebenso großen Hof hatte wie Thormann. Und deswegen gab es nun Tag für Tag Ärger im Haus.
Puck Kraihenfoot saß brummig unter der hohen Fuhre, rauchte seinen Post aus dem alten, schön angebräunten Krähenschädel und überlegte, was sich wohl machen ließe. Mit Gewaltmaßregeln, das sah er ein, war hier nichts zu wollen. Der Alte war hart wie ein eichener Klotz. Puck hatte ihm neulich ein Bein gestellt, und der Bauer war mit dem Kopfe an den Dössel geschlagen, daß es nur so brummte; aber als er wieder zu sich kam, hatte er nur noch mehr spektakelt.
Der Kleine seufzte. Dann faßte er in die Tasche seiner Kutte, holte eine Flöte heraus, aus dem Reißzahn eines Dachses gemacht, und pfiff zweimal darauf. Dann setzte er sich wieder hin und wartete.
Nach einigen Minuten tauchte links ein hellgrüner Punkt auf und rechts ein gelber. Die kamen näher, und es waren Niß Pogg und Peter Wipp. Ernst und gemessen näherten sie sich ihrem Freunde, verbeugten sich, reichten ihm die Hände, sprachen erst vom Wetter, von dem hohen Schnee, von ihrem Wintereinlagern bei den Bauern und fragten schließlich Puck, weshalb er sie gerufen habe.
Da erzählte er ihnen die Geschichte von Guste Thormann und Hinrich Grönebusch und fragte sie, was er machen solle. Ganz ausführlich legte er ihnen alles dar und schloß seine Rede: „Leewe Frünne, hört to, ick roope: wo kreeg ich de beiden Minschen tohope?"
Peter Wipp legte erst das Maulwurfshändchen an die spitze, schnüffelnde Nase und überlegte. Dann senkte er die gelbe Kapuze und sah auf seine Entenfüße. Endlich sprach er: „Min leiwe Fründ Puck Kraihenfoot, hört to, wat ick segg, min Rat is good. Breck ehm den Kragen, smit em up'n Schragen. Is de Ohle weege, kümmt alles in 'ne Reege."
Niß Pogg nickte, daß seine grüne Kapuze hin und her wippte, schlug sich mit den Froschhänden auf die Knie und rief: „Peter Wipp sin Snack is good; is de Ohle erst kalt und dod, is de Ohle weege, kümmt alles in de Reege."
Puck Kraihenfoot aber schüttelte seine rote Kapuze und erwiderte: „De Snei is witt und Bloot is rot, und witt und rot dat lät nich good."

Da saßen sie wieder lange Zeit und überlegten. Und schließlich kam ihnen ein Gedanke. Sie standen auf, zogen ihre Kappen herunter, und der Platz unter der Fuhre war leer.

*

Auf Thormanns Hof ging der Bauer in der Dönze auf und ab und sah ab und zu grimmig nach seiner Tochter, die mit rot verschwollenen Augen Kartoffeln schälte. Ihm war recht ungemütlich zu Sinne. Brummig ging er an das Bört, langte seine Pfeife herab und ging nach dem Fenster, wo der Tabakskasten stand. Als er danach griff, hörte er leise etwas kichern, und der Tabakskasten fiel vom Fensterbrett und gerade in den Eimer, in den Guste ihre Kartoffeln tat.

„Dübel", rief der Bauer, „nu mott ick noch in' Kraug; dat is all wedder de ohle Puck wesen." Er setzte die Mütze auf, nahm seinen Stock und ging ab. Als er über den Hof ging, hörte er es über sich lachen. Da saß Puck Kraihenfoot in der Giebelluke, schlenkerte mit den rotbestrümpften Beinen und rief vergnügt: „Hie Pucks eene Been, da Pucks annere Been."

Zu derselben Zeit saß Hinrich Grönebusch zu Hause und stützte den Kopf in die Hand. Seine alte Mutter sah ihn mehrmals von der Seite an, sagte aber nichts. Der Trankùsel schwelte. Da stand Mutter Grönebusch auf und langte nach dem Ölkrug. Als sie ihn eben in der Hand hatte, fühlte sie einen kurzen kalten Schlag auf der Hand und ließ den Ölkrug fallen.

„Wat hebb ick mi verjaget", rief die Frau. „Hinrich, du schast man beeten na'n Krauge gahn, dat du upp annre Gedanken kummst. De Kräuger kann mi dör sine Lüttje ook'n Pott Ölje schicken."

Hinrich zog die Jacke an, setzte die Mütze auf und ging auf den Hof. Er wollte die Lüttjemagd nach dem Kruge schicken. Er selbst hatte keine Lust. Aber als das Mädchen eben fort war, hörte er sie kreischen, und sie kam, weiß wie ein Laken, herein und sagte, sie ginge nicht, Peter Wipp sei ihr als feuriges Rad über den Weg gelaufen und habe gerufen: „Gahste, Mäken, den Hals schaste breeken!"

Da ging Hinrich Grönebusch selbst, und in der Giebelluke saß Peter Wipp, bummelte mit seinen grünstrümpfigen Beinen und rief: „Hie Peters eene Been, da Peters annere Been."

Im Kruge ging es hoch her. Thormann war da. Hausteufel, Wirtschaftsengel, konnte man von ihm sagen. Hatte er zu Hause Ärger gehabt, dann gab er einen aus. Bei ihm saß der Schneider und trank schon den achten Kümmel.

„Süh, Thormann, da kümmt din Swiegersohn", lachte der Schneider.

„Swiegersohn? Ick fleitje up so'n Swiegersohn. Eh'r nich de grote Fuhre vom hellen Barge up min Hofe steiht, kümmt de nich als Swiegersohn rup."

Grönebusch hatte eine heftige Erwiderung auf der Zunge, aber da hielt ihm etwas Kaltes den Mund zu und eine Stimme, die genau so wie seine eigene klang und von der man nicht wußte, ob sie von dem Boden oder aus dem Keller kam, rief: „Schall dat'n Wort sin?"

„Wisse", rief der Bauer, „wenn Wihnachten de grote Fuhre up min Hofe wassen deiht, schall Grönebusch use Guste hebben", und dabei streckte er die Hand hin.

Dem jungen Bauern paßte der Scherz nicht. Aber eine unsichtbare Gewalt riß seine Hand nach vorne und drückte sie in die harte Hand des Alten. Der Schneider schlug durch und rief: „Da lur up", bekam aber in demselben Augenblick einen so furchtbaren Nasenstüber von unsichtbarer Hand, daß er ganz nüchtern wurde und schleunigst abschob. Hinter ihm her aber rief aus dem Giebelloch eine dünne Stimme: „Snider, Supuus, wut du woll to Hus!"

*

Am hellen Berge war die Nacht ein seltsames Leben. Das Rotwild, das aus der Forst auf die Feldmark austreten wollte, verhoffte und sicherte, denn ein seltsames Klingen kam durch die Luft. Und von allen Ecken kamen heran die Pucks aus Moor und Haid, Geest und Bruch, in gelben, weißen, blauen, roten, grauen, grünen, schwarzen Kutten, und ihre Enten- und Krähen- und Gänsefüße traten sonderbare Spuren in den Schnee.

Unter der großen Fuhre aber stand Puck Kraihenfoot und rief: „Ick mot trecken, helpet mi; wenn ju treckt, bün ick ok d'bie."

Da faßten sie alle zu, der Schnee knirschte, die Eiszapfen rasselten von den Zweigen zu Boden, und dann hörte man es

rauschen und schleifen und eine große Schneewolke zog vom hellen Berge nach Thormanns Hof.
Auf dem Hofe aber verkroch sich winselnd mit eingezogener Rute Wasser, der Hund, in seiner Hütte. Denn es war da ein Gewimmel und ein Rennen kleiner Leute, daß es ihm unheimlich war.
Als morgens der alte Futterknecht über den Hof ging, um Wasser aus dem Soot zu pumpen, lief er gegen etwas an. Er sah an dem Baum in die Höhe, rieb sich die Augen, brummte, und weckte dann den Bauern. Der stieg trotz seines schweren Kopfes eiliger als sonst in die Hosen, zog die Jacke über und ging auf den Hof.
Als er den Baum sah, der da schwarz in der grauen Dämmerung stand, fröstelte ihn und er sah ängstlich nach der Giebelluke. Da saß Puck Kraihenfoot, bummelte mit den langbestiefelten Beinen und rief mit seiner dünnen Junghanenstimme: „Verwett' is verwett', steiht min Bom da nich nett? Bur, dat is kin Drom, dat is de Guste ehr Wihnachtsboom!"

*

Das ist lange her; aber heute noch ist Thormanns Hof in der ganzen Haide der einzige, dessen Hofbusch aus Fuhren besteht. Auf allen anderen stehen Eichen. Und die Hausmarke der Grönebuschs genannt Thormanns ist der Krähenfuß im Dreieck. Das Dreieck aber soll die Tarnkappe Kraihenfoots sein.

HERMANN LÖNS

## Das Blachfeld

Es schneit und schneit und schneit; weit und breit ist alles eine weiße Unendlichkeit.
Der Schnee wischt alle Farben aus dem Lande; er nimmt den Birken ihr Silber, dem Sande sein Gold, den Fuhrenstämmen ihren Kupferglanz, den Wacholdern ihren Bronzeton. Er verbindet Himmel und Erde, bringt die Ferne heran und schiebt die Nähe fort, erhöht die Tiefen und ebnet die Höhen ein.
Der stetig fließende Schneefall gibt auch der Seele Gleichmaß und Ruhe; den quälenden Haidhunger stillt er zu heimlicher Vorfreude, und die ungestüme Erwartung dämpft er zu frohem Gleichmut.
Das Heimweh nach den Bergen ist viel gesagt und oft gesungen. Für den Haidhunger fand das Volk noch kein Lied. Der Haidjer singt nicht, und was er fühlt, das zeigt er nicht gern.
Und es schneit und schneit und schneit. Die Räder des Zuges stampfen eine gleichmäßige Singweise zu einem Lied, aus dem heißer Haidhunger herausklingt: „To Hus up de Haide, da mochd' ick wol wä'n, wo lang et uck her is, wo feer und verlä'n."
Wer sang es, das Lied? Ein Kind der Oldenburger Haide, Jan ten Hoevel, sang es über das Meer herüber aus Elgin im fernen Illinois; und nun stampfen es alle Räder der Haidbahn: „Man jümmer in'n Schummern, dan denkt man so gern: so freet as tau Huus is't doch narns nich op Ern."
Der Schneefall flaut ab, die Sonne kommt durch. Ein Fuhrenstamm leuchtet, ein Fenster blinkt, ein Goldstreifen zieht über das weiße Land. Die Räder stampfen noch immer das Lied: „De Kiewit, de fläutde, de Läiwik, de jüng, de Haide de blaide, de Häwen de klünk."
Und der Haidhunger kommt wieder herauf. Zu langsam fährt der Zug, zu zögernd bleibt das Land zurück; zu lang sind die Haltepausen, zu eng ist der Wagen und zu weit und zu schön ist die weiße Haide.
Träume dir die Ungeduld fort, unruhige Seele. Der Honigbaum blüht, der Immen Glocken klingen, der Grillen Spiel zittert über das Land, Blaufalter tändeln auf goldenem Sand, süßer Wohlge-

ruch steht in der Luft; in Rosenröte glüht die Nähe, in Veilchenfarbe schwimmt die Ferne.
Oder träume dich in die Maihaide hinein, wo über grünem Sinken die silbernen Flocken der Murke wehen, Juchtenduft aus den grünenden Maibäumen quillt und goldene Sterne am Bache stehen. Und denke an die braune Spätherbsthaide, mit der goldenen Krone, an die stumpfe dunkle Farbe der Höhen und das scharfe helle Leuchten aus den Tiefen, an die gewaltige Ruhe der Flächen. Rufe so manche Wanderung zurück, liebe Seele, manchen Weg, den du fuhrest, in Sonnenbrand, in Regenbraus, in Schneegerinsel und Staubgeflimmer. So ist dir die Zeit kurz geworden währenddessen und der alte Gleichmut über dich gekommen, und frohgemut siehst du den Kindern zu in weißen Straßen der alten Salzstadt: curtis salta sita in pago laingo, wie der Chronist schrieb.
Mehr noch als zur rosenblühsamen Sommerszeit kommt dir das Städtchen voller alter Erinnerungen vor. Vierhundert Jahre sind es her, daß der allerletzte deutsche Ritter, Herzog Erich von Calenberg, nach der verlorenen Schlacht auf der Haide hierher nach Soltau gefangen geführt wurde. In Thielemann, des Vogtes, Hause saß er und sah nach seinem Banner, das siegreich in vielen Ländern im Süden und im Norden geflattert hatte.
Nun wehte es, von des Herzogs eigenem Vetter Heinrich vor des Besiegten Fenster in den Misthaufen gepflanzt, in der Abendsonne, und Erich wandte sich ab und er, der der schweren Wunden lachte, als er bei Regensburg den Kaiser Maximilian aus den Feinden heraushieb, er weinte, daß er die Tränen mit beiden Händen von sich warf. Und da stieß der Häusling Drewes aus Emmingen, dem das Kriegsvolk des Herzogs das Haus verbrannte, mit dem Spieß durch das Fenster und schrie: „Du Smöker hest mi to ’m armen Manne emaket!“
Wie das am Dienstag den vorletzten Juni Eintausendfünfhundertundneunzehn hier auf dem Bullenberge wohl ausgesehen haben mag, als das siegestrunkene Heer mit seiner Beute einzog in Soltau, mit den vielen Gefangenen und der großen Beute, von der der Hildesheimer Dechant Johann Oldekop so trefflich berichtet: „Up dussen Dag wurden gegrepen Hertog Erich de older und Hertog Wilhelm, de Graven von Plesse und noch drei andere Graven und bowen tweihundert Edelmanns. Darbenefen

worden gewunnen twolf grote Karthaunen, acht grote Slangen, sechszehn Quarteresslangen und Scharpentiner, sechs Furmorsers un up einem sperden Wagen, dar der Brunswigeschen Fursten Sulverwerk und siden Kleider uppe woren."
Den Tag wurde die Wurst kurz in Soltau und das Brot schmal, kein Schwein grunzte im Stalle und kein Huhn gackerte auf der Diele; die Kräne der Wein- und Bierfässer blieben offen und kein brauner Krug feierte an der Wand. Zwölftausend Goldgulden hatten die siegreichen Landsknechte von der Beute bekommen; manches blanke Stück blieb in Soltau hängen oder kam in die Taschen der Taterndirnen und fahrenden Spieler, die hinter dem Kriegsvolke herzogen.
Was weiß man heute hier von Krieg und Siegeslärm? Das Leben geht seinen geruhigen Gang zwischen der launischen Soltau und der fröhlichen Böhme, die Spatzen zwitschern in den Straßenbäumen, die Jugend lärmt auf den Schurrbahnen und achtet die älteren Rechte der älteren Leute auf die Bürgersteige nicht. Und die gehen lächelnd um den wildlustigen Nachwuchs herum, dem heute die Straße gehört, heute, an diesem sonnigen Wintertag. Hinter der Stadt aber, über der Böhme, da ist keine Straße, da geht kein Weg. Da wächst der Wald aus ungeteiltem Schnee und biegt die Kronen tief unter der weichen Bürde, demütig wartend, ob des Windes Hauch oder der Sonne Schein ihn nicht befreie und jedem kleinen Vogel dankbar, der flatternd von Zweig zu Zweig den Schnee von den Nadeln löst.
Traurig soll der Haidwinter sein, keine Farben habe er, sagt man. Das ist üble Nachrede. Hier sind Farben, ist Wärme, Licht und Wechsel. Auf dem reinen Schnee liegen die blauen Schlagschatten, wachsen die roten Stämme, breiten sich zu buntscheckigen Kronen aus, auf denen die Sonnenstrahlen lustig spielen. Weiß, Blau, Rot, Grün und Gold, das sind doch Farben, und was in den Kronen schnurrt und burrt, schwirrt und flirrt, die fröhlichen Federbällchen, graue mit schwarzen Köpfchen, blaue mit gelber Brust, braune mit weißen Bäckchen, grüne mit goldenem Scheitel, das Meisenvolk, das hat Farben und es hat Laute von jeder Art, grob und fein, dick und dünn, lang und kurz, laut und leise.
Will noch einer mehr Farben? Die Ellern an der Böhme sind strahlende Fackeln und die Weiden am Ufer leuchtende Flam-

men, das Randeis sprüht Gluten und aus dem goldenen Risch spritzen leuchtende Funken, des Efeus Blätter werfen mit Silber um sich und der Wacholderbusch hat Diamanten zu verschenken. Wie ein Traum aus blühenden Tagen stiebt der Eisvogel über den Schnee, ein blitzblauer Pfeil mit giftgrüner Spitze.
Oder will einer noch mehr Laute? Der Markwart höhnt ihn mit einem Schrei, so hart wie das Blau seines Flügelbuges, der Dompfaff neckt ihn mit einem Ruf, so weich wie das Rot seiner Brust, mit gellendem Lachen spottet seiner der grüne Specht und vom hohen Himmel herab wirft ihm der Bussard einen Ruf zu, einen Doppelruf wie es sich für ihn geziemt, der ein zwiefarbenes Kleid, eine silberne Brust und goldene Fittiche trägt.
Es sind Farben genug hier, eben so viele wie zur lustigen Sommerzeit, wenn Kuckucksblumen und Hahnenfuß sich streiten, ob die Wiese rot oder gelb aussehen soll, wenn des kecken Beinheils güldene Sterne die dunkelen Binsen beiseite schieben und die ganze Quellmulde mit Honigduft sättigen, wenn das Weidenröschen seine rosenrote Standarte und die Spierstaude ihr weißes Banner über dem grünen Fußvolk wehen lassen.
Der Winter ist ein feiner Künstler; er nimmt das Vielzuviele aus der Landschaft und schafft das Allzubunte aus der Welt. Das Kleine und Überflüssige wischt er fort, damit das Große und Notwendige besser zu seinem Rechte komme. Bei Goldkäfergeschwirre und Schilleboldgeflirre, Piepergeschmetter und Haidlerchengelulle laufen die Augen zu viel hin und her und sehen nicht das Allerbeste; die stolzeste Fuhre weit und breit und den unheimlichsten Machangel rundumher.
Der Warnebusch ist es. Hinter ihm liegt die grundlose Kuhle. Düster starrt es aus dem Schnee, das schwarze Loch. In seiner Tiefe wohnt das Wasserweib und lauert auf den Menschen, der dürstend sich naht. Einen Trunk läßt es ihn schöpfen, und noch einen. Ehe er den dritten zum Munde führt, zieht es ihn an die welke Brust und nimmt ihn mit in den Schlamm und Schmutz. Der Jäger, der abends durch die Haide geht, hört einen Schrei, und geht er frühmorgens denselben Weg, dann schwimmt auf dem Wasser das rote Blut wie ein Ring.
Es ist nicht gut weilen bei der grundlosen Kuhle, denn das Wasserweib weiß ein Lied, das den Menschen nach dem Wasser reißt. Heimlicher ist es hier auf der blanken Haide, durch die auf

hohem Damm donnernd und pfeifend der Schnellzug nach Hamburg eilt, ein kleines, schwarzes, dünnes Ding in der großen weißen, breiten Weite, die es wie mit einem Messer zerschnitt, deren Ruhe es mit gellendem Pfiffe auseinanderreißt. War es hier, wo an jenem Sommertage vor vierhundert Jahren der große Schlag in der hildesheimschen Stiftsfehde geführt wurde, oder weiter dahin, wo die Deimerner Höhe weiß und hart in den blauen Himmel schneidet? Die Doppelhaide zeigte erst wenige rote Blüten am Morgen, nachmittags stand sie in voller Blüte und abends war sie schwarz und schmierig und die Raben und Krähen brauchten nicht nach Fraß zu suchen. Sie konnten sich besinnen und das beste aussuchen; denn da lagen mit verglasten Augen Mindener und Braunschweiger und Hildesheimer und Lüneburger und Schaumburger und Calenberger und Münstersche und Geldernsche Ritter genug und Kriegsvolk die Fülle und Pferde in Menge, und Fuchs und Wolf hatten gute Tage und ließen Has und Hirsch in Ruhe.

Wie heute der Damm der Eisenbahn, so zerschnitt diesen Tag der lange Heereszug der Braunschweiger Fürsten und der riesige Troß die Haide: „De Fursten von Brunswik hadden vele Kramer uth Brunswik und Hannover im Lager, de dem Gewinnste folgeden, wente de Hertogen roveden uth den Klostern, kleinen Steden und Kerken grot Gut und wolden denne nich gerne wedder vorleisen, velweiniger gerne geslagen sin; derhalven seck erhoven mit ganzer Ile und wolden over de Aller dat Water tein und de Slacht nicht erwarden“, vermeldet der Hildesheimer Chronist.

Hier am Quell starrt aus dem Schnee die bräunliche Blüte des Krautes, das der Bauer Kraihenfoot nennt. Sie ist dürr und tot. Im Sommer war sie tief dunkelrot, unheimlich rot wie keine Blume im Lande ist. Vor der Schlacht auf der Soltauer Haide hatte sie alle Jahr weiß geblüht. Aber ihre Wurzeln tranken so viel Menschenblut, daß sie seit diesem Tage nur schwarzrote Blüten bringt. Daneben ragt der dürre Blütenstand der gefleckten Kuckucksblume. Sie hatte früher hellgrüne Blätter und reinweiße Blumen; jetzt zeigt sie auf Blatt und Lippe die purpurnen Andenken an den blutigen Junitag, und die braune Heuschrecke, die sommertags hier laut schnarrend fliegt, hat seitdem die blutroten Unterflügel.

Zwei Stunden lang brummten an jenem Hochmittage hier die Kartaunen, brüllten die Feldschlangen, krachten die Hakenbüchsen und knallten die Faustrohre, und die Spieße und die Schwerter arbeiteten wacker mit, daß die ganze Haide sang und klang. Man sieht den Wirbel von bunten Reitern und Fußvolk, die roten Flammen und den blauen Rauch, wenn man die Aufzeichnungen des geistlichen Chronikschreibers liest, man hört das Getöse, man riecht den Pulverdampf. „De Graven von Schomburg und andere Graven mit oren Rutern makeden den verlorn Hupen. De Gellersche Hupe dede den Anfall, dewile ok Graf Johan von Schomburg nich sumede. Middeler Tid ward der Fursten von Brunswik or Geschutte berand; de Bussenschutten, de darbi gefunden worden alle erstoken. Dat Dreben und Slan hin und her werde kume twe Stunde, dat Brunswigesche Lager was geschoret, up de Flucht geslagen, gefangen und von ander gebracht. Up der Walstede schollen der Brunswigeschen boven dreidusend Man dod gebleven sin."
Die Sonne hat an diesem Hochmittage viel Jammer und Graus gesehen hier auf dem Blachfelde. Zwischen den grünen Postbüschen und Papendiek floß der Quell rot zur Böhme hinab und rot färbte sich das saftiggrüne Torfmoos, das die Landsknechte mit den Fetzen ihrer Bauschärmel um die zerstochenen und zerschlagenen Glieder banden. Und drüben, wo jetzt der Bach bullernd und kullernd aus dem Deediek stürzt, tat das Gesindel, das den Heeren auf Partei folgte, die schwer verwundeten Männer ab, raubte sie aus und warf sie nackt und bloß in den modrigen Busch.
Wer war schuld an all diesem Elend? Der Bischof Johann von Hildesheim, der die stiftesche Ritterschaft vor die Köpfe stieß, weil er durch sparsames Haushalten ihnen die verpfändeten Schlösser aus den Fäusten reißen wollte? Früher durften die Herren als bischöfliche Gäste fett leben am Hofe zum Steuerwald, und als der Bischof die Gastereien abstellte, schimpften sie ihn Hans Magerkohl. Er war ein Dickkopf, der geistliche Herr, und nahm es mit der ganzen Lehnsritterschaft auf. Das halbe Heimatland qualmte und lohte damals und der rote Hahn flog von Stadt zu Stadt, von Dorf zu Dorf; er flatterte von Minden bis Dannenberg, von Wunstorf bis Bockenem. Am Abend vor Himmelfahrt ließen die Braunschweiger im Stifte Hildesheim

allein elf Dörfer in Asche fallen, und hinterher gingen Burgdorf, Meinersen, Dannenberg, Kampen, Gifhorn und Uelzen in Flammen auf.

Der Schnee will davon nichts mehr wissen. Er deckte das weiße Laken über Blut und Tod und böses Gedenken und nahm jede rote Farbe aus der Haide. Aber die Postbüsche schüttelten ihn ab und stehen nun da in trutziger Röte wie ein Wahrzeichen des großen Schlachttages; die vielen Vögel, die laut lockend in die verschneiten Fichten einfallen und mit kreuzförmigen Schnäbeln den Samen aus den goldenen Zapfen herausziehen, tragen die Farbe des blutigen Sommertages, und der rote Scheitelfleck des schwarzen Spechtes, der mit klingendem, klagenden Rufe die rauhe Rinde hinaufrasselt, ist ein Andenken an die beiden Blutstunden, wie auch die silbergraue Flechte unter dem Wacholderbusch von damals her die roten Perlen behielt.

Aber das bißchen Mordfarbe hier und da und dort ist nur wie eine ferne, schwache Erinnerung an den Bluttag im Blachfelde, das nun in reinem weißen Frieden daliegt wie alle die in Frieden ruhen, Heinrich der Herzog und Bischof Johann und ihre Gegner, die Herzöge Erich und Heinrich der Mittlere mitsamt den Hildesheimer Stiftsrittern, die die fürchterliche Fehde verschuldet hatten, alle die Todesschreie hier auf der Haide, alle das

Elend zu Koldingen, Poppenburg, Bodenwerder, Sarstedt und Gronau.

Die Sonne geht hinter den Höhen unter und gießt roten Schein über das weiße Gefilde. Die Krüppelfuhren und Wacholderklumpen werfen schwärzere Schatten vor sich hin. Unheimlich glühen am Hülsenbusch die roten Korallen, und auf den Fichtenstämmen tauchen rote Flecken auf, verschwinden, kommen an anderen Stämmen hervor wie Gesichter flüchtiger Männer, die verängstet durch den Busch hasten. In seinem tiefen Bette murmelt der Bach dumpfe Verwünschungen und eilt der Böhmemarsch zu, um fortzukommen aus der blutigen Haide und bei Alften unter lebenden Menschen zu sein, die nichts von Blut und Haß wissen wollen.

Wunderbar schön ist es hier zur Maienzeit, wenn die gelben Lilien an den Uferbuchten der Böhme blühen und die gelben Bergbachstelzen über die Flut hinwegfliegen, und sommertags, wenn die Böhme den Kranz von Vergißmeinnicht trägt und auf den Höhen der Buchweizen schneegleich leuchtet, die Straßengräben in allen Blumenfarben prangen und die Gartenammer aus der hohen Hängebirke ihr kleines wehmütiges Liedchen singt; dann lernt man verstehen, was Haidhunger ist, und begreift, was Jan ten Hoevel sang aus Illinois in Amerika.

Hier oben von der Höhe haben die Augen freien Flug über Wald und Haide. Im Dorfe ruft das Käuzchen, Krähen rudern nach ihrer Schlafstatt, im Holze heult die Eule, die letzten roten Sonnenmale erblassen auf den schwarzweißen Birkenstämmen. Klingend und rauschend kommt ein Schlitten vorüber; frohe Gesichter lachen aus bunten Tüchern und dunkeln Mützen, wie graue Fahnen flattert der Rauch aus den Nüstern der Pferde, die frohen Mutes zum warmen Stalle drängen.

Zum warmen Leben drängt auch das haidsatte Herz. Heimlicher ist es im frohen Kreise in der freundlichen Stadt als hier draußen, wo die Schatten der Männer wandeln, deren letzte Seufzer vor vierhundert Jahren verhallten auf dem Blachfelde.

HERMANN LÖNS

# Die Geschwister

Wir wohnen auf der Heide,
Das Haus steht ganz allein,
Vater und Mutter, beide
Ruhen im schwarzen Schrein.

An einem Wintermorgen
Trugen sie ihn hinaus,
Er schläft von schweren Sorgen
Und vielen Mühen aus.

Und als der Schnee zergangen,
Ging ihm die Mutter nach,
Die Kirchenglocken klangen,
Am hellen Frühlingstag.

Das Grab war tief gegraben,
Da senkten sie sie ein.
Dann sangen noch die Knaben,
Dann waren wir allein. –

Wir standen da und sannen,
Der Bruder still und blaß:
Und als sie all von dannen,
Da warf ich mich aufs Gras.

Da hat er mich umfangen
Und zog mich langsam fort.
Dann sind wir heimgegangen
Und wohnen einsam dort.

Der Bruder geht zu graben
An jedem Morgen aus,
Ich muß die Weiden schaben
Und flechten Körbe draus.

*Friedrich Preller d. Ä. (1804–1878): Hünengrab unter Eichen auf Rügen*

Ich habe gar kein Grauen,
Wenn ich so einsam bin,
Denn nach dem Kirchlein schauen
Die Augen immer hin.

Das schimmert durch die Heide,
Das blitzet durch den Schnee:
Da sind die Eltern beide,
Wenn ich hinüber seh'!

KLAUS GROTH

## Das Hünengrab

Dort im verlass'nen Grunde
Zieht sich ein Bug ins Feld,
Dort schläft noch bis zur Stunde
Im Grab ein alter Held.

Er ruht im gold'nen Schreine,
Der wie auf Angeln schwebt,
Und sich im Mondenscheine
Leis aus der Tiefe hebt.

So oft er wieder rücket,
Ein Funkeln ihm entfährt,
Als sei umher gezücket
Vereinter Recken Schwert.

Einst wird ihn selbst auch melden
Das Horn gewaltiglich,
Dann scharen um den Helden
Die alten Streiter sich.

MARTIN GREIF

# Die Gräber des Giersfeldes

Unter den uralten Gräberstätten unserer heidnischen Vorfahren ist das sogenannte Giersfeld in der Lüneburger Heide eines der merkwürdigsten; in bezug auf Anhäufung und Reichtum alter Denkmäler bietet es eine der größten Sehenswürdigkeiten der Provinz Hannover.
Vier Meilen nördlich von Osnabrück und ungefähr ebenso weit westlich vom Dümmersee dehnt es sich als eine weite, gegen 2000 Morgen große Heidestrecke aus, die von natürlichen Anhöhen umgeben und durchzogen ist. Es bildet ein kleines Stück Heidewüste von äußerst ausdrucksvoller und ernster Physiognomie, das bisher noch der um sich greifende Ackerbau gleichsam wie ein Landesaltertum oder wie eine geweihte Stätte geschont hat. Rings um dasselbe herum liegen zahlreiche Stiftungen der christlichen Kirche, die alten Gotteshäuser von Alfhausen, von Merzen, von Ueffeln und anderen Dörfern. Das Christentum schloß sich gern an die unter dem Volke seit ältesten Zeiten heilig gehaltenen Lokalitäten an; auch einige Lokalnamen der Gegend deuten auf ein hohes Altertum und auf frühere Heilighaltung hin. Ein Hügel, der mitten auf dem Giersfelde liegt, heißt noch heutzutage der „Heiligenberg", und eine kleine Ortschaft hart an seinem Rande hat den Namen „Thiene", der vielleicht auf eine Thingstätte oder einen Volksversammlungsplatz hindeutet.
Noch heute stellen am dritten Pfingsttage die frommen Bauern des Dorfes Alfhausen eine Prozession an, die um ihr Kirchspiel herum und dann zum Heiligenberge auf dem Giersfelde geht. In derselben führten sie früher, vielleicht einem alten heidnischen Brauche gemäß, auch Pferde und Kühe mit sich. Bis zu den Zeiten der Reformation machten auch die Bewohner der südlich gelegenen Dörfer Merzen und Ueffeln an demselben Tage einen solchen Umgang aufs Giersfeld und trafen dort mit den Bauern aus Alfhausen und dem Heiligenberge zusammen.
Der Heiligenberg ist jetzt ein ganz öder, rings von Hünengräbern umgebener Hügel, der nie ein christliches Gebäude getragen zu haben scheint. Es ist daher nicht möglich, daß jene Zusammenkünfte und Prozessionen der katholischen Christen

bei ihm noch ein Überrest aus alten heidnischen Zeiten sind. Im sechzehnten Jahrhundert wurden die Südanwohner des Giersfeldes, die von Ueffeln, protestantisch und erschienen nicht mehr bei jener Prozession. Die von Alfhausen dagegen blieben katholisch und kamen zum Heiligenberge wie zuvor, brachten aber darauf das Sprichwort in Schwang: *„He blift ut as Ueffeln.“*
Alle diese Dinge stimmen sehr wohl zu der Annahme, daß wir in dem Giersfelde eine Lokalität vor uns haben, die seit uralten Zeiten bis auf den heutigen Tag in den Traditionen der Heidebewohner eine große Rolle gespielt hat. Eben dahin deuten auch die Sagen von einem Gespenste, beim Volke „der Alk“ genannt, das auf dem Giersfelde spuken soll. Für die Heilighaltung des Orts in den ältesten Zeiten legen aber seine zahlreichen Steinmonumente selber das unzweideutige Zeugnis ab.
Schon in einem Kruge, bei dem man in der Nähe des Giersfeldes anzuhalten pflegt, kann man von den Leuten mit ziemlich gläubiger Miene die Geschichte vom „Alk“, dem feurigen, auf dem Felde spukenden Kobolde, erzählen hören. Auch bestreben sie sich, wenn man den Gräbern näher kommt, den Fremden in den Heiden einige der merkwürdigen kreisrunden Pflanzenfiguren nachzuweisen, Hexenringe genannt, welche das Bärlappmoos bildet, indem Pflanzen sich in einem mehr oder weniger großen oder kleinen sehr regelmäßigen Kreise zusammenstellen und hintereinander herwachsen.
Man durchwandert mehrere schöne Waldpartien und kommt endlich bei einem einsamen Bauernhofe, Grumfeld genannt, auf das Giersfeld hinaus. Gleich dieser Bauer hat innerhalb der Umzäumung seines Gehöftes und unter den Eichen, die sein Haus beschatten, eins der schönsten und besterhaltenen Hünengräber dieser Gegend. Es ist ein halbes Dutzend gewaltiger Steinblöcke, wie gewöhnlich von kleinen „Trägern“ gestützt und von einem länglichen Kreise anderer Steine umstellt. Wohl selten wird ein Hünengrab in einem so merkwürdigen und intimen Verhältnisse zu den heutigen Landesbewohnern stehen als dieses; denn fast immer findet man dieselben seitwärts von den Wegen in den Gebüschen und Wildnissen. Hier steht nun eins dicht vor den Fenstern eines Wohnhauses, gleichsam im Parke des Eigentümers, als wäre es noch jetzt sein Familienbegräbnis. Die Kinder des Hauses benutzen die mächtigen Steine

als Gartenbänke, und das Milchvieh liegt im Schatten der Bäume des tausendjährigen alten Grabes.
Vermutlich verdankt das Grumfelder Monument seine gute Erhaltung eben dem Umstande, daß es ganz in den Besitz eines wohlhäbigen Privaten übergegangen ist. Alle anderen Monumente des Giersfeldes sind jetzt mehr oder weniger, einige völlig zerstört. Sie wurden alle vom Steinhandel ausgebeutet, der in diesen Gegenden so viele ehrwürdige Altertümer angegriffen hat. In einer Entfernung von wenigen hundert Schritten voneinander liegen alle in einem Halbbogen um das Giersfeld herum. Einige sehen aus wie Vogelnester, in denen der Kuckuck gehaust hat. Schöne prächtige Steine, unter denen die Helden ewig ruhen wollten, sind zerkeilt, und die Splitter liegen noch umher. Hier und da ist ein großer Deckstein, mit dem die Räuber nichts anzufangen wußten, liegen geblieben und beiseite geschoben. Einige hat man völlig ausgeleert, andere dagegen sind in der Hauptsache verschont geblieben und lassen noch ihre ursprüngliche Gestalt und Bedeutung erkennen.
Jedes der acht Denkmäler, sämtlich Hünenbetten der größten Art, die in zwei gleichen Gruppen an und auf zwei kleinen Heidhügeln liegen, bildete ursprünglich einen geschlossenen Halbkreis, innerhalb dessen sich eine bedeutende Menge Gräber befindet. In einem derselben zählt man sechzehn, die sämtlich mit ihren Decksteinen und Trägern noch wohl erhalten sind; die größte Steinsetzung ist 37 Meter lang und 3½ Meter breit.
Die Aussicht von dem Gipfel eines dieser Grabhügel auf den zwiefach melancholischen Schauplatz hat etwas mächtig Ergreifendes und Rührendes. Man hat einen weitgedehnten Kirchhof vor Augen. Rings umher in der Ferne sieht man Wald und aus ihm hier und da einen alten Kirchturm hervorragen. Er faßt den ganzen kahlen, mit brauner Heide bedeckten Friedhof ein, der etwa zwei Stunden im Umkreise hat. Derselbe erscheint als eine stille, der Vergangenheit gewidmete Welt für sich, von dem jetzigen Treiben ausgeschlossen. Die verschiedenen umherstehenden Grabhügel sehen aus der Ferne wie Ruinen und Trümmerstätten aus, denn ihre Gipfel erscheinen gezackt von den Eingrabungen, die man machte, und von den mächtigen Steinen, die man noch hier und da liegen ließ.
Nach den Schilderungen, die man von den Grabhügeln bei Troja

lesen kann, bietet auch die Gräberstätte des alten Ilion keine viel großartigeren und imponierenderen Scenen dar als dieses Giersfeld. Dazu ist es auch sehr wohl möglich, daß die Alten selbst, wenn auch nicht Griechen und Trojaner, so doch die Römer und Germanen hier einmal gekämpft haben. Das Giersfeld sieht so recht wie ein Schlachtfeld aus und liegt ganz in der Linie von der Porta Westfalica über den Dümmersee zur Ems, auf der Germanicus und seine Unterfeldherrn mit ihren Legionen mehrere Male unter häufigen Kämpfen mit den Eingeborenen marschiert sind, sowohl als sie zu den großen Schlachtfeldern am Teutoburgerwalde und bei Idisiavisus hineilten, als auch da sie sich von da zur Ems und zum Rheine zurückzogen.

Von den denkwürdigen Hügeln und Anhöhen des Giersfeldes wendet man sich zu seinen beiden fast ebenso interessanten und merkwürdigen Löchern und Austiefungen. Die größere eröffnet sich mitten in der flachen Heide und hat eine äußerst regelmäßige kreisrunde Trichtergestalt, oben etwa 86 Meter und unten auf dem Grunde gegen 14 Meter im Durchmesser, bei einer Tiefe von 9 Meter. Die mit dichter Heide und struppigem Gebüsche bewachsenen Wände fallen unter gleichförmigen Böschungen von allen Seiten her ins Innere des Trichters hinab. Unten ist der Boden kahl. Zuweilen soll er mit Wasser bedeckt und auch der Kessel selbst ein wenig mit Wasser gefüllt sein. Die Regelmäßigkeit der Proportionen und Umrisse möchte zwar auf ein Menschenwerk schließen lassen, allein man bemüht sich vergebens, den Zweck eines solchen zu erraten. Wahrscheinlicher ist es, daß hier ein natürliches Einsinken des Bodens statthatte, obgleich auch hiergegen der Umstand streitet, daß die geognostische Gestaltung der Umgegend nicht zu Erdfällen geeignet und geneigt zu sein scheint, denn die beiden bezeichneten Kessel des Giersfeldes sind weit und breit die einzigen ihrer Art.

Die Volkssage nimmt nichtsdestoweniger eine Erdsenkung an und behauptet, daß hier ein gottloser Mann gewohnt habe, der mit Haus und Hof vom Boden verschlungen sei. Seitdem ist es in dem Loche nicht geheuer, und es steigt zuzeiten, namentlich wenn man ihn ruft, der böse Geist „Alk“ daraus hervor. Er zeigt sich in Gestalt eines feurigen Rades, das um Mitternacht aus der Tiefe heraufrasselt, an den Abhängen des Erdfalls emporrollt und dann über die Gräber des Giersfeldes dahinschweift, den

*William Turner (1775–1851): Stonehenge 1832*

vorwitzigen Rufer verfolgend. Wahrscheinlich versteckt sich in diesen Sagen irgend eine alte Mythe von einem Gotte, den die in den Gräbern liegenden Germanen einst verehrten.

JOHANN GEORG KOHL

# Die Hünengräber auf dem Giersfelde

Was noch stehet ihr hier, der grauen heidnischen Vorzeit
Mächtige Zeugen, gethürmt auf Hügeln bräunlicher Heide,
Weit von des Tages Geräusch und des Lebens befahrenen Wegen?
Niemand suchet euch auf; nur flüchtig weilet der Jäger,
Emsigen Schritts aufsuchend das Wild, das die Heide verbirget.
Auch weiß nimmer der Schäfer, von wannen ein Schauer ihm ankommt,
Wenn zur nächtlichen Rast ihm folget die wollige Heerde.
Nur der Empfindsame läßt mit Seufzern reichliche Thränen
Niederträufeln auf euch, gar lästig mit seinem Gestöhne.

„Sorge nicht, Fremdling, um uns; und sind wir von Allen verlassen,
Einsam stehen wir nicht, gedenkend auch besserer Tage.
Nimmer vergessen uns wohl die Götter, nimmer die Helden,
Gäste Walhalla's, den Ort, wo Ruh' ihr heilig Gebein fand.
Wenn des Wagens Gestirn mit freundlichem Lichte uns leuchtet,
Dann kommt Wodan zu uns, der Gott, es kommen Walhalla's
Heldenschatten zu uns. Es belebt sich die nächtliche Heide.
Wenn unter Donnergeroll und wüthendem Sturmesgebrause
Zackige Blitze erleuchten die Nacht, dann nahet sich Donars
Keileschleudernde Faust und Gruß vom flammenden Barte,

– Ihn anfacht er auf's neu' und mächtiger dröhnet der Donner –
Und wenn fallend der Schnee mit weißlich schimmernden Flocken
Decket die Heid' und Flur: dann birgt der freundlichen Holda
Sorgende Götterhand auch uns mit wärmender Hülle."

HERMANN HARTMANN

## Der Heideknabe

Der Knabe träumt, man schicke ihn fort
Mit dreißig Thalern zum Heideort,
Er ward drum erschlagen am Wege,
Und war doch nicht langsam und träge.

Noch liegt er im Angstschweiß, da rüttelt ihn
Sein Meister und heißt ihm, sich anzuziehn,
Und legt ihm das Geld auf die Decke
Und fragt ihn, warum er erschrecke.

„Ach Meister, mein Meister, sie schlagen mich tot,
Die Sonne, sie ist ja wie Blut so rot!“
„Sie ist es für dich nicht alleine,
Drum schnell, sonst mach’ ich dir Beine!“

„Ach Meister, mein Meister, so sprachst du schon,
Das war das Gesicht, der Blick, der Ton,
Gleich greifst du“ – zum Stock, will er sagen,
Er sagts nicht, er wird schon geschlagen.

„Ach Meister, mein Meister, ich geh, ich geh,
Bring’ meiner Mutter das letzte Ade!
Und sucht sie nach allen vier Winden,
Am Weidenbaum bin ich zu finden!“

Hinaus aus der Stadt! Und da dehnt sie sich,
Die Heide, nebelnd, gespenstiglich!
Die Winde darüber sausend!
„Ach wär’ hier ein Schritt wie tausend!“

Und alles so still, und alles so stumm,
Man sieht sich umsonst nach Lebendigem um,
Nur hungrige Vögel schießen
Aus Wolken, um Würmer zu spießen.

Er kommt ans einsame Hirtenhaus;
Der alte Hirt schaut eben heraus,
Des Knaben Angst ist gestiegen,
Am Wege bleibt er noch liegen.

„Ach Hirte, du bist ja von frommer Art,
Vier gute Groschen hab ich erspart,
Gieb deinen Knecht mir zur Seite,
Daß er bis zum Dorf mich begleite.

Ich will sie ihm geben, er trinke dafür
Am nächsten Sonntag ein gutes Bier;
Dies Geld hier, ich trag' es mit Beben,
Man nahm mir im Traum drum das Leben!"

Der Hirt, der winkte dem langen Knecht,
Er schnitt sich eben den Stecken zurecht,
Jetzt trat er hervor – wie graute
Dem Knaben, als er ihn schaute!

„Ach Meister Hirte, ach nein, ach nein!
Es ist doch besser, ich geh' allein!"
Der Lange spricht grinsend zum Alten:
„Er will die vier Groschen behalten."

„Da sind die vier Groschen!" Er wirft sie hin
Und eilt hinweg mit verstörtem Sinn.
Schon kann er die Weide erblicken,
Da klopft ihn der Knecht in den Rücken.

„Du hältst es nicht aus, du gehst zu geschwind,
Ei, Eile mit Weile, du bist ja noch Kind,
Auch muß das Geld dich beschweren,
Wer kann dir das Ausruhn verwehren!

Komm, setz' dich unter den Weidenbaum,
Und dort erzähl' mir den häßlichen Traum,
Ich träumte – Gott soll mich verdammen,
Triffts nicht mit deinem zusammen."

*Kriehuber: Friedrich Hebbel*

Er faßt den Knaben wohl bei der Hand,
Der leistet auch nimmermehr Widerstand,
Die Blätter flüstern so schaurig,
Das Wässerlein rieselt so traurig!

„Nun sprich, du träumtest" – „Es kam ein Mann" –
„War ich das? Sieh mich doch näher an,
Ich denke, du hast mich gesehen!
Nun weiter, wie ist es geschehen?"

„Er zog ein Messer!" – „War das wie dies?" –
„Ach ja, ach ja!" – „Er zogs" – „Und stieß" –
„Er stieß dirs wohl so durch die Kehle?
Was hilft es auch, daß ich dich quäle!"

Und fragt ihr, wie's weiter gekommen sei?
So fragt zwei Vögel, sie saßen dabei,
Der Rabe verweilte gar heiter,
Die Taube konnte nicht weiter!

Der Rabe erzählt, was der Böse noch that,
Und auch, wies der Henker gerochen hat;
Die Taube erzählt, wie der Knabe
Geweint und gebetet habe.

FRIEDRICH HEBBEL

# Die Vierbrüdersäule

In der Fischhäuser oder Kapornischen Heide unweit von Königsberg steht eine hölzerne, zwölf Ellen hohe Säule, welche die Vierbrüdersäule genannt wird. Von ihrer obern Spitze gehen vier Arme kreuzweise aus, deren jeder einen bärtigen Kopf mit einem Helm trägt. Die Köpfe schauen alle nach dem Mittelpunkt der Säule, auf welchem ein schüsselförmiger Knopf steht. Wessen Köpfe das aber sein sollen, das weiß die Geschichte nicht, und die Sage ist darüber mit sich auch noch nicht einig geworden. Im Jahre 1295 – so erzählen einige – begab sich's, daß Martin von Golin, ein tapferer Ordensritter, mit vier seiner Waffenbrüder, Dyvel, Stobemel, Kudare und Nakaim, eine Mahlzeit im grünen Wald hielt. Wie sie nun arglos speisten, wurden sie unversehens von einer Schar Sudauer überfallen und vier von ihnen erschlagen, ehe sie sich aufraffen und zur Wehr setzen konnten. Nur Golin war mit Mühe entkommen. Der hinterbrachte dem Orden die traurige Kunde und verlangte, blutige Rache zu nehmen an den Sudauern; auf der Sterbestätte seiner erschlagenen Waffenbrüder aber errichtete er ein schwarzes Kreuz. Später ließ der Landmeister Querfurt stattdessen die Säule errichten.

Eine andere Sage lautet so: In stolzer Siegsgewißheit hatten die Ordensbrüder auf ihrem ersten Zug gegen die Sudauer nur wenig Volk ins Feld geführt und erlitten eine große Niederlage. Diese zu rächen, fielen vier starke Ordensbrüder, Martin Golin, Conrad Entkin, Jacob Stobemel und Malachias Koblenz, mit einer tapferen Schar bei Nacht in Sudauen ein, wo sie an die neunzig Vornehmen des Landes, welche sich auf einem Bankett berauscht hatten, in tiefem Schlaf erschlugen und reiche Beute wegtrugen. Zum Andenken an diese kühne Tat wurde den vier Ordensbrüdern die Säule gesetzt.

Auch sagen einige, es wären dort vier Brüder hingerichtet worden, andere wieder, es wären vier Brüder von dort aus in die Welt gegangen und hätten nach Jahren sich dort wieder getroffen. So ist die Sage nicht mit sich einig. Das Domänenamt in Kaporn muß die Säule, wenn sie umgeworfen oder beschädigt wird, wieder aufrichten und ausbessern lassen, wobei früher

*Emanuel Geibel*

viele Zeremonien üblich waren, welche aber jetzt veraltet sind bis auf eine, nämlich daß die Zimmerleute, die an der Säule bauen sollen, diese zuvor feierlich grüßen.

WIDAR ZIEHNERT (1839/40)

## Über der dunklen Heide …

Über der dunklen Heide
Wie weit, wie klar die Nacht!
Mein Aug' in stiller Weide
Versinkt in ihrer Pracht.

Aufblinkend fließt durchs Blaue
Wie Gold der Sterne Zug;
Ich spüre, wie ichs schaue,
Der Erde leisen Flug.

Das Haupt zurückgebogen,
Emporgespannt den Blick,
Fühl' ichs in mir wie Wogen
Leis flutender Musik.

Als käm' ein Wiederhallen
Von jenen Harmonien,
Darin die Sphären wallen,
Durch meine Brust zu ziehn.

EMANUEL GEIBEL

## Die Visbeker Braut

In der Ahlhorner Heide, eine kleine halbe Stunde von der Aumühle, finden sich eine Menge Hünensteine bei einander. Vornan stehen vier große Steine, dann folgen in zwei langen Reihen vielleicht siebenzig kleinere. Man nennt sie die Visbeker Braut. Etwa dreiviertel Stunden davon, bei Engelmanns Bäke, findet sich eine ähnliche, aber noch größere Steingruppe, welche der Bräutigam genannt wird. Einst, so heißt es, sollte ein Mädchen aus Großenkneten (Heinefeld) von ihren Eltern gezwungen werden, eines reichen Bauern aus Visbek Sohn zu heiraten, da sie ihn doch nicht liebte. Als nun die Braut mit ihrem Brautgefolge zur Hochzeit nach Visbek zog und den Turm der Visbeker Kirche erblickte, da betete sie, daß der liebe Gott sie lieber in Stein verwandeln möge, als daß sie zu der verhaßten Ehe gezwungen werde. Und so geschah es. Sowohl die Braut mit ihrem Gefolge als der Bräutigam, der ihr von Visbek entgegen kam, mit den Seinigen stehen in Stein verwandelt da. – Häufig wird auch erzählt, die Braut habe einen anderen Jüngling geliebt, sei auch wiedergeliebt worden, aber der Vater habe seine Werbung wegen seiner Armut zurückgewiesen. Als der Brautzug nun über die Heide zog, begegnete ihm der abgewiesene Freier und sprach nochmals den Vater an. Aber dieser erwiderte:

„Sie soll nicht werden dein,
Und wenn ihr auch werdet zu Stein!“

Und alsbald verwandelten sich alle Personen in beiden Zügen in Steine.

LUDWIG STRACKERJAN

## Die Visbecker Braut

„Herrgott, höre meine Bitte!
Stürmisch schlägt mein Herz und wild,
O verwandle es barmherzig
In gefühllos Steingebild!

Denn gefühllos sind die Herzen
Von den beiden Eltern mein:
Heut noch soll ich des verhaßten
Reichen Freiers Gattin sein,

Während er, der arme Bursche,
Dem ich liebend zugetan,
Keine Gnade vor den Ohren
Dieser Harten finden kann!“

Knieend klagte so ein Mägdlein
In verzweiflungsvollem Gram,
Während schon der Hochzeitsglocken
Ton her über's Heidland kam.

Und herein trat barsch der Vater,
Riß die Ärmste in die Höh',
Lärmend traten ein die Gäste,
Sorglos um des Mägdleins Weh.

In die Kutschen ward gestiegen,
Peitschenknall und Schellenklang,
Alle waren voller Freude,
Nur der Braut war's gar so bang.

Und der Zug durchfuhr die Heide
In der Morgensonne Licht,
Welch Gejauchze, als der Kirchturm
Von Dorf Visbeck kam in Sicht.

Doch zum Staunen aller plötzlich
Auf den Knie'n die Bleiche lag –
Kann denn Gott nicht Rettung bringen,
Wenn es auch kein Mensch vermag?

Und sie schrie zum Himmel wieder,
Und ihr Herz schlug hoch und wild:
„Hab, Allmächtiger, Erbarmen,
Wandle mich zum Steingebild!“ ...

– Was sie flehte, ward erfüllet ...
Still und stumm, erstarrt zu Stein,
Ragt die ganze Hochzeitsgruppe
Heute noch ins Land hinein.

Weithin sichtbar steht sie dorten,
Steht dort bis zum jüngsten Tag,
Harten Eltern als ein Zeichen
Wie zu strafen Gott vermag.

DEMETRIUS SCHRUTZ

# Das Hellhaus in Ostenholz

Früher hat man in den Gegenden zwischen Weser und Elbe noch oft den Helljäger durch die Luft ziehen hören, und zwar besonders in der Zeit zwischen Weihnachten und Großneujahr; man hat dann besonders dafür gesorgt, daß am Christabend nach Sonnenuntergang das Haus geschlossen und namentlich das große Tor an der Diele zugemacht war, und selten wagte es einer noch nach Sonnenuntergang hinauszugehn.

In Ostenholz bei Fallingbostel steht ein Haus, das nennt man ringsum in der Gegend das Hellhaus; da hatten sie mal am Christabend nach Sonnenuntergang die Tore zu schließen vergessen, und als nun der Helljäger drüber fortzog, lief einer seiner Hunde hinein, und legte sich unter die Bank am Herd und war durch nichts fortzubringen. Hier hat er ein ganzes Jahr gelegen und hat nichts gefressen; nur alle Morgen hat er die Asche vom Herde abgeleckt. Als aber das Jahr um gewesen und die Zwölften wieder da waren, da hat man, als der Helljäger wieder vorüberzog, das Tor aufgemacht und der hat den Hund wieder mitgenommen.

Da wo jetzt das Hellhaus in Ostenholz steht, hat vor langen Jahren einer gewohnt, dessen Sohn ist mit andern am heiligen Christabend auf einer großen Jagd gewesen; da hat er ein Reh verfolgt und gesagt, wenn er das schießen täte, so wolle er ewig alle Christabend jagen. Da hat er's denn auch geschossen, aber er hat auch nach seinem Tode alle Christabend jagen müssen, und das ist der Helljäger, und das Haus, in dem er bei seinen Lebzeiten gewohnt, ist das Hellhaus. Wenn nun aber der Christabend herangekommen und der Helljäger umgezogen ist, hat der Wirt des Hellhauses jedesmal eine Kuh hinauslassen müssen und die ist, sobald sie nur draußen war, verschwunden gewesen; welche Kuh das aber jedesmal sein mußte, hat man schon vorher ganz genau wissen können, denn wenn es so um den Michaelis- oder Martinstag gekommen, hat sich die Kuh, welche an der Reihe war, zusehends vernommen und ist endlich bis zum Christabend die fetteste im ganzen Stall geworden. Das hat man denn so die ersten vier oder fünf Jahre nach dem Tode des Wirtsohnes gehalten, und hat jedesmal am Christabend die

Kuh hinausgelassen, aber endlich ist es ihnen doch zu lästig geworden, und sie haben es nicht mehr tun wollen. Als nun der Helljäger am Christabend des nächsten Jahres wieder vorbeigekommen, haben sie das Haus fest zugemacht; aber da ist ein Lärmen und Toben um es herum entstanden, das ist fürchterlich gewesen, die Hunde des Helljägers sind heulend und schnuppernd um und um gelaufen, und die Kuh, welche an der Reihe war, ist im Stall wie rasend geworden, und hat sich mit den Vorderfüßen hoch aufgerichtet und ist die Staken hinaufgesprungen, und soviel man sie auch geschlagen, es hat alles nichts geholfen, sie hat sich nicht zur Ruhe begeben wollen. Da haben's die Leute im Hause nicht länger aushalten können, haben das Tier los und das Tor aufgemacht und gesagt: „Na so lauf in Dreiteufels Namen!", und da ist sie sogleich fortgewesen; aber seit der Zeit ist auch der Helljäger nicht wieder gekommen.

ADALBERT KUHN/WILHELM SCHWARTZ

## Sonnenuntergang auf dem Brocken

(aus Schriften zur Farbenlehre)

Auf einer Harzreise im Winter stieg ich gegen Abend vom Brocken herunter, die weiten Flächen auf- und abwärts waren beschneit, die Heide von Schnee bedeckt, alle zerstreut stehenden Bäume und vorragenden Klippen, auch alle Baum- und Felsenmassen völlig bereift, die Sonne senkte sich eben gegen die Oderteiche hinunter.

Waren den Tag über, bei dem gelblichen Ton des Schnees, schon leise violette Schatten bemerklich gewesen, so mußte man sie nun für hochblau ansprechen, als ein gesteigertes Gelb von den beleuchteten Teilen widerschien.

Als aber die Sonne sich endlich ihrem Niedergang näherte und ihr durch die stärkeren Dünste höchst gemäßigter Strahl die ganze mich umgebende Welt mit der schönsten Purpurfarbe überzog, da verwandelte sich die Schattenfarbe in ein Grün, das nach seiner Klarheit einem Meergrün, nach seiner Schönheit einem Smaragdgrün verglichen werden konnte. Die Erscheinung ward immer lebhafter, man glaubte sich in einer Feenwelt zu befinden, denn alles hatte sich in die zwei lebhaften und so schön übereinstimmenden Farben gekleidet, bis endlich mit dem Sonnenuntergang die Prachterscheinung sich in eine graue Dämmerung, und nach und nach in eine mond- und sternhelle Nacht verlor.

JOHANN WOLFGANG VON GOETHE

## Das Haus in der Heide

Wie lauscht, vom Abendschein umzuckt,
die strohgedeckte Hütte,
recht wie im Nest der Vogel duckt,
aus dunkler Föhren Mitte.

Am Fensterloche streckt das Haupt
die weißgestirnte Sterke,
bläst in den Abendduft und schnaubt
und stößt ans Holzgewerke.

Seitab ein Gärtchen, dornumhegt,
mit reinlichem Gelände,
wo matt ihr Haupt die Glocke trägt,
aufrecht die Sonnenwende.

Und drinnen kniet ein stilles Kind,
das scheint den Grund zu jäten,
nun pflückt sie eine Lilie lind
und wandelt längs den Beeten.

Am Horizonte Hirten, die
im Heidekraut sich strecken
und mit des Aves Melodie
träumende Lüfte wecken.

Und von der Tenne ab und an
schallt es wie Hammerschläge,
der Hobel rauscht, es fällt der Span,
und langsam knarrt die Säge.

Da hebt der Abendstern gemach
sich aus den Föhrenzweigen,
und grade ob der Hütte Dach
scheint er sich mild zu neigen.

Es ist ein Bild, wie still und heiß
es alte Meister hegten,
kunstvolle Mönche, und mit Fleiß
es auf den Goldgrund legten:

Der Zimmermann – die Hirten gleich
mit ihrem frommen Liede,
die Jungfrau mit dem Lilienzweig,
und rings der Gottesfriede.

Des Sternes wunderlich Geleucht
aus zarten Wolkenfloren –
Ist etwa hier im Stall vielleicht
Christkindlein heut geboren?

ANNETTE VON DROSTE-HÜLSHOFF

# Verzeichnis der Dichter und Sänger


WILLIBALD ALEXIS (1798–1871) (Georg Wilhelm Heinrich Häring)
Der Schneiderritter . . . . . 47
Schnee auf der Heide? . . . . 276

HERMANN ALLMERS (1821–1902)
Heidenacht . . . . . . . . . 22
Spätherbst . . . . . . . . . . 199

HANS CHRISTIAN ANDERSEN (1805–1875)
Reiseschatten . . . . . . . . 194
Trauernd und groß liegt . . . 32

ANONYM
Im Dorf der Schmied . . . . 219

KARL BECK (1810–1879)
Das Rote Lied . . . . . . . . 185

STEEN STEENSEN BLICHER (1782–1848)
Das Vaterland . . . . . . . . 34

ERNST BLOCH (1885–1977)
Dies Ineinander (Zitat) . . . 75

LUDWIG BRÄUTIGAM (1852–1906)
Ein Herbstausflug . . . . . 200

EMIL JANE BRONTË (1818–1848)
Die Sturmhöhe (Zitat) . . . 291

ROBERT BURNS (1759–1796)
O säh ich auf der Heide . . . 210

WILHELM BUSCH (1832–1908)
Die Birke . . . . . . . . . . 25
Meiers Hinnerk . . . . . . . 211

THEODOR COLSHORN (1821 bis 1896)
Die Riesensteine . . . . . . 152

JOHN CONSTABLE (1776–1837)
Stonehenge (Zitat) . . . . . 78

FELIX DAHN (1834–1912)
Die Rote Erde . . . . . . . . 36

EDUARD DEVRIENT (1801–1877)
Der Schatzgräber . . . . . . 105

DIETMAR VON AIST (1139–1171)
Der Falke . . . . . . . . . . 159

EMMY VON DINCKLAGE-CAMPE (1825–1891)
Anntrin . . . . . . . . . . . 142

ANNETTE FREIIN VON DROSTE-HÜLSHOFF (1797–1848)
Das Haus in der Heide . . . 386
Der Heidemann . . . . . . . 253
Der Hünenstein . . . . . . . 116
Die Lerche . . . . . . . . . 133
Vorgeschichte . . . . . . . . 188

FRIEDRICH ENGELS (1820–1895)
Über die Heide . . . . . . . 292

JOHANN HINRICH FEHRS (1838–1918)
De Heiloh . . . . . . . . . . 155

THEODOR FONTANE (1819–1898)
Auf dem Weg zu den Müggelsbergen . . . . . . . 172
Der 6. November 1632 . . . 328
Die Hexenheide . . . . . . . 301

FRIEDRICH BARON DE LA MOTTE-FOUQUÉ (1777–1843)
Sintram und seine Gefährten . . . . . . . . . . 39

AUGUST FREUDENTHAL (1851 bis 1898)
Das Böhmetal . . . . . . . . 63
Das Heidekirchlein . . . . . 27
Die Heide blüht . . . . . . . 284
Weinbau in der Lüneburger Heide . . . . . . . . 236
Zur Blütezeit . . . . . . . . 290

EMANUEL GEIBEL (1815–1884)
Über der dunklen Heide . . 379

JOHANN WOLFGANG VON GOETHE (1749–1832)
Die Gesänge Selmas . . . . . 000
Fahrt nach Kassel . . . . . . 299
Heidenröslein . . . . . . . . 18
Sonnenuntergang auf dem Brocken . . . . . . . . 385

BOGUMIL GOLTZ (1801–1870)
Weihnachtsfahrt durch die ostpreußische Heide . . 336

ADELAIDE VON GOTTBERG (*1850)
Die Heide . . . . . . . . . . 23

MARTIN GREIF (1839–1911)
(Friedrich Hermann Frey)
Das Hünengrab . . . . . . . 367
Frühling der Heide . . . . . 15

HANS JAKOB CHRISTOFFEL VON GRIMMELSHAUSEN (1622–1676)
Der teutsche Bauer . . . . . 46

KLAUS GROTH (1819–1899)
Die Geschwister . . . . . . 365

ANASTASIUS GRÜN (1806–1876)
(Anton Alexander Graf Auersperg)
Ein Ritt über die Heide . . . 43

THOMAS HARDY (1840–1928)
Rückkehr des Einheimischen . . . . . . . . . 30

HERMANN HARRYS (*1840)
Werwölfe in der Heide . . . 255

HERMANN HARTMANN (1806–1901)
Die Hünengräber auf dem Giersfelde . . . . . . . 373

FRIEDRICH HEBBEL (1813–1863)
Der Heideknabe . . . . . . 374

JOHANN GOTTFRIED HERDER (1744–1803)
Es sah ein Knab . . . . . . . 17

PAUL HEYSE (1830–1914)
Heimkehr . . . . . . . . . . 294

AUGUST HEINRICH HOFFMANN VON FALLERSLEBEN (1798–1874)
Scheidelied . . . . . . . . . 26

IGNAZ HUB (1810–1880)
Fahrt durch die Heide . . . . 111

ALEXANDER VON HUMBOLDT (1769–1859)
Im kalten Norden (Zitat) . . 325

JENS PETER JACOBSEN (1847–1885)
Ein Schuß im Nebel . . . . . 264

FRIEDRICH LUDWIG JAHN (1778–1852)
Denknisse eines Deutschen . 319

JOHANN GEORG KOHL (1808–1878)
Die Gräber des Giersfeldes . 368

FRANZ FELIX ADALBERT KUHN (1812–1881)
Das Hellhaus in Ostenholz . 383
Der zerbrochene Brotschieber . . . . . . . . 52

C. G. KUTTNER (1801)
Reise durch Deutschland . . 68

NIKOLAUS LENAU (1802–1850) (Nikolaus Franz Niembsch Edler von Strehlenau)
An die Wolke . . . . . . . . 35
Die Heideschenke. . . . . . 179
Drei Zigeuner . . . . . . . . 184

ALFRED LICHTWARK (1852–1914)
Trügt mich mein Gedächtnis nicht (Zitat) . . . . . . . 197

DETLEV VON LILIENCRON (1844 bis 1909)
Der Heidebrand . . . . . . 174
Heide im Winter . . . . . . 327

HERMANN LÖNS (1866–1914)
Auf der Heide allein. . . . . 115
Das Blachfeld . . . . . . . . 356
Das Könnekenmeer. . . . . 256
Das Licht auf der Heide . . . 330
Das Naturdenkmal . . . . . 136
Das Osterfeuer . . . . . . . 66
Der Schäferkönig . . . . . . 148
Ein leises Lied . . . . . . . . 114
Deutsches Erdöl . . . . . . 247
Goldene Heide . . . . . . . 279
Puck Kraihenfoot . . . . . . 350

M. A. MANGOURIT (1805)
Der Hannöversche Staat . . 318

EUGENIE MARLITT (1825–1887) (Eugenie John)
Das Heideprinzeßchen . . . 82

A. MEIER
Unsere Heide . . . . . . . . 321

EDUARD MÖRIKE (1804–1875)
Die Tochter der Heide . . . 103

KARL VIKTOR MÜLLENHOFF (1818–1884)
Der Wilde Jäger auf der Putloser Heide . . . . . . . 314

WOLFGANG MÜLLER VON KÖNIGSWINTER (1816–1873)
Die Lüfte halten matte, träge Rast . . . . . . . . . . . . . 285
Rasch eilt vorbei . . . . . . 286

OSTPREUSSISCHES VOLKSLIED
Es dunkelt schon in der Heide . . . . . . . . . . 287

AUGUST GRAF VON PLATEN (1796–1835)
Der romantische Ödipus . . 161

FRITZ REUTER (1810–1874)
Die Reise nach Braunschweig . . . . . . . . 288

FRIEDRICH RUPERTI (1805–1867)
Das Heideland . . . . . . . 73

ABRAHAM VICTOR RYDBERG (1828–1895)
Björns wundersame Weihnachten . . . . . . . . 340

WOLFGANG SCHEFFLER (*1939)
Ekke Nekkepen und der Zauber der Kampener Heide . . . . . . 106

MOMO SCHLENDER (*1965)
Der tapfere Turpin . . . . . 195

WILHELM SCHRÖDER (1808–1878)
Dat Wettloopen . . . . . . . 242

DEMETRIUS SCHRUTZ (*1856)
Die Heideschenke. . . . . . 193
Die Visbecker Braut. . . . . 381

WILHELM SCHWARTZ (1821–1899)
Das Hellhaus in Ostenholz . 383

SIR WALTER SCOTT (1771–1832)
Eine Hirschjagd und ihre Folgen . . . . . . . . . 270

CARL SEBUS (1872–1918) (Carl Busse)
Winterbild auf der Heide . . 335

WILLIAM SHAKESPEARE (1564–1616)
Macbeth. . . . . . . . . . . . 303

ANNE LOUISE GERMAINE DE STAËL (1766–1817)
D'Allemagne: Ein wilder Volksstamm (Zitat) . . . . . 298

ADALBERT STIFTER (1805–1868)
Die Dürre in der Haide . . . 79

THEODOR STORM (1817–1888)
Abseits . . . . . . . . . . . 77
Ein grünes Blatt . . . . . . . 119

LUDWIG STRACKERJAN (1825 bis 1881)
Das Münstersche Gericht . . 295
Die Visbeker Braut . . . . . 380
Kaiser in der Heide . . . . . 296

WALTHER VON DER VOGELWEIDE (ca. 1170–ca. 1230)
Unter der Linden . . . . . . 20

FRIEDRICH WASMANN (1805–1856)
Der junge Künstler auf der Heidefahrt . . . . . . . 157

LUISE WESTKIRCH (1858–1941)
Trinka. . . . . . . . . . . . 315

MARIO WIRZ (*1956)
Heide in der Heide . . . . . 250

JULIUS WOLFF (1834–1910)
Abschied in der Heide . . . 267
Weg durch die Heide . . . . 69

WIDAR ZIEHNERT (1839/40)
Die Vierbrüdersäule . . . . 377

FRANZISKA ZILLIKEN (*1955)
Drei Wacholdersträußchen . 54

# Verzeichnis der Maler und Zeichner


KARL BAUER
Hermann Allmers . . . . . . 22
Hermann Löns . . . . . . . 114

HANS BORNEMANN (1488)
Ansicht der Stadt Lüneburg 237

JOHN CONSTABLE (1776–1837)
Hampsteader Heide 1820 . . 297
Stonehenge 1820 . . . . . . 78

KRIEMHILD FLAKE
Und manchmal sieht man auch ein Schaf 1972 . . . . . 20

C. FRICKE
Birkenallee . . . . . . . . 24

JOHANNES GEHRTS (1912)
Der letzte Kuß . . . . . . . 268

F. L. HEINE
Turnvater Jahn . . . . . . . 319

WILHELM HENSEL (1794–1861)
Friedrich de la Motte-Fouqué . . . . . . . 38
Wolfgang Müller . . . . . . 285

LUDWIG HERTERICH (1856–1932)
Falkenbeize . . . . . . . . . 159

FRIEDRICH KALLMORGEN (1856–1924)
Oktoberabend in der Heide 1891 . . . . . . 280

NORA KIRCHER (*1956)
alle Fotografien aus dem Naturschutzpark Lüneburger Heide . . . . . . . . . . . 137

M. KLINKICHT
Theodor Fontane . . . . . . 328
Theodor Storm . . . . . . . 119

JOSEPH KRIEHUBER (1800–1876)
Anastasius Grün . . . . . . 43
Friedrich Hebbel . . . . . . 376
Nikolaus Lenau . . . . . . . 183

JOHN MARTIN (1789–1854)
Macbeth 1820 . . . . . . . . 312

JEAN-FRANÇOIS MILLET (1814–1875)
Dämmerung 1866 . . . . . . 140

FRIEDRICH PRELLER D. Ä. (1804–1878)
Hünengrab unter Eichen auf Rügen . . . . . . . . . . 366

LUDWIG RICHTER (1803–1884)
Holzschnitte 17, 18, 242, 244, 245, 246, 286, 343

THÈODORE ROUSSEAU (1812–1867)
Heidelandschaft mit Ginster 1860 . . . . . . . . 73

VALENTIN RUTHS (1825–1900)
Heidelandschaft . . . . . . 187

WILLIAM TURNER (1775–1851)
Stonehenge 1832 . . . . . . 372

ELISABETH VIGÉE-LEBRUN (1755–1842)
Madame de Staël . . . . . . 298

ERDM. WAGNER
Heideprinzeßchenbilder . . 84

B. WEISS (1851)
Eduard Mörike . . . . . . . 103

**Band 1571**
**400 Seiten**
**ISBN 3-426-01571-4**

Mit Beiträgen von Friedrich Hölderlin, Wilhelm Hauff, Friedrich Schiller, Heinrich Heine, Johann Wolfgang von Goethe, Wilhelm Busch, Peter Rosegger, C. F. Meyer und vielen anderen mehr.

Knaur

**Bryant, Dorothy**
**Die Insel der Ata**
Abseits unserer technisierten Welt liegt die Insel Ata, deren Bewohner – frei von genormten Vorstellungen und verblendeten, ehrgeizigen Zielen – eine höhere Form des Lebens praktizieren. In dieses Paradies verschlägt es einen jungen Mann, der dort Liebe und Erfüllung findet.
256 S. [1325]

**Stein, Florian**
**Landeerlaubnis oder: Die hohe Kunst auf Frauen zu fliegen**
Ein Handbuch für Verführer und Verführte. Die originellsten Ratschläge für Männer, die bei einer »Traumfrau« landen wollen, ohne dabei eine Bruchlandung zu riskieren.
224 S. [1315]

**Colette**
**Chéri**
Colette schildert die Liebe zwischen einer reifen Frau und einem jungen Mann, der halb so alt ist wie sie selbst – eine Beziehung ohne Zukunft – denn eines Tages wird er sie verlassen und sich einer Jüngeren zuwenden…
224 S. [1345]
**Geträumte Sünden**
Das Paris um die Jahrhundertwende ist der Schauplatz dieser duftigen, weich verspielten Geschichte.
272 S. [1347]

**Nin, Anaïs**
**Das Delta der Venus**
Das schönste und direkteste Buch der geheimnisvoll-berühmten Autorin.
327 S. [742]
**Djuna oder Das Herz mit den vier Kammern**
Die Charakterstudie einer Leidenschaft, hellsichtig und eindringlich beschrieben, in einer Sprache, die analytische Klarheit und poetische Bilder in unnachahmlicher Weise vereint.
208 S. [1270]
**Die verborgenen Früchte**
128 S. mit 15 Abb. [806]

**Rogers, Rosemary**
**Die Blonde**
»Blondinen bevorzugt« – unter diesem Gebot steht das Leben der reichen und schönen, aber glücklosen Anne. Als Männerfalle verschrien und als Seelchen verschlissen, kämpft sie verzweifelt darum, Mensch zu sein.
384 S. [1157]

**Susann, Jacqueline**
**Diese eine Liebe**
Das Schicksal einer Frau, der das Leben alles gewährt und die doch das Glück nicht halten kann. 128 S. [575]
**Geliebte Josephine**
128 S. [457]
**Die Liebesmaschine**
Der erfolgreich verfilmte Weltbestseller. 426 S. [815]
**Das Tal der Puppen**
Ein hochdramatischer Roman über die gnadenlose Welt des Showgeschäfts. Erfolgreich verfilmt.
368 S. [238]
**Yargo**
Als Janet auf Yargo trifft, weiß sie, daß nur er der Mann ihres Lebens sein kann. Leidenschaftlich beginnt sie, um ihr Glück zu kämpfen.
224 S. [1015]

# Romane

**Jagger, Brenda**
**Wolken über dem Tal**
Vor dem Hintergrund der herben Landschaft Yorkshires, zu einer Zeit, als der englische Adel in den Sog der Moderne geriet und oft genug dem Geldadel weichen mußte, zeichnet Brenda Jagger das Schicksal zweier Generationen. Eine Familiensaga um Macht, Verrat und den Triumph der Liebe.
496 S. [1215]

**Herbert, Kathleen**
**Herrin des Lichts**
Dieses Buch wurde 1983 als bester historischer Roman des Jahres ausgezeichnet. Haß und Liebe, Verrat und Loyalität, Magie, Macht, Ehrgeiz und Leidenschaft, aber auch Mut und Fröhlichkeit, setzen ein Panorama von Ereignissen in Gang, die das »dunkle Zeitalter« Britanniens lebendig machen und den Leser in ihren Bann schlagen. 272 S. [1362]

**Sag mir, wo die Männer sind**
Auf der Suche nach dem anderen Geschlecht. Prominente deutsche Schriftstellerinnen wie Sandra Paretti, Alexandra Cordes, Marie Louise Fischer, Lilli Palmer, Brigitte Schwaiger, Karin Struck u.a. belegen oder widerlegen diese These.
128 S. [1304]

**James, P.D.**
**Ihres Vaters Haus**
Mit liebevoller Genauigkeit und hinreißender Intelligenz zeichnet P.D. James hier die oft verwirrenden Aspekte der Liebe und Bindung zwischen Eltern und Kindern, zwischen Mann und Frau nach.
368 S. [1334]

**Bronnen, Barbara**
**Die Tochter**
Katharina Bebra, vierzig, geschieden, ein Kind, will nicht länger nur »die Tochter« sein – Tochter in einer »Frauenfamilie«, aber auch Tochter eines berühmt-berüchtigten Vaters, den sie nur aus Erzählungen und der Literaturgeschichte kennt. Auf der Suche nach seinem Erbe gewinnt sie Verständnis für das beschädigte Leben der Mutter und erkennt, daß sie selbst einen anderen, neuen Weg gehen muß.
256 S. [1327]

**Mann, Jessica**
**Die vergessene Insel**
Ein Auftrag führt Tamara Hoyland, eine Mitarbeiterin des britischen Geheimdienstes, auf eine gottverlassene Atlantikinsel, wo sie die Vergangenheit wieder einholt: Tamaras ermordeter Verlobter war hier zu Hause und seine Mutter lebt immer noch auf dieser Insel. 176 S. [1361]

# *Romane*